Cada Estrella de mi Cielo

Cada Estrella

de mi Cielo

VICTORIA VÍLCHEZ

TITANIA
Argentina • Chile • Colombia • España
Estados Unidos • México • Perú • Uruguay

1.ª edición Junio 2021

Plaza de los Reyes Magos, 8, piso 1.º C y D – 28007 Madrid
www.titania.org
atencion@titania.org

ISBN: 978-84-17421-20-5
E-ISBN: 978-84-18259-93-7
Depósito legal: B-6.107-2021

Fotocomposición: Ediciones Urano, S.A.U.
Impreso por Romanyà Valls, S.A. – Verdaguer, 1 – 08786 Capellades (Barcelona)

Impreso en España – *Printed in Spain*

A todos los que lucháis cada día
por encontraros a vosotros mismos, no os rindáis.

PRÓLOGO

Sobre mi cabeza había tan solo un cielo plagado de estrellas; bajo mi espalda, un tejado que había visto tiempos mejores y, a mi lado, estaba Aiden, mi vecino y también mi mejor amigo. Nos conocíamos desde que ambos usábamos pañales. Habíamos quemado muchas etapas juntos y pasado por numerosos dramas; al principio del tipo «Mamááá, Aiden me ha quitado mi osito de peluche», pero con el paso de los años habíamos crecido y madurado, y nuestros dramas también. Aunque tal vez no del todo, ya que a veces él todavía se entretenía haciendo desaparecer mi móvil o mis zapatillas favoritas, y yo le robaba sus camisetas del equipo de fútbol porque eran estupendas como pijama. Lo que no había cambiado era nuestra amistad y la cantidad de tiempo que pasábamos juntos; eso, en realidad, se había incrementado.

—No puedes hablar en serio —me dijo, tumbado a mi lado y con sus ojos azules fijos en el cielo.

Era de noche y, si me hubiera mirado, estaba segura de que hubieran parecido casi negros; también se le oscurecían cuando se enfadaba. A la luz del día, en cambio, el tono azul cobalto de su iris resultaba perturbador. Aiden habría podido cumplir con los estándares de chico popular del instituto si se hubiera esforzado un poco para aparentarlo y su vida no estuviera continuamente rozando el desastre. Solo tenía quince años, los mismos que yo, aunque en apenas unas semanas él cumpliría los dieciséis, y ya alcanzaba el metro ochenta. Era bastante atractivo, no solo por su altura y sus ojos, sino por todo el conjunto: su rostro armonioso, los hoyuelos que solo aparecían cuando sonreía con verdadero entusiasmo, la mandíbula cuadrada y un cuerpo digno del equipo de fútbol del instituto. Sin embargo, en un pueblo como el nuestro, donde casi todos conocían las miserias de sus vecinos, el *estigma* de una familia rota pesaba demasiado. Él procuraba no prestar atención a las habladurías, pero yo sabía que le afectaban aun cuando se esforzaba por disimularlo.

—Me da igual —respondí, girando la cabeza para observar su perfil—. De todas formas, ¿en qué momento hemos acabado hablando de mi virginidad?

Aiden y yo charlábamos sobre los temas más variados, y hoy parecía que aquel era el elegido para entretenernos.

—No deberías entrometerte —añadí, y solo entonces también él volvió el rostro hacia mí.

Una de sus cejas se elevó.

—¿Por qué? ¿Te gusta alguien? ¿Lo conozco? —se interesó, y una sonrisita pícara asomó a sus labios.

Incluso yo, que me consideraba inmune a sus encantos, apreciaba lo lejos que podía llegar con una sonrisa así.

—¿De verdad hay que darle tanta importancia? Tú no se la diste a la tuya. ¿Por qué habría de dársela yo? ¿Porque soy una chica? —refunfuñé, y su sonrisa se esfumó.

—Por eso mismo lo digo, Madi —comentó muy serio—. Yo era un crío y lo mío fue un revolcón rápido y del que no me quedó precisamente un buen recuerdo. Esto no tiene nada que ver con que seas una chica. Sencillamente, no quiero eso para ti.

Silencié el comentario que me quemaba en la punta de la lengua. Hasta donde yo sabía, esa primera vez suya no se diferenciaba mucho de lo que hacía ahora con algunas de las chicas (la mayoría chicas mayores) con las que salía, pero no iba a echárselo en cara. Aiden tenía serios problemas con las relaciones que implicaran algún tipo de compromiso por su parte. En ese aspecto, yo era su relación más larga, y lo nuestro no podría haber sido más platónico. Sin embargo, entendía que, con todo por lo que había pasado su familia, no fuera de los que creyera fervientemente en el amor.

—Solo es sexo, ¿no? —lo chinché, con el único objetivo de hacerlo sonreír.

Él agitó la cabeza de un lado a otro.

—A veces dudo de que tengas realmente quince años. —Le di un empujoncito con el hombro que lo hizo reír. A continuación, soltó un suspiro y sus ojos se pasearon por mi rostro—. Busca a alguien con el que te encuentres a gusto, aunque no se trate del... amor de tu vida. —Incluso le costaba pronunciar esa palabra. Yo sabía que no creía en el amor, lo decía solo por mí—. Que te haga sentir cómoda; un tío que no esté únicamente pensando en lo bien que se lo va a pasar luego contándoselo a sus amigos.

—¿Hablas por experiencia?

Ahora fue él el que me dio un codazo, pero no rio mi broma.

—Hablo como tu mejor amigo, me preocupo por ti.

Nos habíamos puesto serios de repente, a pesar de que ni siquiera había buscado tener esa conversación. Yo no era aún más que una cría que estaba empezando a descubrir el porqué de tanto revuelo en torno al sexo.

Observé su rostro mientras él volvía a contemplar el firmamento. El ceño fruncido y la línea recta que formaban sus labios bastaron para que comprendiera que sus pensamientos no debían de haber tomado un rumbo agradable.

A pesar de nuestra amistad, Aiden a veces resultaba un enigma para mí; descifrar sus pensamientos, un desafío. Había sombras en él, claroscuros y también partes que brillaban tanto que te hacían apartar la vista; las últimas eran las que él se esforzaba por no mostrar a los demás.

—Vale —acepté al fin. No quería continuar con aquella estúpida conversación, pero lo siguiente que dije resultó aún más estúpido—: Hazlo tú entonces.

—¿Hacer qué? —inquirió, confundido, y sus ojos volvieron a recaer sobre mí, turbulentos y arrolladores.

Tragué saliva.

—Conmigo. Hacerlo... conmigo.

Durante unos segundos no dijo nada. Su mirada estaba fija en mi rostro, tan intensa que me arrepentí de inmediato de haber dicho semejante tontería. Acto seguido, comenzó a reírse a carcajadas.

—¡Eh! —protesté, empujándolo sin demasiada fuerza. No quería que terminara rodando y cayéndose del tejado.

—Por un momento he creído que lo decías en serio —soltó, aún riendo.

Mis labios se curvaron en una sonrisa, aunque por algún motivo me costó más que de costumbre.

—Imbécil —me burlé, contenta por haber borrado la tristeza de su expresión.

—Estás loca, pequeña.

Me rodeó con el brazo y tiró de mí. Acabé con la mejilla apoyada en su hombro. Estar con él era fácil y reconfortante.

Al día siguiente, y como cada mañana, Aiden me esperaba en el coche para llevarme al instituto. Contaba con una licencia de aprendizaje que en realidad le permitía practicar y poco más, pero mi mejor amigo no era de los que se preocupaban en exceso por las normas. Aquello me había costado más de una discusión con mi madre, aunque había accedido finalmente solo para no tener que escucharme refunfuñar por la casa y después de que le repitiera una y otra vez que siempre íbamos directos al instituto. Nada de paradas.

Lo cierto era que Aiden solía detenerse en el pueblo para comprarme un café; decía que no lograba entender nada de lo que salía por mi boca hasta que tomaba uno.

—¿No piensas volver al equipo? —le pregunté cuando el instituto asomó al final de la carretera, larga y empinada, por la que conducía.

No contestó de inmediato y, con las gafas de sol puestas, me era imposible verle los ojos.

—¿Aiden?

—Es que no me fui exactamente.

—¿Te han echado? —inquirí perpleja.

No sé por qué me sorprendía. Mi amigo era un imán para los problemas. Nunca había estado segura de si era él quien se los buscaba o le salían al paso.

Se encogió de hombros; expulsado entonces.

—¿Qué has hecho esta vez?

Se detuvo junto a un aparcamiento libre, pero no hizo nada para meter el coche en él.

—Tienes muy poca fe en mí, ¿no?

Me reí. Él también sonreía.

—La justita para continuar siendo tu amiga.

Era mentira y él lo sabía. Si había algo que yo tenía, era fe en Aiden. Pero nuestra relación era así, un continuo tira y afloja.

—Vamos, llegarás tarde —me dijo, invitándome a bajar del coche.

No había parado el motor. Enarqué las cejas y le lancé una de mis miradas intimidatorias, o al menos lo intenté, con Aiden no solían funcionar.

—¿Tú no vienes?

Él se inclinó y me dio un beso en la sien.

—Tengo algo que hacer. Estaré aquí para el descanso.

Definitivamente, había llegado la hora de descubrir qué estaba pasando. Le arranqué las gafas de un manotazo antes de que pudiera hacer nada para evitarlo, dispuesta a bucear en su mirada azul y robarle una respuesta, y se me escapó un gemido al contemplar la hinchazón que se extendía alrededor de su ojo.

—¿Qué demonios te ha pasado? Anoche estabas bien y... —Me interrumpí al imaginar lo que había sucedido. Aiden había estado conmigo en el tejado hasta después de la una y estaba segura de que, tras despedirnos, él había regresado a su casa—. Tu hermano es un capullo —señalé, aunque era mucho más que eso. Con cuidado, rocé su mejilla con la punta de los dedos justo por debajo de la zona enrojecida—. ¿Te duele?

—Me han dado golpes peores. —Lo triste de ese comentario era que no mentía. El hermano mayor de Aiden era una bestia a la que se le iba la mano con demasiada frecuencia—. No te preocupes, ¿vale? Él está peor que yo —añadió, y esbozó una sonrisa, pero la alegría rehuyó sus ojos. Al ver que no dejaba de mirarlo, se revolvió el pelo con una mano y apartó la vista para dirigirla a la entrada del instituto—. Vamos, pequeña, o llegarás tarde y tu madre volverá a acusarme de que es culpa mía.

—No vas a contarme a dónde vas, ¿no?

—Solo es algo que tengo que hacer. Nada ilegal —se apresuró a decir, sospechando cuál sería mi próxima pregunta.

Me eché a reír.

—Quiero verte aquí en una hora —le advertí, apuntándole con el dedo.

Tuve que apartar mi índice para evitar un mordisco.

—Prometido.

Me dedicó otra sonrisa y depositó un nuevo beso en mi sien. En cuanto me bajé del coche, tuve el presentimiento de que algo iba mal.

Debería haberle hecho caso a mi instinto entonces y no dejar que se fuera, pero lo único que hice fue agitar la mano para despedirme de él y observar cómo se marchaba conduciendo de vuelta por la carretera por la que habíamos venido.

En la primera pausa entre clases no apareció, no lo hizo en toda la mañana, ni por la noche subió a buscarme al tejado. Tampoco me recogió al día siguiente para ir al instituto. No regresó en mucho tiempo.

Y, cuando por fin lo hizo, todo era diferente.

MADISON

—¿Estás lista? —me preguntó Zyra, entrando en mi habitación.

Levanté el dedo para pedirle un minuto mientras me ponía las zapatillas.

Era nuestro último curso en el instituto, el último antes de poner rumbo a la universidad y abandonar aquel pueblo. Zyra había llegado a él, y a mi vida, el año anterior, y ya estaba deseando irse. Puede que Roadhill contara con un clima benigno y un entorno singular, pero la vida allí resultaba asfixiante.

Un año más, solo eso, y podríamos marcharnos.

Mi amiga sonreía mientras esperaba. Siempre estaba sonriendo. Era como un pequeño sol en miniatura que iluminaba todo a su alrededor, una de esas personas que te contagiaban su alegría sin importar lo malo que hubiera sido tu día, y yo necesitaba mucho de eso por aquel entonces.

—Vámonos —le dije, poniéndome en pie.

Bajamos juntas las escaleras y prácticamente nos dimos de bruces con mi madre.

—Buenos días, chicas. ¿Todo bien? ¿Estás lista? —añadió, centrándose en mí—. Quiero que regreses directamente a casa después de clase.

—Buenos días, señora Harper —la saludó mi amiga sin perder la sonrisa.

Mi madre me apartó un mechón del rostro y se inclinó para darme un beso, luego le dio otro a Zyra.

—Hoy trabajo, mamá —le recordé, armándome de paciencia.

La relación con mi madre no había sido nada fuera de lo común hasta hacía algo más de un año. Ahora estábamos más unidas que nunca y ella… se preocupaba demasiado. No podía culparla, la verdad, y en el fondo agradecía que estuviera pendiente de mí. Cuando llegara el momento de irme a la universidad, solo habría dos personas a las que echaría de menos: Zyra y mi madre.

—Regresaré cuando acabe mi turno —añadí, y arrastré a mi amiga en dirección a la puerta. Ella se despidió con un gesto de la mano.

Todas las mañanas, al salir, mis ojos se dirigían hacia la casa de los vecinos de forma irremediable; en concreto, a la ventana de la planta alta que quedaba frente a la de mi dormitorio. Esa había sido la habitación de Aiden.

Casi dos años después de su marcha, todo lo que sabía, o creía saber, era que lo habían mandado a un correccional de menores. Su madre no me había dicho si era verdad, y su hermano, al parecer, había terminado en el hospital y no había regresado después de que le dieran el alta, por lo que tampoco él había podido darme su versión de lo sucedido. Los rumores, algunos bastante macabros, no habían tardado en extenderse por todo el pueblo; y yo, haciendo oídos sordos a todo lo que se decía, me había sentado a esperar una llamada que nunca había llegado.

Nada, no había sabido nada de Aiden en todo ese tiempo.

—¿Madison? No me estás escuchando, ¿verdad?

Me giré hacia Zyra, que, a pesar de mi aparente distracción, no parecía enfadada. Supongo que ya estaba acostumbrada.

—¿Qué?

Entrecerró un poco los ojos, como si eso le permitiera meterse en mi cabeza y extraer mis pensamientos más oscuros; pero nadie podía hacer ya eso, no desde que Aiden se había marchado.

—El baile de inicio de curso, ¿vas a ir?

—*Nop.*

Resopló, pero no dijo nada. Arrancó el motor de su coche sin hacer ningún otro comentario y salió marcha atrás del camino de entrada de mi casa. Sin embargo, yo sabía que en algún momento sacaría la artillería pesada para convencerme.

—Voy a estudiar, a estudiar y a estudiar —comenté, tratando de adelantarme a sus intentos—. Necesito unas buenas notas para la beca.

—Hoy es el primer día de clase, relájate —replicó ella, risueña.

El instituto de Roadhill estaba situado al final de la larga carretera que daba nombre al pueblo y que se encontraba bordeada por dos hileras de árboles, cuyas ramas se entrelazaban para dar forma a una especie de túnel de vegetación. A Zyra le encantaba, pero a mí siempre me había parecido algo tétrico.

—¿No serás capaz de obligarme a buscar una pareja?

—Ah, no. No vas a emplear esa excusa conmigo —protesté, y evité mirarla.

Los ojos de Zyra, castaños y enormes, eran una trampa mortal, y ella no dudaba en emplearlos para salirse con la suya.

—Por favor —rogó mientras buscaba un sitio donde aparcar.

—Pensaba que después de tu tórrido verano...

Zyra había pasado los meses estivales tonteando con Mara Owens, y yo había estado convencida de que la cosa iba en serio.

—El verano se acabó.

Su sonrisa fue perdiendo brillo y supe lo que eso significaba sin tener que preguntar al respecto. En Roadhill, ser homosexual podía llegar a resultar muy duro. La gente era más estúpida de lo normal y mucho más intransigente. Conocía a Mara y también a sus padres, y estaba segura de que esta no iba a decirles nada sobre su orientación sexual por miedo a lo que pudieran pensar.

—Ella se lo pierde, Zyra.

Alcancé su mano y le di un apretón de consuelo. No me importaba a quién deseara o amase mi amiga; en realidad, no me importaba lo que nadie hiciera con su vida, y no lograba entender por qué alguien sentiría vergüenza por enamorarse de una chica como ella. Ojalá la gente se preocupara más de sus propias vidas y dejase a los demás en paz.

—Sí, supongo que sí.

—No lo supones, lo sabes —la animé, regalándole una sonrisa y haciendo con ello brotar la suya—. Algún día vas a encontrar a alguien que te quiera de verdad y no le va a importar nada salvo estar contigo.

—¿Eso se aplica a las dos? —replicó señalándome; su buen humor estaba de vuelta.

—No me líes. Esto no va sobre mí. —Alcé las manos, forcé una sonrisa y salí del coche.

Ella bajó por su lado tras coger su mochila del asiento trasero. Me alegraba que al menos sus padres fueran buenas personas y la apoyaran en todo; también contaba con el cariño de mi propia madre.

—He oído que hay un chico nuevo en último curso. Muy guapo, o eso dicen —comentó, lanzándome una mirada insinuante—. Yo aún no lo he visto.

Caminábamos ya hacia la entrada del edificio principal, una construcción de ladrillo rojo y con los marcos de las ventanas blancos. El gimnasio quedaba a la derecha y las canchas y el campo de fútbol justo detrás; todo estaba rodeado de grandes zonas de césped salpicadas de árboles.

—Eso sí que es una novedad —repliqué—. Si es simpático y un marginado, tal vez podamos darle un carné para nuestro club.

Entramos riendo, a pesar de que estar de nuevo en aquellos pasillos me ponía de mal humor. Supongo que la adolescencia era el momento en el que todos necesitábamos encajar de algún modo, pero a mí se me hacía imposible siquiera intentarlo, me bastaba con sobrevivir.

Zyra y yo habíamos comparado ya nuestros horarios y teníamos varias clases en común, pero nuestras taquillas estaban en extremos opuestos del pasillo, así que nos separamos y quedamos en vernos a segunda hora. Pasé a dejar los libros que no iba a necesitar, para aligerar mi bolso, y me dirigí a la clase de Literatura. La señora Pepper ya estaba allí, al igual que la mayor parte de mis compañeros, por lo que me deslicé con rapidez hacia un pupitre libre situado a mitad de la clase. Estuve a punto de cambiarme cuando me di cuenta de que me encontraba entre Drinna, una de las chicas más populares del instituto, y Dixon, el que hasta ese verano había sido su novio. A él lo tenía al lado; a ella, delante. Si los cuchillos empezaban a volar entre ellos, estaría en plena línea de fuego. Se rumoreaba que Dixon había admirado de más a la mayoría de las amigas de Drinna, si por admirar entendemos hurgar con su lengua en la boca de todas ellas. El pensamiento me puso los pelos de punta.

Drinna no era de las que dejaban pasar una afrenta como esa, por lo que estaba segura de que encontraría la forma de vengarse de su ex y dejarlo en ridículo frente a todo el instituto. Aun así, decidí quedarme donde estaba. Aquella clase era de mis favoritas y el resto de asientos libres estaban al fondo.

Comencé a sacar mis cosas del bolso. Si había algo que me gustaba del primer día de clase, era que me brindaba la oportunidad de estrenar un montón de material escolar; adoraba los artículos de papelería, nunca tenía suficiente.

La señora Pepper ya había escrito su nombre en la parte superior de la pizarra (aunque todos sabíamos quién era) y continuaba de espaldas a la clase, anotando algo más con su letra redonda y esmerada. Tras unos pocos segundos, terminó y se giró hacia nosotros con una sonrisa en los labios. Rondaba los cincuenta, pero conservaba el entusiasmo de los profesores que acaban de graduarse en la universidad. Quizás fuera porque era su segundo año en Roadhill, o a lo mejor solo se trataba de que le apasionaba la materia que enseñaba.

—Bienvenidos a todos. Espero que hayáis tenido un verano excelente y repleto de buenos libros —nos saludó. Tomó un folio de su mesa y le echó un rápido vistazo—. Al salir podéis recoger el listado de lecturas para este curso —explicó, señalando un montón de hojas apiladas en la esquina de su escritorio—, así como el temario. Es vuestro último curso, quiero veros trabajar con entusiasmo, pero más que cualquier otra cosa quiero que viváis y respiréis la literatura. Que la sintáis en los huesos...

El curso pasado ya había descubierto la vena dramática de la señora Pepper. Me encantaba, y me alegraba que no la hubiera perdido durante el verano. La mujer se apartó de delante de la pizarra y nos permitió ver lo que había escrito en ella: «Romeo y Julieta».

—Sé que es el primer día, pero no hay tiempo que perder. ¿Qué podéis decirme sobre esto? —inquirió, señalando el título de la obra de Shakespeare.

Hubo protestas y la clase de murmullo que terminaba aumentando de volumen si no se atajaba a tiempo, pero los pequeños ojos castaños de la profesora brillaban. Levantó un dedo y todos se callaron, a sabiendas de que se disponía a señalar ella misma a un «voluntario». La mayoría agachó la cabeza o desvió la mirada en un intento de pasar desapercibido y evitar el desastre.

—Harper. —Me señaló, y yo me erguí un poco en el asiento.

Pepper siempre empleaba el apellido para dirigirse a nosotros.

—¿Segura? —Le hice un gesto con la cabeza. Ambas sabíamos lo que yo pensaba de esa obra en concreto.

—Sus opiniones siempre resultan... interesantes, señorita Harper.

Sonreí. Drinna se giró y me fulminó con la mirada; aquella también era una de sus clases favoritas.

—La obra es una tragedia, como todos sabemos, y está escrita con una habilidad maravillosa, de eso no hay duda. Pero... —ahí iba— creo que la mayoría de la gente está muy equivocada respecto a la historia de amor de Romeo y Julieta. Se sigue hablando de ella como un amor épico, y no lo fue —aseguré, olvidándome de todas las miradas que había puestas sobre mí y de lo poco que me gustaba cualquier clase de atención—. Duró solo unos pocos días y ¡murieron seis personas, por el amor de Dios! Y Romeo... Romeo se encaprichó de Julieta en cuestión de dos segundos. Y digo *encaprichar* —recalqué—, no enamorar, porque uno no puede enamorarse y estar dispuesto a morir por otra persona en ese lapso de tiempo. No es creíble —concluí, y me di cuenta de que había alzado la voz hasta casi gritar.

Pepper sonreía abiertamente, creo que disfrutaba tanto como yo de mis pequeños arrebatos.

—Así que no crees en el amor a primera vista —señaló ella, y yo negué—. Bien, porque es la obra que vamos a representar.

Drinna se inclinó sobre su pupitre, interesada, y yo hice lo mismo, también varios de mis compañeros. El curso pasado todos habíamos tenido que participar de algún modo en la representación de *Sueño de una noche de verano*, también de Shakespeare (estaba claro que era uno de los autores favoritos de la profesora), y la verdad era que incluso los que odiaban esa clase se lo habían pasado en grande. Resultaba muy difícil no contagiarse del entusiasmo de la señora Pepper.

—Supongo entonces, Harper, que no harás la audición para Julieta. —Hubo risitas y se escucharon comentarios susurrados.

—Yo sí —intervino Drinna levantando la mano.

—No esperaba menos de ti, Johnson —le dijo la profesora.

Drinna me miró por encima del hombro con evidente satisfacción, que desapareció de su rostro tan pronto como la señora Pepper añadió:

—Tú también te presentarás, ¿verdad, Harper? —Asentí—. Y tú, Collins —agregó, señalando a Tommy.

Yo había planeado disminuir las distracciones durante ese curso de cara a las largas horas de estudio que me esperaban. Además, también estaba mi trabajo en Books & Coffee, una de las cafeterías del pueblo, pero renunciar a la oportunidad de actuar...

La señora Pepper continuó interrogando a más voluntarios acerca de su percepción de la obra en cuestión. Los escuché a medias.

Había descubierto el gusto por el teatro el año anterior, y lo había disfrutado tanto que estaba deseando repetir. Convertirme en otra persona, aunque fuera Julieta... Dejar de ser quien era durante unas horas resultaba liberador, y no quería pararme a pensar en lo que eso significaba.

La clase pasó tan rápido que casi me dio pena que terminara; la siguiente no resultaba tan agradable, aunque al menos estaría con Zyra. Recogí mis cosas y me acerqué a la profesora para hacerme con la lista de libros y el temario.

—Un buen alegato —dijo la mujer, guiñándome un ojo.

Sonreí y abandoné la clase de mejor humor. El pasillo estaba concurrido. La gente aún conservaba el entusiasmo de las vacaciones y todos querían comentar con sus amigos lo que habían hecho en esos meses. Daba gracias por contar con Zyra, porque, al resto de mis compañeros, las buenas intenciones y aquel espíritu alegre no solían durarles demasiado. Desde que Aiden se había ido...

No podía evitar echarlo de menos, como tampoco preguntarme por qué no me había llamado nunca para explicarme qué había sucedido. No quería creer lo que la gente del pueblo decía de él, lo que decían que había hecho. Los rumores en Roadhill se extendían rápidamente y sin control, y la versión de una historia podía variar de un minuto al siguiente, yo lo sabía mejor que nadie; sin embargo, todavía recordaba el golpe que había lucido Aiden aquella mañana, sabía lo mal que se llevaba con su hermano... ¿Lo había enviado de verdad al hospital? ¿O sería solo otro de los chismes que corrían de boca en boca?

MADISON

Zyra me había guardado un sitio en Biología. Me senté junto a ella y comencé a contarle de forma atropellada todo sobre la obra; su sonrisa hacía juego con la mía.

—Te veo muy motivada para ser el primer día —me dijo, encantada con mi actitud.

Pocas cosas me entusiasmaban tanto como la literatura y el teatro, menos aún a esas horas de la mañana. Le di un empujoncito y me reí.

—¿Qué tal tú?

Se encogió de hombros de forma despreocupada, pero yo sabía que estaba más pendiente de Mara, sentada un par de sitios por delante de nosotras, que de nuestra conversación. No la culpaba, iba a tener que compartir varias clases con ella y soportar que la tratara como una desconocida frente a los demás; no era plato de buen gusto.

Me tragué mi indignación y las ganas de levantarme, ir hasta Mara y preguntarle si era consciente del daño que le estaba haciendo a mi amiga. Pero, por mucho que yo quisiera a Zyra, no tenía derecho a entrometerme, y sabía que eso solo la haría sentir peor.

El resto de la mañana pasó con mucha más lentitud, aunque yo conservé parte de la energía que la clase de Literatura me había concedido. Solo me quedaba una hora. Por desgracia, no la compartía con Zyra, eso la hubiera hecho mucho más amena. Cuando acabara, comeríamos algo juntas y luego yo tendría por delante tres horas de trabajo en Books & Coffee.

Ya estaba en mi sitio cuando llegó el profesor de español. Las conversaciones fueron apagándose mientras él dejaba su maletín sobre la mesa.

—Buenos días —dijo en español, y todos contestamos en el mismo idioma. A continuación pasó al inglés—: Tenemos un nuevo alumno con nosotros.

El señor Velasco se giró en dirección a la puerta e hizo un gesto con la mano; los comentarios no se hicieron esperar. Una nueva incorporación al alumnado solía desembocar en una especie de batalla entre los distintos grupos, siempre que el recién llegado fuera lo suficientemente interesante.

—Adelante —lo alentó el profesor.

Ni siquiera yo era inmune a la curiosidad. Estiré un poco el cuello para ver por encima de Tommy Collins, al que tenía sentado en diagonal y cuya cabeza me entorpecía la visión.

«Sí que es guapo», pensé para mí cuando el chico por fin se asomó al interior de la clase. El novato era rubio y bastante alto, y el ancho de sus espaldas me dijo que era muy probable que el equipo de fútbol acabara de ganar un nuevo integrante. Cuando sonrió a los presentes, pude escuchar varios suspiros femeninos que me hicieron poner los ojos en blanco.

—Jamie Logan —leyó el profesor en su ficha, y señaló un pupitre libre junto al mío—. ¿Por qué no te sientas ahí?

Pixie, una de las chicas que formaban parte del equipo del anuario, ya había sacado la cámara y le estaba tomando una foto; no pensaban ni dejarlo aterrizar. Al menos el señor Velasco no era de los que obligaban a los nuevos a presentarse, aunque Jamie no tenía aspecto de ser tímido precisamente; mientras se sentaba, regaló sonrisas a todo el mundo sin excepción.

Velasco dio varias palmadas para llamar nuestra atención, los susurros se habían convertido ya en conversaciones. Yo no tenía con quién hablar, así que me dediqué a garabatear en los márgenes de mi libreta sin prestar demasiada atención a los cuchicheos de mis compañeros.

—Y también hemos recuperado a un viejo conocido.

Levanté la vista al escuchar el extraño comentario del profesor y me quedé helada al comprender a quién se estaba refiriendo.

—Aiden —murmuré, sin ser consciente de que lo hacía en voz alta.

No esperaba que me escuchara, y no estaba segura de que lo hubiera hecho, pero la cuestión era que me estaba mirando fijamente. Tenía el pelo un poco más largo, unos mechones negros enmarcaban su rostro y su expresión reflejaba una dureza que tiempo atrás no hubiera esperado encontrar en él. No sonreía, al menos no como antaño; sus labios estaban parcialmente apretados en una mueca de disgusto. Incluso en esos pocos segundos, pude darme cuenta de que el chico que acababa de entrar no era el mismo que un día había sido mi mejor amigo.

—Para los que no lo conozcáis, este es Aiden Keller —lo presentó el profesor.

Él mantuvo su mirada sobre mí un momento más y luego la apartó para echar un vistazo al resto de la clase. No esperó a que Velasco le indicara un asiento, solo quedaba uno libre al fondo. Estaba tan sorprendida de verlo de nuevo que estuve a punto de ponerme en pie cuando empezó a avanzar entre los pupitres. Tuve que hacer un esfuerzo para mantenerme en mi sitio.

—Ya estamos todos —dijo el profesor, reclamando nuestra atención.

«Sí, lo estamos», pensé yo.

Aiden estaba allí de nuevo; estaba en clase, en el instituto, en Roadhill… Estaba en casa.

A partir de ese instante, me fue imposible enterarme de nada de lo que dijo Velasco y tampoco presté atención a los insistentes comentarios que se escuchaban en el aula y que nadie se esforzaba por disimular. Me limité a mirar al frente, sin ver nada en realidad, para no caer en la tentación de girarme y comprobar que Aiden estaba allí de verdad.

Para cuando el timbre sonó y la clase llegó a su fin, mi mente estaba repleta de preguntas. Me puse en pie de un salto, aunque eso no llamó la atención del resto; todos estaban ansiosos por marcharse después del primer día de clases. Pero yo no quería irme, quería hablar con Aiden.

Su asiento ya estaba vacío cuando me giré. Apenas si alcancé a ver su pelo negro y revuelto desaparecer por la puerta. Recogí a la carrera y fui tras él. ¿Por qué se iba sin hablar conmigo? Lo alcancé en el pasillo y no dudé en agarrarlo del brazo. Aunque lo estaba tocando, continuaba pensando que en cualquier momento despertaría en mi cama y aquello no sería más que un sueño.

Aiden se deshizo de mi agarre de un tirón brusco antes de girarse y darse cuenta de que era yo. Pero no había arrepentimiento en sus ojos cuando se encontraron con los míos, solo una tormenta azul de furia y hielo.

—Ey. —No supe qué más decir, me había quedado sin palabras.

Resultaba extraño teniendo en cuenta que Aiden y yo siempre habíamos podido hablar de cualquier cosa; pero yo ya no era la misma, y quizás él tampoco lo fuera.

No dijo nada, no hubo luz que iluminara su mirada ni sonrisas de hoyuelos para mí. En realidad, su expresión vacía resultaba más perturbadora aún que la extraña mirada que me estaba dedicando.

—Aiden. —Susurré su nombre casi como una pregunta, como si no supiera si se trataba de mi mejor amigo.

—Tengo prisa, Madison.

«Madison, no Madi», pensé para mí, y de alguna manera estúpida ese detalle dolió.

—¿Puedo... podemos volver juntos?

Zyra apareció a mi lado y se colgó de mi brazo justo en ese instante. Estaba sonriente tras el primer día de clases, pero su alegría no logró deshacer la tensión que se respiraba entre Aiden y yo.

—Hola —lo saludó—. ¿Eres nuevo? Yo soy Zyra, soy amiga de Madison.

En respuesta, Aiden hizo un gesto vago con la mano. Se dio la vuelta y se alejó por el pasillo sin siquiera dedicarme una última mirada, siguiendo la marea de estudiantes que se dirigían a la salida.

—Vaya, no es muy sociable —comentó Zyra, y echó a andar arrastrándome con ella—. Creo que igual no va a querer formar parte de nuestro club —bromeó mientras nos dirigíamos también hacia el exterior.

Continué callada hasta que nos encontramos fuera del edificio. Busqué a Aiden con la mirada, pero no fui capaz de dar con él.

—¿Estás bien? —me preguntó mi amiga.

Asentí sin convicción. Encontrarme a Aiden allí había resultado desconcertante, pero que casi ni me mirase era… extraño, algo totalmente fuera de lugar; éramos amigos, o lo habíamos sido.

—Ese chico era Aiden —comenté, aunque para Zyra ese nombre no significase nada.

Hasta entonces no había sido del todo consciente de lo mucho que me había dolido perderlo, tanto que no había sido capaz de hablar con Zyra de él. Ella no sabía nada del que había sido mi mejor amigo durante años porque yo no había querido recordar que ya no estaba, como si callar convirtiera su ausencia en algo menos real, algo que doliera menos. No era lo único que le ocultaba, aunque traté de no pensar en eso.

—Era mi mejor amigo —añadí. Zyra me observaba con interés mientras recorríamos el camino hasta el aparcamiento.

—¿Y qué pasó?

—No lo sé —le dije, sacudiendo la cabeza—. Nunca he sabido a ciencia cierta por qué se fue.

No comenté que los rumores decían que no se había ido por iniciativa propia, sino que lo habían detenido. Pero no pude evitar pensar que todo podría haber sido muy diferente para mí si Aiden no hubiera desaparecido.

—Bueno, ahora está aquí —terció Zyra, siempre tan optimista. Abrió la puerta del coche y me dedicó una sonrisa—. Eso está bien, ¿no?

Titubeé antes de asentir. Nada estaba bien, no podía estarlo con todo lo que había sucedido.

Las tres horas de mi turno en Books & Coffee pasaron volando. La cafetería era uno de los lugares más frecuentados por los estudiantes del instituto; de los pocos locales nuevos que se habían abierto en los últimos años, y la novedad siempre era bienvenida en Roadhill. Contaba con una pequeña terraza en el exterior y, dentro, había multitud de mesas distribuidas por todas partes, salvo en la zona ocupada por la larga barra de madera y una de las paredes, cubierta por estanterías que llegaban hasta el techo y que se hallaban repletas de libros. Entre ellos se podían encontrar novelas, ensayos, poemarios..., de todo un poco y sin orden aparente; es más, los camareros solíamos mezclarlos a la mínima ocasión. La idea era que los clientes se plantaran frente a aquel caos y fuera el libro el que los eligiera a ellos, y no al revés; que, de entre todo el desorden, uno de los textos saltara frente a sus ojos y los *atrapara*, sin importar el género o el autor. Funcionaba menos de lo que nos hubiera gustado, pero solo porque la mayoría de la gente no iba allí a leer.

Fuera como fuese, me encantaba mi trabajo. Adoraba el olor a café y libro flotando a mi alrededor, llenando mis pulmones. Era una de las pocas cosas que me proporcionaba paz en aquel pueblo.

—¡Ey! ¡Hola, Madison!

Levanté la mirada y por un momento no supe de qué podía conocerme aquel chico rubio y de espaldas anchas, hasta que recordé que lo había visto esa misma mañana en mi clase de español. Era el nuevo.

—Soy Jamie. El señor Velasco dijo tu nombre cuando pasaba lista —aclaró, porque debía de haber malinterpretado mi desconcierto.

Asentí a pesar de que me extrañó que lo recordara y él me sonrió abiertamente; durante un instante, su sonrisa me hizo retroceder, pero me recompuse enseguida.

—Así que trabajas aquí —me dijo, echando un vistazo alrededor hasta que sus ojos recayeron en la pizarra que había a mi espalda—. ¿Qué me recomiendas?

Servíamos un montón de especialidades diferentes, pero no se me daba bien hacer recomendaciones; allí la gente tenía las cosas bastante claras. Lo observé durante varios segundos, sopesando las posibilidades, y sus ojos color caramelo se iluminaron. Mantuvo la sonrisa en sus labios todo el tiempo. Tenía una expresión dulce y amable, muy distinta a lo que solía ser común en Roadhill.

—¿Qué tal un *caramel macchiato*? —sugerí.

—Suena bien.

Vale, ese era mi preferido, aunque yo abusaba del caramelo para darle un toque aún más azucarado. Le pasé la orden a Drake, el compañero que se encargaba de preparar los pedidos, y le cobré a Jamie.

—Si trabajas aquí, estarás harta de café —señaló tras un breve silencio y nuevos cruces de miradas—, pero tal vez podríamos...

Antes de que pudiera concluir la frase, Drinna apareció a su lado y se agarró a su brazo con tanta naturalidad que parecía que llevara toda la vida haciéndolo; aunque, que yo supiera, no se conocían de nada. Por una vez, me alegré de verla.

—Hola, Jamie —lo saludó, agitando sus largas pestañas.

Ni siquiera me miró, mucho menos se dignó a extender su saludo hasta mi persona.

—Drinna. —Jamie giró la cabeza al pronunciar su nombre, y la sonrisa que me había estado dedicando a mí pasó a ser para ella.

No me sentí decepcionada, no quería la atención de ningún tío.

—¿Vienes a sentarte con nosotros? —lo instó ella—. ¿Conmigo? —añadió, como si no hubiera quedado claro.

Un nuevo aleteo de pestañas y un mohín de sus labios rosas y supe que Jamie estaba perdido. Había visto aquello muchas veces.

—Claro —dijo él, y solo entonces ella se volvió hacia mí con expresión satisfecha.

Arqueé las cejas ligeramente. Fue todo lo que me permití para hacerle saber que me daba igual, no entraba en mis planes lanzarme en brazos del nuevo.

Drake me tendió el café y yo se lo pasé a Jamie.

—Espero que te guste.

—Estoy seguro de que sí —replicó él. Drinna tiró de su brazo y prácticamente lo arrastró lejos del mostrador. Jamie me lanzó una mirada de disculpa—. Te veo mañana en clase.

Mañana ya habría sido abducido por el clan de Drinna. Aquello iba a encantarle a Dixon, seguro que sí... Probablemente, sería parte de la venganza de mi compañera contra su ex.

Poco después, mi turno llegó a su fin. Jamie continuaba sentado con Drinna y su séquito, pero me miró cuando atravesé el local en dirección a la salida. Hizo un gesto con la mano para despedirse y lo acompañó de otra de sus amplias sonrisas. Al menos Drinna no estaba aún sobre su regazo, aunque seguramente no tardaría demasiado.

Revisé el móvil, que nos obligaban a apagar durante las horas de trabajo, pero lo único que encontré fue un mensaje de mi madre explicándome que llegaría tarde. Era enfermera en un hospital que se encontraba a casi una hora de distancia en coche y, entre las idas y venidas y sus turnos eternos en urgencias, apenas estaba en casa. No podía echárselo en cara. Había sido madre soltera y me había criado sin ninguna ayuda; las facturas no se pagaban solas. Nunca me había hablado demasiado de mi padre, pero tampoco parecía que hubiera mucho que contar, ya que se había desentendido de todo al enterarse de que mi madre estaba embarazada.

Me tragué la amargura que me provocaba pensar en él y eché a andar por la acera. Estaba cansada, pero también nerviosa. Había evitado cualquier pensamiento sobre Aiden; sin embargo, una vez en casa, no iba a poder obviar que nuestras ventanas quedaban una frente a la otra y nos encontraríamos a tan solo unos pocos metros de distancia.

Aiden estaba de vuelta; mi mejor amigo había regresado a Roadhill y cada paso que daba me acercaba más a él.

AIDEN

Regresar a Roadhill no era en absoluto lo que yo había querido. Odiaba el pueblo y a la gente que vivía en él, con sus miradas insidiosas y acusadoras y su doble moral, y sobre todo odiaba tener que estar en esa casa. Pero era todo lo que tenía, al menos por ahora. Mientras no cumpliera los dieciocho continuaba bajo la custodia de mi madre y debía reincorporarme a las clases en el instituto.

Giré la cabeza hacia la ventana en cuanto una luz se encendió en la casa de al lado, la del dormitorio de Madison... Mi mejor amiga, hasta que todo se había ido a la mierda y me habían arrastrado fuera de un lugar al que ahora me había resistido a volver.

Madison...

Esa mañana en el instituto, después de haberme quedado dormido y llegar tarde, me habían entregado mi horario en administración, además de mi primer apercibimiento por un retraso que no tenía manera de justificar. Solo había llegado a tiempo a las dos últimas clases y la primera de ellas la había pasado más dormido que despierto. Pero en Español... Ella estaba allí, lo había sabido incluso antes de entrar en el aula.

Madison Harper. Casi dos años sin verla y mis ojos apenas si habían tardado unos segundos en localizarla entre el mar de caras que me observaban desde sus pupitres. Su sorpresa al volver a verme había quedado patente en un rostro que yo conocía demasiado bien, no importaba los meses que hubiera pasado alejado de aquel sitio. Ella había sido una constante en mi vida desde que era un crío, lo único constante en realidad, y también mi apoyo. Era muy consciente de que su presencia no iba a ayudar en nada a que el tiempo pasara más rápido.

Una sombra cruzó frente a la ventana y me erguí un poco sobre la cama para observar la figura oscura que se dibujaba sobre la cortina. No había habido nada que tapase esa ventana en el pasado, pero ahora su habitación quedaba a salvo de miradas curiosas —de mi mirada— gracias a la tela blanca que la cubría.

Aparté la vista cuando llamaron a la puerta. En casa ya solo estábamos mi madre y yo, así que era obvio que se trataba de ella. Gruñí un «pasa» y se asomó a través del umbral. Si le sorprendió que estuviera a oscuras, no dijo nada.

—La cena estará lista enseguida.

Arqueé las cejas. Eso sí que resultaba sorprendente; ni siquiera sabía que supiera cocinar. Me miró con expresión culpable y se mordió el labio inferior, lo que la hizo parecer aún más joven de lo que ya lucía. Era bajita, mucho más que yo o que Derek, mi hermano... No quería pensar en él, así que lo aparté de mi mente antes de replicar:

—No tengo hambre. —Ella pareció dudar. Decidí ponérselo fácil—. Que haya vuelto no significa que tengas que ocuparte de mí, mamá. —La última palabra me quemó en la lengua, pero me obligué a decirla; mi voz rebosante de sarcasmo—. Sé apañármelas solo.

Solo. Eso era lo que quería, estar solo.

—Dejaré tu parte por si luego quieres... —Su voz se fue apagando.

—Cierra la puerta cuando salgas.

La invitación a largarse surtió efecto y, tras una última mirada, se marchó. El clic de la puerta al cerrarse explotó en mi mente como si se tratase de un cañonazo. Iba a volverme loco allí dentro.

Apenas tardé un segundo en ponerme una camiseta y tomar las llaves y el móvil. Un minuto más tarde ya estaba en la calle respirando hondo en un intento de llenar mis pulmones. Eché un vistazo a la casa vecina. Solo había encendida una luz en el porche y la de la habitación de Madison; su madre debía de estar aún trabajando.

Por un momento, mis pies se movieron por sí solos y avancé unos pocos pasos hasta entrar en el jardín de los Harper. Sin embargo, no tardé en girarme hacia la calle y encaminarme hacia allí. El coche de mi madre estaba aparcado junto a la acera, pero no pensaba cogerlo a pesar de que posiblemente ni se daría cuenta si lo hiciera.

Llevaba puestas las zapatillas, así que me limité a echar a correr calle arriba. En cuanto empecé a trotar supe que era muy probable que no hubiera pueblo suficiente para que una carrera consiguiera aligerar mis pensamientos, y mucho menos para que mi deseo de llamar a la puerta de Madison disminuyera. Pero podía intentarlo, correría de todas formas hasta que el ejercicio me dejara demasiado exhausto para pensar o para desear nada.

MADISON

Mi mirada se veía irremediablemente atraída hacia la ventana. La de Aiden quedaba justo enfrente, pero la luz estaba apagada y no se advertía movimiento alguno en su interior.

Me estaba comiendo un sándwich sentada en la cama a pesar de que mi madre me había dejado comida preparada y tan solo hubiera tenido que calentarla. Estaba demasiado exhausta incluso para eso. Al llegar, había sentido la tentación de plantarme frente a la puerta de los vecinos y llamar, preguntar por Aiden y esperar que su madre no me la cerrara en las narices y que él accediera a verme. No había hecho nada de eso, tan solo había alzado la vista para clavarla en la misma ventana que estaba mirando ahora, y luego me había metido en casa.

Resultaba extraño no poder predecir las reacciones de Aiden, y también lo habría sido llamar a su puerta. Años atrás, aun siendo amigos, nunca íbamos a su casa, ni siquiera nos reuníamos en su tejado. Era el de mi casa el que empleábamos para tumbarnos y admirar las estrellas. Con solo doce años, una noche en la que ambos estábamos asomados a nuestras ventanas, susurrándonos comentarios estúpidos que ya no era capaz de recordar, Aiden se había sentado en el alféizar de la suya y se había deslizado hasta el borde del tejado de la planta inferior. Las casas estaban tan cerca que casi se tocaban, pero aun así había tenido que dar un salto para llegar hasta la mía. Yo había contenido la respiración, y también una sonrisa nerviosa, mientras lo observaba.

Desde ese día habíamos cogido por costumbre reunirnos poco después de caer el sol, cuando el cielo comenzaba a llenarse de pequeños puntos luminosos. Nos tumbábamos uno al lado del otro y hablábamos de todo y de nada, reíamos juntos... bromeábamos, y así nos sentíamos un poco menos solos.

Nunca, desde su marcha, había vuelto a hacerlo. Sin Aiden, el cielo parecía demasiado grande sobre mi cabeza y yo demasiado pequeña, y aquel ritual había perdido todo su sentido. Pero ahora...

Le di un sorbo al refresco que había cogido para acompañar al sándwich y continué comiendo en silencio. Mi ejemplar de *Romeo y Julieta* yacía sobre el colchón, a mi lado, abierto por la primera página. Había decidido leerlo de nuevo. Aunque no era ni de lejos mi obra favorita, quería estar preparada para la audición, así que me puse a leer en cuanto terminé de cenar.

Mi mente trataba de centrarse en la lectura, pero mis ojos iban y venían todo el tiempo del papel a la ventana y de ahí al trozo de calle que alcanzaba a ver desde donde estaba. Hasta que una de las veces, horas más tarde, mi mirada tropezó con una figura que se acercaba corriendo por la calle. Supe que era él incluso antes de que su rostro quedase iluminado al pasar por debajo de una de las farolas que había a lo largo de la acera. Su ropa no era la más adecuada para salir a correr: una camiseta de algodón blanca y unas bermudas cargo de un tono azul marino o tal vez negro, no lo distinguía bien. Al llegar frente a su puerta se detuvo y empezó a realizar estiramientos, por lo que intuí que no era como si hubiera echado a correr desde el final de la calle o algo por el estilo.

Me acerqué más a la ventana. Al ser consciente de que si alzaba la mirada me vería, corrí a apagar la luz. Para mi decepción, apenas si pude observarlo mucho más, enseguida se dirigió al porche y entró en su casa.

Esperé escondida tras la cortina y con el borde apretado entre los dedos, ansiosa por verlo aparecer tras el cristal de su ventana. No tardó más que unos pocos segundos. La luz se encendió y la habitación se iluminó para mostrarme el mismo trozo de dormitorio que tantas veces había observado desde la distancia; nunca había estado en él, pero lo conocía al detalle, y ahora lucía mucho más vacío. Nada de pósteres de grupos de música ni libros o ropa por todas partes.

Aiden por fin entró en mi campo de visión y ya no pude ver nada que no fuera él. Siempre había estado en buena forma gracias a los entrenamientos con el equipo de fútbol, pero ahora… Tiró del bajo de su camiseta hacia arriba y se la sacó por la cabeza, y mis labios se entreabrieron por decisión propia. Los músculos trazaban líneas perfectamente definidas sobre su pecho y abdomen, y tuve que parpadear varias veces y alzar la mirada hasta su rostro para asegurarme de que se trataba de verdad de mi mejor amigo. A mi mente acudieron multitud de pensamientos que nada tenían que ver con la amistad, y eso me hizo sentir aterrada y extraña; sin embargo, no podía dejar de mirar. Mi garganta hizo un ruidito extraño cuando se desabrochó el botón de las bermudas y estas resbalaron ligeramente por sus caderas, quedando en precario equilibrio.

Esa mañana, tal vez debido al impacto de su repentina aparición, no me había percatado de todos los cambios que había sufrido su cuerpo, y en otro momento aquello solo hubiera dado lugar a un sinfín de bromas entre nosotros.

A pesar de todo, continué allí plantada con el corazón golpeándome las costillas y sumida en las sombras de mi propia habitación, espiándolo. Parecía una jodida acosadora.

Se me cortó el aliento cuando se giró un poco y descubrí en su costado lo que no podía ser otra cosa que un tatuaje. La tinta recorría su piel desde la parte alta de sus costillas hasta casi la cadera; eran letras, alguna frase, supuse, pero me fue imposible descifrar lo que ponía. El aire que había estado reprimiendo escapó en forma de jadeo cuando se volvió del todo y quedó de espaldas a mí. Su espalda también estaba tatuada, muy tatuada, un pájaro de fuego extendía sus alas desde su columna hasta cubrir casi por completo sus omoplatos. La larga cola se deslizaba a lo largo de su espalda, enroscándose hacia el final. Los colores eran brillantes y… hermosos, y las plumas ondulaban sobre su piel con cada uno de sus movimientos. Resultaba hipnótico, y casi me hizo olvidar a quién estaba contemplando.

Aiden desapareció entonces de mi campo de visión, sacándome del trance. Mi mano se había convertido en un puño cerrado, con un trozo de cortina en su interior, arrugado por la fuerza con la que lo había estado apretando. A la vez, mi labio inferior palpitaba dolorido; debía de habérmelo estado mordiendo mientras devoraba a Aiden con la mirada.

Me aparté con rapidez de la ventana y fui a sentarme en la cama, pero acto seguido me puse en pie de nuevo. Aiden era —o había sido— mi mejor amigo, y yo jamás lo había mirado de esa forma. Pero eso no era lo más preocupante. Hacía meses que no miraba así a un chico, a ninguno. Comencé a pasearme por la habitación a oscuras, pero poco después me encontré riéndome a carcajadas. Creo que mi mente estaba tratando de normalizar la situación, aunque yo no me había sentido normal en mucho tiempo.

Me senté en la cama de nuevo, intentando tranquilizarme, pero mis ojos regresaron a la cortina. Me incliné sobre la mesilla de noche para encender la lamparita que había sobre ella y así evitar la tentación de espiar a mi amigo de nuevo. Si me acercaba a la ventana, Aiden podría ver mi sombra en el momento en el que se le ocurriera echar un vistazo en dirección a mi casa.

Subí los pies al colchón y me abracé las piernas, manteniéndolas contra el pecho. Apoyé la barbilla en las rodillas y solté un suspiro demasiado dramático incluso para mí. Cerré los ojos, pero los abrí de inmediato cuando la imagen de Aiden fue sustituida por otra mucho más desagradable.

Centré mi mirada de nuevo en la ventana. En la zona que quedaba bajo ella, el tejado de la planta inferior se extendía un par de metros hacia el frente y su inclinación era apenas perceptible. Era el trozo en el que Aiden y yo solíamos tumbarnos a observar las estrellas, el mismo que yo no había pisado desde que él se había marchado. Me pregunté qué pasaría si abría la ventana, salía y me sentaba allí. Aiden podría verme y sería una invitación silenciosa a reunirse conmigo. ¿La aceptaría? ¿Seríamos capaces de retomar nuestra amistad donde la habíamos dejado? ¿Podría yo confiar en él y contárselo todo como años atrás?

No salí. Pasé no sé cuánto tiempo sentada en la cama, fingiendo que leía *Romeo y Julieta* y que no prestaba atención a los movimientos que de vez en cuando tenían lugar más allá de la cortina de mi habitación. Resultaba difícil comprender que pudiera titubear tanto tratándose de Aiden. Nunca hasta entonces me había sentido así respecto a él, pero tal vez mi mejor amigo ya no fuera el chico que yo creía que era. Y yo, desde luego, no era la Madison de hacía casi dos años.

Esa noche me costó dormirme. Tuve pesadillas durante las primeras horas y luego permanecí despierta otras tantas, evocando pequeños retazos de mi pasado junto a Aiden para borrar el rastro amargo que siempre me dejaban aquellos sueños. Recordé la vez que Aiden y yo habíamos ido al lago en pleno invierno y él me había empujado al agua con ropa y todo. Muerta de frío, había salido escupiendo improperios mientras él se partía de risa. Sus carcajadas ni siquiera se habían interrumpido cuando me lancé sobre él y lo hice caer conmigo dentro del agua; sabía que me lo había permitido, no había manera de que yo lo moviera de su sitio si él no hubiera querido que así fuera. Aiden solía dejar que me saliera con la mía, aunque nunca lo hubiese admitido frente a mí.

Con esa idea en mente, cuando atravesé la puerta de mi casa para dirigirme al instituto a la mañana siguiente, estaba totalmente decidida a hablar con él. Me resultaba estúpido mantener las distancias con Aiden o hacer como si no nos conociéramos de nada. ¡Éramos amigos! Cualquier cosa que hubiera sucedido en esos dos años, Aiden podía contármelo, y yo lo apoyaría como siempre había hecho. Él sabía que podía confiar en mí. Si lo había olvidado, pensaba recordárselo, aunque estaba obviando el hecho de que no sabía si yo podría sincerarme de la misma manera...

No iba a esperar, así que tomé aire y me encaminé hacia la entrada de su casa. No había pisado aquel porche desde los días posteriores a la marcha de Aiden, cuando había intentado que su madre me contara qué era lo que había ocurrido y dónde estaba. La mujer no había dicho una palabra al respecto, salvo que se había ido y no regresaría; después de eso, me había cerrado la puerta en las narices. Solo esperaba que él no hiciera lo mismo.

Ni siquiera tuve que llamar al timbre. La puerta se abrió cuando apenas si había puesto un pie en el primer escalón del porche. Levanté la vista, mi mirada se encontró con la de Aiden, y el impacto que me produjeron sus turbulentos ojos azules me dejó clavada en el sitio. La reacción de mi cuerpo me pilló tan desprevenida que el aire escapó de mis pulmones para no regresar hasta pasados unos largos segundos. Las palabras que pensaba decirle, esas que había estado ensayando mientras desayunaba, se me quedaron atascadas en algún lugar entre la garganta y los labios.

Aiden fue el primero en reaccionar. También él se había quedado paralizado en el umbral. Soltó el pomo de la puerta y, tras deslizarse al exterior, tiró de ella para cerrarla.

—Tengo prisa, Madison.

Había tanto hielo en su voz que no pude evitar encogerme un poco. Sin embargo, mi mente me convenció para no regresar por donde había venido.

«Es solo Aiden, el tipo que metió queso derretido en tus zapatillas porque le dijiste que a él le olían los pies».

Estuve a punto de echarme a reír al recordar aquello, pero algo me dijo que no era el momento adecuado.

—Bien. Podemos ir al instituto juntos, así tendremos tiempo para hablar. —Me enorgullecí de que mi voz no titubeara y volví a sentirme un poco más yo misma; yo misma con mi mejor amigo.

Él arqueó las cejas, pero, salvo eso, su expresión no varió apenas. Me dieron ganas de darle una patada en la espinilla, tal vez así dejara de comportarse como un capullo.

—Tal vez otro día —arguyó, y fue mi turno para mostrar suspicacia.

—No.

Aiden había echado a andar y estaba a punto de pasar por mi lado. Se detuvo.

—¿Perdón?

—He dicho que no, no voy a esperar otro día. —A la mierda con las contemplaciones. Aiden era mi amigo. Si se empeñaba en hacer el imbécil, yo podía serlo más que él. No sería la primera vez que nos peleábamos.

No me miraba. Sus ojos estaban puestos en algún punto de la calle por detrás de mí, pero yo me interpuse en su camino y levanté la vista hasta su rostro. No tenía ninguna oportunidad de detenerlo si decidía apartarme y continuar andando. Estaba segura de que podría alzarme y colocarme a un lado sin esfuerzo alguno; ya era capaz de ello en el pasado, como había comprobado en multitud de ocasiones. Sin embargo, me planté frente a él con las manos apoyadas en las caderas y el convencimiento de estar haciendo lo correcto. Aiden Keller no iba a huir de mí.

—Madison —me advirtió con un gruñido bajo, y su voz reverberó en zonas equivocadas de mi cuerpo.

Me mantuve inmóvil, aunque tragué saliva.

«Es tu mejor amigo», me repetí. No sirvió de nada.

—Tú nunca me llamas así —repliqué desafiante a pesar de todo.

Volvió a gruñir. Se metió la mano en el bolsillo, sacó el móvil y le echó un vistazo a la pantalla.

—Voy a llegar tarde, así que déjame pasar.

Si no se iba, era porque no quería hacerlo; ambos lo sabíamos.

—Sería la primera vez que te preocupas por llegar tarde al instituto, Aiden.

Sus ojos se clavaron en mí cuando pronuncié su nombre, y sus labios se apretaron un poco más. Tras unos segundos en los que ninguno de los dos apartó la mirada del otro, él levantó una mano y señaló la calle, como invitándome a que lo precediera.

—Haz lo que quieras.

—Eso pensaba hacer —repuse, un poco pagada de mí misma.

Me giré para permitir que terminara de descender los últimos escalones y me apresuré a colocarme a su lado cuando echó a andar por el camino de entrada. Que hubiera cedido debería haberme hecho sentir aliviada, pero no lo estaría hasta que me dijera que solo se estaba comportando como un idiota para sacarme de quicio. Eso sería muy propio de Aiden, tomarme el pelo solo para que después pudiéramos reírnos juntos. Sin embargo, tenía el presentimiento de que aquello no era una de las bromas de mi mejor amigo.

Aiden solía tomarse las cosas con más calma que yo. Mientras que él intentaba reírse de lo que le rodeaba, yo siempre había sido la cabezota que le daba demasiadas vueltas a todo. Él era el que me calmaba, el que le quitaba importancia a las cosas, el que me hacía reír hasta que me dolía la cara y la barriga, y nunca, en todos los años que habíamos compartido, había sentido que tuviera que escoger mis palabras al hablar con él. Pero ahora lo estaba haciendo. Mientras esperaba a que se abriera la puerta del garaje de su casa, estaba allí plantada tratando de encontrar una forma de llegar hasta mi mejor amigo.

—¿Esa no es la camioneta de tu hermano? —inquirí cuando tiró de la funda que cubría el vehículo y lo dejaba al descubierto.

Él no contestó. Se limitó a dejar la tela sobre el suelo, subirse al asiento y meter la llave en el contacto. Observé sus intentos por arrancarla hasta que finalmente el motor vibró y se mantuvo encendido.

—¿Vienes o no? —me dijo, con la vista fija al frente.

Titubeé. Tuve que recordarme que era Aiden el que me estaba invitando a subirme en el coche, aunque lo de *invitar* tal vez fuera decir demasiado.

—Vale —repliqué, pero no hice amago de abrir siquiera la puerta del copiloto.

Derek, el hermano de Aiden, nunca le había permitido cogerla. En realidad, lo había amenazado con romperle las piernas si se le ocurría siquiera mirarla, y os aseguro que no era una forma de hablar. Aquella camioneta roja y reluciente era su tesoro.

Aiden continuó ignorándome mientras esperaba a que me montara en el vehículo.

—¿Iremos directos al instituto? —pregunté, y él se encogió de hombros sin apartar la vista de la maldita calle—. ¡¿Te importaría mirarme?!

Puede que alzara la voz un poco al pedírselo, pero la ansiedad se había apoderado de mí.

Durante un par de segundos no se movió, y luego, muy poco a poco, fue girándose hasta que sus ojos se posaron en mi rostro. De repente, el garaje, con todas aquellas cajas llenas de polvo y las herramientas oxidadas colgando de ganchos de metal, pareció plegarse sobre sí mismo y menguar hasta resultar asfixiante. Aiden irguió la espalda y los músculos de su cuello y sus hombros se tensaron. Sus iris parecían ahora casi negros. No estaba precisamente contento.

—Ya te estoy mirando —señaló, un par de minutos después, cuando estuvo claro que yo no iba a decir nada.

Me miraba, pero no me veía, incluso yo podía darme cuenta de eso. Era como si al viejo Aiden se lo hubiera tragado la misma oscuridad que colmaba sus ojos.

—¿Se puede saber qué demonios te pasa? —pregunté sin amedrentarme, aunque no tenía ni idea de dónde estaba sacando el valor—. ¡Dos años, Aiden! Hace casi dos años que no nos vemos, que no sé nada de ti —comencé a despotricar, y supe que no habría manera de que me callara—. Desapareciste sin más. La gente... la gente dijo cosas horribles, y yo me senté a esperar que se te ocurriera llamarme para contarme dónde estabas y si estabas bien. —La humedad había comenzado a acumularse en mis ojos, emborronando su rostro inexpresivo, pero continué—: Te llamé durante semanas, pero tenías el móvil apagado y luego tu número dejó de existir. Y tu madre no quiso decirme nada...

—¿Hablaste con mi madre? —me interrumpió, pero yo ni siquiera lo escuchaba ya.

Me había guardado tanto tiempo aquello dentro que ahora necesitaba dejarlo salir, necesitaba que él lo comprendiera y que apartara a un lado su actitud fría y distante.

—¡Eras mi mejor amigo! Y lo único en lo que podía pensar era en que, si no te ponías en contacto conmigo, tenía que ser porque te había pasado algo realmente malo. Aquella mañana... —mi voz temblaba, todo mi cuerpo lo hacía— tenías el ojo hinchado, ¡por el amor de Dios! Y prometiste volver, me prometiste que estarías ahí para mí... ¡Y no estuviste, Aiden! No estuviste cuando te necesité...

No pude seguir hablando. Algo se había roto en mí aquel día, lo sabía, y luego todo había ido a peor; las grietas que la marcha de Aiden había dejado en mi interior se ensancharon y crecieron, hasta que todo lo que había quedado de mí era una niña abandonada y rota. Y él no había estado para ayudarme.

—Me hiciste una jodida promesa y no la cumpliste —le espeté finalmente, volviendo a sentirme como una chiquilla.

Me subí a la camioneta solo para poder sentarme. De repente, el aire parecía tan pesado que me costaba respirar y la humedad había desbordado mis ojos. Sabía que tenía que tranquilizarme; ya hacía un par de meses que no tenía ningún ataque de ansiedad, pero estaba segura de que podían regresar en cualquier momento.

AIDEN

—¿Estás bien?

Madison había empezado a respirar cada vez más deprisa y parecía a punto de sufrir un colapso o algo por el estilo. Se había sentado en el borde del asiento de la camioneta, pero estaba ligeramente inclinada hacia el exterior. A pesar de lo rápido que subía y bajaba su pecho, me daba la sensación de que el aire no llegaba a sus pulmones.

—¿Madison? —insistí, y me hizo un gesto con la mano para que me callase.

Empecé a preocuparme. ¿Qué demonios le pasaba? Los siguientes minutos se me antojaron una eternidad, pero poco a poco fue inhalando más despacio y se relajó. Se apoyó contra el respaldo y, con los ojos cerrados, alzó la barbilla hacia el techo.

—¿Madi? —me atreví a llamarla.

Ella abrió un ojo y me miró de soslayo.

—¿Ahora soy Madi? —me reprochó con el rostro aún congestionado.

Aquello era un error y yo lo sabía. Me había prometido mantenerme alejado de ella más que de nadie en ese maldito pueblo. Ya había pasado por esto...

No respondí. Giré el rostro hacia la puerta del garaje y mis dedos se enroscaron en el volante. Lo apreté con tanta fuerza que los nudillos se me pusieron blancos.

—Cierra la puerta. Vamos a llegar tarde.

—Sigo sin entender desde cuando te has vuelto tan puntual, Aiden —terció ella.

Tuve que esforzarme mucho para no volver a mirarla. Quería preguntarle qué acababa de suceder... No solo eso, quería saber qué había hecho cada segundo de cada día que habíamos pasado separados, quería tirar de ella y abrazarla hasta que el dolor de mi pecho desapareciera. ¡Joder! Ni por asomo había pensado que iba a ser tan difícil. Los primeros meses después de que me internaran, la había echado de menos a todas horas, incluso la llamaba en sueños —o eso me habían dicho—. Hasta que me había obligado a sacármela de la cabeza, a olvidar y dejarlo todo atrás.

—Cierra la puerta, Madison. Por favor —añadí, porque sabía que me estaba comportando como un capullo.

Desvié la vista de la calle para observarla. Sus mejillas habían enrojecido y tenía los labios secos, y aun así continuaba siendo la chica más bonita que yo hubiera visto jamás. Mi determinación se tambaleó. Lo único con valor que yo había poseído en toda mi vida era su amistad, y estaba arruinándola a sabiendas, si es que no la había destrozado ya.

Tardó un instante en tirar de la manija y cerrar la puerta. Cuando eso sucedió, de forma inconsciente, me estiré sobre ella para alcanzar el cinturón de seguridad del copiloto, un gesto que había hecho mil veces en el pasado. Apenas empecé a moverme en su dirección, el pánico se apoderó de su expresión con tanta claridad que mi cuerpo retrocedió sin que tuviera siquiera que pensarlo.

Acabé pegado al interior de mi puerta mientras ella hacía lo mismo con la de su lado. ¿Era miedo lo que veía en sus ojos? ¿Madi me tenía miedo?

Maldije en silencio; mi rostro de nuevo vuelto hacia el exterior del garaje para ocultar mi frustración. Debería de haber sabido que esto iba a pasar, pues los rumores habrían corrido a lo largo de todo el pueblo desde el mismo día de mi partida. Mi hermano había ido a parar al hospital, pero ¿de verdad creía Madison que sería capaz de hacerle daño a ella?

—No tienes que venir conmigo —farfullé. Al colocar la mano sobre la palanca de cambios, pareció encogerse aún más. El gesto fue como un puñetazo en la boca del estómago—. Deberías bajarte —agregué, y apreté los dientes con tanta fuerza que la mandíbula empezó a dolerme.

—Quiero ir contigo —murmuró, aunque por su tono parecía a punto de lanzarse fuera del coche.

Estaba desconcertado y también un poco enfadado. No entendía por qué había venido a buscarme. Estaba claro que nuestra amistad no era ni la sombra de lo que había sido; Madison no confiaba en mí, y eso dolía.

Bueno, que se sintiera así ayudaría.

—¿Estás segura? —pregunté de todas formas.

Ella asintió con pequeños movimientos de cabeza mientras estrujaba la mochila contra su pecho. Había pasado casi dos años fuera, pero en ese instante Madi parecía aún más niña que cuando la había dejado allí.

Saqué la camioneta del garaje sin decir una palabra más. El camino hasta el instituto no duraba demasiado, pero fue una auténtica tortura. En cuanto Madison bajó la ventanilla y el aire entró, arrastrando su olor hasta mí, mi mente se hundió en el pasado sin que pudiera evitarlo. Madi siempre olía a una mezcla de mandarina y limón. Yo solía meterme con ella por eso, pero en realidad me encantaba; olía a verano, a sol y libertad, a niñez y risas. Olía como todas las cosas pequeñas y bonitas que uno desearía tener en su vida cada día. En ocasiones, cuando había tenido un día difícil en casa, le hacía cosquillas con el único propósito de tener una excusa para hundir la cara en su cuello y aspirar su aroma.

Conduje despacio y ni siquiera me atreví a encender la radio por si el movimiento volvía a incomodarla. Estaba aturdido; tenía los pulmones anegados con su aroma y la mente, con recuerdos en los que ella era la protagonista.

Atravesábamos el arco de vegetación que bordeaba la carretera hacia el instituto cuando Madison por fin rompió el silencio en el que nos habíamos sumido.

—¿Qué pasó, Aiden?

Era lógico que preguntara. La verdad era que no había esperado que tardase tanto. El día anterior, en clase, había creído que saltaría sobre mí para interrogarme.

¿Qué podía contarle? ¿Que los rumores eran ciertos? ¿Que le había roto un brazo y una costilla a mi propio hermano? Eso solo aumentaría su temor. Pero era justo lo que yo quería, ¿no? Alejarla. Sin embargo, Madison no se contentaría con eso; al contrario que la mayor parte de los habitantes de Roadhill, ella querría saber por qué lo había hecho. Entonces yo tendría que contarle toda la mierda que le había estado ocultando durante años, y no estaba dispuesto a revivirlo. De todas formas, iba a largarme en cuanto cumpliera los dieciocho. Ese era el plan: permanecer en Roadhill para conseguir graduarme en el instituto mientras mi madre tuviera mi tutela y luego marcharme y no mirar atrás.

Al principio de mi estancia en el centro de menores, me había agarrado al recuerdo de Madison para sobrellevar el encierro. Luego... Luego el odio había ido arraigando en mí, eso era mejor que el dolor, y me había jurado que nunca volvería a necesitar a nadie. Durante semanas había luchado conmigo mismo para convencerme de que podía apartar a Madison de mi mente y de mi vida, y al final lo había logrado.

Hasta ahora.

«La necesitas. Ella nunca te haría daño».

Acallé la voz de mi cabeza y negué.

—¿No vas a contármelo? —insistió Madison, al contemplar el gesto.

—¿Importa?

Resopló.

No la miré hasta que alcanzamos el aparcamiento del instituto y encontré una plaza libre donde estacionar la camioneta. Sus mejillas continuaban ligeramente sonrosadas, pero ya se había recuperado de lo que fuera que le hubiera sucedido.

Sabía que estaba enfadada y que era demasiado cabezota como para rendirse, y esperé su respuesta sabiendo que comenzaría a increparme en cualquier momento.

—No, en realidad no importa, Aiden —me dijo con calma, pillándome totalmente desprevenido.

Sentí deseos de abrazarla y, durante unos segundos, temí que la humedad que se acumuló en mis ojos se convirtiera en lágrimas descendiendo por mis mejillas. Joder, la había echado tanto de menos...

«Eres idiota si piensas que tienes voluntad suficiente para mantenerte apartado de ella».

Lo era y lo había sido. En ese momento, sentado en el interior de la camioneta junto a Madison, la sarta de mentiras que me había contado durante los meses anteriores resultó estúpida y carente de sentido. Era un jodido cobarde, solo eso, uno que no quería sufrir cuando la única persona a la que quería y que lo había querido lo rechazara.

MADISON

Salí del coche de forma apresurada a pesar de que ansiaba obtener respuestas de Aiden. Los espacios cerrados y tan pequeños no contribuían a hacerme sentir mejor; en multitud de ocasiones habían sido el desencadenante de los ataques. No quería que Aiden pensara que huía de él, pero tampoco deseaba que lo que había estado a punto de suceder en el garaje se repitiera.

Había visto su desconcierto ante mi reacción. Se había separado de mí casi como si pudiera quemarse, y yo había hecho lo mismo. Sin embargo, podía con su desconcierto, lo que no soportaba era el dolor que había alcanzado a ver en sus ojos.

Rodeé la camioneta y, un poco más segura de mí misma, me planté frente a él.

—Si no vas a contarme nada, al menos deja de comportarte como un capullo. —Tomé aire y reuní los restos de la audacia que no me había dejado en el interior del coche—. Te he echado mucho de menos.

Di media vuelta y me encaminé hacia la entrada del instituto sin esperar una respuesta por su parte. Necesitaba unos segundos; un respiro, necesitaba respirar.

Me encontré a Zyra en el pasillo. Una vez que posó la vista sobre mi rostro, se giró hacia su taquilla y extrajo algo del interior.

—Toma —me dijo, tendiéndome una chocolatina.

No hizo ninguna pregunta hasta que la desenvolví y le di un mordisco. Chocolate, una delicia que podía salvarme casi de cualquier cosa, incluso de mí misma.

—Tienes mala cara. ¿Va todo bien?

Suspiré y apoyé la espalda contra el metal frío de la taquilla contigua a la suya. Había gente por todos lados, apenas si quedaban un par de minutos para que sonara el timbre, pero mis compañeros se resistían a entrar en clase.

Me centré en Zyra para evitar agobiarme con la algarabía de voces.

—Es una larga historia —le dije—. Muy muy larga.

Me regaló una sonrisa de ánimo.

Zyra estaba al tanto de mis episodios de ansiedad e incluso había sido testigo de alguno, como la primera vez que me había subido en su coche y había tenido que bajarme de inmediato. Con el tiempo, mi amiga había conseguido que pudiera acompañarla sin problemas, aunque no le había explicado el porqué de aquellos ataques. Había estado a punto de confesárselo en más de una ocasión, pero no lograba reunir las fuerzas necesarias.

—He visto a Aiden esta mañana —expliqué finalmente, después de dar buena cuenta de la chocolatina.

—¿Habéis hablado?

—Hablar es mucho decir. Él ha gruñido y yo me he dedicado a gritarle —admití suspirando.

Zyra soltó una risita.

—Puedo imaginarlo.

Me froté las sienes. Empezaba a dolerme la cabeza. Mi amiga cerró su casillero y echamos a andar hacia nuestra primera clase.

—No ha querido contarme lo que le pasó. —Era una hipócrita. No debería enfadarme con Aiden por no querer explicarme lo sucedido, no cuando yo misma tenía mi propio secreto, uno del que dudaba que pudiera hacerle partícipe; ni siquiera podía hablar de ello con Zyra.

—Dale tiempo, Madison. Acaba de regresar. A veces sacarnos de dentro las cosas que nos duelen es difícil, no importa lo mucho que confiemos en alguien.

Me sentí aún más culpable. En vez de un abrazo, había exigido explicaciones; en vez de cariño, le había dedicado palabras airadas. Era una pésima amiga.

—Tienes razón.

—Siempre la tengo —rio Zyra, consiguiendo que yo también sonriera—. ¿Quedamos esta tarde?

Asentí.

—¿Batido y hamburguesa? —propuse—. Y... ¿café?

Zyra me dio un empujoncito para hacerme avanzar hacia el interior del aula.

—Sabes que no deberías tomar tanto café, ¿no?

Compuse una expresión de cachorrillo abandonado. Podía prescindir de muchas cosas, salvo del café y del chocolate; la vida ya era lo bastante deprimente como para tener que negarme dichos placeres.

Zyra cedió y dijo que me acompañaría a cubrir mis necesidades *básicas* después de clase. Ese día no tenía turno en Books & Coffee, así que disponía de toda la tarde libre. Mi madre seguramente querría que volviera pronto a casa, pero ella no llegaría hasta casi el anochecer y yo planeaba estar allí cuando lo hiciera. Sabía que tenía que contarle mi conato de ataque; sin embargo, no quería que supiera las circunstancias que lo habían provocado, porque entonces tendría que hablarle de mi pelea con Aiden y aún no le había dicho que estaba de vuelta en el pueblo. Terminaría por enterarse, pero por ahora prefería no tenerla mirando por encima de mi hombro.

No me encontré de nuevo con mi mejor amigo hasta tercera hora, en clase de español. Llegué pronto y me deslicé hasta mi sitio tras echar un vistazo al fondo de la clase, buscándolo; todavía no había llegado. De todos modos, apareció casi de inmediato, se detuvo un instante en la puerta y todas las miradas recayeron sobre él. Acto seguido, los murmullos y cuchicheos se extendieron por el aula como una ola acercándose a la orilla, ganando fuerza conforme Aiden avanzaba entre los pupitres.

Al menos yo ya no tenía que soportar los cotilleos sobre mi persona. Los había habido, por supuesto, pero como nadie sabía en realidad lo que había pasado —o si de verdad había pasado algo— no duraron demasiado.

Alcé la vista hacia su rostro cuando me di cuenta de que él se había detenido junto a mí. Sus ojos se habían oscurecido y sus labios continuaban formando una línea apretada. Aun así, le mantuve la mirada.

Se acuclilló y nuestros ojos quedaron a la misma altura. No creía que fuera consciente de lo perturbador que podía resultar que me mirara tan fijamente.

—Lo siento, Madison —murmuró muy bajito.

Todos estaban pendientes de nosotros y yo me esforcé en ignorarlos. Aiden me estaba pidiendo perdón, significara lo que significase eso.

No dije nada, no sabía qué decir. Resultaba de lo más triste que fuera así (nunca me habían faltado las palabras con él), y quizás Aiden pensara lo mismo, porque cerró los ojos unos segundos y, cuando volvió a abrirlos, estaban anegados de tristeza.

Se incorporó, echó a andar hacia una silla vacía y, sin pensarlo, estiré el brazo para detenerlo. La sensación de su piel contra la palma de mi mano me arrebató la voz durante un instante. La retiré cuando me di cuenta de lo que había hecho.

—¿Qué te parece si hablamos luego?

Titubeó, pero finalmente asintió.

El señor Velasco entró entonces en el aula.

—¡Todo el mundo a su sitio! —exclamó, llamándonos al orden.

Los cuchicheos continuaron durante un buen rato, también las miradas cargadas de malicia y las risitas.

Odiaba ese pueblo.

Intenté no pensar en Aiden el resto del día, pero fracasé porque de repente no dejaba de cruzármelo por los pasillos y, además, estábamos juntos en tres clases. No me dijo nada y yo tampoco me acerqué a él. Habíamos quedado en hablar, aunque no habíamos especificado cuándo, y supuse que no debía de ser la única que necesitaba algo de tiempo para enfrentarse a esa conversación pendiente.

—Éramos inseparables —señalé, haciendo una pausa mientras devoraba mi hamburguesa.

Hablar con Zyra sobre Aiden resultaba mucho más sencillo ahora que él estaba de regreso en el pueblo. El hueco que había dejado, y todo lo sucedido, no había desaparecido, pero su presencia ayudaba y alentaba a esa parte de mí que deseaba que las cosas fueran como antes.

—Nos llevábamos tan mal que era inevitable que nos llevásemos bien.

—Eso es absurdo —rio mi amiga, sentada frente a mí.

Me encogí de hombros.

—Siempre fuimos un poco absurdos.

—¿Por eso sonríes como una idiota cuando hablas de él?

¿Lo hacía? Me toqué los labios en un acto reflejo. Sí, sí que estaba sonriendo, aunque no era tan extraño; Aiden siempre había sabido cómo hacerme sonreír.

Zyra le dio un sorbo a su batido de vainilla antes de volver a hablar.

—¿Qué crees que le ha pasado?

Moví la cabeza de un lado a otro.

—No lo sé. Él nunca perdía el buen humor, ¿sabes? En su casa las cosas no eran precisamente fáciles —le expliqué—. Y, aun así, Aiden era pura luz...

Zyra revolvió su bebida con una cañita de forma distraída, su atención puesta en mí.

—¿Solo erais amigos?

Me reí sin ganas. Había escuchado esa pregunta de labios de mi madre muchas veces, y no eran pocas las compañeras de instituto que me habían interrogado acerca de la relación que manteníamos Aiden y yo. La respuesta siempre había sido la misma:

—Sí, solo amigos.

—Noto cierto resquemor en esa afirmación —me sonsacó Zyra, pero yo negué.

—Nunca pasó nada entre nosotros, de verdad.

—Te creo —me dijo, alzando las manos—, pero eso no quiere decir que alguno de los dos no quisiera que pasase. —Hizo un gesto insinuante con las cejas y sonrió. Sabía que bromeaba, que solo trataba de descubrir más cosas acerca de él, imaginarme feliz siendo su amiga, o simplemente feliz—. Oh, vamos, puede que me gusten las chicas, pero tengo muy claro cuando un tío está bueno, y Aiden, definitivamente, es muy atractivo.

Solté lo que quedaba de mi hamburguesa y me quedé mirándola.

—Es guapo —admití—, siempre lo ha sido.

—¿Y?

—Y nada. —Me sentí un poco culpable cuando a mi mente acudió el recuerdo de la noche anterior.

Zyra me contemplaba con tanta atención que temí que pudiera ver a través de mis ojos y colarse en mi interior.

—No has salido con nadie desde que te conozco —terció ella, y yo no dije nada. El corazón se me aceleró al comprender que Zyra empezaba a hacerse preguntas—. Y estoy bastante segura de que te gustan los chicos —continuó, y yo asentí—. Así que, dime, ¿cuál es el problema?

Continué callada, temiendo entrar de nuevo en pánico. No estaba preparada para hablar de aquello con ella y no me relajé un poco hasta que sonrió.

—Es por él, ¿no? —Durante un momento no supe de quién hablaba—. ¡Por Aiden!

El alivio tuvo que reflejarse en mi rostro, aunque Zyra lo interpretó como una confesión en toda regla.

—¡Lo sabía! —exclamó, y yo reí, nerviosa, pero no la saqué de su error.

Regresé a casa cuando el sol aún no había comenzado a ponerse. Zyra no había insistido en continuar hablando de Aiden y yo lo agradecí. Él era, o había sido, mi amigo, y solo eso me preocupaba realmente. Lo demás... Lo demás podía continuar esperando.

Al pasar por delante de su casa, mis ojos se dirigieron de forma irremediable a la ventana de su dormitorio. Casi se me escapó un grito al descubrirlo apoyado en el alféizar, la mirada alzada hacia el cielo, como si estuviera esperando que las estrellas fueran encendiéndose al caer la noche.

Bajó la vista y me pilló observándolo. Me había quedado plantada en mitad de la acera y, aun ahora, era incapaz de reaccionar. Meses y meses esperando verlo y por fin comprendía que me había rendido hacía tiempo, que no había creído que fuera a regresar; pero lo había hecho, o al menos una parte de él.

Nos miramos, solo eso. Aiden estaba cambiado pero a la vez seguía siendo él, y yo no entendía por qué parecía haberse abierto una brecha entre nosotros cuando todo había sido siempre tan fácil...

—Madison. —Mi madre me llamó desde la entrada, supuse que acababa de llegar de trabajar.

Sus ojos se dirigieron a la ventana de Aiden, pero él ya no estaba allí.

—Ya voy.

Me apresuré a entrar. Ella me dio un beso y un abrazo que hubiera sido rápido de no ser porque yo lo alargué más de la cuenta; lo necesitaba.

—¿Qué tal el comienzo de clases? Esta mañana te habías ido cuando me levanté.

Normalmente, los largos turnos de mi madre no nos permitían vernos tanto como desearíamos. Cuando podíamos, desayunábamos juntas, pero la noche anterior había llegado muy tarde del hospital y yo no había querido despertarla esa mañana.

—Ya sabes, lo de siempre. —Mi madre arqueó las cejas. Atravesamos el salón y fuimos juntas hacia la cocina—. Estoy bien, mamá, de verdad que lo estoy.

Pasó sus dedos brevemente por mi mejilla, un gesto cariñoso que repetía con frecuencia, y sonrió.

—¿Seguro? —Asentí, pero continuó de todas formas—. Porque sé que el instituto puede ser difícil, y si necesitas más tiempo...

—Mamá —la corté.

—Me preocupo —se defendió.

Puse los ojos en blanco, pero la abracé de nuevo para tranquilizarla. Se preocupaba por mí y también se culpaba; solo que ella no tenía culpa de nada.

—Tengo hambre —dije para distraerla, aunque en realidad la hamburguesa me había dejado casi llena.

El comentario la puso en marcha y yo pude respirar tranquila. La ayudé a preparar una ensalada de fruta que a ambas nos encantaba, y nos la comimos juntas mientras me contaba lo agitado que había sido el día anterior en el hospital. Yo le hablé de la obra que representaríamos ese curso en el instituto y de mi intención de presentarme a la audición de Julieta —o de cualquier otro papel que me permitiera participar—. Estuve a punto de informarla del regreso de Aiden, pero prefería aclarar las cosas antes con él para saber a qué atenerme.

—Madison. —Ya me dirigía a mi habitación después de la cena y me giré para mirarla—. Si necesitas hablar con alguien... Alguien que no sea yo...

—Lo sé, mamá. Pero estoy bien —le aseguré, dedicándole una sonrisa. Y le lancé un beso para terminar de convencerla; aunque no sé si lo conseguí.

AIDEN

—¿Vas a cenar?

Mi madre parecía empeñada en que pasásemos tiempo juntos o, como mínimo, en que no me encerrara en mi habitación.

Había salido a correr después de ver a Madison llegar a su casa, no sé si para alejarme de ella, de mi madre o por el mero hecho de no estar encerrado entre aquellas cuatro paredes. Quizás fuera una mezcla de todo. De igual forma, no había servido de mucho.

—No tengo hambre —contesté de forma automática—. Subiré a darme una ducha.

Luego me metería en mi dormitorio y ya picaría algo cuando ella se hubiera ido a la cama. No tenía ningún interés en retomar nuestra relación, que por otro lado había sido casi inexistente en el pasado.

—Aiden, yo...

Levanté la mano y la apunté con el dedo índice, negando con la cabeza.

—No. —Lo dije en voz alta por si no le había quedado claro—. No quiero oírlo.

Ella frunció el ceño, frustrada. Estaba distinta, me había dado cuenta en el momento en que había puesto un pie en aquella casa. No sabía explicar en qué consistía el cambio; quizás fuera la ausencia de mi hermano pululando a su alrededor o tal vez era yo el que la miraba de forma diferente. Me daba igual, no iba a ceder en aquello. No podía.

—Deberíamos hablar —me dijo.

—No hay nada de lo que hablar, mamá.

La arruga de su frente se acentuó y ella pareció encogerse al escuchar el modo en el que pronuncié la última palabra. Era pequeña, mucho más que yo, debía medir lo mismo que Madison, pero estaba aún más delgada. Hubiera parecido una niña de no ser por las marcas que la vida había ido grabando en su rostro. Su pelo era igual de oscuro que el mío, mientras que el tono marrón de sus ojos era idéntico al de Derek, mi hermano. El azul de los míos provenía de mi padre.

—Yo no quería que... —comenzó de nuevo.

—No, no querías —la interrumpí—, pero la cuestión es que lo hiciste y lo que querías ya no importa. Solo estoy aquí por obligación. Este curso cumplo los dieciocho y me graduaré, y entonces pienso largarme y no volver a verte jamás.

—Aiden.

—¡No! —grité, y bastó para que se detuviera.

Me sentí culpable y eso casi consiguió que me echara a reír.

La dejé allí y me marché a la planta de arriba, donde fui directo al baño para darme una ducha. Puede que el agua arrastrara el sudor y la suciedad de mi piel, pero no se llevó la amargura ni la ira, tampoco el dolor. Me sorprendió que lo que había hecho mi madre siguiera doliéndome, que aún conservara poder para hacerme sentir tan mal. La aparté de mi mente.

Había pensado que estar allí sería más fácil; esquivar a Madison y a mi madre, eso era todo, mantenerme al margen. Mis antiguos amigos no eran más que conocidos y sabía que no volverían corriendo a mi lado una vez en el pueblo. Pero Madison... Ella era la única persona a la que temía enfrentarme. A ella había tenido que enterrarla muy hondo dentro de mí para apartarla de mi mente.

Envolví una toalla en torno a mis caderas y atravesé el pasillo para llegar a mi dormitorio. En cuanto entré, mis ojos se desviaron hacia la ventana. La luz de su habitación estaba encendida, aunque no sabía si estaba allí o no.

«Maldita cortina».

Ella quería que hablásemos y yo sabía que tendría que decirle algo para que me dejara en paz. Madison no era de las que se rendían, era terca y más persistente que nadie que hubiera conocido, más incluso que yo. ¿Qué demonios iba a contarle?

—No somos amigos, ya no —dije en voz alta, y me sonó ridículo hasta a mí.

«Pienso marcharme en cuanto pueda».

«No te quiero cerca».

«No me importas. No quiero que me importes; no quiero que me importe nada ni nadie».

«No quiero que duela…».

¡Joder! No había forma alguna de que admitiera eso ni siquiera ante mí mismo, aunque en el fondo supiera que mi actitud no era más que una forma de protegerme, de aislarme… Si mi madre había sido capaz de volverme la espalda de la manera en que lo había hecho, cualquiera podía hacerlo, incluso Madison.

Abrí la ventana y me asomé.

No quería hablar con ella y a la vez deseaba hacerlo; resultaba absurdo, pero las cosas entre nosotros siempre habían sido contradictorias. Si la dejaba acercarse, aunque solo fuera para gritarme como lo había hecho esa mañana en el garaje, cada vez me costaría más retroceder y alejarme. ¿En qué estúpido momento había pensado que evitar a Madison Harper sería una solución sencilla? Ese pensamiento debería de haber sido motivo suficiente para darme cuenta de que el mío era una mierda de plan…

Y entonces vi su sombra a través de la cortina; la vi tras la tela, moviéndose por la habitación al ritmo de una música que solo ella oía, meciéndose de un lado a otro… y supe que estaba bien jodido.

MADISON

Sobre mi cabeza había tan solo un cielo plagado de estrellas; bajo mi espalda un tejado que había visto tiempos mejores, y a mi lado... A mi lado no había nadie.

Suspiré.

La habitación de Aiden se encontraba a oscuras, pero yo sabía que él estaba allí. Por un instante, me imaginé poniéndome en pie y saltando hasta el alero del tejado de la casa de los vecinos, colándome en su dormitorio para exigirle respuestas. Era consciente de que no lo había hecho nunca y no iba a hacerlo ahora; en mi mente parecía mucho más fácil de llevar a cabo, pero en el mundo real... No era la distancia que debía saltar lo que me daba miedo, ojalá fuera eso.

Me incorporé y encogí las piernas, que rodeé con mis brazos. Me sentía menuda y vulnerable. Expuesta. Sola.

Respiré hondo, despacio, con los ojos fijos en el cristal que se interponía entre Aiden y yo. Y me pregunté por qué parecía todo tan difícil de repente, aunque conocía la respuesta: el mundo no se había detenido con la marcha de Aiden; cada día el sol había seguido saliendo por el este y poniéndose por el oeste, y entre medias habían ocurrido muchas cosas, cosas que yo no quería recordar.

Se me aceleró el pulso y, durante un instante, me concentré solo en relajarme. Tenía aún los auriculares puestos y el móvil en la mano, pero en algún momento la lista de reproducción había llegado a su fin y yo ni siquiera me había dado cuenta. Las estrellas se habían ido iluminando una a una, aunque para mí fue como si se hubiesen encendido todas de golpe. A veces me pasaban ese tipo de cosas, me perdía en mi interior y de repente el tiempo parecía haber saltado y llevarme minutos e incluso horas hacia delante. Esas ausencias me habían salvado a veces, pero yo había dejado de desear que ocurrieran, no quería volver a perderme de esa forma nunca más.

Contuve el aliento en el momento en que una sombra apareció tras la ventana. Un segundo, dos, tres... y luego el aire regresó a mis pulmones. La ventana se abrió y Aiden asomó tras ella, con el pelo despeinado, como si se hubiera pasado la mano por él de forma compulsiva. Desde donde yo estaba, sus ojos no eran más que un reflejo del cielo oscuro sobre nuestras cabezas.

Era la primera vez en años que me sentaba en aquel tejado, y él volvía a estar a solo unos pasos; aun así, lejos, demasiado lejos.

—Hola —le dije, y me sentí ridícula y pequeña. Extraña. Nunca me había sentido así con él.

Aiden tardó unos segundos en contestar.

—Hola. —Apoyó los antebrazos en el alféizar y echó un vistazo al cielo—. Sigue igual —murmuró a continuación—. Debe ser lo único que no ha cambiado por aquí.

A mí, incluso el cielo me parecía distinto, o al menos así había sido mientras él no estaba a mi lado para contemplarlo.

Lo interrogué en silencio, solo con la mirada, porque no quería que sintiera que lo estaba atacando y se encerrara en sí mismo como había hecho por la mañana. Temía que si le preguntaba qué había sucedido, abandonara la ventana y me dejara sola de nuevo. Había reunido el valor para salir al tejado esperando que eso lo empujara a acercarse; lo familiar, algo solo nuestro.

Pero él continuó inmóvil, observándome, con la mirada cargada de intensidad. Palmeé el espacio a mi lado, una invitación también silenciosa pero clara. Creía que no la aceptaría, ya no éramos esos niños que se hablaban en susurros hasta que los párpados pesaban y el sueño los reclamaba; sin embargo, un instante después sacó su cuerpo por la ventana para acudir junto a mí. El corazón me golpeó en el pecho al ritmo que marcaron sus pasos, y, al igual que él en ese momento, latió en un equilibrio precario donde el movimiento equivocado podía arrastrarte al vacío.

Se desplomó a mi lado resoplando; dudé de que fuera por el esfuerzo. Sentado a un palmo de mi menudo cuerpo, parecía aún más enorme, y yo, tan solo la niña que había esperado en aquel tejado tantas veces en el pasado. La camiseta se le tensaba sobre el pecho con cada inspiración, el pelo le caía sobre la cara y las puntas le acariciaban las mejillas con suavidad. Estaba muy guapo, eso había que concedérselo, incluso serio y desesperado como lucía.

—¿Volverás al equipo? —pregunté, como si los dos años que habían transcurrido nunca hubieran existido y aún estuviésemos en el coche la mañana en la que se fue.

—No lo creo —respondió él con la vista al frente.

La escasa distancia que separaba nuestros cuerpos era todo un mundo en ese momento. Quería abrazarlo, pero no podía, no sabía si sería capaz de soportarlo.

—¿Sigues saliendo aquí cada noche? —preguntó él, aparentemente distraído. Sin embargo, sabía que de alguna manera era una pregunta importante.

—Nunca.

Mi respuesta le hizo girar la cabeza. Noté sus ojos sobre mí, atravesándome, escarbando como en tantas otras ocasiones, y tuve que respirar hondo cuando me embargó el miedo irracional a que pudiera ver las heridas de mi interior. Fui yo la que miré entonces al cielo y me perdí entre las estrellas los segundos suficientes para recuperar el control.

—Esto —abarqué con la mano el tejado, la casa, la calle— no era tan divertido sin ti.

Esa verdad sí podía permitírmela, esperaba que él fuera capaz de encajarla.

Se balanceó y me dio un golpecito con el hombro, y un escalofrío se deslizó por mi espalda.

—Siempre infravaloraste mi compañía —bromeó, y las estrellas se volvieron más brillantes cuando la diversión inundó su voz.

Resoplé.

—En realidad, solo salía aquí contigo esperando que un día resbalases al pisar tu ego y te cayeras del tejado.

Él soltó una carcajada profunda y masculina, y solo entonces me atreví a mirarlo.

—Eres un imbécil, Aiden Keller —le espeté, pero estaba sonriendo.

Él me devolvió la sonrisa.

—No te haces una idea de cuánto, Madison Harper.

A partir de ese momento, charlamos de forma animada y la tensión se fue disolviendo paulatinamente, aunque no desapareció del todo. La conversación no fue más allá de:

—¿Sigue la señora Morosvki teniendo ese chucho tan feo?

—Ese *chucho* es más guapo que tú, y sí, lo sigue teniendo.

—¿Sigue tu madre cumpliendo con turnos eternos en el hospital?

—Sí, por desgracia. Y tú, ¿sigues evitando leer los clásicos por tus infundados prejuicios hacia cualquier cosa que no se haya escrito en este siglo?

—Sí, prefiero los cómics.

¿Sigues, sigues, sigues...?

Dos amigos que llevaran tanto tiempo sin hablar se hubieran interrogado el uno al otro acerca de todo lo que se habían perdido de sus respectivas vidas; nosotros, en cambio, creo que nos agarrábamos a las cosas que creíamos que habían permanecido inmutables, tal vez por miedo a descubrir todo lo que sí había cambiado. La estrategia resultó absurda pero efectiva, y nos permitió pasar varias horas sin que el silencio se convirtiera en una losa pesada que ninguno de los dos supiera cómo acarrear.

Fue un comienzo, uno torpe y poco habitual, pero eso no era lo importante; lo fundamental era que estábamos de nuevo subidos a aquel tejado, sentados juntos bajo las estrellas, compartiendo tonterías que no nos llevaban a ningún lado pero que, poco a poco, nos sacaron del agujero en el que ambos nos habíamos metido después de su marcha.

Al final, incluso sus ojos se aclararon lo suficiente para que detectase el azul de sus iris, los párpados nos pesaron por el sueño y las sonrisas adquirieron un matiz sincero y evocador que me hizo pensar que no todo estaba perdido.

AIDEN

Después de que Madison me dijera que debíamos irnos a dormir, mientras la observaba deslizarse en el interior de su habitación, me acerqué hasta la ventana y me quedé contemplando su dormitorio. Había estado en él en multitud de ocasiones, incluso nos habíamos quedado dormidos más de una vez allí y luego yo había tenido que regresar de madrugada a mi casa para que ni su madre ni la mía se percataran de que había sucedido.

Desvié la vista hacia la cama. Sobre el colchón había un libro abierto con las tapas hacia arriba.

—*¿Romeo y Julieta?*

Ella echó un breve vistazo al volumen antes de contestarme.

—Será la representación de este año.

—¿Ahora tienes teatro en el instituto? —inquirí, sorprendido por el hecho de que ella participase de ser así. Nunca le había gustado demasiado atraer atención sobre su persona.

—*Tenemos* —me corrigió—. Supongo que querrás ser la estrella, nada menos que Romeo... —se burló a continuación, pero había un matiz de inquietud en su voz que no estaba ahí momentos antes.

Esbocé una mueca de desagrado. No, una obra de teatro no era algo para lo que pensara presentarme como voluntario. Me senté sobre el marco de la ventana y dejé vagar mi mirada alrededor, deteniéndome en los pequeños detalles. Madison empezó a moverse por la habitación sin un objetivo concreto; iba y venía de un lado a otro, con la mirada baja y la respiración ligeramente agitada.

—¿Estás bien?

Asintió de forma precipitada, como si hubiera estado esperando la pregunta, y supe que mentía. Se detuvo cerca de la pared de la izquierda, frente a la cómoda coronada con un espejo en el que en otros tiempos no había habido lugar para una sola foto más. No me costó descubrir que los huecos que ahora lucían al descubierto habían estado ocupados por fotografías en las que salíamos juntos. Había eliminado cualquier rastro mío de su vida, de sus recuerdos, y eso dolía como el mismísimo infierno.

Incluso estando de espaldas a mí, percibí el movimiento compulsivo que provocaba en su cuerpo cada inhalación.

—¿Qué te pasa, Madison? —me forcé a decir su nombre completo, a no llamarla *enana, pequeña* o, simplemente, Madi. Esa fue toda la distancia que logré mantener.

—Nada —replicó sin volverse.

—¿Qué es lo que me estás ocultando? —insistí.

Estaba a punto de extender la pierna y posar el pie sobre el suelo, y ni siquiera era consciente de lo mucho que deseaba acercarme más a ella. Pero Madison se giró y me miró con ojos vidriosos y el aliento entrecortado.

—¿Qué me ocultas tú?

La suela de mi zapatilla alcanzó el entarimado de su dormitorio y Madison levantó la mano para detenerme. Me quedé inmóvil. Nuestras miradas se enredaron y un lazo invisible tiró de mí para que me pusiera en marcha de nuevo, para que avanzara hasta ella, la rodeara con los brazos y le confesara de una vez por todas que la había echado de menos hasta romperme por dentro. Pero no me moví.

—Aiden... —pronunció mi nombre como una mezcla de orden y súplica que me desconcertó aún más—. Es tarde, será mejor que te vayas.

Asentí por inercia, aunque tampoco entonces hice ademán de marcharme. Sus ojos continuaban fijos en mí y los míos se bebían a tragos largos las líneas de su rostro, tratando de recomponer el rompecabezas en el que se había convertido.

Quizás todo aquello solo fuera fruto de mi comportamiento con ella, una reacción a mis desplantes, pero algo me decía que eso no era lo único que mantenía a Madison a mil kilómetros de mí, de aquella habitación, del que había sido su mejor amigo.

—¿Vendrás mañana conmigo en el coche al instituto? —propuse, y me arrepentí de inmediato.

¿Dónde había quedado aquello de mantenerla al margen? ¿De no volver a dejarla entrar? Supuse que esa opción había quedado descartada del todo en el mismo instante en el que había salido por mi ventana y cruzado el tejado para llegar hasta allí, que me había rendido incluso antes de empezar.

—¿Madison? —insistí, y esta vez era yo el que suplicaba.

Ella titubeó. Quise pensar que era porque me había comportado como un capullo, que solo estaba manteniendo esa distancia que yo había pensado interponer entre nosotros y que ahora me veía incapaz de soportar.

Suspiró y me dio la sensación de que no solo fue aire lo que abandonaba su pecho.

—Está bien. Iré —dijo al fin, y se me quedó mirando largo rato, con la respiración más regular y la tensión evaporándose de sus hombros.

—¿Qué? —pregunté.

Ladeó la cabeza sin apartar la vista de mí. Yo ya había retrocedido, pero mantenía el equilibrio en el límite trazado por el marco de la ventana.

—Te he echado mucho de menos —admitió finalmente, y sus comisuras temblaron.

No luché contra la sonrisa que se dibujó en mi rostro y tampoco me molesté en disimular el alivio que me provocó escucharla decir eso; aunque ya lo hubiera dicho antes, ahora parecía más real. Cualquier propósito que hubiera tenido antes de llegar a Roadhill salió volando calle abajo cuando también ella se atrevió a sonreír; una sonrisa brillante solo para mí, jodidamente brillante.

Debería haberme dado cuenta de que sus ojos contaban una historia diferente, que había en ellos sombras, marcas profundas que nunca debieron estar ahí. Pero estaba demasiado distraído observando la curva de sus labios y preguntándome cómo demonios iba a hacer para marcharme y dejarla atrás cuando llegara el momento.

—No te retrases —le dije, señalando el libro sobre la cama. Ambos sabíamos lo mucho que le costaba levantarse después de quedarse leyendo hasta las tantas. Giré para marcharme antes de que el hilo que tiraba de mí me arrastrara al interior de la habitación, pero me detuve y volví a inclinarme sobre la ventana—. Yo también te he echado de menos, pequeña.

No esperé su reacción. Me erguí sobre el tejado y regresé hasta mi habitación con la seguridad con la que había llevado a cabo ese mismo recorrido cientos de veces, como si no hubiera dejado de hacerlo en ningún momento.

A la mañana siguiente, llevaba esperándola alrededor de un cuarto de hora cuando atravesó la puerta principal de su casa. No era Madison la que se había retrasado, sino yo el que me había adelantado. Eso decía mucho de lo desesperado que estaba por volver a estar cerca de ella; no importaban las promesas que me hubiera hecho, ya lo había asumido.

Parecía mucho más relajada, pero no dejé de observarla mientras descendía los pocos escalones que separaban el porche del jardín delantero. Su madre salió a continuación, algo con lo que Madison no debía de haber contado a juzgar por la expresión culpable que puso cuando me descubrió junto al bordillo, apoyado en la camioneta, y a su vez escuchó a su madre desearle un buen día. La sorpresa en el rostro de la mujer fue evidente al verme. Madison no le había dicho que estaba de vuelta en Roadhill.

Mantuve una postura despreocupada, aunque temí que corriera tras ella y le prohibiera ir conmigo al instituto. No la hubiera culpado; seguro que había escuchado las habladurías y, si yo hubiera sido ella, puede que tampoco lo hubiera permitido. Sin embargo, Davinia Harper se limitó a permanecer de pie junto a la puerta mientras Madison se acercaba a mí.

Reprimí el impulso de cargarla sobre mi hombro para subirla a la camioneta, algo que hubiera hecho en el pasado solo para sacarla de quicio y escuchar sus airadas protestas; en cambio, le abrí la puerta del copiloto, y creo que eso la sorprendió más que si hubiera optado por hacer caso a mi instinto.

—No tenía ni idea de que había regresado, ¿verdad? —le pregunté, refiriéndome a su madre.

—Emm... *nop*.

Rodeé el vehículo bajo la atenta mirada de Davinia. Madison ya se había puesto el cinturón cuando me acomodé tras el volante y, tras una breve vacilación, dejó la mochila a sus pies. Mis gafas de sol estaban en la guantera, pero no había olvidado su reacción del día anterior al inclinarme sobre ella. Arranqué y esperé a estar en camino para fingir que acababa de recordar que estaban ahí.

—¿Te importa pasarme las gafas? Están en la guantera.

Ella se inclinó hacia delante y poco después me las tendió.

—Mucho mejor —murmuré, y me di cuenta de que estaba nervioso.

Joder, no sabía ni por dónde empezar. Madison había dicho que no importaba si no le contaba lo que había sucedido, pero yo sabía que era mentira. Además, quería que lo supiera. Uno de los motivos que me había llevado a alejarla de mí era el miedo a lo que pudiera pensar de mí, a que esa verdad se alzara entre nosotros y diera lugar a la misma brecha que yo había creado a mi llegada; era retorcido y tan absurdo como nosotros mismos. Me había esforzado para evitar que las cosas fueran como antes entre nosotros por temor a que no lo fueran. Estaba claro que, además de un capullo, era un idiota.

Hicimos el camino en silencio. No tenía ni idea de lo que podía estar pensando. Apenas si la oía respirar y a cada pequeño vistazo que le echaba por el rabillo del ojo la encontraba siempre con la vista fija en la carretera.

Dio un pequeño respingo cuando estiré la mano para encender la radio, pero acto seguido me sonrió. La música inundó el ambiente y pareció relajarse, así que no dije una palabra al respecto.

—¿Vas a volver a marcharte? —soltó a bocajarro cuando estábamos a punto de llegar.

Directa al grano, no hubiera esperado menos de ella. Sonreí, aunque me estuviera muriendo por dentro y fuera la sonrisa más falsa que alguna vez había asomado a mi rostro, y aparqué en el primer hueco libre que encontré a pesar de que estaba en la parte más alejada de la puerta de entrada; necesitaba parar ya.

Una vez que apagué el motor, me giré en el asiento para mirarla. Ella esperaba, paciente, y yo me deshacía lentamente bajo su mirada acusadora. Quedarme no era una opción, apenas si soportaba estar en la misma habitación que mi madre durante unos pocos segundos, y ese pueblo... Roadhill era todo lo que yo no quería ser, me faltaba el aire solo de pensar en vivir allí.

Estiré la mano hacia ella y Madison se encogió levemente. Apreté los dientes sabiendo que la única manera de que dejara de hacerlo era contarle lo que había sucedido aquel día años atrás. Aunque tal vez entonces ni siquiera deseara compartir conmigo un trayecto en coche de pocos minutos o un trozo de su tejado.

Antes de contestar, me atreví a adelantar un poco más el brazo hasta que las yemas de mis dedos alcanzaron a tocar apenas su mejilla. Ese mínimo roce me puso la piel de gallina. Retiré la mano de inmediato y no supe si su expresión era de alivio o de decepción.

—No lo sé, Madison —mentí como el cobarde que era.

Casi un año ahogándome en su recuerdo, otro para olvidarla y convencerme de que no pasaría en la casa de mi madre ni un día más de lo necesario, y habían bastado apenas un par de días para que su mera presencia arrasara con todo en mi interior.

Así era la jodida Madison Harper...

MADISON

Zyra me estaba esperando en la entrada del instituto y no se esforzó por disimular la sonrisa cuando descubrió que no llegaba sola.

—Hoooola. —Alargó más de lo necesario la «o», y yo reí, liberándome de la tensión que segundos antes se respiraba entre Aiden y yo en el interior de la camioneta.

Él se colocó a mi lado, observó mi rostro, luego miró a mi amiga y, acto seguido, le tendió la mano.

—Soy Aiden. Ayer no me presenté como es debido...

—Veo que tienes más modales de los que parecía —terció ella sin cortarse.

Aiden se frotó la nuca, avergonzado, y rio. Vaya, eso sí que era una sonrisa de verdad, o casi, solo faltaba que sacara a pasear sus hoyuelos. Ah, no, ahí estaban...

Sus encantos no hicieron mella en Zyra, pero sí que atrajeron las miradas de varias chicas que pasaron junto a nosotros. A mí se me aceleró un poco el pulso y no precisamente por el motivo por el que solía hacerlo.

—Creía que no querías llegar tarde —señalé, algo más animada.

Nunca había imaginado que Aiden y Zyra pudieran conocerse, y aquello me hizo sentir bien, mucho mejor de lo que me había sentido en un largo tiempo.

—¿Ya quieres deshacerte de mí?

La pregunta me dejó descolocada, hasta que comprendí que tan solo estaba bromeando. Definitivamente, tenía que aprender a relajarme.

—Siempre quiero deshacerme de ti, Aiden.

Me dedicó una sonrisa torcida y sus ojos destellaron durante un segundo. Casi parecía de nuevo mi mejor amigo, y yo casi me sentía como la Madison que una vez había sido.

Entramos en el instituto y, de alguna manera, Aiden terminó situado entre nosotras. Zyra se inclinó hacia atrás mientras avanzábamos por el pasillo y me lanzó una mirada interrogante. Yo le hice un gesto para darle a entender que hablaríamos luego, y Aiden fingió no darse cuenta de nuestro intercambio silencioso de muecas.

—¿Nos vemos a la hora de la comida? —me dijo Zyra al llegar a su taquilla. La de Aiden tampoco quedaba muy lejos—. Tú también puedes venir si quieres —agregó, dirigiéndose a él.

Mi amigo ladeó la cabeza y me miró, supuse que buscando mi aprobación. El tumultuoso azul de sus ojos prácticamente me obligó a asentir.

—No te acostumbres —comenté, solo para fastidiarlo.

—No lo haré —repuso él, y me pareció que su sonrisa perdía brío—. Te veo en clase.

Se despidió de Zyra y se marchó por el pasillo caminando con ese andar suyo tan característico que años atrás, y también en ese momento, hacía volver cabezas a su paso. El grupo de Drinna cuchicheó mientras lo observaban.

—Vas a tener competencia —comentó Zyra, que también se había percatado de las miradas que atraía Aiden.

Agité la cabeza en una negativa.

—¿Por qué dices eso?

—Baba. —Zyra me rozó la barbilla con los dedos y rio.

Yo le di un manotazo.

—Ni de coña.

—Oh, sí, sí que lo es —insistió ella, riendo con más fuerza.

Jamie, el chico nuevo, pasó en ese momento por delante de nosotras y se detuvo. Antes de que pudiera levantar la mano del todo para devolverle el saludo, Drinna ya estaba a su lado.

—¡Hola, Jamie! —le dijo al chico, y mi mano recorrió el camino inverso hasta quedar de nuevo junto a mi muslo.

—Eh... Hola, Drinna.

El pobre muchacho lucía abrumado por las atenciones de mi compañera. Me dio un poco de pena, la verdad, e intervine sin pararme a pensar en lo que decía.

—¿Por qué no lo dejas respirar un poco, Drinna?

Ella me fulminó con la mirada. Zyra se colocó a mi lado de inmediato, como si fuera consciente de que acababa de declarar una guerra.

—¿Por qué, Madison? ¿Quieres salir tú con él? ¿O tal vez imaginarte que sales con él? —se burló, asegurándose de que todos alrededor la escucharan.

La pulla me dolió mucho más de lo que reflejó mi rostro y el pulso se me disparó.

—Vete a la mierda —le espeté.

Zyra fue a decir algo también, probablemente a ofrecerse para mostrarle el camino que yo le había pedido que siguiese, pero la detuve. No quería que aquello la salpicase. Pero Drinna puso entonces su atención en ella y supe que estaba a punto de dar su siguiente golpe y que no iba a gustarnos, ni a mi amiga ni a mí.

Su mirada osciló entre ambas y sonrió con malicia.

—Pensaba que vosotras dos estabais juntas. —El tono malintencionado dejó claro a qué se refería.

La gente se había arremolinado a nuestro alrededor, como tiburones que acudieran al olor de la sangre fresca. Drinna se adelantó un poco y a mí comenzó a faltarme el aire.

—¿No te gustó estar con Brad? —Se inclinó sobre mi oído y su voz se coló en mi mente, aguda e hiriente—. ¿No te gustó chupársela y por eso ahora estás con tu amiguita?

Dejé de respirar al escucharla, o tal vez estuviera inhalando y exhalando sin control; no era capaz de distinguirlo. Las manos me sudaban y el corazón me golpeaba con dureza las costillas una y otra y otra vez, semejante a un martillo que fuera destrozándome de dentro afuera. Ya no escuchaba sus venenosas acusaciones ni veía el tumulto de rostros que me rodeaban. Todo desapareció y me perdí en recuerdos dolorosos y punzantes que había empujado muy al fondo de mi mente, momentos que había luchado por superar...

Me ahogaba, me estaba ahogando.

De repente, unos brazos me envolvieron y otra voz, una muy diferente a la de Drinna, comenzó a susurrarme palabras a las que no encontraba sentido. No supe si pasó hablándome minutos u horas, no podía saberlo... Sin embargo, el calor que me traspasó la piel me hizo reaccionar. Me revolví y grité, grité con tanta fuerza que pensé que me rompería en dos cuando dejara de hacerlo.

—¡Madi! Mírame, pequeña. Madi, por favor. Mírame.

«Aiden. No es él, es Aiden», pensé, y el alivio fue tal que me dejé ir por completo.

—¡No, no puedes verla! ¡Eres tú el que le ha hecho esto! ¡Y yo lo he permitido!

Abrí los ojos al escuchar lo enfadada que parecía estar mi madre; ni siquiera parecía ella misma.

—¿Mamá? —La voz me salió ronca.

Sentí la garganta seca e irritada. Recordaba a duras penas haber pasado por la enfermería del instituto y, luego, el trayecto en silencio a casa.

Mi madre apareció en el salón. Aiden asomó poco después tras ella y de repente evoqué el recuerdo de lo que había sucedido con Drinna.

—Oh, Dios —farfullé. Antes de darme cuenta, las lágrimas ya resbalaban por mis mejillas.

Mi madre se sentó a mi lado y me abrazó, y yo hice lo posible para anclarme a ese abrazo y no dejarme arrastrar de nuevo por la ansiedad.

—Tranquila, cariño —susurró muy bajito—. Respira despacio. Todo está bien. Todo está bien.

Me refugié en su pecho durante un buen rato, pero traté de seguir las instrucciones que me iba dando, escuchar solo su voz dulce aunque cargada de preocupación. No abrí los ojos de nuevo hasta que me sentí lo suficientemente calmada como para hacerlo sin empezar a llorar de nuevo. Ella se separó un poco de mí para mirarme a la cara.

—Ey, bienvenida, cariño. Todo está bien —repitió, pero no lo estaba, no viendo la expresión de su rostro, sus ojos enrojecidos y repletos de inquietud y el rímel manchando la piel bajo estos.

Me forcé a sonreír y el gesto dolió. Hay sonrisas que requieren entregar una pequeña parte de nosotros mismos, pero existen personas por las que merece la pena pagar ese precio; mi madre era una de ellas.

—Estoy bien, mamá.

—Mientes fatal, hija mía —rio ella, algo más tranquila.

Me acarició la mejilla con la punta de los dedos y el gesto me hizo sentir mejor. Alcé la barbilla y mis ojos tropezaron con los de Aiden; los suyos estaban tan oscuros que apenas si se distinguía dónde acababa el iris y empezaba la pupila.

—Hola.

Mi madre retorció el cuello para mirarlo de tal forma que hubiera dejado en ridículo a la niña de *El exorcista*. El pensamiento casi consiguió arrancarme una carcajada. Casi.

—Pensaba que te había dicho que te marchases. No te quiero aquí —lo reprendió, pero él no dijo una palabra.

Parecía a punto de desplomarse y sus hombros se hundieron un poco más bajo la mirada torva de mi madre. Davinia Harper podía resultar muy amenazante cuando se lo proponía.

—Mamá, tranquila, no pasa nada.

—¿Estás bien, Madi? —se atrevió a preguntar él a pesar de que ella lanzaba cuchillos por los ojos.

Me incorporé un poco más en el asiento; me dolía todo el cuerpo.

—Lo estoy.

La forma en la que había pronunciado mi nombre resultaba casi tan reconfortante como el abrazo de mi madre.

—Me iré si estás bien —insistió, aunque no parecía muy decidido.

—Deberías irte, sí —intervino ella.

Le hice un gesto a Aiden con la cabeza y supe que había comprendido lo que trataba de decirle: hablaríamos luego.

Se marchó tras disculparse con mi madre, a pesar de que él no había tenido nada que ver con lo sucedido, y yo esperé hasta que escuché la puerta de la entrada cerrarse y me recosté de nuevo en el sofá. Entonces miré a mi madre.

—Él no ha sido el culpable, mamá.

No creyó ni una sola palabra.

—¿Quieres hablar?

Asentí. Ella se acomodó a mi lado, me pasó un brazo por los hombros, y yo me obligué a contarle lo que había ocurrido aunque solo fuera porque no quería que pensase que Aiden había tenido algo que ver en mi ataque de ansiedad; él no merecía llevar esa carga.

AIDEN

Entré en casa horrorizado y fuera de control. Me temblaban las manos y en mi mente se repetían una y otra vez las imágenes de lo que había sucedido en el instituto, una tortura sin fin que no sabía cómo detener. ¿Qué mierda había pasado? ¿Qué le había ocurrido a Madison? ¡Joder! Jamás la había visto en ese estado ni mucho menos había escuchado a alguien gritar de aquel modo...

El alboroto, los susurros, la gente apretujándose en el pasillo... Tendría que haberme dado cuenta de que algo estaba pasando. Los pasillos del instituto de Roadhill, al igual que las calles de aquel pueblo, eran territorio hostil; una jodida selva en la que el fuerte no dudaba en acorralar al débil. Nunca había considerado a Madison una persona débil, es más, sabía que no lo era; pero aquello me había puesto los pelos de punta. Su expresión vacía, el sudor que recorría su rostro y el temblor que la había sacudido... No podía sacármelo de la cabeza; no podía pensar con claridad.

Había querido preguntarle al respecto en cuanto se despertó. No me importaba lo que dijera su madre o lo que pudiera pensar de mí, eso era lo de menos; lo único que me importaba era que Madi estuviera bien, que me dijera cómo ayudarla, qué hacer. Me sentía un inútil. Pero ella me había mirado y, aunque yo sabía que no estaba tan bien como quería hacernos creer, sus ojos me lo habían suplicado: «Luego», me habían dicho, y eso había bastado.

Subí a mi habitación casi a la carrera y, una vez en ella, me derrumbé sobre el suelo. Apoyé la espalda contra la cama y dejé caer la cabeza hacia atrás hasta que tocó el colchón. Cerré los ojos e inspiré. Tenía que calmarme, no podía hablar con ella así, no podía dejar que eso la alterara más. Sin embargo, estaba muerto de preocupación. Apartar a Madison de mí ya no era una opción; definitivamente, había sido una completa locura idear algo así.

Tirado por el suelo, desmadejado y cargado de una angustia que apenas si me permitía respirar, me di cuenta de que estaba dispuesto a quedarme en ese maldito pueblo si ella permanecía en él.

No quise profundizar en ese pensamiento ni en lo que suponía, no ya en lo referente a mi madre, sino por mí mismo y mi relación con Madison. No era tan tonto como para creer que mis sentimientos hacia ella se limitaban a los de una simple amistad. Una parte de mí lo había sabido mucho tiempo antes de abandonar Roadhill, lo había sabido con cada sonrisa, cada charla, cada broma, cada suspiro y cada pelea; con cada noche que había pasado lejos, recordándola y esforzándome por olvidarla. Y, desde luego, lo había sabido al volver a verla en clase, cuando había pensado que no había nada que deseara más que descubrir por fin a qué sabían sus besos.

No sé cuánto tiempo pasé encerrado en mi habitación, con los ojos fijos en la puta ventana y el corazón latiéndome como si estuviera corriendo una maratón, repasando sin descanso cada detalle desde mi llegada al pueblo y cada momento que habíamos compartido, hasta que no pude evitar preguntarme si aquello lo había provocado yo. Estaba seguro de que nunca le había sucedido nada parecido, porque habíamos pasado la mayor parte de nuestras vidas viéndonos cada día; nunca hasta mi regreso. Recordé entonces cómo se había apartado de mí en la camioneta, su recelo cuando casi había entrado en su dormitorio, los pequeños sobresaltos al acercarme, el miedo...

«Mierda, Aiden». Debería haberme dado cuenta de antes. ¡Mi actitud le había provocado un puto ataque de pánico! Era un jodido imbécil.

Me froté las sienes y cerré un momento los ojos, pero la mirada acusadora de la madre de Madison apareció en el fondo de mis párpados y tuve que volver a abrirlos para no ceder a la rabia y la impotencia que me hizo sentir. El caos se desató en mi mente y las preguntas me sacudieron con tanta fuerza que volví a temblar. ¿Era malo para Madison? ¿Mi presencia le estaba haciendo aquello? ¿Había decidido bien al pensar en alejarla de mí? ¡Dios, no! Eso no podía ser... Quizás mis patéticos intentos de apartarla fueran justo lo que la había herido. Si era yo el que le hacía daño...

Enterré la cabeza entre las rodillas y dejé que pasaran los minutos. Por primera vez en mi vida, me costó no echarme a llorar...

La noche me encontró en el mismo sitio. Mi madre había tratado de que bajara a cenar con ella, pero me había negado. No había comido, no había hecho nada, solo esperar a que Madison apareciera al otro lado del cristal de su habitación. Cuando por fin lo hizo, el temor que había sentido regresó con mucha más intensidad. Estaba completamente aterrorizado, no sabía lo que iba a decirme o qué explicación me daría; tal vez me pidiera que no volviera a acercarme a ella, tal vez...

Me levanté y acudí junto a mi ventana. Madison me invitó a que fuera hasta su casa con un gesto, aunque ella no hizo ademán de salir al tejado. Ni siquiera sabía qué hora era, solo que había oscurecido hacía rato y que las estrellas lucían más apagadas que nunca, igual que mi mejor amiga.

No salté de un tejado a otro, sino que caminé en equilibrio sobre el muro que unía ambas propiedades para asegurarme de que no terminaba resbalando y cayendo al jardín; en mi estado, no hubiese resultado extraño. Logré alcanzar la zona plana junto a su ventana sin problemas y me quedé allí. No entré en su habitación y ella tampoco me pidió que lo hiciera.

—Madi. —Me dolió incluso pronunciar su nombre, pero traté de recomponerme y mostrar una seguridad que estaba muy lejos de sentir—. ¿Cómo estás?

Lucía exhausta, aunque cualquier cosa parecía mejor que la expresión hueca que había asomado a su rostro en el instituto. Se había hecho un moño en la coronilla y varios mechones escapaban de su melena castaña; deseé poder acercarme a ella y apartarlos de su cara, pero no me atreví a moverme.

—Estoy bien, Aiden. No tienes de qué preocuparte.

—¡Y una mierda! —El exabrupto salió de entre mis labios sin que pudiera hacer nada por evitarlo. No iba a dejar que me mintiera sobre eso, ni de coña—. No te atrevas a decirme que lo que ha sucedido no es nada. No... no... —Titubeé, pero finalmente me lancé a decir lo que estaba pensando, eso siempre había funcionado con Madison, aunque quizás ya no la conocía tan bien como creía—. No me mientas. No importa si ya no confías en mí, pero por favor no me digas que estás bien. Dime la verdad, pequeña, soy capaz de soportarlo...

«Por ti. Soportaría cualquier cosa por ti, para que tú estuvieras bien. Incluso si eso significase que tengo que alejarme», completé el discurso en mi mente.

Se sentó en la cama con un suspiro, otro de esos que hacían que su pequeño cuerpo se desinflara y pareciera a punto de quebrarse. Señaló el alféizar y yo, acuclillado en una posición incómoda, me senté en el estrecho espacio entre el tejado y la ventana. Me mantuve callado y le di tiempo para que ordenara sus pensamientos.

—No es nada importante en realidad. —Fui a interrumpirla, pero ella atajó mi protesta con una simple mirada. Me alivió comprobar que aún era capaz de callarme con un solo gesto—. A veces tengo pequeños ataques.

Lo del instituto no había tenido nada de pequeño, pero no dije nada; quería que continuara hablando. Se mordisqueó el labio inferior y sus ojos recorrieron mi rostro con suavidad, me hubiera gustado saber qué era lo que veía, qué era lo que pensaba de mí.

—¿Desde cuándo te sucede? —pregunté al ver que no pensaba darme más explicaciones.

—Hace algo más de un año.

Yo me había ido hacía casi dos. Eso podía ser una forma distinta de decir lo mismo, que habían empezado después de que me marchase.

Suspiré. Quería ir hasta ella y abrazarla. Me estaba muriendo en vida por no poder rodearla con los brazos y apretarla contra mi pecho. ¿Cuántas veces lo había hecho en el pasado? ¿De cuántas maneras? ¿En cuántos momentos? Y nunca lo había deseado tanto como en ese instante.

Reuní valor para hacerle otra pregunta, la que terminaría abrasándome la garganta si no la dejaba salir.

—¿Por qué?

El silencio posterior retumbó en mis oídos. Esperé, esperé y continué esperando. Quería una respuesta.

—No hay un detonante. Solo ocurre y ya está —dijo al fin, y no me creí ni una sola palabra—. Así es la ansiedad, a veces no hay nada que la provoque, solo está ahí, agazapada, esperando para saltar sobre ti en el peor de los momentos. —Prosiguió hablando, pero su voz carecía de emoción, como si simplemente repitiera de memoria algo que había leído—. Drinna dijo unas cuantas estupideces y ya está, tampoco es culpa suya.

Ahí estaba, una ligera presión de sus labios al mencionar a nuestra compañera de instituto. Yo conocía a Drinna, había sufrido sus *atenciones* en el pasado, pero siempre me había mantenido apartado de ella; nunca me había gustado la forma en la que despreciaba a los que consideraba que no estaban a su altura.

¿Había estado acosando a Madison después de mi marcha? ¿Era eso?

Me pregunté si no estaba viendo lo que quería ver, buscando un culpable que no fuera yo.

—Esto... Esto tiene algo que ver conmigo. —No pude discernir si se lo estaba preguntando o lo afirmaba directamente, pero necesitaba saberlo.

—¿Qué? ¡No! —exclamó ella, al tiempo que negaba con la cabeza—. No es por ti, Aiden. Nada de esto es por ti.

—Pero tu madre...

—No hagas caso de lo que ha dicho. Estaba alterada y demasiado preocupada para pensar con claridad.

—Preocupada con razón —puntualicé, aún intranquilo.

Madison me miró con más atención de la que había empleado hasta entonces. Me crucé de brazos y me recosté contra el marco de la ventana solo para evitar saltar al interior de la habitación e ir hasta ella.

—Tú no tienes la culpa de nada —repitió—. No todo tiene que ver contigo, ¿sabes?

La broma fue acompañada de una pequeña sonrisa, una mucho más real que cualquiera que me hubiera dedicado desde mi regreso, y eso fue mejor que ninguna otra cosa que Madison pudiera regalarme.

Percibí con claridad cómo el corazón se me encogía en el pecho mientras observaba a aquella chica menuda. Madison Harper había sido mi mejor amiga durante años. Una vez me había pintado el brazo con un rotulador permanente y yo había estado días frotándome la piel para conseguir deshacerme de sus conejitos con ojos en forma de corazón. En otra ocasión, se había empeñado en que llevaba el pelo demasiado largo y había aprovechado que dormía para trasquilarme toda la parte trasera de la cabeza; había dejado de hablarle durante varios días por aquello. Era contestona y cabezota y me sacaba de quicio. Me llevaba la contraria por defecto y siempre quería decir la última palabra, pero también me hacía reír a carcajadas. Era la única persona que me había mantenido cuerdo; la que había logrado que, de algún modo, mi infancia no fuera un completo desastre; la que me arrancaba las mayores sonrisas, incluso cuando sus chistes no tenían ni puta gracia.

Era Madison Harper, y yo, en algún momento entre nuestras peleas de niños y nuestras charlas de adolescentes, entre los reproches, las tonterías que decíamos y las confesiones susurradas bajo las estrellas, entre su brillante luz y mis sombras malditas, no sabía cómo, pero... me había empezado a enamorar de ella.

Tragué saliva y traté de asimilar esa revelación.

—Todo tiene que ver conmigo —me burlé, cuando fui capaz de recuperar la voz.

Recé para no aparentar estar ni la mitad de asustado de lo que me sentía.

Ella sofocó una carcajada, una pequeña, pero fue suficiente para que parte de la presión de mi pecho se evaporara. Se dejó caer hacia atrás y su espalda rebotó contra el colchón. Reparé entonces en que ya no llevaba la misma ropa que esa mañana. Un pantalón corto cubría la parte alta de sus muslos y una camiseta al menos tres tallas más grande... *Mi* camiseta, llevaba puesta mi antigua camiseta del equipo de fútbol del instituto.

Inspiré y el aire se quedó atascado a mitad de camino. Desvié la mirada en el acto, sintiéndome un verdadero capullo por fijarme en ella de esa forma justo en un momento como aquel; lo último que necesitaba Madison era que yo le babeara encima.

Mis ojos recayeron sobre el ejemplar de *Romeo y Julieta* de su mesilla.

Bueno... ¿por qué no?

—¿Quieres que te lea? —¡Dios, no lo hacía desde que teníamos diez años!, cuando a Madison le había dado por torturarme obligándome a leerle durante horas.

Se incorporó un poco hasta quedar apoyada sobre los codos y sonrió, esta vez de manera más amplia y convincente. Su mirada se iluminó y volvió a ser un poco más la Madison que yo había conocido.

Le pedí permiso con la mirada para acercarme y coger el libro, y ella me lo concedió también de forma silenciosa. Apenas tardé unos pocos segundos en hacerme con él y regresar al hueco de la ventana. Abrió la boca para decir algo, tal vez que no era necesario que saliera de la habitación, pero alcé la mano y detuve sus palabras antes de que alcanzaran sus labios.

—No me importa —le dije.

Puede que lo interpretase como que no me importaba leer. O quizás entendiera que me colgaría del tejado si era necesario mientras me permitiera pasar un rato más con ella.

Le brindé una sonrisa y mis ojos resbalaron de su rostro hasta la primera página.

MADISON

En cuanto Aiden empezó a leer, todo lo que me rodeaba desapareció. Mi respiración y el latido de mi corazón se sincronizaron con el ritmo al que las palabras fluían a través de sus labios, y mis ojos se pasearon por su rostro para terminar recayendo en su boca.

En Verona, escena de la acción,
dos familias de rango y calidad
renuevan viejos odios con pasión
y manchan con su sangre la ciudad.
De la entraña fatal de estos rivales
nacieron dos amantes malhadados,
cuyas desgracias y funestos males
enterrarán conflictos heredados.
El curso de un amor de muerte herido
y una ira paterna tan extrema
que hasta el fin de sus hijos no ha cedido
será en estas dos horas nuestro tema.
Si escucháis la obra con paciencia,
nuestro afán salvará toda carencia.

A pesar de que sabía lo mucho que Aiden odiaba leer en voz alta, siempre me había encantado la forma en la que lo hacía, la manera de inspirar con suavidad entre algunas palabras, las breves pausas ajustadas a la puntuación del texto y las que hacía con la intención de crear la atmósfera ideal para cada historia. Su dicción era perfecta, pero su voz...

Aquel tono profundo y grave no tenía nada que ver con la inmadura voz de un crío de diez años; ahora, cada palabra retumbaba en mi pecho y en otras zonas de mi cuerpo en las que no quería pensar…

Se me escapó una carcajada cuando, al dar comienzo el primer acto, en el que aparecían en escena Sansón y Gregorio, fue variando la entonación según el personaje al que le tocara hablar. Él levantó la vista del libro y me miró como si fuera la primera vez que me escuchaba reír, con sus ojos convertidos en un cielo tormentoso y feroz. No dijo nada y estuve a punto de levantarme e ir a sentarme a su lado, o pedirle que se acercase. Sin embargo, yo tampoco me moví; había tenido un día lo suficientemente ajetreado como para atreverme a tentar más mi suerte. Por ahora.

Tras un largo minuto, su barbilla descendió y él volvió a perderse en el texto. Me acurruqué sobre el colchón y dejé que mis párpados se cerraran. Más que oírlo, lo sentí en cada hueso y músculo de mi cuerpo. Quizás, después de todo, *Romeo y Julieta* sí me gustase, incluso puede que llegara a convertirse en mi obra favorita.

Durante largo rato, leyó sin más interrupciones. Pensé en lo mucho que me alegraba que estuviera de nuevo allí conmigo y en que, a pesar de que aquel había sido un día de mierda, no podía haber terminado de mejor manera.

En algún momento me quedé dormida acunada por su voz, pero no antes de que Aiden recitara con una pasión inusitada el final del acto I:

> *Ved cómo muere en el pecho de Romeo la pasión antigua, y cómo la sustituye una pasión nueva. Julieta viene a eclipsar con su lumbre a la belleza que mataba de amores a Romeo. Él, tan amado como amante, busca en una raza enemiga su ventura. Ella ve pendiente de enemigo anzuelo el cebo sabroso del amor. Ni él ni ella pueden declarar su anhelo. Pero la pasión buscará medios y ocasión de manifestarse.*

Desperté en mi cama y tapada solo con la colcha. Mi mirada voló hacia la ventana, pero estaba vacía. Me había dormido mientras Aiden leía y él debía de haberme arropado antes de marcharse. O quizás mi madre se había levantado en algún momento de la noche y había pasado a verme; aunque, teniendo en cuenta que solía tener un sueño bastante profundo, dudaba mucho que eso fuera lo que había ocurrido.

Al contrario de lo que hubiera esperado, saber que Aiden se había movido a mi alrededor mientras dormía no me provocó un nuevo brote de ansiedad, y comprendí que continuaba confiando en él sin importar el tiempo que hubiésemos pasado separados. No le había molestado sentarse encorvado en el borde de la ventana ni se había quejado por ello, solo había leído y leído para mí.

Me desperecé con una sonrisa en los labios, sintiéndome mucho mejor que el día anterior. Era un poco más tarde de lo normal, pero sabía que mi madre acudiría en cualquier momento para despertarme.

Ese día no iba a ir al instituto. Después de la charla del día anterior, habíamos llegado al acuerdo de que iría a ver a la doctora Williams. Vega, que era como quería que la llamara, había sido una constante en mi rutina el año anterior; la había estado viendo dos veces por semana durante varios meses, y me había ayudado mucho con la ansiedad y con... todo.

Había intentado convencer a mi madre de que no era necesario que la visitase, pero al final había cedido para que se quedara más tranquila. En realidad, puede que en el fondo yo también lo desease. Hablar con ella me relajaba y sabía que podía confiarle cualquier cosa, aunque al principio me había costado abrirme. Ella conocía toda la historia, de principio a fin, incluso le había hablado de Aiden y de la rabia y frustración que me había provocado su desaparición.

Suaves golpes resonaron en la puerta de mi habitación y, poco después, se entreabrió para dejar paso a mi madre.

—Ya estás despierta. ¿Desayunamos? —preguntó con una sonrisa cariñosa.

Su mirada se desvió hasta la ventana, como si supiera exactamente lo que había pasado la noche anterior, pero Aiden la había cerrado antes de marcharse y ella no comentó nada al respecto.

—Bajo enseguida.

Cuando me estaba desnudando para meterme en la ducha, caí en la cuenta de que llevaba puesta la vieja camiseta que le había robado a mi amigo mucho tiempo atrás y me extrañó que Aiden no hubiera hecho ningún comentario jocoso a mi costa; tal vez no se hubiera dado cuenta.

Me puse unos vaqueros y una blusa blanca de manga corta y salpicada de estrellas, y me hice una coleta alta. En cuanto me calcé las zapatillas, salí al pasillo persiguiendo el exquisito olor a tortitas que llegaba de la planta inferior.

—Tortitas con chocolate y café —comenté al entrar en la cocina—. Alguien está intentando hacerme sentir mejor.

Reí, y la cautela asomó al expresivo rostro de mi madre.

—Estás de buen humor.

Me acerqué y le di un beso rápido antes de sentarme junto a ella.

—Ya te dije ayer que estoy bien, mamá, pero mi adicción a este delicioso manjar y yo misma te damos las gracias —añadí, señalando el plato rebosante de sirope de chocolate.

Miró el reloj mientras yo devoraba la comida como una salvaje. Los modales quedaban olvidados cuando se trataba de mi plato favorito. Masticaba a la vez que hacía una serie de ruiditos que habrían hecho reír a carcajadas a Aiden...

Tragué. Mi amigo no llevaba más de setenta y dos horas de vuelta y yo no podía dejar de relacionarlo todo con él.

—Puede que te dé tiempo a llegar a las últimas clases, pero no tienes que ir hoy si no quieres —comentó mi madre.

Pensar en pisar el instituto me puso los pelos de punta. Todos debían de haber escuchado los comentarios de Drinna, aunque con suerte no habrían oído lo último que me había dicho ni su referencia a nuestro antiguo compañero de clase. Había borrado ese nombre a sabiendas de mi cabeza y sacado su rostro de mis recuerdos a base de mucha fuerza de voluntad, pero me obligué a pronunciarlo en mi mente solo para comprobar que aún era capaz de hacerle frente:

«Brad».

Un escalofrío me recorrió la espalda, pero resistí y controlé la respiración. También aparté las imágenes que su nombre trajo consigo, y agradecí que él y su familia se hubieran mudado a principios del curso anterior; por mucho que me considerara fuerte para aceptar lo sucedido, sabía que no habría podido soportar tener que verlo todos los días.

—¿Preparada? —inquirió mi madre, arrancándome de mis pensamientos.

Asentí. Le hice un gesto para hacerle saber que iba a lavarme los dientes y coger mis cosas.

Diez minutos más tarde, estábamos las dos en su coche de camino a la consulta de la doctora Williams.

Vega era una mujer alta y con el pelo de color miel; solía llevar la melena suelta, nada de recogidos tirantes que le dieran aspecto formal. Tomaba notas de todo lo que le decía, pero nunca lo hacía mientras le hablaba, sino que esperaba a las pequeñas pausas que yo realizaba para ordenar mis pensamientos. Solo entonces apartaba la vista de mi rostro y la dirigía hacia su libreta. Me agradaba que así fuera porque sabía que realmente me escuchaba.

—Tu madre me ha contado lo sucedido, Madison, pero quiero que ahora lo hagas tú. ¿Puedes?

Pedía las cosas con un tono dulce que hacía que resultara complicado no obedecer; supongo que por eso era tan buena en su trabajo.

Pasé un buen rato narrándole los detalles de mi desagradable encuentro con Drinna Johnson; la agonía, los nervios que me apretaban la garganta, el miedo... Se lo conté todo, y dejé para el final la reaparición de Aiden.

—¿Te hace sentir bien que haya vuelto? —preguntó, pero su sonrisa me hizo comprender que ya conocía cuál sería mi respuesta.

—He compartido casi toda mi vida con él.

—¿Y crees que su regreso podría estar influyéndote negativamente? ¿Te sientes bien con él alrededor?

Me tomé mi tiempo para responder. Sabía exactamente a dónde quería ir a parar Vega y yo ya había recorrido ese camino mil veces en los últimos días. Era consciente de que hacía meses que la presencia de un chico no me hacía reaccionar de la manera en que lo había hecho con Aiden, y había creído que ese temor ya estaba superado.

—Creo que me siento rara respecto a él, pero no de una forma... —No encontraba las palabras, pero Vega no me presionó—. Él nunca me haría daño. Estoy segura de eso —concluí finalmente, y ella asintió.

El resto de la sesión lo dedicamos a hablar acerca de mi más reciente ataque. Al final, decidí pedirle un pequeño favor:

—¿Podría hablar con mi madre y tranquilizarla un poco respecto a lo sucedido? Ella, bueno... Se preocupa mucho... y no quiero terminar agobiándome.

Ella alzó una ceja y ladeó un poco la cabeza.

—¿Es eso lo que hace? ¿Agobiarte?

Lo pensé un momento.

—No, en realidad no. —Suspiré y le devolví la sonrisa que me estaba dedicando—. Ella... me está dando margen, me permite tomar mis propias decisiones —expliqué, pensando en que había respetado que quisiera ir al instituto con Aiden en coche. Me gustó darme cuenta de ese detalle; podría habérmelo prohibido o recomendarme que no lo hiciera, pero se había abstenido de decir nada porque confiaba en que yo estaba preparada para ello—. Ella cree en mí —murmuré, y Vega me guiñó un ojo.

—Yo también lo hago, Madison. Ahora solo faltas tú.

Aunque tenía tiempo, decidí no ir al instituto el resto del día. Mi madre había pedido la mañana libre y me apetecía mucho pasar unas horas con ella. Aprovechamos que la consulta de la doctora Williams estaba muy cerca de un centro comercial para ir de compras juntas.

—Zyra quiere que vayamos al baile de bienvenida —le comenté mientras echábamos un vistazo en una de las tiendas.

—¿Y tú quieres ir?

Una de las cosas que había estado trabajando con Vega era mi capacidad para decir *no*. Someterme a situaciones incómodas me generaba más ansiedad y, por tanto, debía aprender a negarme a hacer algo si así lo deseaba; sin embargo, si de verdad me apetecía, también tenía que esforzarme para aceptar y disfrutar de ello.

—No lo sé. No quiero perderme todos esos momentos, pero no estoy segura de que sea una buena idea...

Mi madre pareció entenderlo sin que le diera más explicaciones.

—Siempre puedes probar, ir un ratito y, si ves que no te encuentras cómoda, me llamas. Iré a buscarte sea la hora que sea.

—Zyra me ha dicho que ella me traerá de vuelta en cuanto se lo pida, pero no quiero que tenga que salir corriendo y estropearle el baile.

Me tomó de los hombros y me hizo levantar la vista para que la mirase.

—Zyra te adora, Madison. Le encantará que vayas con ella y no va a suponerle un problema si tiene que traerte —me dijo, convencida—. Te quiere. Y yo también te quiero. Tienes que dejar que te cuidemos. Tú harías lo mismo por ella, cariño. Si es solo eso lo que te preocupa, yo haré de chófer de ser necesario. Piénsalo, ¿vale?

Asentí.

—Gracias, mamá.

Me dio un beso y me llevó a mirar vestidos. «Solo por si acaso», me dijo. Pasamos un buen rato probándonos ropa. No estaba segura de que fuera a asistir al baile, pero de ser así sabía exactamente el vestido que quería llevar. Lo había visto un par de semanas atrás estando con Zyra en una pequeña *boutique* de Roadhill y me había enamorado inmediatamente.

Se lo comenté a mi madre y me hizo prometer que pasaríamos por la tienda a nuestro regreso para que pudiera probármelo.

ZYRA

Cuando no pasaba a recoger a Madison por su casa para ir al instituto, acostumbraba a esperarla en la entrada, pero esa mañana me había mandado un mensaje para avisarme de que no vendría. No me extrañó que se tomara un descanso, dado que el día anterior había sido un completo desastre.

Había conocido a Madison el curso anterior, el primer día de clases. Yo estaba especialmente nerviosa, tanto que no miraba por dónde iba y había chocado con ella en la escalinata que conducía al interior del edificio. Los libros que llevaba entre los brazos habían salido volando escaleras abajo y había faltado poco para que nosotras los acompañásemos en su accidentado descenso. Yo acababa de mudarme y, por su expresión aterrorizada, había pensado que Madison también era nueva allí, así que me había sentido unida a ella casi al instante. Más tarde, al convertirnos en amigas, me había enterado de que Madison había asistido siempre a ese centro y que sus miedos nada tenían que ver con los míos.

Le había costado contarme lo que le pasaba, pero un día, después de encontrarla llorando en los lavabos de la primera planta, me había confesado que padecía un trastorno de ansiedad. En ese momento yo no tenía ni idea de lo que eso significaba, así que, al regresar a casa después de las clases, le había preguntado a mi padre. Madison me había caído bien desde el primer momento y, poco a poco, se había convertido en mi única amiga en aquel sitio. Además, había aceptado mi homosexualidad con la mayor naturalidad del mundo (al contrario que otros de mis compañeros), y quería ayudarla, tenderle la mano igual que ella había hecho conmigo.

Y así me había enterado de que mi madre también había padecido ansiedad siendo más joven y que, incluso ahora, a veces le costaba no preocuparse siempre por todo, lo que le generaba una angustia continua. Esa misma tarde, mamá me había contado su experiencia con una franqueza que agradecí: el miedo a no controlar cada situación, los temblores, las taquicardias, la sensación de intranquilidad permanente... la soledad y el aislamiento... Y la manera en que a veces la gente le había restado importancia a su problema y cómo eso la había hecho sentir aún peor.

—La ansiedad es real, aunque muchas personas no entienden el alcance que tiene y lo mucho que puede llegar a condicionar tu día a día —había dicho, sentada a mi lado en el sofá de nuestra casa—. Puedes apoyarla y brindarle tu compañía, pero no la presiones, deja que ella se vaya acercando a ti, que se tome el tiempo y el espacio que necesite.

La charla con mis padres me había ayudado a entender por fin lo que le sucedía a Madison. No sabía si mi amistad podría contribuir o no a que mejorara, pero yo iba a estar ahí siempre que ella lo necesitara. Al final, ella misma me había contado que acudía a terapia regularmente y que durante ese año, poco a poco, había ido progresando muchísimo.

Caminé hacia la entrada del instituto. Salvo Madison, no tenía ninguna otra amiga allí, solo algunas compañeras con las que a veces intercambiaba apuntes y poco más. De todos modos, para mí la calidad contaba más que la cantidad. A veces nos equivocamos creyendo que tener un montón de amigos nos hará más felices, pero de nada sirve tener decenas de personas alrededor si no te aceptan como eres o, en realidad, no les importa lo que te pase.

—¡Ey! ¡Zyra!

Eché un vistazo sobre mi hombro, esperando encontrarme a algún compañero cotilla dispuesto a interrogarme sobre lo sucedido el día anterior. Sin embargo, era Aiden el que me había llamado, así que me detuve para permitir que me alcanzara.

—Tienes mala cara —le dije, porque el tipo lucía ojeras, el pelo despeinado y la expresión de alguien que no ha dejado de dar vueltas en la cama durante toda la noche... o que no se ha acostado siquiera.

—Sí, bueno... —Se pasó la mano por la cara y luego apartó varios mechones negros de sus ojos—. Quería preguntarte... ¿sabes si Madi vendrá hoy?

—¿Madi? —inquirí. Nadie se refería así a ella.

—Madison.

Titubeé unos segundos; aún no sabía muy bien de qué palo iba Aiden. Madison me había contado que, en el pasado, habían estado muy unidos, pero que no había sabido nada de él en los últimos dos años. Yo no era de las que se dejaba llevar por los prejuicios o las primeras impresiones; aunque, en lo que respectaba a Madison, mi instinto exigía que la protegiera.

—Sois vecinos —señalé—. ¿Por qué no se lo preguntas tú?

—No he querido llamar a su puerta esta mañana, pensé que tal vez se quedara descansando hoy y podría estar durmiendo.

—No, no va a venir —repuse, apiadándome de él, parecía preocupado y, al compartir varias clases con Madison, iba a darse cuenta de todas formas.

Se revolvió el pelo y compuso una expresión cautelosa.

—¿Me podrías dejar su número de teléfono? No se lo he pedido y me gustaría mandarle un mensaje para que lo vea en cuanto despierte.

Arqueé las cejas sin perder la sonrisa.

—Es ella la que debe decidir si quiere darte su teléfono o no. Si la conoces tan bien como crees, deberías saber eso.

Él me sonrió a pesar del ataque implícito en mi comentario.

—Tenía que intentarlo.

—Ha sido un intento estúpido —repliqué, pero él no pareció molestarse, sino todo lo contrario: asintió satisfecho, como si hubiera esperado que me negara a darle el número de mi amiga.

—Estoy preocupado por ella, solo eso —dijo tras un largo suspiro.

Me dio un poco de pena. Parecía preocupado de verdad.

Mi madre me había dicho que existían muchos tipos de ansiedad (generalizada, compulsiva, provocada por estrés postraumático...) y yo era consciente de que había cosas que Madison no me había contado.

Aunque no estaba segura, ciertos comentarios de mi amiga me hacían pensar que le había pasado algo... algo terrible. Así que, por mucha pena que me diera Aiden, no contribuiría a agravar su estado de ninguna manera; no sabía si él era parte del problema.

—Dale tiempo —le dije entonces—. No la presiones con este tema, es lo último que necesita.

Él volvió a asentir; sus ojos, de un azul imposible, estaban cargados de inquietud. Resultaba evidente que Madison le importaba, pero era a ella a quien tendría que demostrárselo.

Señaló la puerta principal del instituto.

—¿Te importa si entramos juntos?

No pude evitar echarme a reír.

—Tal vez no quieras que te vean conmigo —le advertí, porque parecía la clase de tío que Drinna Johnson querría en su círculo de amistades.

—Tal vez seas tú la que no quieras que te vean conmigo —rio, y echó a andar hacia la entrada.

Me puse en marcha y me coloqué a su lado.

—¿Sabes? Quizás, después de todo, podamos darte el carné para nuestro club —bromeé. Empezaba a caerme bien.

Como era lógico, él no tenía ni idea de a qué me refería, pero me alegró que me acompañara hasta mi primera clase. Las miradas de advertencia que fue dedicando a su paso a varios compañeros los mantuvieron alejados de mí, y supe que esa había sido su intención desde el principio.

Me despedí de él en la puerta del aula con una sonrisa de agradecimiento y la sensación de que, tal vez, Aiden Keller era de los que rascaban bajo la superficie y veían más allá del exterior de las personas. Quizás, y solo quizás, fuera bueno para Madison, pero no era yo quien debía decidirlo.

AIDEN

Dejé a Zyra a salvo en su clase, aunque era probable que no lo estuviese por mucho tiempo. Roadhill era así, y en el instituto las cosas eran aún peores. Cada cotilleo se convertía en un arma arrojadiza que emplear para satisfacer las ansias de carnaza.

Había estado esperando a Madison esa mañana, pero había tenido que rendirme al comprender que era muy posible que no fuese al instituto ese día. Yo apenas si había pegado ojo la noche anterior y me dolía el cuerpo después de pasar horas sentado en el borde de la ventana de su dormitorio, porque había temido que se despertara gritando de la misma forma desesperada en que lo había hecho por la mañana en el instituto; me había aterrado la idea de dejarla sola, parecía tan vulnerable allí acurrucada sobre su cama...

—¿Keller?

Alcé la cabeza al escuchar que me llamaban. La señora Pepper me estaba mirando, así como el resto de mis compañeros.

—¿Y bien?

No tenía ni idea de lo que me había preguntado, pero asentí por puro instinto. Eso pareció satisfacerla.

—Bien —farfulló, y anotó algo en la agenda que llevaba a todas partes.

Su atención se trasladó a otro de los alumnos y yo suspiré aliviado.

El resto de la jornada discurrió de forma muy parecida, con mis pensamientos regresando de manera constante a Madison. A la hora del almuerzo me dirigí a la cafetería, un sitio que no había pisado en los días anteriores y en el que entré por un solo motivo: Drinna Johnson. Era consciente de que me estaba entrometiendo, de que debía dejar que Madison librara sus propias batallas, pero me hervía la sangre cada vez que pensaba que ella podía ser la responsable del ataque sufrido por Madison.

Busqué su rostro entre las decenas de estudiantes repartidos por las distintas mesas hasta que di con él.

—Hola, Aiden —me saludó sonriente en cuanto me acerqué, aunque su expresión reflejaba cierta cautela.

Me tomé unos segundos para ordenar mis pensamientos; no quería dejarme llevar por la rabia que sentía, solo deseaba advertirla.

—No quiero saber qué fue lo que le dijiste —comencé con una voz extrañamente serena—, porque no es asunto mío, pero más te vale mantenerte alejada de Madison a partir de ahora.

Mi tono fue lo suficientemente serio como para que se le borrara la sonrisa de inmediato y todos los que la rodeaban enmudecieran. No pensaba amenazarla con hacerle daño ni nada por el estilo, bien sabía yo que la violencia no conducía a nada bueno, pero esperaba que las cosas horribles que se decían de mí en el pueblo bastasen para que su acoso cesara.

Ella debió de pensar justamente en eso, porque no se atrevió a replicar.

Me alejé sin decir una palabra más y salí de la cafetería con la misma determinación con la que había entrado. Hubiera dado lo que fuera por ser yo el que estuviera en la situación de Madison y no tener que verla sufrir, pero aquello era lo único que podía hacer para evitar que le hicieran más daño.

Después de las clases, me fui directo a casa. Aún me estaba bajando de la camioneta cuando apareció el coche de Zyra y se detuvo junto al bordillo. Supuse que ella también estaba preocupada por su amiga y que pasarían la tarde juntas, por lo que me resigné a no poder verla hasta la noche y decidí salir a correr un rato.

Cuando regresé horas después, me obligué a sentarme en el salón a hacer los deberes de clase. En mi habitación iba a ser imposible que me concentrara con la ventana de Madison frente a la mía, y ella se merecía tener intimidad. No quería sentirme como un jodido acosador.

Mi madre llegó del trabajo poco después. Esa era otra novedad. Al parecer había logrado mantener un mismo trabajo durante el último año, algo impensable en el pasado.

—¿Qué tal las clases?

—Todo bien —respondí de forma escueta y sin siquiera mirarla.

—¿Y con Madison? —Levanté la vista de los apuntes, sorprendido por que recordara siquiera el nombre de nuestra vecina—. Esta madrugada te vi caminando por el tejado, venías de su casa.

Dejé caer el bolígrafo sobre la mesa. Mi madre jamás se había interesado demasiado por mis amistades, no solía importarle si entraba o salía de casa ni con quién lo hacía.

—¿De verdad te importa? —le espeté, no creía que así fuera.

—Podrías caerte —murmuró insegura— y hacerte daño.

Solté una carcajada.

—Eso nunca te ha importado antes, mamá.

Me observó unos segundos en silencio y con expresión culpable, pero la mía no varió a pesar de que la herida que mi madre había provocado continuaba doliendo. Fingí que no era así.

—Eres mi hijo, Aiden.

—¿Desde cuándo?

—Desde siempre —repuso ella, y los ojos se le humedecieron.

Cerré los libros y la carpeta que tenía frente a mí y, cuando lo hube recogido todo, me puse de pie y me encaminé a las escaleras.

Al pasar por su lado no puede evitar dirigirme a ella:

—Llegas diecisiete años tarde.

Esa noche volví a leerle a Madison. Ella me llamó desde el otro lado de su ventana y yo le sonreí y apenas tardé unos pocos segundos en llegar hasta su habitación. No intenté entrar y ella no me invitó a hacerlo, pero no me importó. Zyra había dicho que le diera tiempo y yo pensaba darle todo el que necesitase mientras estuviera allí. No quería pensar aún en lo que pasaría cuando cumpliera los dieciocho y fuera el dueño de mi vida; eso había quedado en un segundo plano hasta que supiera qué era lo que le pasaba a Madison y si podía ayudarla de algún modo.

Llegamos hasta el final del segundo acto. Yo leía y le lanzaba breves miradas de vez en cuando, y ella sonreía tumbada en la cama. Poco a poco se fue quedando dormida. Más tarde, mientras observaba su expresión relajada, me lamenté de nuevo por lo imbécil que había sido con ella a mi llegada a Roadhill. Mi vida estaba llena de decisiones equivocadas, pero Madison era la única buena que había tomado y eso me pesaba cada vez que pensaba en marcharme después de mi graduación.

La mañana del viernes salimos los dos al mismo tiempo de casa. Zyra no estaba esperándola como había sucedido los dos días anteriores.

—¿Quieres que te lleve? —le pregunté mientras me adentraba en el jardín delantero de su casa.

Ella apenas tardó un par de segundos en contestar.

—Vale. —Se asomó al interior de su casa—. ¡Mamá, hoy voy con Aiden!

Davinia Harper apareció en el umbral con un manojo de llaves en la mano y el bolso colgado del hombro; supuse que había pensado llevarla ella. Alternó la vista entre ambos y luego asintió.

—Muy bien —le dijo, y le rozó la mejilla con la punta de los dedos. Madison sonrió—. Id con cuidado.

Nos subimos a la camioneta y, a mitad de camino, descubrí a Madison mirándome con el ceño fruncido.

—¿Qué pasa? —pregunté, temiendo haber hecho algo mal.

—Deja de tratarme como si fuera a romperme, idiota.

Tuve que reírme. Esa, definitivamente, era la Madison que yo conocía. Me relajé un poco.

—Perdona, pero yo siempre he sido así de encantador y cuidadoso —repliqué divertido—, solo que tú nunca has sabido apreciarlo.

Ella esbozó una sonrisa. Apoyó la sien en la ventanilla y suspiró. Lucía mejor aspecto. La noche anterior me había confesado que a veces tenía pesadillas —aunque no me había contado sobre qué—, pero que los días anteriores había conseguido dormir del tirón. El descanso le había venido bien. Estaba preciosa; Madison siempre lo estaba.

—¿Qué te parece si hacemos algo este fin de semana? Podríamos invitar a Zyra. Quizás ir a la costa los tres... —tanteé.

Me miró de reojo.

—Sí, estaría bien —me dijo. Hizo una breve pausa—. ¿Irás al baile?

El baile de bienvenida era una de las tradiciones más esperadas, la excusa perfecta para olvidar las largas jornadas de clases y estudio que teníamos por delante.

—¿Por qué? ¿Quieres pedirme que sea tu pareja?

Oh, mierda. No acababa de decir eso, ¿verdad? Temí haberla asustado, pero Madi soltó una carcajada.

—Más quisieras.

—Me gustaría.

—¿Qué?

—Que me gustaría ir al baile contigo. Es decir, si tú quieres.

En el silencio posterior a mi proposición, mi mente se encargó de soltarme insultos de lo más variados. ¿Acababa de pedirle una cita? Detuve la camioneta en el aparcamiento del instituto y me giré en el asiento para mirarla. Al menos parecía sorprendida y no aterrada.

—Por los viejos tiempos —le dije—. Podría ser divertido.

En realidad, nunca habíamos ido los dos a un baile, ni siquiera como amigos.

—Zyra y yo pensábamos ir juntas.

—Podemos ir los tres —sugerí entonces—. Seré la envidia de la fiesta.

Ella volvió a reír y el sonido agitó mi estómago y se enroscó en torno a mi pecho.

—Los cuatro —terció ella—. Zyra y yo, y tu gran ego y tú.

—Mi ego es un gran bailarín, deberías saberlo, y estará encantado de mostrarte sus dotes si se lo permites. A Zyra también, por supuesto —me apresuré a añadir.

MADISON

—Está bien. Iremos juntos.

Aiden arqueó las cejas y se apoyó contra la puerta de su lado. Sus comisuras se curvaron y su sonrisa creció y creció hasta que dos hoyuelos aparecieron junto a sus labios. Estaba segura de que había chicas que matarían por ser las destinatarias de una sonrisa así.

Por primera vez en mucho tiempo, me atraía la idea de ir a un baile en el instituto. Quería ir, reír, bailar... No pensaba permitir que mi trastorno dominara mis acciones. Quería ser fuerte; quería vivir, y la posibilidad de hacerlo con mis dos mejores amigos a mi lado me daba la fuerza que necesitaba.

Aiden me observaba con una intensidad tal que comencé a ponerme nerviosa, pero era una inquietud diferente a la que estaba acostumbrada. Mi estómago dio una voltereta cuando se inclinó un poco en mi dirección.

—Hay algo que me muero por hacer —me dijo, bajando la voz—. ¿Confías en mí, Madi?

Miré a mi alrededor como si hubiera alguien más allí y fuera a darme la respuesta a esa pregunta, pero estábamos solos él y yo. Posé la vista de nuevo en su rostro. Era Aiden, no me haría daño, lo sabía.

Asentí, sintiéndome valiente, y él imitó mi gesto algo más serio que un momento antes. Acto seguido, se giró y bajó de la camioneta. El desconcierto se reflejó en mi rostro mientras él rodeaba el vehículo hasta llegar a mi lado. Abrió mi puerta y entonces fui yo la que giré en el asiento para mirarlo. ¿Qué estaba haciendo?

—¿Puedo? —preguntó, extendiendo los brazos hacia mí.

Sus ojos también me pidieron permiso, con el azul de sus iris más claro que de costumbre, tanto que me recordó el color de un cielo sin nubes, un cielo en calma.

Mi cuerpo respondió sin pensar en la cercanía de sus manos, y mis brazos se extendieron hacia él. Aiden me alzó en vilo y me depositó en el suelo con suavidad. Estábamos más cerca de lo que lo habíamos estado desde su regreso, sin contar con el momento en el que me había sostenido durante mi ataque, porque estaba segura de que había sido él, aunque no le hubiera preguntado al respecto. Levantó una mano muy despacio, quizás para darme tiempo a que me retirara si así lo deseaba, pero yo no me moví. Estaba tan desconcertada por su proceder que ni siquiera me lo planteé. No tuve miedo, no me asusté. Entonces él apartó los mechones de mi flequillo que me tapaban parcialmente los ojos y sus dedos se demoraron un momento sobre la piel de mi sien, para luego arrastrar el pelo hasta detrás de mi oreja.

—Mejor así —murmuró con dulzura, sin dejar de mirarme.

Dio un paso atrás y sonrió, y a mí se me escapó una carcajada nerviosa.

—¿Eso era lo que querías hacer?

—Tenías el pelo en la cara —dijo, encogiéndose de hombros.

Apreté los labios para no reírme de nuevo. Era lo más dulce que le hubiera visto hacer jamás; a él, que tonteaba con todas, pero no salía en serio con ninguna. La piel me cosquilleó y, de nuevo, sentí esa extraña presión en la boca del estómago que nada tenía que ver con la ansiedad.

—Vamos a clase, anda —me instó, y de repente pareció avergonzado.

Tal vez no debería haberme reído.

Cerró la puerta de la camioneta y echó a andar hacia la entrada. Lo alcancé enseguida y mi mano voló hasta su muñeca.

—Aiden, espera —le pedí, reteniéndolo. Su gesto podía parecer una tontería, pero la cuestión era que se las había arreglado para tocarme sin que yo pegara un salto o me alejara de él. Me pregunté si no sería eso lo que pretendía y mi pelo rebelde le había dado la excusa perfecta—. Gracias.

No supe si entendió a qué me refería. Por ahora no quería darle más explicaciones. Él no preguntó, tan solo me guiñó un ojo con tal desparpajo que me hizo reír de nuevo. Había olvidado lo fácil que resultaba estar con él.

—Venga, guaperas —me burlé—. Vayamos a clase.

—Por fin eres consciente de mis encantos —prosiguió él la broma—. Ya era hora, pequeña. Empezaba a dudar de mis múltiples atractivos.

—No creo que tu ego sea capaz de albergar esa clase de dudas —resoplé.

Agitó la cabeza de un lado a otro a la vez que me daba un empujón suave en el hombro.

—Qué bien me conoces.

—Soy tu mejor amiga, aunque eso es solo porque no hay nadie más que soporte tu arrogancia natural.

Aiden ladeó la cabeza. Una sonrisa desvergonzada bailó en sus labios.

—Quién necesita a nadie más… —Hizo una breve pausa y a mí se me erizó el vello de la nuca al escuchar el cambio en su tono de voz—. Teniéndote a ti.

Continuó caminando sin darle más importancia a lo que acababa de decir y yo traté de hacer lo mismo. Aiden y yo solíamos fastidiarnos todo el tiempo y, de vez en cuando, también nos decíamos alguna tontería bonita para compensar.

Mi regreso al instituto después del espectáculo que había dado en el pasillo resultó más tranquilo de lo esperado. Los cuchicheos y las miradas curiosas fueron inevitables, pero, para mi sorpresa, Drinna y su séquito se mantuvieron alejados de mí. Ella casi ni me miró, lo cual era todo un avance. Quizás lo sucedido la hubiera hecho recapacitar o tal vez había tenido unas palabras con el director; al fin y al cabo, todos nos habían visto discutir y eso debía de haber llegado a oídos de los profesores. Por mi parte, le había dicho a mi madre que no quería que presentara una queja ante el instituto aunque hubiera sido lo correcto; no necesitaba más atención de la que ya me prestaban.

Aiden se encontraba a mi lado mientras yo sacaba un libro de mi taquilla. Drinna avanzó por el pasillo y me percaté de que él la seguía con la mirada hasta que pasó de largo y se perdió entre los demás alumnos.

—Ignórala —le dije—, yo lo hago la mayoría del tiempo.

Él gruñó por lo bajo, pero no contestó, y me pregunté si en algún momento alguien le contaría un cotilleo sobre mí y lo que creían que había sucedido con Brad. El pensamiento me provocó un escalofrío. No quería que nadie le hablara de aquello, no tenían ni idea. Tal vez en algún momento pudiera contárselo (si había alguien capaz de comprenderlo, tenía que ser él), pero por ahora se me antojaba un mundo hablarle de ello. Acababa de recuperarlo, ¿y si lo perdía de nuevo? ¿Y si no me creía o... comenzaba a mirarme de otra manera?

—Ey, pequeña, baja de las estrellas.

Sonreí. Aiden provocaba ese efecto en mí, siempre me hacía sonreír, pero en ese instante lo hacía por un motivo en especial: solo él me pediría que bajara de las estrellas y no de las nubes. Tiempo atrás, durante las noches que pasábamos en el tejado de mi casa, habíamos empezado a decir aquella frase cuando uno de los dos se perdía en sus pensamientos.

—Estoy aquí. Contigo —repuse, porque eso era lo que solíamos contestar.

Entonces fue él el que sonrió y todo pareció un poco mejor.

—¿Dejaréis de reíros alguna vez? —protestó Aiden, haciendo un puchero.

Estábamos almorzando junto con Zyra en la cafetería. Negué mientras me partía de risa. Mi amiga, a su vez, se había contagiado de mis carcajadas y también reía.

—Es... es... es que no me lo esperaba —logré decir a duras penas.

A primera hora habíamos tenido clase de Literatura y nos habíamos enterado, Aiden incluido, de que mi amigo haría la audición para interpretar a Romeo; al parecer se había presentado voluntario sin siquiera saberlo. Llevaba riéndome desde entonces.

—Lo siento. —Procuré dejar de reírme, pero me estaba costando lo mío.

Aiden llevaba toda la mañana enfurruñado. Si resultaba difícil imaginarlo recitando la obra de Shakespeare (me la había leído por las noches, sí, pero se notaba que no era de su agrado), no digamos ya dando vida a Romeo Montesco; él, que no se había enamorado nunca (que yo supiera). Aunque, en honor a la verdad, yo tampoco lo había hecho y estaba en la lista de las candidatas a Julieta... Fuera como fuese, la imagen de Aiden con la vista alzada en dirección al balcón de la mansión de los Capuleto, pronunciando el tan famoso «¿Qué luz se abre paso tras esa ventana? Es el Oriente y Julieta es el sol», no podía resultar más estrambótica.

—Siempre puedes echarte atrás —señaló Zyra, pero Aiden negó.

—Por algún motivo que no logro comprender, salvo que resulta obvio el hecho de que cualquier Julieta podría enamorarse de mí en cuestión de segundos —expuso, dejando momentáneamente de lado su enfado—, la señora Pepper cree que podría darle al papel la credibilidad necesaria.

Hice una bola con una servilleta y se la lancé para bajarle un poco los humos. Él la esquivó con agilidad.

—A mí me da que estás encantado con la situación —se rio Zyra—. Además, si os eligen a los dos como protagonistas, podréis trabajar juntos.

Un pequeño detalle en el que yo no había pensado hasta ese momento. Mis carcajadas cesaron de repente.

—Todos sabemos que Madi siempre ha estado enamorada de mí en secreto, así que su papel también será perfectamente creíble —se jactó él, lanzándome la bola de papel de vuelta.

—Mira que eres idiota —intervine yo, poniendo los ojos en blanco, pero la imagen de Aiden en su habitación, con el pecho al descubierto, eligió ese momento para apropiarse de mi mente.

Si por casualidad salíamos los dos elegidos, Aiden iba a tener que abrazarme, incluso fingir besarme, aunque la señora Pepper nos había enseñado el curso pasado varios trucos para que no fuera necesario que nos besáramos de verdad y el público no se percatara de ello.

Bueno, mejor él que cualquier otro, ¿no? Había podido actuar el año anterior, podría este. Era una de las cosas que no iba a permitirme dejar de lado. Ni hablar.

—Tan idiota como Romeo —terció él, de mejor humor.

Sí que estaba encantado, sí, pero encantado de conocerse.

—En eso te doy la razón. Mirad lo que tardó en olvidarse de Rosalía.

Los tres nos reímos sin ser conscientes de las miradas que atraíamos. Aiden se lanzó a hacer una defensa del personaje de Romeo, que no se creyó ni él, solo para sacarme de quicio, y yo descubrí que una de aquellas miradas provenía de Mara Owens. Le di un codazo discreto a Zyra.

—Mara te está mirando —le susurré, pero el comentario llegó a oídos de Aiden.

—¿Mara? —inquirió él. Alternó la vista entre ambas y luego, con mucha menos moderación de la que yo había mostrado, se giró para buscarla—. ¿Qué pasa con ella?

Zyra contestó antes de que yo pudiera hacerlo.

—Estuvimos viéndonos este verano.

Supe el momento exacto en el que Aiden entendió a qué se refería Zyra con *verse* y me preparé para darle una colleja o soltarle un sermón si hacía algún comentario ofensivo.

—Vaya… —murmuró él, y a continuación hizo un movimiento insinuante de cejas—. Tienes buen gusto, Zyra; muy buen gusto. Tal vez quieras pedirle que se apunte a nuestra escapada a la costa de este fin de semana.

Puede que hubiera subestimado a Aiden. Cuando se trataba de Zyra, no podía evitar preocuparme, pero debería de haber sabido que mi amigo no iba a darle ninguna importancia a su homosexualidad.

No le había comentado a Zyra aún nada sobre la salida, así que ella comenzó a interrogarlo al respecto mientras yo sonreía a ambos; no tardaron mucho en empezar a trazar planes.

AIDEN

—Hola, Madison. Zyra —las saludó aquel tipo—. Y tú eres Aiden, ¿no?

Asentí. Lo había visto el primer día de clases y también en un par de ocasiones más por los pasillos, junto al grupo de Drinna. Me puse a la defensiva de inmediato, aunque él no se percató de mi hostilidad. Se sentó a la mesa al lado de Madison; demasiado cerca de ella.

—Quería saber cómo estabas —le dijo a esta.

Zyra sonrió, aparentemente encantada con el interés que Madison despertaba en el chico, y ella también lo hizo; sin embargo, se separó un poco de forma disimulada. No creo que él se diera cuenta.

—Estoy bien —replicó Madison. Su sonrisa resultó forzada, pero bien podría ser porque no le gustaba llamar la atención de nadie.

Incluso podía estar pensando si Drinna no lo habría enviado para torturarla de alguna forma retorcida. Sin ser consciente de lo que hacía, me incliné hacia ellos.

—Solo fue un... desmayo. Solo eso, Jamie. Gracias por preguntar.

Jamie, eso era. El señor Velasco lo había presentado a la clase antes de hacerme entrar a mí.

Madison mantuvo su sonrisa y él exhibió una aún más amplia.

—¿Qué hay de ese café? ¿Aceptarás mi invitación en algún momento?

¿La había invitado a salir? Me fijé en él. Rubito, ojos marrones, cuerpo de atleta, probablemente jugaba a fútbol. ¿Le gustaba a Madison aquel tío? El pensamiento me hizo resoplar y los ojos de todos los que se encontraban en la mesa se volvieron hacia mí. Alcé el móvil y lo agité frente a sus narices de modo que creyeran que algo que estaba viendo en él había provocado mi reacción.

—¿Y bien? —insistió Jamie, y yo empecé a ponerme nervioso—. ¿Te apetece? O tal vez podríamos ir al baile juntos…

¡¿Qué cojones?! ¿Pero qué estaba diciendo ese imbécil?

—Va a ir conmigo —intervine, y a punto estuve de empezar a darme cabezazos contra la mesa.

«Joder, Aiden, lo estás haciendo de puta pena», me lamenté.

¿Por qué iba a molestarme que Madison saliese con alguien? Mi conciencia se rio de mí, alto y claro. Estaba celoso, eso era lo que pasaba, y me sorprendió darme cuenta de ello porque nunca antes me había sentido así.

Me obligué a restarle seriedad a mi expresión y añadí:

—Vamos los tres juntos. Como amigos.

Lo último lo añadí a regañadientes. Los celos eran algo estúpido e insano; resultaba casi imposible no sentirlos a veces, pero siempre me habían horrorizado esos tíos o tías que pensaban en una persona como si fuera de su propiedad y creían tener derecho a decirles lo que podían hacer y lo que no. Yo ya acumulaba un buen montón de defectos, pero comportarme como un capullo celoso no iba a estar entre ellos.

—¡Genial! ¿Os importa si me apunto?

El tío no perdía el tiempo, eso había que concedérselo. Zyra soltó una risita ante la proposición y yo me limité a esperar en silencio a que Madison contestara.

—Emm… Vale, será divertido —dijo finalmente, y no pude evitar sentirme un poco decepcionado.

No era como si ella y yo fuésemos a tener una cita, Zyra también iba a venir con nosotros, pero me había gustado pensar que iba a tenerla para mí. O casi.

Quizás me había apresurado al creer que podría mantenerme al margen de los celos.

—Sí, lo pasáremos bien —me obligué a decir. Por mi tono, cualquiera hubiera dicho que planeábamos asistir a un funeral en vez de acudir a un baile de instituto.

Madison asintió, como si mi comentario fuera lo que la hubiera convencido. Genial, aquello era realmente genial.

Bueno, aún me quedaba nuestra escapada a la costa al día siguiente. Saldríamos de Roadhill durante unas horas y eso ya era motivo suficiente como para estar contento. Zyra se había ofrecido a preparar un pícnic y la temperatura aún era tan agradable como para que pudiéramos darnos un baño.

El timbre sonó y Jamie se despidió y se marchó, no sin antes comentar que estaba deseando que llegara el sábado siguiente. Zyra también se levantó, pero Madison permaneció sentada.

—No os importa que venga con nosotros, ¿verdad?

Su amiga negó, sonriendo. La chica sonreía sin parar y eso me gustaba. Madison necesitaba a su lado a alguien que desprendiera esa clase de alegría.

Ambas me miraron.

—Ya no podré fardar con dos preciosidades colgadas del brazo —bromeé, y Madi puso los ojos en blanco. Yo fingí ofenderme—. ¿Qué? Era una oportunidad cojonuda para mejorar mi reputación. ¡Miraos, sois dos pibones! —continué, poniéndome en pie y acercándome a ella—. Tendrás que reservarme el primer baile, pequeña.

—Dios me libre de decepcionar a tu ego o hacerlo esperar.

Zyra contemplaba nuestro tira y afloja divertida. Me volví hacia ella.

—Tú también tendrás que bailar conmigo.

Rio abiertamente y Madison se acercó y me empujó para que me dirigiera a la salida de la cafetería.

—Vamos, Romeo —se burló, pero me encantó escucharla reír.

Al sentir sus pequeñas manos sobre mi espalda olvidé la réplica mordaz que me proponía soltar. Su calor se extendió por mi piel de una forma perturbadora y jodidamente agradable.

«Ni que fuera la primera vez que me toca una chica», me reproché. Sin embargo, cuando ella retiró las manos y me rodeó para adelantarme, eché de menos la sensación. Desde el momento en que había llegado a Roadhill había anhelado abrazarla y aquel deseo no había dejado de crecer día a día, hora a hora, y empeoraba siempre que la tenía cerca. Lamenté todas las veces que se había acurrucado contra mi pecho en el pasado y yo no le había dado mayor importancia. Los amigos se abrazaban continuamente, ¿no? Y eso era yo... un amigo. Solo que no creía que Madison estuviera preparada para darme un abrazo.

Suspiré, me recordé que debía tener paciencia y evité pensar en que, además de su amistad, quería un montón de cosas más de Madison; la clase de cosas que no pasan entre dos personas que son solo amigas.

Esa noche, Madi me esperaba sentada en el alero del tejado; estaba tumbada mirando el cielo y no tuve muy claro si me había visto llegar hasta que me senté a su lado. El día había sido más caluroso de lo habitual en esas fechas y se estaba mejor al aire libre que en el interior. Además, el cielo lucía repleto de estrellas, aunque la presencia de la luna les restaba parte de su característico brillo.

—¿No te apetece leer hoy? —inquirí, deslizándome un poco para poder tumbarme junto a ella.

Nuestros brazos se rozaron, pero ella no se retiró. Una pequeña victoria. Sonreí.

—Mañana habrá que madrugar, así que nada de leer hasta las tantas...

—¿Quién eres tú y qué has hecho con mi mejor amiga? Ella es de las de «solo un capítulo más» —me burlé, incorporándome sobre los codos para verle la cara.

Sus ojos se centraron en mí. Estábamos tan cerca... y a la vez tan jodidamente lejos. Sus labios se entreabrieron y mi mente sufrió alguna especie de desconexión temporal al contemplar cómo se pasaba la lengua por ellos. Hasta entonces no me había fijado en que tenía el inferior ligeramente más grueso que el superior, y tuve que hacer un esfuerzo para no empezar a imaginar cómo sería mordisquearlos. Aparté la vista y la dirigí a sus piernas.

—¿No tienes calor?

Yo sí que lo tenía... aunque vestía uno de los pantalones de deporte que empleaba para correr. Madison, en cambio, lucía un chándal y, de nuevo, mi vieja camiseta. Cabían dos como ella dentro de la prenda, pero sentí una extraña satisfacción al comprender que dormía con ella la mayoría de las noches.

—Estoy bien.

Mi mente continuó divagando.

—¿Por qué no llevas falda?

—¿Qué?

No había sido consciente hasta ese momento. Años atrás, Madison solía llevar faldas o vestidos; siempre tenía calor.

Señalé sus piernas.

—¿Qué fue de tu odio a los vaqueros y pantalones largos?

Se encogió de hombros y, cuando traté de buscar una respuesta en sus ojos, giró el rostro de nuevo hacia el cielo.

—¿Mi madre dejó de comprarme la ropa? —terció ella, pero yo no me lo tragué.

Davinia y ella iban de compras juntas a menudo, les encantaba. Era casi un ritual entre madre e hija, e incluso me habían arrastrado con ellas en alguna ocasión. Olvidé la regla de no acercarme demasiado y me incliné hasta colocar mi cara justo frente a la suya.

—¿Llevarás vestido al baile? Porque seguro que a Jamie le encantará verte con uno puesto —le dije en un tono contrariado que no sabía si llegaría a captar.

Madison no se movió, ni siquiera parpadeó a pesar de que estábamos tan cerca que podía percibir su aliento revoloteando sobre mi boca. Mis ojos se desviaron hacia sus labios por propia iniciativa.

«Oh, joder, deja de mirarla así», dijo una parte de mí.

La otra parte lo único que quería hacer en ese momento era besarla.

MADISON

Aiden estaba prácticamente encima de mí. Aunque no me estaba tocando, mi cuerpo respondió a su cercanía como si nuestras pieles hubieran entrado en contacto, y no ayudó en absoluto que yo supiera lo que había bajo su camiseta. Me encontré preguntándome qué sentiría si alzaba la mano y me permitía acariciar su brazo o la curva de su hombro. O si él decidiera inclinarse un poco más y…

Mi respiración comenzó a acelerarse y mi corazón no dudó en seguir su ejemplo. Hice un esfuerzo para tranquilizarme. Solo era él, Aiden, habíamos bromeado y nos habíamos fastidiado mutuamente mil veces en aquel mismo lugar; estaba acostumbrada a sus burlas, a que tratara de sacarme de quicio e incluso a sus absurdas insinuaciones. Era descarado y, la mayoría de las veces, tan arrogante que solo conseguía hacerme reír. No había peligro, aunque no parecía que fuera eso lo que le preocupaba a mi cuerpo…

—Es largo —balbuceé, y él arrastró sus ojos de vuelta a los míos.

Eso fue aún peor. Sus iris no eran más que dos pozos profundos enturbiados por emociones de las que no estaba segura de querer conocer el nombre.

—¿Largo? —preguntó él, inmóvil sobre mí.

Centímetros; no había más que centímetros entre nosotros. Tragué saliva antes de contestar.

—El vestido… es largo. No enseño las piernas.

Me había quedado atrapada en su mirada y ni siquiera recordaba muy bien por qué el largo de mi vestido se suponía que era un detalle importante. De alguna manera estábamos solos en aquel tejado, aislados del mundo, del pasado y del presente, de todo lo que no fuéramos él y yo.

Mi mejor amigo y yo.

De repente, fue como si hubiera dicho aquello en voz alta, porque Aiden se retiró de forma brusca y se incorporó hasta quedar sentado. Se aclaró la garganta y yo parpadeé; ninguno de los dos parecía saber muy bien lo que acababa de pasar.

—Pues es una pena —dijo él, y yo apenas si comprendí de qué me hablaba—, porque tienes unas piernas preciosa, pequeña.

¿Lo creía de verdad o lo decía por decir? ¿Y desde cuándo había empezado a preocuparme a mí si a Aiden le gustaban mis piernas? Pensé en el vestido que esperaba en mi armario guardado en una funda. A mi madre le había encantado en cuanto le había puesto la vista encima, y me había dicho que daba igual si iba o no al baile; según ella, parecía hecho a medida para mí y ya encontraría una oportunidad para usarlo si al final decidía no ir.

—Considéralo un regalo —me había dicho.

—No es mi cumpleaños, mamá, y aún queda para Navidad.

—No necesito una fecha señalada para regalarle algo a mi hija, pero si necesitas un motivo, te lo regalo porque estoy orgullosa de ti y de la persona que eres, de que luches cada día en vez de esconderte.

A esas alturas yo estaba prácticamente llorando y ella también. Lo único bueno que había sacado de lo que me había sucedido el año anterior era lo estrecha que se había vuelto la relación entre mi madre y yo, y sabía que tenía mucha suerte de poder contar con ella. Al principio me había dado miedo contárselo, creía que pondría el grito en el cielo o que acabaría enfadándose conmigo y castigándome de por vida; pero no había sido así, ni de lejos.

—Pequeña, baja de las estrellas. —La voz ronca de Aiden me devolvió al presente—. ¿Estás bien?

Se había quedado sentado un poco por delante de mí y yo continuaba tumbada, por lo que no podía verle la cara.

—Estoy aquí. Contigo —respondí—. Y tú, ¿dónde estás?

Pregunté por inercia, tal vez solo para desviar la atención. No esperaba que él contestara de la manera en que lo hizo.

—Me cuesta —hizo una pausa, como si quisiera obligar a sus labios a verbalizar lo que estaba pensando— estar con ella.

Señaló su casa y comprendí que se refería a su madre, de quien pocas veces me había hablado; lo que yo sabía lo había ido recopilando a base de comentarios que Aiden dejaba caer sin darse cuenta. Las cosas nunca habían sido fáciles entre ellos y yo estaba convencida de que jamás se había preocupado demasiado por él.

Me incorporé para sentarme y quedamos el uno al lado del otro, muy juntos, con nuestros brazos rozándose. Cuando alcé la mirada descubrí que Aiden tenía los ojos cerrados y el rostro contraído en una mueca de dolor. No era de los que mostraban sus sentimientos, ni siquiera podía recordar un momento en el que lo hubiera visto triste, pero ahora parecía a punto de echarse a llorar, y eso no había sucedido nunca.

Se me rompió el corazón al verlo así. Me olvidé de mis propias inquietudes y, sin pensarlo, me incliné sobre él y apoyé la cabeza en su hombro. Aiden bajó la vista y pareció sorprenderse al encontrarme aovillada contra su costado. Durante unos pocos segundos todo lo que hizo fue mirarme. Le dediqué una pequeña sonrisa y solo entonces levantó el brazo y me lo pasó por los hombros.

—Estoy aquí. Contigo —repetí, porque me daba la sensación de que necesitaba escucharlo.

No respondió, creo que no le salían las palabras, así que esperé a que estuviera preparado. Yo sabía mejor que nadie que a veces la gente necesita decirse cosas a sí misma antes de poder contárselas a otros; asumirlas y comprenderlas antes de exponerse al qué dirán, aunque sea frente a personas que te quieren y harían cualquier cosa por ti. Y eso me hizo darme cuenta de que haría cualquier cosa por Aiden, por verlo sonreír, incluso sobreponerme a mis propios miedos.

Pasamos largo rato abrazados. Creo que él no era el único que necesitaba aquello. Sinceramente, me alivió sentir los brazos de mi mejor amigo una vez más en torno a mí; los míos alrededor de su cintura, y mi mejilla, contra su pecho. Su corazón latiendo al compás del mío, que por una vez no parecía querer correr...

—Siento haberme comportado como un capullo contigo y no haberte llamado mientras estuve fuera. —Yo agité la cabeza, negando, para hacerle saber que no necesitaba una disculpa, pero él continuó hablando—: Me enviaron a un centro de menores y fue... jodido, muy jodido. Mi madre...

—No tienes que contármelo si no quieres, Aiden. No necesito que me expliques nada.

—Quiero hacerlo. No quiero que te quedes con la mierda que se dice sobre mí en el pueblo y, sobre todo, no quiero que me tengas miedo, Madison.

¿Miedo? ¿Aiden creía que le tenía miedo?

Suspiré. No era de extrañar que así fuera; mi comportamiento no ayudaba, y menos cuando él no tenía ni idea de qué era lo que lo provocaba.

—No te tengo miedo.

Me apretó un poco más contra sí y dejó que su barbilla reposara sobre mi pelo.

—Me encanta como hueles —dijo muy bajito, tanto que pensé que podría haberlo imaginado. Aiden solía meterse conmigo por usar un perfume con toques cítricos.

El silencio nos envolvió una vez más, pero no fue incómodo y yo no tenía prisa por salir de entre sus brazos.

—Mi hermano atacó a mi madre —soltó tras varios minutos, y yo dejé de respirar—. Esa mañana, después de dejarte en el *insti*, regresé porque los había dejado discutiendo en casa. No era normal que mi madre le llamase la atención, nunca le reprochaba nada. Mi jodido hermano todo lo hacía bien —afirmó, con tanto cinismo que me dolió incluso a mí—. El caso es que Derek había pasado toda la noche por ahí de fiesta y estaba puesto hasta arriba de mierda (ya viste lo que me hizo en el ojo), y me quedé preocupado. Cuando volví, ella estaba gritándole en la cocina. No sé qué le pasó a Derek por la cabeza, puede que fueran las drogas o que la violencia terminara de consumirlo aquel día en concreto; la cuestión fue que agarró un cuchillo y se lanzó a por mi madre.

—Aiden... —murmuré horrorizada. Sabía que las cosas estaban mal con su familia, sobre todo con su hermano, pero jamás hubiera imaginado algo así.

—Por aquel entonces era mucho más corpulento que yo, pero lo único que se me ocurrió fue meterme en medio. Tuve suerte, le rompí la nariz de un puñetazo antes de que consiguiera alcanzarme y eso me dio tiempo para...

Le dolía, era consciente de que se estaba deshaciendo por dentro al recordar aquello. Me apreté contra él, susurrando su nombre muy bajito, como si eso supusiera alguna clase de diferencia. No se me ocurría qué más podía hacer.

—Para machacarlo hasta que no pudo moverse —concluyó, y había rabia en su voz. Rabia, tristeza, una agonía infinita... Todo se entremezclaba—. Mi madre le dijo a la policía que yo lo había atacado sin motivo alguno, y mi hermano, claro está, lo confirmó. Les dio igual que fuera drogado... Les importó una mierda que ambos mintieran...

Se le quebró la voz y ya no pudo seguir hablando, y yo me sentí tan rota como él. Fue triste darme cuenta de que, probablemente, ambos lo estábamos por motivos diferentes.

Lo apreté entre mis brazos, lo apreté tanto como pude y él hizo lo mismo conmigo. Ojalá el abrazo de alguien que nos quiere pudiera recomponer los pedazos de nuestra alma; de ser así, no hubiera dejado de estrechar a Aiden entre mis brazos jamás.

ZYRA

—¿Seguro que no te importa? —le pregunté a Madison por enésima vez.

Había quedado con Aiden y con ella en que iríamos ese día de excursión a la costa, pero la noche anterior —o más bien de madrugada— había recibido un mensaje de Mara. Quería que hablásemos, aunque mucho me temía que me lo había enviado en un arranque. Lo más probable era que hubiera estado en alguna fiesta y hubiera bebido más de la cuenta.

Me había enfadado al recibirlo, más que nada porque no soportaba a la gente que necesitaba tomarse un par de copas para tener el valor de decir o hacer lo que realmente quería. Sin embargo, era consciente de que aquello tampoco era fácil para ella. Por un momento había pensado en ignorarla, pero luego le había dicho que se pasara por casa al día siguiente y ni siquiera me había acordado de que ya tenía planes.

—Lo cancelo y voy con vosotros.

—¡Ni se te ocurra! —me gritó Madison al otro lado de la línea de teléfono—. Habla con ella, no te preocupes. Estaré bien.

—¿Seguro? —insistí. No quería fallarle si me necesitaba.

—Voy con Aiden, ¿recuerdas? Creo que nos vendrá bien a los dos salir de este pueblo.

Su seguridad me dejó momentáneamente desconcertada.

—¿El mismo Aiden que echaba humo por las orejas cuando Jamie Logan se te acercó el otro día en la cafetería?

Escuché como se reía.

—No empieces, Zyra. Solo somos amigos.

—Será porque tú quieres —me burlé. Estaba convencida de que la actitud distante de mi amiga frente a los chicos se debía a que ya había uno que le gustaba: su mejor amigo.

—Estás alucinando.

—Ya, ya... Por eso parecía que quería arrancarle la cabeza a Jamie.

—Está preocupado por mí. Por lo de mi... ansiedad —añadió, en un tono un poco más bajo.

Dejé de bromear en el acto. No quería que se sintiera presionada.

—Eso no lo dudo. —Al contrario de lo que había pensado al principio, parecía que Aiden no era un imbécil—. ¿Estarás bien?

—¿Lo estarás tú?

—Claro que sí.

—¿Estás nerviosa?

No se me escapó lo rápido que había cambiado de tema, pero sabía que su interés era genuino. A pesar de sus propios problemas, Madison siempre me hacía sentir que cualquier cosa que me pasara era importante para ella, y eso decía mucho de la clase de persona que era; no se parecía en nada a esa gente que solo sabía mirarse el ombligo y cuyos problemas siempre eran más importantes que los de los demás.

Charlamos durante un rato hasta que me dijo que iba a empezar a prepararse para la excursión. Se mostró ilusionada y me encantó que así fuera.

—Hablamos esta noche, ¿vale? Quiero que me lo cuentes todo.

Me reí y le aseguré que así lo haría, aunque no estaba demasiado segura de lo que querría Mara. Ojalá ese fuera un gran día tanto para Madison como para mí.

MADISON

—Esto es una mierda —farfulló Aiden.

Le dio una patada a uno de los neumáticos delanteros de la camioneta y yo reprimí una carcajada. En realidad, no había nada divertido en la situación, pero no podía dejar de reírme al verlo tan cabreado.

—Llamemos a una grúa —le dije, mientras avanzaba hasta la parte delantera del vehículo. El capó estaba abierto y Aiden llevaba unos veinte minutos con la cabeza metida bajo él—. Siento haberte pedido que parásemos —añadí, sintiéndome culpable.

Estábamos en una estación de servicio porque yo había reclamado una segunda dosis de café y, a poder ser, también algo de chocolate. Aiden había aparcado y ambos habíamos entrado a comprar un puñado de chucherías para el trayecto de casi dos horas que nos llevaría hasta la costa. Después de eso, el motor había decidido no volver a ponerse en marcha, así que nos encontrábamos en mitad de ninguna parte y Aiden no dejaba de maldecir.

Me coloqué junto a él, que se había inclinado de nuevo sobre el motor expuesto, e imité su postura para asomarme dentro. Salía un leve vapor del lado derecho, pero no sabía si era normal o no.

—¿Qué estoy viendo?

—No tengo ni puta idea —replicó él, echándose por fin a reír. Había costado, pero ahí estaban sus hoyuelos—. No sé nada de coches.

—Oh, vaya, y yo que creía que eras de esos chicos que sabe exactamente qué tuercas apretar a cualquier cosa con ruedas. Se me acaba de caer un mito.

Reaccionó a mis burlas dándome una palmada en el muslo y, acto seguido, se miró la mano horrorizado. Era consciente de que Aiden sospechaba algo, o tal vez solo creyera que el contacto físico disparaba mi ansiedad. En aquel momento parecía desear que la tierra se lo tragase.

Respondí dándole yo otra palmada en el trasero; me daba un poco de rabia que me tratase de forma diferente.

—¿Qué demonios...? ¿Acabas de tocarme el culo? —exclamó, y yo me eché a reír al contemplar su expresión.

—No te emociones, Romeo, que tú te vienes arriba muy rápido.

De su garganta brotó una carcajada y el sonido recorrió mi cuerpo y consiguió que me estremeciera. Se llevó las manos al cuello y entrelazó los dedos sobre su nuca. La camiseta se le levantó y dejó al aire una amplia franja de su estómago.

—Lo que pasa es que ya estabas imaginándome con el pecho al aire y cubierto de grasa, ¿eh?

Estuve a punto de atragantarme con mi propia saliva cuando mi mente transformó sus palabras en imágenes. Estaba convencida de que había enrojecido. Gracias a Dios, Aiden devolvió su atención al coche.

—Vaya éxito —comentó contrariado.

Pero la sonrisa continuaba ahí, curvando sus labios, y eso era más importante para mí que el hecho de que nuestra excursión se hubiese ido al traste. Giró sobre sí mismo para contemplar los alrededores; solo se veía campo y más campo.

—Da igual, ya habrá más oportunidades —le dije para animarlo.

—Lo menos que me apetece ahora mismo es regresar a Roadhill.

Eso lo suponía. La noche anterior había resultado dura, muy dura, sobre todo para Aiden; pues yo solo había intentado brindarle mi apoyo. Me había destrozado ser testigo de su dolor, pero aquello no iba de mí, sino de él. No quería ni pensar en lo que debía de haber sido cruzarse a su madre esa mañana en casa después de haber revivido todo lo sucedido la noche anterior.

—Quizás alguien pueda echarnos una mano.

Asentí. Lo más probable era que terminásemos llamando a la grúa, pero no perdíamos nada por intentarlo.

—Te espero aquí.

Se marchó en dirección a la única construcción que había, la misma que albergaba la tienda y una pequeña cafetería. El conductor de un camión que acababa de aparcar se dirigía también hacia allí y Aiden se detuvo antes de alcanzar la entrada; supuse que iba a aventurarse a pedirle ayuda.

Dejé que el sol de la mañana me calentara la cara mientras esperaba sentada en el borde del asiento. La idea de ver el mar y poder pasar el día en la playa me había entusiasmado tanto que ni siquiera me había planteado cancelar el plan después de que Zyra me llamase. Mara quería hablar con ella y yo tenía la esperanza de que arreglasen las cosas.

Aiden, al enterarse de que iríamos solos, me había preguntado si prefería dejarlo para otro día varias veces, pero yo estaba decidida. Incluso mi madre me había animado a salir, aunque antes me había sometido a un pequeño interrogatorio.

—¿Todo bien con Aiden? —me había preguntado.

Creo que era muy consciente de sus idas y venidas por el tejado.

—Mamá, lo que dicen de él no fue lo que sucedió.

—No lo juzgo y ya sabes que no me importan las habladurías, pero me gustaría saber lo que pasó, Madison. Me preocupo por ti.

—Lo sé. Hablaré con él y le preguntaré si le importa que te lo cuente.

Había sonreído y alabado mi lealtad, aunque luego me había recordado que era mi madre y que podía, y debía, confiar en ella. No le gustaba que le ocultara cosas y yo no lo habría hecho si pensase que había algo que temer.

—Tú también tienes que confiar en mí.

Había cedido, pero me había hecho prometer que no llegaría tarde y que la llamaría si sucedía cualquier cosa. También sugirió que invitara a Zyra a dormir. Odiaba dejarme sola y, a veces, cuando tenía una guardia de veinticuatro horas, mi amiga pasaba la noche en casa.

Aiden regresó solo y sin ayuda, pero cargado con dos bolsas repletas de comida.

—¿Nos estamos preparando para un apocalipsis zombi o algo por el estilo? —inquirí, y él esbozó una sonrisa que reconocí como la que indicaba que acabaríamos metidos en problemas—. ¿Aiden? —le advertí, pero se limitó a coger su mochila del asiento y comenzó a meter lo que sacaba de las bolsas.

—Te he prometido una excursión y vas a tenerla.

—¿De qué hablas?

—Ya lo verás...

—No puedo más —me quejé, pero aun así aceleré el paso para alcanzarlo.

Había comenzado a arrastrar los pies un kilómetro atrás y, en honor a la verdad, empezaba a estar preocupada. Llevábamos no sé cuánto tiempo caminando y Aiden continuaba sin querer decirme a dónde íbamos. Si hubiera sido cualquier otro, ya me hubiera dado media vuelta hacía rato, o quizás ni siquiera hubiera aceptado seguirlo desde el principio.

—No queda mucho. Creo —dijo él, y se retrasó un poco hasta colocarse a mi lado.

Me agarró de la mano y prosiguió andando, y el gesto me pilló tan desprevenida que no atiné a oponer resistencia. Sus dedos envolvían los míos con suavidad pero también con firmeza, y la sensación resultaba muy... agradable. Me concentré tanto en los pocos centímetros de mi piel en contacto con la suya que la inquietud se evaporó.

—Estás en baja forma —se burló.

—No todos nos dedicamos a correr de una punta a otra del pueblo cada tarde —repliqué con el aliento entrecortado y una buena dosis de sarcasmo.

Él ladeó la cabeza y arqueó las cejas.

—Te veo muy al tanto de mis movimientos, Harper. ¿Me espías desde tu ventana?

«Un poco».

—Va a ser que no. No te lo creas tanto, Keller.

—Ya, claro. A ti te van más los rubitos, ¿no?

—¿Rubitos? —Fue mi turno para arquear las cejas, suspicaz. ¿A qué venía eso?

—Ese tipo, el de la cafetería, parecía interesado en ti. *Muy* interesado.

Lo de hablar mientras caminábamos me estaba costando más de lo que pensaba admitir, pero me esforcé para mantener el ritmo.

—¿Jamie?

Hizo un gesto vago con la mano.

—Lo que sea.

—Es nuevo y me da la impresión de que no le mola mucho el grupito de Drinna. Tal vez no sea mal tío.

Aiden resopló, algo más propio de mí que de él.

—Pues yo tengo la impresión de que lo que le mola eres tú.

De no conocerlo, hubiera dicho que estaba celoso. El pensamiento casi me hizo reír.

—¿Y eso te importa porque...?

Se detuvo tan de repente que choqué con su espalda y estuve a punto de caerme de culo. Antes de que eso sucediera me encontré con el brazo de Aiden enredado en mi cintura y su pecho contra el mío. Me observó unos segundos en silencio, inmóvil mientras me sostenía, y luego se retiró muy despacio. Yo también di un paso atrás, con el pulso repentinamente disparado.

Aiden no perdió detalle del movimiento y una sombra le oscureció los ojos durante un instante.

—Solo preguntaba.

—¿Desde cuándo te va tanto el cotilleo? —me reí, solo para relajar la extraña tensión que se había instalado entre nosotros.

Él se encogió de hombros y echó a andar de nuevo.

—Va a venir al baile con nosotros, me gusta saber con quién salgo.

No tuve oportunidad de responder porque alcanzamos un pequeño grupo de árboles tras el cual el terreno descendía. Al fondo, entre las dos laderas que lo custodiaban, discurría un río bordeado por abundante vegetación; era una especie de oasis en aquel desierto. El brillo del agua me hizo sentir aún más sedienta.

—El dueño de la gasolinera me habló de este sitio. Por lo visto, poca gente lo conoce y, si lo hacen, no se molestan en venir hasta aquí. Solo se puede llegar caminando —explicó mientras comenzábamos a descender—. No es la playa, pero servirá.

El tema de Jamie quedó olvidado, aunque no sabía muy bien cómo tomarme que lo hubiera mencionado. Supuse que trataba de protegerme y, en todo caso, me prohibí darle más vueltas. Me había prometido disfrutar de la salida; sin agobios, solo mi mejor amigo y yo, como en el pasado. Menos pensar y más vivir.

Él también pareció olvidarlo. Al llegar abajo, su humor volvía a ser el de siempre. Lanzó a un lado su mochila y se acercó rápidamente al agua, que estaba tan clara que dejaba ver el fondo de piedrecitas. Había gran cantidad de matorrales bajos alrededor del cauce y este no debía de ser demasiado profundo, pero lo bastante como para que pudiéramos sumergirnos en él si lo deseábamos. Además, había un árbol de mayor tamaño que proporcionaba una sombra nada despreciable.

Se me escapó un gemido de satisfacción. Después de la larga caminata, aquello era el paraíso. Los pantalones de algodón que llevaba puestos se me pegaban a las piernas por el sudor y mi camiseta no había corrido mejor suerte. Me volví para preguntarle a Aiden si estaba seguro de que podíamos bañarnos allí sin problemas, pero las palabras no llegaron a alcanzar mis labios.

Se había quitado la camiseta y las zapatillas, y tan solo llevaba el bañador a medio muslo con el que había ido a buscarme esa mañana. Aiden siempre había tenido un moreno envidiable, pero en ese momento su piel brillaba, dorada bajo el sol, y su pecho subía y bajaba a un ritmo ligeramente acelerado. Aquello no tenía nada que ver con contemplarlo desde mi ventana, era muy diferente.

Estaba a tan solo un par de metros, pero me daba la sensación de que, si estiraba la mano, podría trazar las líneas de sus músculos con la punta de los dedos. El tatuaje que descendía por su costado quedaba cubierto en parte por su brazo, aunque sabía que estaba ahí, como el de su espalda, que me moría por ver.

Sin embargo, cuando él se adelantó, a mí se me vino el mundo encima.

«Es Aiden. Solo es Aiden», repetí mentalmente.

No iba a perder el control.

—¿Madi? ¿Estás bien?

Peleé contra la presión de mi pecho y tardé unos segundos en encontrar mi voz.

—¿Sabes? —atiné a decir—. Estoy cansada de escuchar esa pregunta, muy cansada.

Lo estaba. Sabía que tanto mi madre como Zyra, él mismo o incluso la doctora Williams no tenían otra forma de interesarse por mi estado. Era de lo más normal que me preguntaran si me encontraba bien. Pero Aiden... No quería oírselo decir a todas horas. Me hacía sentir débil y no quería sentirme así junto a él.

—Está bien.

—¿Qué está bien? —inquirí, y me alegró comprobar que estaba consiguiendo dominar la situación.

Sus ojos no se apartaron de los míos en ningún momento.

—Busquemos otra pregunta o una frase. Una clave solo para nosotros —explicó con calma—, algo que me sirva para saber que estás... que no tengo por qué ser un imbécil que se preocupa por todo y hace preguntas estúpidas.

Me hizo gracia que le diera la vuelta a la situación, como si fuera él el que tuviera un problema y no yo. Sentí deseos de abrazarlo y darle las gracias.

—¿Te parece bien? —preguntó, tan ilusionado que no pude evitar sonreír.

Asentí.

Sus comisuras se curvaron de forma tímida. Aiden no dejaba de sorprenderme. A pesar de todo por lo que había pasado, conservaba una inocencia que, por mucho que escondiera, terminaba siempre por aflorar a la superficie.

Ojalá yo fuera tan valiente como él.

—Bien. Creemos entonces nuestra propia clave, pero antes… ¿puedo pedirte una cosa? —Me aparté el pelo de la cara al recordar la última vez que me había preguntado algo así, pero él negó con la cabeza—. Necesito un abrazo, pequeña. Terminaré por volverme loco si no te lo doy ahora.

AIDEN

No podía creer que acabara de soltar aquello. Me sentí vulnerable de una forma en la que no lo había hecho nunca y, a la vez, como un capullo por pedirle algo así. Aparté la vista de ella y me apresuré a ponerme la camiseta, repentinamente avergonzado por mi desnudez, como si esconder mi piel fuera a conseguir que me sintiera menos expuesto.

Apenas si acababa de terminar de meter los brazos por las mangas cuando el cuerpo menudo de Madison impactó con fuerza contra mi pecho. Estuve a punto de caer hacia atrás, tal fue el ímpetu con el que me abordó, pero conseguí mantener el equilibrio. Su aroma me envolvió al mismo tiempo que lo hicieron sus brazos y la vergüenza se transformó en placer.

Las manos de Madison, sobre mi espalda, se convirtieron en puños con los que se aferraba a la tela de mi camiseta, y su rostro se hallaba hundido en mi pecho, muy cerca de mi corazón, que en ese momento golpeaba acelerado contra mis costillas. La había abrazado en multitud de ocasiones, pero nada comparable con ese momento; nunca había sido tan consciente de la suavidad de su piel, lo delicioso que era su aroma o el calor que emanaba de ella y que empezaba a aturdirme. Era el jodido paraíso...

La hubiera mantenido contra mi pecho hasta que me dolieran los brazos, pero me obligué a aflojar los músculos para que pudiera separarse cuando lo deseara. Me gustó que no lo hiciera de inmediato. Tardó al menos un par de minutos en retroceder un poco para alzar la barbilla y mirarme, y aun así no se alejó del todo.

—¿Mejor? —preguntó, y yo asentí.

—Yo también.

Le sonreí. ¿Qué otra cosa podía hacer?

«Besarla».

Aparté el pensamiento a pesar de que lo deseaba más de lo que hubiera deseado cualquier otra cosa antes, y me contenté con depositar un beso sobre su frente.

—¿Pensamos una clave? —le dije, porque me estaba observando tan fijamente que temí que mi voluntad flaqueara.

Reíamos. Madison y yo no habíamos dejado de inventarnos frases ridículas que pudiésemos emplear si en algún momento la situación la sobrepasaba. Entendía que no quisiera a todos a su alrededor preguntándole si se encontraba bien, y suponía que eso podía llegar incluso a aumentar su ansiedad.

Se había dado un rápido chapuzón y enseguida había salido del agua para sentarse en una piedra lisa y bastante grande del otro lado del río. El bañador que llevaba puesto cubría su estómago, y dejaba totalmente al descubierto su espalda. Por un momento había creído que se lanzaría al agua con ropa y todo, pero tal vez me estuviera imaginando cosas que no eran y Madi no tenía ningún problema para mostrar su cuerpo.

Nadé en su dirección y me detuve a un metro de distancia. Los dedos aún continuaban hormigueándome, como si no hubiera dejado de acariciar su piel a pesar de que no podía parar de reprocharme mentalmente ese tipo de pensamientos. Para ella era solo un amigo y me sentía como un auténtico capullo por desear ser mucho más que eso.

—¡Tengo una! ¿Qué tal «Aiden, te necesito»? —dije riendo—. Creo que es bastante reveladora.

Metió un pie en el agua para salpicarme con él mientras negaba con la cabeza.

—Eres idiota.

—Un idiota encantador —tercié yo, y barrí la superficie con las manos con tanta fuerza que dio la sensación de que le hubieran tirado encima un cubo de agua. El sol estaba en su punto más alto y la temperatura era aún más elevada de lo que había esperado; no le venía mal refrescarse—. ¡Vamos! ¡Ven aquí a nadar con este idiota encantador!

Se cabreó tanto que se puso de pie de inmediato y comenzó a increparme; por suerte, sabía que al menos la mitad de su enfado era fingido. Me avergüenza admitir que sus palabras no llegaron a mis oídos, ya que mis ojos la recorrieron de arriba abajo con lentitud y dejé de escuchar lo que me estaba diciendo. Desde donde me encontraba, y a pesar de lo menuda que era, sus piernas me parecieron kilométricas. Tenía las caderas redondeadas y pechos pequeños; era perfecta, tan jodidamente perfecta que dolía mirarla...

Cuando me quise dar cuenta, se había lanzado completamente encogida casi sobre mí. Me hubiera percatado de lo que pretendía si no hubiera estado devorándola con la mirada, pero me pilló con la boca abierta y debí tragarme al menos la mitad del agua del río.

Salió a la superficie partiéndose de risa mientras yo tosía como un condenado. Enseguida, trató de alejarse nadando de vuelta a la orilla.

—¡Ah, no! ¡Ni se te ocurra escaparte de mí, Harper!

La agarré por un tobillo y tiré de ella. No dejaba de reírse, y eso fue aún mejor que el hecho de que me permitiera acercarme a ella más que en días anteriores. Se la veía relajada y feliz.

Me alivió comprender que no era yo el que provocaba sus sobresaltos; no me tenía miedo. Dudaba mucho que hubiera podido soportarlo. No me importaba lo que la gente del pueblo dijera de mí, incluso podía lidiar con el hecho de que mi propia madre hubiera mentido para proteger a mi hermano, vendiéndome para salvarlo a él, pero la sola idea de que mi presencia atemorizara a Madison me provocaba náuseas.

Forcejeé con ella para evitar que escapara. Sus carcajadas no le permitían oponer mucha resistencia.

—¡Para, Aiden! —rio.

Pero cuando ya la había acercado hasta mí me di cuenta de que no tenía ni idea de qué hacer con ella; a mi cuerpo no se le ocurrían ideas demasiado buenas en aquel momento, así que la solté y permanecí agitando las piernas para mantenerme a flote (en esa zona ni siquiera yo hacía pie).

—Estás preciosa cuando te ríes —dije sin pensar.

Me hundí un poco hasta que el agua me rozó la nariz. Cuando no me traicionaba mi cuerpo era mi boca la que lo hacía. Sus ojos se iluminaron por la sorpresa. Puede que hubiera sonado más vehemente de lo que debía y no como el simple comentario de un amigo.

—Estrellas —añadí entonces, solo para desviar su atención—. Si algo va mal, hazme saber que no ves las estrellas. Eso bastará.

Ella misma me había dicho que no había salido al tejado en mi ausencia. Vale, visto así, sonaba un poco egocéntrico... ¿Habría estado bien Madison de no haberme ido? Ni siquiera sabía lo que le había pasado o si había un detonante para su ansiedad, pero me dio por pensar que de haberme encontrado a su lado nada malo le hubiera sucedido.

«Definitivamente, egocéntrico, Aiden».

—Es perfecto —dijo ella, y hundió también la barbilla en el agua. Nos quedamos flotando uno frente al otro, observándonos.

Quise estirar la mano y tomar la suya, asegurarle que no volvería a irme a ningún lado y que podía confiar en mí, pero las palabras se quedaron atascadas en mi garganta cuando percibí que era ella la que entrelazaba los dedos con los míos.

—Estrellas —repetí, y una amplia sonrisa se extendió por mi rostro.

Comencé a nadar hacia la orilla llevándola conmigo y Madison me lo permitió. No íbamos a poder quedarnos allí tanto como me hubiera gustado (la caminata de regreso nos llevaría tiempo y aún debíamos llamar a la grúa y buscar la forma de volver a Roadhill), pero contábamos con el tiempo suficiente como para poder comer algo y tumbarnos un rato a la sombra. Incluso podríamos leer un poco; había visto el ejemplar de *Romea y Julieta* entre las cosas de Madison y ella estaba obsesionada con ensayar para las audiciones.

La ayudé a salir del agua y fui a por las toallas. Sonreí al envolverla con una y comprobar que tampoco entonces se alejaba de mí. Estiré la otra y la invité a sentarse con una reverencia que pretendía ser cómica, pero puede que resultara un poco patética. Estaba nervioso y eso hacía que me pusiera más nervioso aún, si es que eso tenía sentido. Nunca había tenido problemas para relacionarme con las chicas y tampoco con ella en concreto, pero en ese momento me estaba costando decidir qué hacer y qué no. Ni siquiera me había aventurado a pensar en si podría gustarle a Madison, ¿de qué servía plantearme tal cosa si no podía acercarme a ella?

Por ahora todo lo que podía hacer era estar a su lado. Si no podía ser más para ella que un amigo, eso sería.

—¿Crees que podrías perdonarla? —me interrogó rato después.

Estábamos tumbados uno junto al otro, tratando de digerir el atracón de comida basura que acabábamos de darnos. Se había levantado una suave brisa que agitaba las ramas del árbol bajo el que nos encontrábamos y el sol ya comenzaba a descender hacia el horizonte, aunque aún hacía calor suficiente como para pensar en volver a meterse en el agua si Madison lo proponía. Yo, por mi parte, no pensaba moverme de su lado mientras pudiera.

—¿A mi madre? —Sabía que se refería a ella, solo trataba de ganar tiempo para encontrar una respuesta. En realidad, daba igual, no la tenía—. No lo sé. Supongo que todos los padres tienen un hijo preferido, ya sabes... uno con el que la afinidad es mayor o conectan de un modo en el que no lo hacen con el otro —divagué—, pero mi madre llevó eso a otro nivel. Es posible que mi hermano hubiera ido a la cárcel. Pudieron haber pasado una docena de cosas diferentes si yo no hubiera intervenido, ninguna buena; en cambio, yo... *solo* tuve que ingresar en un reformatorio.

La ironía en mi voz dejó patente que mi paso por el centro de menores no había tenido nada de simple.

—¿Por qué nunca me contaste todo lo que ocurría en tu casa?

—No quería aburrirte —repliqué tan rápido que resultó obvio que mentía. Inspiré y solté el aire muy despacio—. No quería que me compadecieras —admití finalmente—. Te reías conmigo, siempre sonreías al verme... Cuando no estabas enfadada o chillándome por algo, claro.

Giré la cabeza y ella hizo lo mismo, y nuestros rostros quedaron a tan solo unos centímetros.

—Más o menos como ahora.

—No quería que eso cambiase por nada del mundo —proseguí—. Ya sabías lo suficiente, lo que no podía esconderte.

Me sorprendí cuando llevó los dedos hasta mi mejilla y los hizo descender hasta mi mentón. Apenas pude contener el impulso de cerrar los ojos y apretar la cara contra la palma de su mano. La suavidad de aquella caricia, el cuidado con el que me estaba tocando... Algo se apretó muy dentro de mí, como si se soldaran partes de mi interior que ni siquiera sabía que estaban rotas.

Madison era buena, y no solo para mí; era una buena persona, alguien que se preocupaba por los demás a pesar de tener sus propios problemas. Tal vez fuera eso mismo lo que la hacía tan sensible. No había que ser muy listo para saber que Zyra no debía haberlo pasado bien a su llegada a Roadhill, e incluso ahora; me había bastado una semana en aquel pueblo para darme cuenta de que algunos compañeros de instituto la evitaban. También a mí me habían evitado en el pasado y lo seguían haciendo, pero ahora, sencillamente, me daba igual.

—Eres idiota, Aiden Keller. No tienes por qué esconderme nada.

Me sentí tentado de preguntarle si no estaba ella ocultándome cosas a mí, pero lo dejé estar. El día anterior yo había dado el primer paso al sincerarme, quizás con eso pudiera demostrarle que contaba con mi confianza. Madison debía decidir si yo contaba con la suya y eso era algo que no podía forzar.

Su mano continuaba reposando sobre mi mejilla. Estiré el brazo y entonces fueron mis dedos los que rozaron su frente para apartar un mechón aún húmedo. El movimiento dejó al descubierto el tatuaje que descendía por mi costado.

—Me gusta —comentó, señalándolo—. ¿Cuándo te lo hiciste?

Dado lo curiosa que era, y que el tatuaje era una frase escrita en élfico, me extrañó que no preguntara qué significaba. Mis dedos se enroscaron en su pelo. Me resistía a dejar de tocarla de algún modo.

—En cuanto salí del centro. Tenía que celebrar mi libertad.

Esbozó una sonrisa triste.

—Deberías haberte puesto protector solar, ¿no? Pensaba que siendo tan reciente no podías dejar que le diera el sol.

—Tranquila, hace semanas de eso —contesté por inercia, y comprendí lo que había dicho demasiado tarde.

Madison frunció el ceño; era muy lista para pasarlo por alto.

—¿No viniste directamente aquí al salir?

Negué y me mordí el labio sin saber muy bien qué decir. Suspiré al darme cuenta de que no quería mentirle y no me quedaba más opción que decirle la verdad. Me incorporé un poco sobre el codo antes de empezar a hablar.

—No entraba en mis planes volver. —El dolor se reflejó con claridad en sus ojos y maldije mentalmente por haber sido tan gilipollas—. Mi madre no estuvo de acuerdo. Solo Dios sabe por qué me quería en Roadhill con ella, pero me dio de margen todo el verano para regresar. Mientras tenga mi custodia, no me queda más remedio que vivir en esa maldita casa.

—No ibas a volver. —No era una pregunta—. ¿Por qué?

Me pareció que en realidad lo que quería decir era: «¿No querías volver a verme?». Pensé en una forma de explicarle mi decisión.

«Te necesitaba y no quería que fuera así. No estabas y comencé a odiarte por haberme dado esperanzas... Soy un completo imbécil». Era retorcido y no sabía si ella llegaría a comprenderlo; ahora que estaba allí con ella, ni siquiera yo lo entendía del todo.

Después de que mi padre nos abandonara, de crecer sin apenas cariño por parte de mi madre y con un hermano al que temía más que quería, cualquiera diría que debería haber estado acostumbrado a arreglármelas solo. Pero Madison había evitado que yo me convirtiera en un idiota egoísta o en alguien violento como Derek; ella, y solo ella, había logrado hacer de mí una persona mejor. Estar encerrado y sin poder verla casi me había vuelto loco. No hay nada como perder lo que quieres para darte cuenta de lo que representa para ti, y yo lo había entendido de golpe al separarme de Madison. No solo había perdido a mi mejor amiga, sino también a la chica de la que estaba enamorado aunque ni siquiera lo supiera en ese momento.

No podía decirle eso, no podía soltarle así sin más que la quería. Me aterrorizaba no significar para Madison lo mismo que ella significaba para mí.

MADISON

No iba a volver. Aiden había pensado desaparecer y no regresar nunca más a Roadhill. Traté de no enfurecerme. En ese momento era más consciente que nunca de todo por lo que había pasado y comprendía que lo último que deseara fuera tener que estar en esa casa con su madre, pero no pude evitar sentirme decepcionada al comprender que no estaba allí por mí.

Los primeros días ni siquiera había querido hablarme. ¿Ese había sido su plan? ¿Ignorarme para no tener nada que lo atara a aquel pueblo? ¿Ningún lastre que arrastrar?

«Estás siendo irracional», me reprendí.

Los dedos de Aiden volvieron a retorcer uno de mis mechones y yo me estremecí. Estaba muy cerca y estábamos solos, rodeados de… nada. Había que caminar varios kilómetros para llegar a ese lugar y no parecía que la gente estuviera muy dispuesta a hacerlo; sin embargo, yo lo había hecho.

Me obligué a no decir nada de lo que pudiera arrepentirme, pero tuve que poner toda mi fuerza de voluntad en ello. Yo había querido que Aiden estuviera a mi lado cada maldito día de los dos años anteriores; lo había necesitado. La gente subestima el valor de los amigos, de las personas de nuestro alrededor que te quieren de verdad. Yo sabía que Aiden me quería y supongo que por eso me dolía tanto que no hubiera vuelto enseguida a Roadhill para verme.

—Di algo —rogó, y su otra mano buscó la mía.

Un ligero apretón, una nueva súplica silenciosa.

—Te he echado de menos.

Era verdad, toda la verdad que podía darle en ese momento. Si Aiden hubiera sabido lo que significaba para mí tenerlo tan cerca, estar allí a solas con él... Incluso yo estaba asustada. Desde su regreso, me había sorprendido observándolo de una forma en la que no lo había hecho antes. Mi estómago parecía empeñado en practicar saltos mortales cada vez que él posaba su mirada sobre mí o me sonreía, y las sensaciones que me despertaba eran doblemente confusas. Había tenido que convencerme una y otra vez de que era mi mejor amigo; solo eso, amigos.

Mis ojos se deslizaron por su rostro hasta tropezar con sus labios entreabiertos. La boca se me secó de repente y el corazón comenzó a latirme de forma atropellada. Todo empeoró en el momento en que Aiden esbozó una media sonrisa. Lo había visto coquetear con decenas de chicas y sonreírles, pero nunca así.

«Eso es porque no está coqueteando contigo, Madison», me dije.

—Yo también te he echado de menos, pequeña —afirmó en un tono más bajo y mucho más grave que segundos antes—. No te puedes imaginar de qué forma.

Alcé la vista de sus labios y la tormenta azul de sus ojos me arrolló. De algún modo, estaba más cerca que antes. Su aliento revoloteaba sobre mi boca; olía a chocolate, dulce y delicioso, y me descubrí inhalándolo para llevar ese aroma hasta mis pulmones y retenerlo ahí para siempre. De repente, fui más consciente que nunca de la poca ropa que llevaba encima y también de la que lo cubría a él. La piel se me erizó.

—Te irás, ¿verdad? Cuando seas mayor de edad.

Él pareció pensarlo un momento.

—Ese es el plan.

No añadió nada más y no quise pedirle explicaciones. Yo también quería salir de Roadhill, ¿no? Al menos yo tenía una casa a la que regresar con una madre que me quería y se preocupaba por mí, así que me juré no volver a quejarme al respecto nunca más.

—Pero ahora estoy aquí. Contigo —añadió, y sus dedos se deslizaron con lentitud de mi mejilla hasta el lateral de mi cuello—. Y hay estrellas en el cielo, ¿no es así? —aseguró acto seguido, aunque era pleno día.

Era su forma de preguntarme si estaba bien. No pude evitar sonreír.

—Sí, sí que las hay.

Estábamos tan cerca que, de haberme incorporado un poco, mis labios hubieran rozado los suyos. ¿Cómo sería besar a Aiden? Diferente, seguro; muy diferente a los besos de Brad... Sentí una opresión en el pecho al pensar en él.

—Hay estrellas en el cielo —me obligué a decir para liberarme de ese peso.

Moví los pies y luego un poco las piernas, porque de cintura para arriba tanto él como yo parecíamos habernos quedado paralizados. El gesto atrajo su atención.

—Deberías enseñarle esas preciosas piernas a todo el mundo, en serio. En plan ¡mirad, malditos! ¡Soy una pequeña diosa con unas piernas increíbles!

Empecé a reírme de sus tonterías mientras él continuaba soltando un entusiasmado discurso acerca de mis piernas. Nos habíamos puesto muy serios y suponía que era la mejor manera que había encontrado para acabar con aquella tensión.

—Nadie necesita ver mis piernas, Aiden.

—¡Oh, sí, yo sí que lo necesito! —protestó. Después, colocó la punta de su índice en la parte izquierda de mi pecho, sobre mi corazón, y sus ojos regresaron a mi rostro—. Y también necesito saber qué hay aquí.

Ese mínimo contacto me dejó sin aliento y él retiró la mano de forma apresurada.

—Lo siento —me dijo, pero yo negué.

—No te disculpes.

No quería que pidiera perdón por tocarme. Yo quería que me tocara, y esa certeza me maravilló. Había acordado con mi madre y con Vega que continuaría acudiendo a terapia en las siguientes semanas y me di cuenta de que me moría por contarle aquello a mi doctora.

Aiden se había retirado un poco. Aproveché para respirar hondo, sintiéndome mejor que nunca a pesar de que estaba un poco nerviosa.

«Te gusta. Te gusta tu mejor amigo», se rio una voz infantil en mi cabeza. Me sentí como si volviera a tener ocho años, pero me emocionó sentir esa ilusión inocente.

Aiden se tumbó a mi lado de nuevo y me pareció escucharle gruñir.

—No quiero volver. No todavía.

—Quedémonos un rato más —propuse, aunque sabía que no podíamos.

La idea era llamar a Zyra para ver si podía acercarse a buscarnos después de que la grúa se llevara la camioneta, pero no podíamos esperar demasiado, ya que mi amiga tardaría un buen rato en llegar hasta donde estábamos.

—Sigues guardándome el primer baile, ¿verdad? —preguntó mientras se sentaba. Él también era consciente de que teníamos que irnos. Asentí—. Bien.

Sin pensar en lo que hacía, estiré la mano hacia su espalda y mis dedos trazaron las líneas de tinta del pájaro de fuego que le cubría gran parte de la piel. La tensión se apropió de sus músculos durante un instante. Luego se fue relajando poco a poco, aunque continuó con la vista al frente.

—Un fénix —murmuré, rescatando de mi mente lo que sabía de mitología—. Muere y renace de sus cenizas... y sus lágrimas son curativas.

—Sí, como en *Harry Potter* —comentó él sin volverse, pero percibí la diversión en su voz. Nunca había visto a Aiden llorar; quizás, si algún día se atrevía a hacerlo, sus heridas sanarían—. Me recuerda que puedo volver a empezar, aunque caiga, aunque *muera*... Siempre se puede volver a empezar.

—No tienes que quemar todo a tu alrededor para hacerlo —le dije, y esperaba que lo entendiera.

No necesitaba alejarme para conseguirlo, aunque comprendía que hubiera pensado en ello. Yo también me había sentido muerta por dentro, pero había decidido aferrarme a las cosas buenas que había en mi vida y a las que quedaban por llegar, a mi madre, a Zyra, al recuerdo de mi mejor amigo... Incluso estando lejos, Aiden me había ayudado.

Proseguí deslizando la yema de los dedos sobre la tinta de su espalda, recorriendo las llamas que envolvían al ave, las alas incendiadas que se extendían sobre sus omóplatos, y el contraste de esa suave caricia con la firmeza de sus músculos envió una descarga por mi brazo que atravesó mi pecho, mi estómago y terminó entre mis piernas.

Agradecí que Aiden no me estuviera mirando. Estaba segura de que había enrojecido hasta la raíz del pelo. Empezaba a necesitar darme otro chapuzón.

—¿Un último baño? —aventuré, y un temblor sacudió mi voz.

No era la única que temblaba. Me pareció que el cuerpo de Aiden también se agitaba bajo mi mano, pero se puso en pie con tanta rapidez que no supe si me lo había imaginado.

—Me has leído la mente, pequeña.

Giró sobre sí mismo, sonriendo. No sabía lo que estaba viendo en mi rostro, probablemente el rastro de mis vergonzosos e inadecuados pensamientos sobre él. Ladeó la cabeza y me observó con atención. ¡Oh, por Dios! Seguro que se estaba dando cuenta de todo.

Me levanté de un salto y salí corriendo en dirección al agua. No esperé por él. Me había parecido imposible que un chico volviera a despertar deseo en mí y que ese chico fuera Aiden lo complicaba todo. Mucho. Muchísimo.

Cuando salí a la superficie, Aiden se había lanzado a la carrera tras mis pasos. Me dije que no iba a preocuparme, no en esa ocasión. Pero una cosa era lo que yo quisiera y otra muy distinta lo que mi mente y mi cuerpo desearan; sobre todo este último. No pude evitar estremecerme al contemplar la sonrisa canalla que bailaba en los labios de mi mejor amigo mientras nadaba hacia mí.

—Entonces, ¿no habéis ido a la playa? ¿Y qué habéis estado haciendo durante todo el día?

Zyra estaba al otro lado de la línea telefónica. Le había explicado por encima el incidente con la camioneta y le había pedido que viniera a buscarnos. No quería molestar a mi madre; tenía uno de sus turnos de veinticuatro horas y ya estaría bastante cansada como para recorrer un montón de kilómetros y luego tener que volver al hospital. Además, tendría que pedir permiso para poder escaparse y no quería causarle problemas.

—Cosas.

—¿Cosas? —inquirió ella, mucho más interesada que hacía un momento. Su melodiosa risa me llegó a través del teléfono.

—No esa clase de cosas, Zyra. Y tú, ¿qué tal con Mara?

—Yo también he hecho *cosas*. —Soltó otra risita.

—Y me las vas a contar todas, igual que yo a ti —repliqué, alejándome un par de pasos de Aiden para que no me escuchara—. Pero ahora... ¿puedes venir a rescatarnos?

Zyra no me torturó más. Me pidió que le enviara nuestra localización y me aseguró que saldría enseguida. Cuando terminé de hablar con ella, fui al encuentro de Aiden, que se había sentado en la parte trasera de la camioneta con las rodillas dobladas y los codos apoyados sobre estas. Ya no llevaba el bañador, sino unas bermudas cargo y una camiseta de tela muy fina pero con manga larga, ambas negras. Estaba guapísimo. Deseé tener el valor de ir hasta él y acurrucarme en el hueco entre sus piernas. ¿Podía hacerlo? Y a él, ¿le parecería bien?

Era consciente de que mi ansiedad no había desaparecido de forma milagrosa y que en cualquier momento podría empezar a agobiarme y las cosas se pondrían feas, pero no parecía que eso fuera a suceder estando con Aiden. Y yo... yo quería estar cerca de él.

—Los de la grúa están de camino, no tardarán en llegar —me informó, y me hizo un gesto con la mano para que lo acompañara—. ¿Tienes hambre?

—Estoy famélica —respondí, y me impulsé con las manos para subirme a la camioneta.

Él señaló la cafetería.

—Podríamos comer algo mientras llega Zyra. O esperar y cenar en casa.

Al llegar a él, titubeé unos segundos. Aiden terminó con mis dudas cuando tiró de mi mano y me arrastró hasta colocarme justo en el lugar que yo había deseado ocupar momentos antes.

—¡Eh! —me quejé, pero él solo rio.

—Estás helada, pequeña. —Me envolvió con sus brazos y tuve que rendirme. Mi cabeza cayó sobre su pecho—. Mírate, te acabas de convertir en una bolita adorable.

Le di un codazo en las costillas y él soltó una nueva ronda de carcajadas.

—Idiota.

—Adorable —repitió riendo—. ¿Quieres mi sudadera? Está dentro.

Negué. No quería moverme ni que lo hiciera él. Me sentía protegida y segura allí aunque estuviéramos en una estación de servicio cutre y montados en una camioneta que nos había dejado tirados.

—Se nos va a hacer de noche —comenté, y percibí que asentía—. ¿Quieres cenar en casa? En mi casa —me apresuré a aclarar.

Mi madre siempre dejaba un montón de comida preparada y, aunque no fuera así, mis platos de pasta eran bastante aceptables.

—¿Tendré que llevar yo el vino? —bromeó.

La invitación había salido de mis labios con un tinte solemne.

—Basta con que lleves tu culo.

—Mi increíble culo, querrás decir.

—No tienes un culo increíble, Aiden —repliqué, aunque yo era demasiado consciente de que sí que lo tenía.

—Sí, sí que lo tengo. Tus piernas increíbles hacen juego con mi culo increíble. Somos increíbles...

Continuamos bromeando hasta que la grúa apareció por fin y, durante todo ese tiempo, lo que sí que de verdad resultó increíble fue estar allí abrazados, riendo, tan cómodos el uno en brazos del otro que parecía que hubiésemos hecho aquello millones de veces. Bueno... en realidad, sí lo habíamos hecho muchos años atrás, pero en aquel momento se sentía... diferente. No, perfecto, esa era la palabra.

ZYRA

Al llegar a la ubicación que Madison me había enviado, me los encontré sentados en un bordillo. La camioneta no estaba por ningún lado, así que supuse que la grúa ya se la había llevado. Detuve el coche junto a ellos. Aiden me saludó, se colgó las dos mochilas del hombro y se dirigió hacia el maletero. Aproveché para interrogar a mi amiga.

—¿Y bien?

—Y bien ¿qué? —replicó, pero sonreía tanto como yo.

Debíamos parecer dos idiotas.

Eché un vistazo a Aiden. Lo seguí con la mirada mientras terminaba de meter las cosas y esperé hasta que se hubo deslizado en el asiento trasero del coche. Cerré la puerta para que no escuchara la conversación.

—Tienes buen aspecto.

—Tú también —señaló Madison—. ¿Qué tal con Mara?

—Si te digo que nos hemos enrollado, ¿me contarás tú por qué te brilla la piel como si te hubieras caído en el interior de un bote de purpurina? —le dije, y se echó a reír al escuchar mi petición. Miré a mi alrededor—. Y de paso también me explicas qué habéis hecho en este sitio durante todo el día.

Uno de los cristales traseros comenzó a descender y Aiden asomó por la ventanilla.

—Me muero de hambre —lloriqueó— y Madison ha prometido hacerme la cena. ¿No podéis hablar por el camino?

Me volví hacia mi amiga y enarqué las cejas.

—No preguntes —resopló, aunque estaba convencida de que sabía que sí iba a preguntar.

Le sonreí y le hice un gesto para que se subiera al coche. Aiden se quedó dormido poco después de que nos pusiésemos en marcha, lo que me brindó una oportunidad perfecta para sonsacarle a Madison acerca de su misteriosa excursión. Pero ella también debía de haberse dado cuenta, porque se me adelantó.

—¿De verdad te has enrollado de nuevo con Mara?

Agité la cabeza.

—No, pero no será porque ella no lo haya intentado.

—Vaya... Lo siento.

—No quiero ser esa clase de rollo con ella, ya sabes: «ni siquiera te hablo en el instituto, pero podemos magrearnos cuando nadie conocido nos vea».

No, gracias. Ya había pasado por eso un par de años atrás y no resultaba agradable. No era que fuera haciendo grandes alardes por la calle, pero tampoco me escondía; de ahí que gran parte de Roadhill estuviera ya al tanto de mi orientación sexual. Me daba igual lo que pensasen, solo me interesaba la opinión de las personas que me importaban y esas me aceptaban tal y como era.

—Lo siento —repitió Madison, pero le sonreí para tranquilizarla.

Me gustaba sonreír; las cosas eran más fáciles cuando sonreía y las personas solían ser más amables. Vale, quizás no todas, siempre había algún capullo al que le encantaba borrarte la sonrisa de la cara, pero normalmente funcionaba.

—Tranquila. Le he dicho que podemos ser amigas si quiere, aunque nada más que eso —aclaré—. No voy a obligar a nadie a salir del armario para estar conmigo. Cada uno necesita su tiempo.

Madison asintió. Apoyó la cabeza en el respaldo y la giró un poco para echarle una mirada a Aiden. Yo también lo observé por el retrovisor.

—Está aún más guapo dormido —le dije, solo para tirarle de la lengua.

—Está guapo de cualquier manera, pero ni se te ocurra decírselo. Su ego reventaría y nos salpicaría a las dos.

Lo miré de nuevo. Su rostro lucía mucho más relajado, nada de arrugas en la frente ni esa mirada ensimismada que le había visto lanzar a

Madison cuando creía que nadie estaba pendiente de él, como si tratase de encajar un puzle del que no tenía todas las piezas. Probablemente, a los dos nos faltaban piezas para hacerlo.

—Pues ¿sabes lo que creo yo? —reflexioné en voz alta—. Creo que no es de esos tíos creídos que...

—¡Venga ya, Zyra! —me interrumpió—. Si no pierde oportunidad para halagarse a sí mismo.

Negué una y otra vez.

—Se siente inseguro, al menos en lo que a ti respecta. Creo que está colgado por ti.

Madison me miró como si hubiera afirmado que la Tierra era plana. Tuve que echarme a reír, pero me preocupé un poco cuando se llevó una mano al pecho.

—Respira, Madison. Respira despacio.

Gracias a Dios, gran parte del trayecto era por autopista. Ya casi había oscurecido y no me gustaba demasiado conducir de noche, y lo último que deseaba era que mi amiga sufriera un ataque por mi culpa. Quizás era mejor que lo dejara estar. Pero había observado a Aiden y me daba la sensación de que se sentía atraído por ella; a esas alturas, también resultaba obvio que a Madison le gustaba él.

—Estoy bien —afirmó, suspirando y recostándose contra el respaldo, y luego murmuró algo así como «estrellas». Supuse que no había escuchado bien.

—Se comporta diferente —admitió un rato después.

Habíamos puesto la radio muy bajita y empezó a cambiar sistemáticamente de emisora. La dejé hacer porque sabía que ese tipo de tics la tranquilizaban.

—Probablemente tú también.

Asintió.

—No creo que esté preparada para estar con un chico... —Un titubeo, pero enseguida continuó—: Tuve una mala experiencia.

Era lo más cerca que había estado de contarme lo que le había pasado. Por algún motivo, me había imaginado algo así.

—No creo que él tenga prisa, Madison, ni que vaya a presionarte. Pero tú lo conoces mejor que yo. ¿Te gusta? —Debería haberle hecho esa pregunta en primer lugar, aunque estaba bastante segura de que así era.

No me sorprendió cuando asintió.

—Creo que sí. —En esa ocasión no me reí. Madison estaba muy seria, aquello era complicado para ella—. Pero... es mi mejor amigo.

—Tal vez eso solo lo haga mejor.

—O más difícil. No quiero perderlo de nuevo.

Me rompió el corazón escuchar el dolor que desprendía su voz. Le dolía y yo no tenía ni idea de cómo ayudarla; me sentí frustrada.

—Sé que lo sabes, Madison, pero soy buena escuchando. Si necesitas hablar... de algo.

Madison había acudido en ocasiones a una terapeuta. Yo no pretendía competir con una profesional, pero sabía lo importante que era contar con el apoyo de gente cercana, aunque también sabía que era más difícil abrirse a ellos y pensar en si te juzgarían por lo que les contases; de eso yo sabía mucho.

Estiró la mano y la colocó sobre la mía, en el volante. Me dio un apretón cariñoso.

—Gracias, Zyra —me dijo.

Y un momento después comenzó a contármelo todo.

AIDEN

Me desperté en el asiento de atrás del coche de Zyra. El motor aún estaba en marcha, pero no nos movíamos. Madison estaba inclinada sobre mí a través de una de las puertas traseras y debía de haber estado zarandeándome para hacerme regresar al mundo de los vivos. Sus manos aún aferraban mis hombros.

Parpadeé y, somnoliento, observé un momento el interior del vehículo. Zyra se había girado en el asiento y la luz del techo bañaba su rostro. No sonreía, lo cual resultaba extraño tratándose de ella, y tenía los ojos enrojecidos.

Estaba aturdido aún por el sueño y mi cerebro tardó en hacer las conexiones necesarias, hasta que me fijé en Madison. ¿Por qué ella también parecía a punto de echarse a llorar? Ambas parecían a punto de hacerlo o bien lo habían hecho durante mi siesta.

—¿Ha pasado algo? —pregunté, alternando la vista entre las dos. Cuanto más las miraba, más detalles desconcertantes captaba en sus expresiones. ¿Qué demonios había sucedido durante el trayecto? ¿Se habían peleado o algo así?—. Que alguien me responda, por favor.

Fue Zyra la que habló.

—Le estaba contando a Madison lo que ha sucedido con Mara, no ha ido muy bien. —Hizo una mueca.

Busqué la mirada de Madison para asegurarme de que no había nada más.

—¿Estrellas? ¿Sigues viéndolas? —inquirí, sin importar que Zyra pudiera escucharme y se preguntara si me había vuelto loco.

Madison esbozó una sonrisa pequeña y titubeante, como si no estuviera segura de querer sonreír en realidad, pero asintió y me relajé un poco. ¿Qué cojones le había hecho Mara a Zyra? No es que fuera asunto mío, pero me caía bien y no quería que le hicieran daño. Era una buena tía y era amiga de Madison.

—¿Hay algo que pueda hacer por ti? —le pregunté entonces, y también ella sonrió.

Eso aplacó un poco mi preocupación. Hizo un gesto con la mano para indicarme que estaba bien. Madison ya se había retirado hasta la acera, así que me deslicé hacia el exterior.

—Portaos bien, chicos —gritó Zyra desde detrás del volante.

Madison se agachó para verla a través de la ventanilla e intercambiaron una mirada rápida. No supe qué pensar, pero imaginé que era su manera de darle ánimos. Nos dio tiempo para sacar las mochilas del maletero y luego se marchó.

Madison estaba de pie en mitad de la acera. Parecía exhausta.

—Dejemos la cena para otro día, ¿te parece? —sugerí, convencido de que aguantarme era lo último que le apetecía.

—No quiero que te mueras de hambre.

Resoplé.

—Y yo no quiero que te mueras de agotamiento.

—¿Tan mal aspecto tengo?

Fui a pasar un brazo en torno a sus hombros y soltar otra de mis bromas, pero ella se puso de repente en marcha y se encaminó hacia su casa. Mi brazo quedó suspendido en el aire durante unos segundos. ¿Me evitaba de nuevo?

—¡Tú siempre estás fantástica, Harper! —le grité, pero no fui tras ella.

Me dio la sensación de que, en ese momento, necesitaba espacio. Estaba seguro de que me había perdido algo. ¿En qué estaba pensando al quedarme dormido en el coche?

Madison se detuvo en el porche. No se volvió hacia mí hasta que encontró la llave en su mochila y abrió la puerta.

—Buenas noches, Keller.

Entró y cerró con tanta rapidez que ni siquiera pude contestarle.

—¡Mierda! —maldije para mí mismo. Definitivamente, me había perdido algo, algo importante.

El hambre había desaparecido como por arte de magia y entré en casa dispuesto a subir directo a mi habitación, pero me desvié hacia la cocina cuando me percaté de que la luz estaba encendida. A pesar del desastre de la camioneta, la excursión había ido incluso mejor de lo que esperaba y yo debería de haber estado sonriendo como un imbécil. En cambio, la expresión de Madison al despertarme y la precipitada despedida momentos antes me habían dejado un regusto amargo. La sensación no mejoró cuando entré en la cocina y me encontré a mi madre preparando la cena.

—¿Tienes hambre? —me dijo al descubrirme junto a la puerta.

No contesté. Sus intentos por congraciarse conmigo, o lo que fuera aquello, empeoraron de forma considerable mi humor. ¿En serio creía que olvidaría diecisiete años de dejadez? No había comida suficiente en el mundo para que eso sucediera.

Di media vuelta y eché a andar hacia las escaleras.

—¡Aiden! —me llamó, y escuché sus pasos tras de mí—. ¡Aiden! ¿Puedes contestar? Te he preguntado si tienes hambre.

Su tono exigente, el mismo que sería lógico que empleara si se tratase de una madre normal, terminó de sacarme de quicio. La frustración por no ser capaz de entender lo que sucedía con Madison me estaba matando y mi madre había elegido un mal momento para reprocharme mi actitud. Me planteé no contestar y continuar hacia mi dormitorio, pero las buenas intenciones me duraron apenas unos segundos.

—¿Qué más te da? —le reproché, girando para encararla—. ¿Crees que una cena arreglará las cosas? ¿Crees que eso me hará olvidarlo todo? —Resultó obvio que no sabía qué decir, pero es que no había nada que decir—. Déjame en paz, es lo único que tienes que hacer.

Había alzado un poco la voz y eso pareció hacerla reaccionar. Abrió la boca varias veces y volvió a cerrarla, dudando, pero al final elevó un poco la barbilla y clavó sus ojos en los míos.

—¡Lo siento! —Quise reírme. Aquello parecía cualquier cosa menos una disculpa y, aun así, yo no necesitaba que me pidiera perdón—. Siento lo que te hice. Yo solo pensaba en que tu hermano probablemente iría a la cárcel y quería protegerlo...

—¡¿Y yo?! —grité fuera de mí—. ¿Yo no era digno de tu protección? ¡Me encerraron, joder! Derek iba hasta arriba de coca y ni siquiera era la primera vez. ¡Te atacó! ¡Podía haberte matado o matarme a mí! ¡Y de igual forma lo preferiste a él! —No podía parar. Cada palabra que salía de mi boca me destrozaba y la destrozaba a ella, podía verlo en sus ojos, pero no era capaz de detenerme—. Y eso ni siquiera importa, porque no hiciste más que confirmar lo que llevabas años dando a entender: ¡Yo nunca te he importado una mierda! ¡Ni a ti, ni a Derek, ni a papá! Aunque él al menos fue más listo que los demás y se largó en cuanto pudo.

Mis manos se habían convertido en dos puños apretados. Me enfureció aún más el hecho de que mi madre desviara la vista hacia ellos y se quedara mirándolos. Tal vez esperaba que yo también la atacara, pero yo no era Derek ni tampoco mi padre... La paliza que le había dado a mi hermano había sido mi única salida. Ella no tenía ni puta idea, claro, no me conocía en absoluto.

—Sé lo que hice —se atrevió a murmurar.

Apenas la escuchaba. Estaba dolido y roto, y cabreado. Estaba jodido; ella me había jodido.

—¡No sabes nada! ¡Nunca has hecho nada por mí! ¿Crees de verdad que estoy aquí por ti? —le espeté gritando—. En el fondo, nunca has tenido el poder de obligarme a nada. Si dejé que lo hicieras, si permití que me arrastraras a este maldito pueblo, solo fue porque la única persona que me importa está aquí.

Quería hacerle daño. Si de verdad albergaba el mínimo instinto maternal hacia mí, esperaba que esas palabras le dolieran. Lo más triste era que no mentía.

—Madison.

—Ni siquiera te atreves a decir su nombre. —Mi voz bajó varias octavas y se tornó mucho más serena, también más cruel—. Ella es la única razón por la que no me he convertido en alguien como Derek, como papá... o como tú. Así que no se te ocurra mencionarla, no tienes derecho.

Había lágrimas en sus ojos y deslizándose por sus mejillas, y me sorprendió darme cuenta de que también por las mías.

—Lo estoy intentando, Aiden... Intento arreglar las cosas. —Agitó la cabeza y no supe si negaba o asentía—. Sé que cometí errores...

—No —la corté—. Un error normalmente se comete por accidente, un error es una mala decisión. Tú... tú eras consciente de cada desprecio. ¡Soy tu hijo, joder!

Nunca me había sentido como tal.

—No estuvo bien, ahora lo sé, y quiero... Quiero empezar de nuevo.

De mi garganta brotó una carcajada cínica que hizo que se encogiera. Me odié a mí mismo por ello. No quería gritarle y mucho menos que se sintiera amenazada, pero ella había roto partes de mí que muy posiblemente nunca podría recomponer; si no me había quebrado del todo, se debía solo a la presencia de Madison en mi vida.

Ese era el motivo por el que, al estar lejos de ella, me había obligado a levantar un muro y dejarla al otro lado. No, no me engañaba; yo necesitaba más a Madison de lo que ella me necesitaba a mí. En el fondo, lo sabía.

—¿Quieres arreglarlo? —inquirí, deshecho; la rabia evaporándose rápidamente y dejando tras de sí solo amargura y tristeza—. ¿Quieres jugar a las mamás conmigo? Pues invierte otros diecisiete años en ello, tal vez así logres convencerme de que te importo.

Me lancé escaleras arriba sin dedicarle una última mirada, y no me quedaron fuerzas ni siquiera para dar un portazo cuando me encerré en mi habitación. No encendí la luz. Me tumbé sobre la cama con la ropa puesta y me encogí sobre las sábanas como si de nuevo volviera a ser un niño al que su madre nunca le mostraba cariño. Y tal vez fuera solo eso, porque, por primera vez desde hacía años, me eché a llorar.

Durante un rato no hice otra cosa. Las lágrimas que había acumulado buscaron su camino hasta mis ojos y yo las dejé salir, y continué haciéndolo no sé por cuánto tiempo hasta que la ventana de mi habitación chirrió y se elevó un poco por sí sola.

—¿Puedo... pasar?

Era Madison. Por un momento me convencí de que me lo estaba imaginando, pero ella pronunció mi nombre en un susurro y supe que estaba allí de verdad. Asentí y se deslizó sobre el marco hasta poner los pies en el suelo. Nunca había estado en mi habitación, ni siquiera en el tejado de mi casa. Manteníamos un pacto silencioso por el que era siempre yo el que acudía junto a ella.

Las sombras que la envolvían no me permitieron distinguir su rostro. Me pasé las manos por la cara para eliminar el rastro húmedo que las lágrimas habían dejado en mi piel; no quería que me preguntara qué había pasado, no sabría si sería capaz de contárselo sin romperme de nuevo.

Me sorprendió que avanzara hasta la cama por propia iniciativa. Desde que había vuelto, yo aún no había entrado en su dormitorio salvo para coger un libro o arroparla un par de noches en las que se había quedado dormida mientras le leía.

—Hazte a un lado.

Tardé un instante en asimilar lo que me estaba pidiendo. ¿Iba a sentarse en la cama conmigo? No dudé en hacerle caso y tampoco le pregunté; me puse de costado y me aparté hasta pegarme contra la pared mientras ella se quitaba las zapatillas. Se había cambiado. Llevaba un pantalón de pijama largo y una camiseta de manga corta; yo seguía vestido, pero ni siquiera me planteé moverme.

Se tumbó de lado y nos quedamos frente a frente. Entre nosotros había al menos un palmo de distancia; habíamos estado mucho más cerca ese mismo día en el río y, sin embargo, aquello parecía mucho más íntimo. Me moría por abrazarla, era lo único que quería hacer en ese momento: abrazarla y esconder el rostro en el hueco de su cuello. Pero continué inmóvil y me concentré en sus grandes ojos castaños; apenas si veía otra cosa aparte de eso. Estaba seguro de que a ella, en cambio, la luz que entraba por la ventana le permitía contemplar mi expresión al completo, y lo más probable era que advirtiera en él señales de mi llanto y mi desesperación.

—Siento lo de antes —susurró. Había apoyado las manos juntas bajo su mejilla y sus rodillas dobladas rozaban las mías.

—Tranquila, no pasa nada.

—¿Tú estás bien? —preguntó, y me planteé confesarle que no estaba bien en absoluto.

—Las estrellas se han apagado un poco esta noche, ¿no? —le dije, por el contrario.

Podía referirme a ella o a mí, Madison no tenía por qué saberlo.

Ella echó una mirada al techo, como si esperara encontrarlo iluminado por un montón de astros luminosos. No había nada allí salvo sombras oscuras, las mismas que se aferraban a mi pecho.

—Me asusta —murmuró entonces, y sus ojos volvieron a mí.

—¿Qué es lo que te asusta, pequeña?

Titubeó. Le di tiempo, podía esperar. Me había olvidado incluso de lo sucedido con mi madre, estaba centrado en ella.

—Sentir. Sentir cosas.

No sabía a dónde quería ir a parar, pero estaba hablando conmigo y quería que continuara.

—No tienes que asustarte cuando estés conmigo.

Realizó un pequeño movimiento con la cabeza que interpreté como un asentimiento.

—No quiero estar asustada. ¿Puedo... puedo pedirte un favor?

—Lo que sea.

Su respiración se aceleró ligeramente y sus labios se entreabrieron.

—Quiero que me beses.

De todas las cosas que podría haber esperado que dijera, esa estaba al final de la lista. Es más, ni siquiera estaba en la lista.

—Quieres que te bese. —Había querido que sonara como una pregunta, pero solo salió una afirmación.

—Sí. Si... si tú... quieres.

Balbuceaba. Estaba muy nerviosa y yo no atinaba a discernir si era porque parecía estar preguntándome si ella me gustaba o porque estaba a punto de tener un ataque de ansiedad. Quería besarla, lo había deseado desde el primer día que la había visto en el instituto; desde antes incluso. La última noche que habíamos estado en su tejado antes de que me detuvieran, había estado a punto de inclinarme sobre ella y ponerle fin a aquella estúpida conversación sobre su virginidad. ¡Me había echado a reír para no ceder a ese impulso!

Habría sido tan sencillo entonces...

Ahora, sin embargo, me parecía que había todo un mundo entre nosotros. Pero ella me lo estaba pidiendo y yo no tenía la voluntad necesaria para negarme.

—Es solo una prueba, Aiden —comenzó a decir—. No tiene por qué significar...

La interrumpí porque no quería escuchar lo que venía después de eso. Adelanté un poco la barbilla, dejando el resto de mi cuerpo donde estaba, y tan solo me atreví a rozar su boca de forma lenta y con suavidad. No quería asustarla y no sabía lo que ella quería comprobar con aquello, así que me obligué a ser lo más delicado que pude a pesar de que me moría por pegarla a mi pecho y enredar nuestras piernas hasta que no se supiera dónde terminaban las suyas y dónde empezaban las mías.

Dio un respingo que distanció nuestras bocas durante unos segundos, pero luego fue ella la que se acercó de nuevo. Deslizó una mano por mi cuello y la llevó hasta mi nuca, y sus dedos se hundieron poco después en mi pelo. La sensación tan placentera que eso me produjo me urgió a besarla de nuevo. Tanteé sus labios con la punta de la lengua, otro toque suave y exploratorio, y de mi garganta brotó un gemido cuando mi lengua rozó la suya.

Oh, joder. Quería más. Su sabor... Iba a volverme loco.

Muy despacio, ladeé un poco la cabeza y me aventuré a colocar la palma de la mano sobre su mejilla. Sabía que encajarían como si estuvieran hechas para ello, siempre había sido así. Le ardía la piel, y hubiera dado lo que fuera por comprobar si se había sonrojado.

—¿Te gusta? —le pregunté, sintiéndome como un crío que recibe su primer beso y sin que esa sensación me importara en absoluto.

No contestó e hice amago de separarme, pero ella apretó la mano que mantenía sobre mi nuca y yo me dejé llevar. Besé primero su labio superior para luego atrapar el inferior entre los dientes y mordisquearlo. Era deliciosa y suave, y los sonidos que brotaban de su garganta mientras recorría el interior de su boca con la lengua amenazaban con hacerme perder el control. Pero me daba la sensación de que, si hacía cualquier movimiento en falso, Madison me alejaría y volvería a encerrarse en sí misma, así que me contuve y dejé que fuera ella la que pidiera más.

Continuamos besándonos no sé durante cuánto tiempo. ¿Horas? ¿Solo unos jodidos minutos? No tenía ni idea, pero disfruté de ello todo lo que me permitió. Cuando se separó de mí, me hice atrás para darle espacio y maldije por no haber encendido la luz al entrar en la habitación y poder así contemplar su expresión en ese instante.

De forma inconsciente, me pasé la lengua por los labios para rescatar lo que quedara en ellos de su sabor. Puede que fuera el beso más inocente que había dado desde mi primera vez con una chica, pero sabía que no iba a poder sacármelo de la cabeza jamás.

MADISON

Acababa de besar a Aiden, o él me había besado a mí, y me sentía fatal. No era el beso en sí lo que hacía que me odiara a mí misma, de ninguna manera, porque había sido dulce y delicado, y tierno, y un montón de cosas más que no tenía ni idea de cómo describir. Había sentido. Lo había sentido durante cada segundo que habíamos pasado besándonos. Nunca me habían besado así y no sabía qué hacer con todas esas sensaciones que me habían inundado y que se resistían a marcharse aunque ya nos hubiésemos separado. Ni siquiera me había tocado más allá del contacto de nuestros labios y su mano en mi mejilla, aunque tenía la sensación de que se había estado conteniendo todo el tiempo.

No. No me sentía mal por eso, sino porque después de dejarlo plantado en la calle y haberme metido en casa, había sido consciente de inmediato de que aquello no era justo para él y me había armado de valor para ir a buscarlo. Los gritos se oían incluso desde el exterior y yo había escuchado cada una de las palabras que había intercambiado con su madre.

Aiden estaba destrozado y yo me había quedado allí de pie mientras los pedazos de su corazón caían al suelo uno a uno. Lo que había dicho... Todo lo que había dicho sobre su madre y sobre mí, su dolor, la frustración y la amargura que ella debía de haber interpretado como odio, pero que yo sabía que no eran más que una forma de mostrarle cuán profundas eran sus heridas... Había sido incapaz de manejar todo aquello y había dado media vuelta para regresar a mi casa. ¡Por Dios! Si se hubiera tratado de mí, él hubiera irrumpido en mi salón y... no sé... me hubiera abrazado o me hubiera preguntado dónde estaban las putas estrellas.

Quería pensar que al menos había reaccionado poco después y me había lanzado a través de mi ventana para llegar hasta su habitación, pero esa era una excusa muy pobre. Había sentido miedo; miedo a perder el control y que el dolor que él sentía me arrastrara más allá de mis límites. Era una cobarde y dudaba que intentar vencer las barreras físicas que yo misma había levantado entre nosotros contara como acto de valentía.

Él se había roto y yo le había pedido que me besara porque estaba tan rota como él.

—¿En qué piensas? —La voz le salió ronca. Estaba bastante segura de que había estado llorando antes de que llegara.

—En que soy una cobarde —respondí sin más.

¡Se rio! Soltó una carcajada, aunque no produjo el sonido habitual al que me había acostumbrado de nuevo con tanta rapidez.

—Eres la persona menos cobarde que conozco, Madison Harper.

Negué con especial vehemencia. Valiente sería si me atreviera a contarle lo que había sucedido en su ausencia. No podía hacerlo, no después de escuchar cómo se sentía ni todo lo que se había guardado dentro durante aquellos años. Conocía a Aiden y sabía cómo se lo tomaría; si le hablaba de Brad, lo estaría cargando con un peso extra que no necesitaba.

Brad y yo nos habíamos conocido poco después de la marcha de Aiden. En realidad, le había visto muchas veces por los pasillos, pero él nunca se había acercado a mí y yo no solía acercarme mucho a nadie. Más tarde, cuando ya habíamos empezado a salir, me había confesado que siempre había creído que entre Aiden y yo había algo más que amistad y que mi amigo lo hubiese machacado en el campo si se hubiese acercado a su chica. Yo me había reído, claro, en ese tiempo aún reía las bromas de Brad.

Confieso que me había ilusionado. De repente había un chico, uno de los populares, que se fijaba en mí. Ya no estaba sola. Brad había conseguido que su grupo de amigos me aceptara entre ellos y salíamos juntos, íbamos a fiestas. Encajaba en algún lado, y yo estaba desesperada por encajar y, sobre todo, desesperada por rellenar el hueco que la marcha de mi mejor amigo había dejado en mi vida.

—¿Pequeña? —Aiden debía de haberme llamado varias veces, porque en su rostro había una leve expresión de pánico.

Extendí los dedos sobre su mejilla para hacerle saber que estaba bien. No me salían las palabras, necesitaba unos minutos para recomponerme.

—¿Estás bien? —le pregunté.

—¿Me preguntas tú a mí si estoy bien? —replicó él, e imaginé que mi expresión había revelado más de lo debido. Además, Aiden no tenía ni idea de que había escuchado la discusión con su madre.

Pero no quería pensar más en mí, tampoco en Brad. Quería saber cómo estaba Aiden.

—Sí, eso hago.

Se quedó un momento observándome, su mirada alternando entre mis ojos y mi boca; cuando recaía en esta última, sentía el impulso de besarlo de nuevo. No sabía cómo enfrentarme a eso ni qué significaba para él aquel beso, pero sí lo que significaba para mí.

—Estoy bien, Madi. ¿Lo estás tú? —Me encogí al escuchar que me lo preguntaba directamente y él debió darse cuenta. La sombra de una sonrisa asomó a sus labios—. Me parecía un poco arrogante preguntarte si habías visto las estrellas después de que te besara.

Le di un pellizco en el brazo que le arrancó un aullido y, acto seguido, los dos nos echamos a reír. El ambiente mejoró al instante. Me relajé un poco y entonces volví a pensar en que... ¡había besado a Aiden!

Me tapé la cara con las manos, avergonzada y más nerviosa de lo que estaba dispuesta a admitir.

—¡Eh! —protestó, intentando retirarlas—. No te tapes, ¿te estás sonrojando? ¿Es eso? Dios, esto quiero verlo —continuó burlándose, y yo las aparté solo para golpearle en el pecho sin fuerza, pero él me agarró de las muñecas para evitarlo—. No te tapes, pequeña. Eres demasiado preciosa para esconderte.

Que me sujetara las manos me puso nerviosa y el pulso se me había acelerado de nuevo, pero aparté esas sensaciones al asimilar lo serio que se había puesto al decir la última frase. Me perdí en el azul de sus ojos, más turbulento que nunca. Resultaba fascinante la cantidad de emociones que era capaz de transmitir a través de ellos.

—Entonces, ¿cómo ha ido tu prueba? —preguntó sonriendo—. Porque estoy seguro de que puedo hacerlo mejor.

—Dios, eres idiota de verdad —repliqué, y sus carcajadas prosiguieron retumbando contra las paredes de la habitación.

Eché un vistazo por encima de mi hombro hacia la puerta. Si a su madre se le ocurría venir a comprobar el porqué de su risa, no sabía cómo reaccionaría al encontrarme allí con él, pero el pestillo estaba echado, no había de qué preocuparse.

—Podemos hacer todas las pruebas que consideres necesarias —se ofreció Aiden cuando mis ojos regresaron a su rostro. Sus cejas realizaron un movimiento que pretendía ser insinuante.

Se lo estaba pasando en grande, pero, por otro lado, su humor contribuía a que las cosas no se hubieran vuelto raras de repente y a que yo no me concentrara demasiado en el hecho de que estaba metida en la cama de un chico.

—O bien... —prosiguió, y sus dedos recorrieron la línea de mi pelo desde mi sien hasta perderse tras mi oreja.

El gesto me afectó más allá de la piel que estaba tocando. Sentí su efecto en el pecho, el estómago, las piernas... Fue como si acariciara mi cuerpo sin dejarse ningún rincón. No podía imaginar cómo sería si de verdad fuera eso lo que estuviera haciendo. Hacía tanto que no deseaba que un chico me tocara... Sin embargo, de alguna forma extraña, el roce de las manos de Aiden conseguía algo que nadie había logrado antes: meterse bajo mi piel y acariciar mi interior.

—¿O bien qué?

—O bien podemos dormir.

AIDEN

Madison se durmió después de que estuviéramos bromeando durante un buen rato más. Me encantaba ser capaz de arrancarle pequeñas carcajadas que sacudían mi pecho de una forma más intensa incluso que el suyo. Me hubiera gustado poder rodear su menudo cuerpo con el brazo y que se acurrucara contra mí, pero no me parecía bien hacerlo mientras ella no estaba consciente.

En algún momento el sueño me venció también a mí y, como era obvio, dejé de controlar lo que hacía mi cuerpo y dónde terminaban mis manos. Ella tampoco lo hizo. Me desperté al poco de amanecer con Madison enroscada a mi alrededor. Estaba casi encima de mí, sus piernas enredadas en las mías, y su pecho, apretado contra mi costado. Estaba excitado incluso antes de ser consciente de todos esos detalles.

Gruñí y la aparté con suavidad, intentando que no se despertara, y fui hasta el escritorio que había cerca de la ventana. Me senté en él en vez de hacerlo en la silla e hice lo posible para que toda mi sangre dejara de dirigirse a mi entrepierna. Una ducha fría hubiera sido más efectiva, o terminar aquello por mí mismo, pero no quería tener que dejar a Madison allí sola y que mi madre la descubriera.

Mirarla no ayudaba en nada. Estaba preciosa, Madison siempre lo estaba, y lucía completamente relajada. Ni rastro de pánico en su rostro ni nada que enturbiara su expresión serena. Permití a mi mente vagar y comencé a plantearme qué me estaría ocultando, porque tenía claro que había algo que no me decía. Me aterrorizaba pensar que alguien pudiera haberle hecho daño.

Agité la cabeza.

Tendría que haber estado a su lado. Pero no había nada que pudiera hacer para cambiar eso ahora, lo que sí podía era mantenerme junto a ella. Continuar a su lado. ¡Dios! No iba a poder alejarme de ella aunque quisiera.

Mientras ese pensamiento calaba en mi mente, Madison se revolvió entre las sábanas y, poco después, abrió los ojos. Tenía el pelo hecho un lío y desparramado sobre mi almohada, y darme cuenta de que mi cama olería en los siguientes días a mandarina y limón me hizo sonreír de una manera estúpida.

—Buenos días, pequeña.

Miró alrededor un instante, desconcertada. Supuse que aún estaría asimilando donde estaba.

—Buenos días —contestó al fin—. ¿Qué haces ahí?

—Mantener mis manos alejadas de ti —solté en un alarde de sinceridad.

Enrojeció de inmediato y... ¡oh, joder! Sí que resultaba adorable. Carraspeó y se sentó en la cama a la vez que tiraba de la sábana para cubrirse el pecho. Pensé en decirle que su ropa continuaba exactamente donde había estado la noche anterior y no tenía que taparse, pero decidí no comentar nada.

Esperaba que replicara a mi comentario con su habitual sarcasmo, pero dejó escapar un suspiro y se tumbó de nuevo. Se quedó unos segundos observando el techo como si fuera a encontrar en él las respuestas a todos los enigmas del universo.

—Era una broma —señalé, porque temí haberla incomodado.

—No, está bien, Aiden. —Giró la cabeza hacia mí y luego pareció pensárselo mejor y se tumbó de lado.

—¿Qué está bien?

Me hizo un gesto para que me acercara. Titubeé.

—Ven aquí, por favor —me pidió entonces.

Me bajé de un salto del escritorio y en un par de zancadas estaba junto a la cama. En vez de sentarme en ella, me arrodillé en el suelo y apoyé los brazos en el borde del colchón. Madison sonrió, pero la alegría evitó sus ojos. ¿Qué estaba sucediendo?

Cuando mi barbilla reposó finalmente sobre mis manos, Madison soltó una pequeña carcajada.

—Aiden Keller arrodillándose frente a mí —bromeó—, este es un momento memorable.

—Listilla.

—Idiota.

Ambos reímos y en esa ocasión había verdadera alegría en su expresión. Sin embargo, se puso seria de nuevo demasiado pronto.

—Lo que te dije el otro día, lo de que no me trates como si fuera a romperme... —Asentí para animarla a continuar—. Iba en serio. He tenido algunas dificultades con... el contacto físico —afirmó tras una pausa—, pero me gustaría que las cosas fueran como antes entre nosotros.

Lo pensé un momento.

—No somos los de antes, Madi.

—Seguimos siendo amigos, buenos amigos —dijo ella entonces, y yo estaba de acuerdo.

Pero, aun así, no pude evitar señalar algo que consideraba importante.

—No suelo besar a mis amigas. No de la forma en que te he besado a ti.

Sus mejillas todavía continuaban un poco sonrojadas y el tono escarlata volvió a hacerse más intenso.

—No... yo no... me refería a eso. —Le dediqué una sonrisa maliciosa que sabía que haría desaparecer su timidez de inmediato y ella puso los ojos en blanco—. No quiero que dudes a la hora de tocarme.

—Esto se pone cada vez mejor —reí, y obtuve un empujón por su parte que casi me hizo caer hacia atrás.

Madison cerró los ojos e inspiró. Podía ver los engranajes de su cabeza trabajando a marchas forzadas.

—Lo que quiero decir...

—Sé lo que quieres decir, pequeña —la interrumpí, porque entendía a qué se refería—. No quieres que te trate de forma diferente a como lo hacía antes.

Asentí para hacerle saber que lo comprendía. Madison quería a su mejor amigo de vuelta y no deseaba que su ansiedad impidiera que actuáramos de forma normal. Eso era lo que quería: sentirse normal.

—A veces me parece que estoy sentada sobre una bomba de relojería, todo el mundo lo sabe y me trata como si fuera a explotar en cualquier momento.

—Eso lo empeora todo, ¿no?

—La doctora Williams dice que...

—¿Doctora? —Me incorporé un poco, interesado en su respuesta.

—Voy a terapia. Llevaba un par de meses sin ir, pero creo que es mejor que continúe viéndola. Me hace sentir bien, más segura de mí misma.

Aunque respondió a mi pregunta con naturalidad, sus ojos dejaron entrever cierto recelo. Le importaba lo que yo pensara al respecto.

—¿Sabes? Nunca te he considerado una persona débil —comenté, y prácticamente menguó ante mi mirada, como si se preparara para recibir un golpe—, pero que hayas buscado ayuda y aceptes que es bueno para ti dice mucho de lo valiente y lo fuerte que eres, Madison. No te avergüences de ello.

Abrió mucho los ojos y yo me eché a reír.

—Gracias por contármelo, por confiar en mí —añadí—. Y ahora vamos a hacer algo.

Sin darle tiempo a reaccionar, la alcé en vilo y me la cargué al hombro un instante. El gesto la pilló tan desprevenida que soltó un gritito. Acto seguido, comenzó a patalear y a reírse a la vez.

—¡Suéltame, Aiden! ¡Suéltame ahora mismo!

Me hubiera encantado poder bajar hasta la cocina con ella al hombro y soltarla solo el tiempo necesario para preparar el desayuno; cualquier cosa con tal de conseguir que continuara riéndose. Pero no quería tener que darle explicaciones a mi madre.

Me incliné y le permití poner los pies en el suelo.

—Eso era innecesario —protestó, pero la tristeza había desaparecido de sus ojos y a mí me bastaba con eso.

—¿Te apetece salir a desayunar?

—Mi madre no llega hasta dentro de un par de horas. ¿Por qué no te vienes a casa? Además —tiró del bajo de su camiseta—, necesito una ducha.

Me acerqué a ella y la olisqueé de forma descarada. Joder, no podía oler mejor. La mandarina empezaba a resultarme una fruta de lo más apetitosa.

—Hueles de forma exquisita —señalé, manteniéndome muy cerca de ella.

Había dicho que no la tratara de una forma diferente y en el pasado yo siempre había sido de los que no dudaban en invadir su espacio personal. No lo hacía de forma intencionada y, sin embargo, ahora era dolorosamente consciente de cada roce, cada mirada y cada sonrisa. Las cosas habían cambiado, le gustara a Madison o no.

—Tienes el sentido del olfato atrofiado, Keller.

—Mi olfato y todo lo demás están muy bien. Un momento... —olisqueé mi camiseta. Olía a ella, deliciosamente a ella—. ¿Estás insinuando que yo también debería de darme una ducha? Porque si es así... tengo una proposición muy inter...

Me puso la mano en la boca.

—No quiero oírlo.

Enarqué las cejas y me reí de su rápida reacción. Mis labios acariciaron la palma de su mano al hacerlo y Madison se estremeció. Lo percibí con claridad, un ligero temblor que le recorría el cuerpo de pies a cabeza.

Retiró la mano con lentitud, sin apartar los ojos de mí.

—Era una buena idea, una muy buena —insistí.

—Oh, cállate, Aiden —repuso ella, pero sabía que no estaba tan molesta como quería hacerme creer—. Dame quince minutos —agregó, girándose hacia la ventana.

—¿Vas a prepararme tortitas?

—Voy a prepararte tortitas.

La observé encaramarse al escritorio y deslizarse hacia el exterior. Esperé hasta que estuvo fuera para asomarme. Ya había llegado al muro que conectaba las dos propiedades.

—¡Eh, Harper! —Volvió la cabeza y me miró por encima del hombro—. ¡También tengo ideas para darle mejor uso al sirope de chocolate!

Incluso desde donde estaba pude ver que ponía los ojos en blanco.

—¡Eres un capullo! —me gritó, y yo asentí, porque un poco sí lo era.

Me puse las manos en torno a la boca antes de contestarle también a gritos.

—Puede, pero a ti te encanta.

MADISON

Durante toda la semana siguiente establecí una rutina que se parecía mucho a la que había conformado mi vida años atrás, salvo porque trabajé un par de tardes en el Books & Coffee. Por las mañanas, unos días iba al instituto con Aiden y en otras ocasiones era Zyra la que venía a buscarme. Estaba encantada con la reaparición de mi mejor amigo, pero eso no suponía que dejara de lado a la persona que había estado para mí durante ese último año.

El lunes habíamos sido tres en el almuerzo y, para sorpresa general, el martes se nos había unido Jamie. Aiden no parecía demasiado contento con la nueva incorporación. Estuvo más callado que de costumbre los primeros minutos, pero luego retomó sus bromas y apenas si le prestó atención a nuestro compañero. Hablamos mucho sobre el inminente baile y, aunque solo mencionarlo hacía que el estómago se me encogiera, estaba convencida de que quería ir.

El jueves, la sorpresa fue aún mayor: Mara se alejó de sus habituales compañeros de almuerzo y se acercó a nuestra mesa.

—¿Puedo sentarme? —Las miradas recayeron en Zyra, y creo que todos contuvimos el aliento hasta que esta asintió y Mara tomó asiento junto a Jamie.

Fue un poco extraño al principio. Habíamos pasado de ser solo Zyra y yo a convertirnos en lo más parecido a un grupo de amigos comiendo juntos en el instituto. Salvo en la época en la que había salido con Brad, no recordaba haber estado nunca rodeada de tanta gente. Puede que sonara un poco deprimente, solo éramos cinco, pero echar un vistazo a la mesa y presenciar las distintas conversaciones que tenían lugar me pareció maravilloso.

—¿Quieres que te pase a recoger mañana, Madison? —me preguntó Jamie el viernes.

El baile de bienvenida era al día siguiente.

—Yo la llevaré —intervino Aiden. Estaba sentado al otro lado de la mesa y ni siquiera había pensado que nos estuviera prestando atención—. Tú puedes pasar a por Zyra y Mara.

Mara dio un respingo al escucharlo y caí en la cuenta de que no había dicho en ningún momento que fuera a ir con nosotros; no sabía si Zyra lo quería siquiera.

—Yo os veré allí.

Zyra bajó la vista hacia su comida tras el comentario de Mara y no dijo nada. Me prometí preguntarle al respecto. Sabía que le había dado la opción de que fueran amigas, aunque estaba claro que resultaba difícil para ella. Mara le gustaba mucho. Al menos ella ya no la ignoraba, pero probablemente eso no hacía las cosas más fáciles para mi amiga.

—¿Ya tenéis todos vuestras mejores galas preparadas? —rio Jamie. Le encantaba bromear, aunque su humor no era tan ácido como el de Aiden.

Todos asentimos, menos él, que elevó las cejas cuando el grupo al completo se quedó mirándolo.

—¿Qué?

—¿No pensarás ir en vaqueros? —inquirí, aunque lo creía muy capaz.

De igual modo, era probable que ni siquiera desentonase. Aiden era de esa clase de personas a las que cualquier cosa les quedaba bien. Y si esa era su forma de desafiar las normas de conveniencia, no sería yo la que se lo impidiera.

—Mujer de poca fe. No pienso revelarte mis secretos —añadió, guiñándome un ojo—, ya lo verás mañana.

Se inclinó y me dio un leve empujón con el hombro.

Había tenido dos sesiones esa semana con la doctora Williams y habíamos hablado sobre Aiden. Mucho. Vega me había recomendado ser cauta con él, no porque creyera que debía desconfiar de sus intenciones, sino porque no quería que terminara por crear una dependencia de mi mejor amigo. Yo la había tranquilizado al respecto. Si bien era cierto que

Aiden me hacía sentir mucho más relajada, también me estaba ayudando a recuperar esa parte de mí misma que creía perdida. Aunque él no estuviera presente, lucía mejor ánimo y estaba controlando la ansiedad.

Mis heridas iban curando poco a poco y eso no se debía solo a Aiden, sino también a Zyra, a mi madre, a mis nuevos amigos y a mí misma. Quería volver a ser yo.

Además, Drinna y el resto de compañeros apenas me habían atosigado. Los cuchicheos no habían cesado del todo, pero... se habían hecho menos frecuentes. Hasta ese mismo viernes.

Me encontré con ella en los baños de la segunda planta, los más cercanos a la clase de Español. Estaba sola, mirándose en el espejo mientras se retocaba la pintura de labios. Siempre había sido muy guapa y jamás la había visto sin maquillar, pero resultaba obvio que debajo de la capa de base, colorete y demás potingues que llevaba había una belleza natural que yo no entendía por qué se molestaba tanto en resaltar; no lo necesitaba.

Dudé de si saludarla o no, no éramos precisamente amigas y en otro momento seguramente habría evitado incluso mirarla. Pero al final le hice un gesto con la barbilla por pura cortesía.

—¿Vas a ir con Jamie al baile? —me acribilló al instante, como si el saludo hubiera levantado alguna clase de barrera que la hubiera estado conteniendo.

—Vamos a ir en grupo.

Su sonrisa fue una mezcla de desprecio y satisfacción. No me importaba lo que pensara. Estaba segura de que nos lo pasaríamos bien todos juntos.

—Ya, era de suponer.

Pensé en preguntarle el porqué de esa malicia que empleaba para dirigirse a casi todo el mundo, incluso a sus propios amigos. ¿Qué clase de persona necesita humillar a las personas que quiere para sentirse mejor? Yo no, desde luego, y tampoco me iba a prestar a sus jueguecitos.

Me metí en uno de los cubículos sin responderle y, a la salida, tampoco le dije nada a pesar de que continuó observándome hasta que cerré la puerta tras de mí. Cuando estuve fuera, me di cuenta de que no se me había acelerado el pulso ni había empezado a sudar sin control. Tampoco me había costado llevar aire a mis pulmones ni había sentido ninguna clase de angustia oprimiéndome el pecho. Me enorgullecí de mí misma.

Ninguna Drinna Johnson iba a poder conmigo.

«Puedes hacerlo, Madi», me dije, sentada en la cama y con los ojos fijos en la funda del vestido.

Podía hacerlo.

¿Podía? Me repetí que sí, que no era más que un vestido y un estúpido baile de instituto, pero las cosas nunca suelen ser tan simples. Estarían mis compañeros, todos ellos vestidos para la ocasión, habría corrillos, miradas, risitas... No era lo mismo que atravesar los pasillos un día normal. Todo el mundo estaría pendiente del resto, muy pendiente. El objetivo era divertirse, disfrutar, pero a veces la gente es tan retorcida que necesita medir su felicidad en función de lo desgraciados que son los que los rodean, y en Roadhill había mucha gente así.

Inspiré profundamente y solté el aire despacio.

No podía concentrarme en eso. Lo importante era que iba a pasar una noche con mis amigos, bailaría y reiría con ellos. Lo pasaríamos bien. Además, iba con Aiden; las cosas eran más fáciles con él, al menos en ciertos aspectos. Otros, desde luego, se estaban volviendo más y más confusos.

Nos habíamos besado en su habitación. No habíamos vuelto a hablar de ello ni tampoco a repetir tal hazaña. Aiden continuaba comportándose como si nada hubiera sucedido y yo no estaba segura de si eso me alegraba o me enfurecía.

Lo que había sentido al besarlo... Sus labios desprendiendo calidez, tan él, tan nosotros juntos... Cada vez que lo pensaba mi mente entraba en bucle y se perdía en el recuerdo de su sabor. Aquel beso no había tenido nada que ver con ningún otro que hubiera recibido o dado antes.

«Tenías que ser diferente incluso para eso, Aiden», refunfuñé, pero en realidad sonreía.

Varios golpes resonaron en la puerta y, después de darle permiso, mi madre entró en mi habitación.

—¿Aún estás así? Creía que ya estarías vestida.

Me había maquillado, aunque de una forma natural y sencilla, y había peinado mi pelo en suaves ondas que me caían sobre la espalda; me negaba a llevar un recogido, tal vez porque contaba con el refugio que mi melena podía concederle a mis ojos de ser necesario. Sin embargo, aún no había reunido el valor para abrir la funda y terminar de vestirme.

Mi madre se acercó y se sentó a mi lado.

—¿Estás bien? —Se me escapó una sonrisa al pensar en las «estrellas» de Aiden. Daba igual cómo me preguntaran por mi estado, no podía evitar recordar nuestro código secreto—. ¿Estás segura de que quieres ir? No tienes que demostrar nada, Madison.

—¿Crees que no estoy preparada?

—Lo que yo crea no importa, pero sí, creo que sí lo estás, que irás y te divertirás. Y que yo estaré aquí esperando preocupada porque llegarás muy tarde —bromeó, y me pasó un brazo por los hombros para estrecharme brevemente contra su cuerpo.

Mis ojos continuaron fijos en la funda un instante más.

—Voy a ir —afirmé en voz alta—. Claro que voy a ir.

Mi madre sonrió.

—Una cosa... ¿vas con Aiden? ¿Vais... juntos? —preguntó a continuación. Arqueé las cejas y volví la vista hacia ella—. Soy tu madre, tengo que preguntar —se defendió.

—No es una cita, mamá.

—¿Querrías que lo fuera?

Me encogí de hombros. Una cita con Aiden... Habíamos tenido muchas en realidad, aunque siempre como amigos. Pero Aiden ya no era solo un amigo, ¿o sí? Dios, estaba hecha un lío. Una parte de mí se moría por besarlo de nuevo y la otra estaba aterrorizada.

—¿Cambiaría algo que así fuera? Quiero decir... una cita implica... —pensé en Brad y el vello de la nuca se me erizó. Agité la cabeza; no quería pensar en él esa noche—. No importa. Voy con Aiden, Zyra y Jamie, y nos encontraremos allí con Mara. Ese es el plan.

Ella asintió y me dedicó una sonrisa comprensiva.

—Estoy orgullosa de ti, Madison. Muchísimo —comentó, y la humedad amenazó con inundar mis ojos—. Sé que puedes hacer cualquier cosa que te propongas. Y si en algún momento te sientes abrumada o no quieres estar más allí, no pasa nada, eso tampoco te convierte en alguien débil. No lo pienses ni por un momento. Llámame e iré a buscarte. —Se inclinó sobre mí y me dio un beso en la frente—. Y ahora, ponte ese vestido y déjalos a todos con la boca abierta. Date prisa, me ha parecido ver a un chico muy atractivo frente a nuestro porche.

Me guiñó un ojo y yo me eché a reír. Adoraba a mi madre; era una mujer fuerte y decidida que me había sacado adelante sola. Había ejercido de padre y de madre a la vez, y desde hacía tiempo también de amiga.

—Yo sí que estoy orgullosa de ti, mamá.

—Vamos, vístete —repitió, y entonces fue ella la que tuvo que esforzarse para no derramar ninguna lágrima.

AIDEN

Tan solo unos meses antes había estado encerrado en un maldito correccional. Entre sus paredes, el ambiente resultaba sofocante y hostil casi todo el tiempo, y la mayoría del personal, poco amigable. El único que había mostrado un poco de interés por el bienestar de los que nos encontrábamos allí recluidos había sido Rob, el más joven de los profesores encargados de que mantuviéramos al día nuestros estudios. Apenas tenía unos pocos años más que yo y, salvo a él, al resto le importábamos una mierda. O quizás estaban hartos de lidiar con delincuentes juveniles, quién sabe.

En el tiempo que había pasado en el centro, mi estado de ánimo había sufrido una transformación progresiva. Al principio, el recuerdo de Madison me había alentado y acompañado en todo momento; luego, mi mente había llegado a la conclusión de que *necesitar* era un error, y aferrarme a mis únicos recuerdos felices, una debilidad.

Con toda probabilidad, era la mayor gilipollez que se me había ocurrido jamás.

No necesitaba a Madison para seguir adelante, ni ella a mí, pero quería que continuara en mi vida. Quererla nunca podría ser una debilidad o un defecto.

Mientras paseaba de un lado a otro de la acera frente a su casa, y a pesar de creer que todo por lo que había pasado me había endurecido de forma eficaz e irrevocable, estaba jodidamente aterrado. Me reí de mí mismo al comprenderlo. Iba a llevar a un baile a Madison Harper y los nervios amenazaban con hacerme vomitar incluso el desayuno del día anterior. Cualquiera diría que era la primera vez que tenía una cita con una chica; ¡y aquello ni siquiera era una cita!

«¡Ni siquiera vamos solos, por el amor de Dios!», me reproché, en un vano intento de serenarme.

Aun así, supongo que quería que Madison se divirtiera esa noche y todo fuera bien, sin ningún sobresalto. También ardía en deseos de besarla de nuevo, no podía quitarme de la cabeza lo que había ocurrido en mi habitación una semana atrás.

La cuestión era que Madison tenía ese poder; era capaz de convertir un detalle nimio en algo diferente y singular. Incluso alguien como yo, en apariencia roto, podía transformarse en un tío cualquiera, preocupado solo por gustarle a la chica con la que iba a salir. Puede que resultara absurdo, pero era parte de su magia.

La puerta principal se abrió, pero no fue Madison la que apareció tras ella.

—Señora Harper —saludé a la mujer.

Ella se apoyó en el umbral y me observó unos segundos antes de devolverme el saludo.

—Seguro que te he dicho más de una vez que me llames Davinia.

—Es posible —admití, esbozando una tentativa de sonrisa.

Echó un vistazo por encima de su hombro hacia el interior de la casa.

—Madison bajará enseguida. —Hizo una pausa breve pero muy significativa—. Aiden... No tengo que decirte que cuides de ella, ¿verdad?

Erguí la espalda y a punto estuve de ascender los tres escalones del porche, más solemne de lo que me hubiera mostrado nunca, pero decidí mantenerme donde estaba.

—Madison sabe cuidarse sola —tercié yo, porque así lo creía—, pero me esforzaré para que lo pase bien.

Eso pareció cumplir con sus expectativas.

—¿Has estado practicando esa respuesta frente al espejo? —rio, y yo no pude evitar hacerlo con ella.

Madison tenía mucho de aquella mujer y, aunque en el pasado habían mantenido una relación normal entre madre e hija, ahora parecían más unidas que nunca; me pregunté si sabría qué era lo que torturaba a su hija, si conocería todos los detalles.

—Nunca revelo mis secretos, señora Harper.

Me apuntó con el dedo, una señal de advertencia por haber empleado de nuevo su apellido; supuse que la hacía sentir mayor, aunque apenas si acababa de cumplir los cuarenta. Se había quedado embarazada muy joven y el padre de Madison no había querido saber nada de ella.

—Ah, aquí está. —Giró sobre sí misma y permaneció ocupando la puerta, por lo que, inicialmente, no pude ver nada salvo su espalda—. Llámame si me necesitas. —Escuché que le decía a su hija—. Y pásalo bien.

Se abrazaron tan solo un instante y luego Davinia se apartó y fue Madison la que ocupó su lugar en la entrada.

Me atraganté, probablemente con mi propia saliva; no estaba del todo seguro. Había visto a mi amiga luciendo vestidos en infinidad de ocasiones en el pasado, pero nunca... así. Tal y como había dicho, había elegido uno que cubría por completo sus piernas, pero la tela era tan fina que, gracias al contraste entre la iluminación del interior de la casa y la escasa luz del exterior, dejaba entrever las curvas de la parte inferior de su cuerpo... Pero eso ni siquiera era lo más impactante. La tela, de color crema, llevaba superpuesta una capa de gasa o algo similar en la que había bordadas estrellas doradas de distintos tamaños. ¡Estrellas!

Sabía que estaba sonriendo porque percibía la tensión en mis mejillas. Probablemente parecía un idiota. Y babeaba, seguro que estaba babeando.

Recuperé parte de la dignidad perdida y emití un silbido bajo.

—Madison Harper. —El tono provocador con el que pronuncié su nombre casi consiguió que este se transformara en un piropo en sí mismo—. Estás realmente preciosa.

Se rodeó el pecho con los brazos y sonrió con timidez.

De alguna manera, y sin ser consciente de lo que hacía, yo había ascendido los escalones del porche hasta colocarme frente a ella. La tomé de la mano y la hice girar sin dejar de observarla.

La parte superior del vestido cubría su escote hasta casi la línea de los hombros, donde la tela se convertía en tan solo dos tirantes finísimos que se cruzaban luego sobre sus omóplatos. Mi mandíbula volvió a descolgarse cuando descubrí la cantidad de piel de su espalda que quedaba expuesta; la tela apenas alcanzaba la parte baja de esta.

¡Joder! Iba a resultar muy complicado mantener las manos apartadas de ella esa noche.

—Estás preciosa —repetí en voz baja—. No haces nada a medias, ¿no? —bromeé a continuación, y ella secundó mis carcajadas con una risita nerviosa.

—Bueno, viéndote, no soy la única.

Nuestros dedos continuaban entrelazados, no tenía ninguna intención de soltarla hasta que no fuera estrictamente necesario. Con la otra mano, alisé una arruga imaginaria de mi chaqueta y carraspeé.

—Te dije que no iría en vaqueros. —Busqué su mirada para asegurarme de que estaba preparada—. ¿Nos vamos?

Madison asintió sin titubear y yo le dediqué una sonrisa torcida.

Tras despedirnos de su madre, la llevé de la mano hasta mi camioneta y pusimos rumbo al instituto. Allí nos encontraríamos con los demás.

—Hoy llevas las estrellas contigo —comenté mientras conducía.

Sus dedos repasaron el bordado dorado de la tela de forma distraída.

—Me enamoré de este vestido en cuanto lo vi.

No dijo nada más. Estaba nerviosa y, aunque yo también lo estaba, su inquietud parecía incrementarse conforme nos aproximábamos a nuestro destino.

—No tenemos por qué ir, Madi. Siento decirte que no pienso regresar a casa sin que me concedas un baile, pero no necesito toda la parafernalia del instituto para eso.

Ladeó la cabeza para mirarme.

—No es mi intención privar a la población femenina de Roadhill de esto —repuso, señalándome, y tuve que reírme.

—Sí, lo sé. Estoy increíble.

—Lo reconozco, lo estás, pero que no se te suba a la cabeza.

Solté una carcajada. Le recordaría aquello durante semanas aunque solo fuera para fastidiarla.

—Yo también estoy... nervioso —admití. No quería que su inquietud la hiciera sentir mal.

—Eso sí que no me lo creo.

—Es nuestro primer baile —señalé, como si eso lo explicara todo—. Y... tú me pones nervioso, Madison Harper.

Por el rabillo del ojo, vi cómo enarcaba las cejas, suspicaz, y aguanté su mirada sin desviar la vista de la carretera.

—¿Por qué? —inquirió, y supe que me había metido en un lío del que no tenía ni idea de cómo salir.

Por suerte, llegamos al instituto y fingí estar demasiado concentrado en encontrar un sitio libre como para poder contestarle. Casi todo el mundo debía estar ya allí y tardé un poco en dar con un aparcamiento. No parecía que mis compañeros hubieran descartado conducir esa noche aunque, muy a pesar de las normas del centro, estaba seguro de que habría alcohol en la fiesta. Por mi parte, no iba a tomar una sola gota, no era tan capullo como para emborracharme y hacer el imbécil con el coche.

Detuve el motor y mi mano buscó la de Madison en un acto reflejo. Aunque no estaba todo lo relajada que me hubiera gustado, ya no se sobresaltaba cada vez que la tocaba o me acercaba a ella. Recordé entonces algo que había pasado por alto la noche que había estado en mi habitación. Me había concentrado en el hecho de que nos habíamos besado y el desconcierto no me había dejado pensar en lo que había dicho: Madison decía tener algún problema con el contacto físico. La había visto caminar colgada del brazo de Zyra media docena de veces, en cambio, se había apartado de mí y también de Jamie cuando este se había sentado a su lado en la cafetería. Mi mente ató cabos y las conclusiones a las que empezó a llegar no me gustaron en absoluto. ¿Qué demonios le habían hecho?

—¿Aiden? —En esa ocasión fui yo el que me sobresalté al escucharla llamarme. Abrí la boca para contestar, pero volví a cerrarla, aturdido y cabreado a partes iguales—. ¿Todo bien? —insistió al ver que no contestaba.

Asentí. No era el momento para aquella conversación, pero me dije que íbamos a tener que hablar y que, fuera como fuese, tendría que lograr que Madison confiara en mí lo suficiente como para contarme lo que le había sucedido.

MADISON

Algo tan sencillo como un baile de instituto hubiera podido convertirse muy pronto en un infierno; sin embargo, me olvidé con rapidez de mis miedos y conseguí controlar mi ansiedad en cuanto aparcamos la camioneta y me vi rodeada de mis amigos.

En honor a la verdad, durante el trayecto hasta allí había estado bastante nerviosa. Aiden me había recogido en la puerta de mi casa y... bueno, puedo decir que jamás lo había visto vestido tan formal. Iba completamente de negro: zapatos, chaqueta, pantalón de pinza, camisa e incluso una de esas corbatas más estrechas de lo normal. Ni que decir tiene que el traje le quedaba como hecho a medida; estaba más guapo que nunca y, aunque sabía que era mi mejor amigo el que estaba bajo esa ropa, no podía evitar sentir que todo aquello iba más allá de una salida en grupo. Supuse que se debía en parte al hecho de que nos hubiésemos besado días atrás, pero la forma en la que me miraba tampoco ayudaba en nada.

—Dios mío, Madison. ¡Estás increíble! —exclamó Zyra en cuanto me vio.

Me hizo dar una vuelta sobre mí misma y prácticamente se puso a dar saltitos. Jamie, a su lado, sonreía mientras asentía con la cabeza.

—Tú también estás preciosa —le dije yo.

Aunque había intentado desviar la atención sobre mí, el halago había sido del todo sincero: Zyra llevaba un vestido corto, de color azul noche y con mucho vuelo, que realzaba sus curvas.

—Ambas lo estáis —intervino Jamie sin dejar de sonreír.

A pesar de mi recelo inicial, me alegraba de que hubiera venido con nosotros. Parecía un buen tío, y durante los días anteriores se había mostrado amable con todos; le encantaba bromear y siempre tenía alguna anécdota que contar de su anterior instituto. No era el típico chico popular, vanidoso y pagado de sí mismo, que despreciaba a los que no eran como él, y eso era muy de agradecer en un pueblo como Roadhill. Esperaba que siguiera siendo así y que Drinna o los chicos del equipo de fútbol no terminaran por volverlo en nuestra contra.

—¿Entramos? —propuso Aiden, y me tendió su brazo para que caminara junto a él.

Lo agradecí.

Enfrentarme a las miradas de mis compañeros de instituto en un día como aquel era más fácil de la mano de Aiden. Era consciente de que no había elegido el vestido más discreto para ello, pero no quería seguir escondiéndome. Desde lo de Brad, la sensación de exponer mi piel me había resultado desagradable, como si el largo de mi falda o lo ceñido de una camiseta me convirtieran en un reclamo para tipos como él. La realidad era que, al principio, no soportaba la idea de que me rozaran aunque fuera por descuido, y había cambiado mis habituales vestidos y faldas por vaqueros o pantalones largos. Luego, al avanzar en la terapia con Vega, me había sentido mejor conmigo misma, pero esa forma de vestir se había convertido ya en una costumbre y me hacía sentir segura. Exponerme, de la manera que fuera, aún me costaba un poco.

Sin embargo, esa noche era distinta, yo quería que lo fuera. Y quizás estuviera dándole más importancia de la que tenía, pero el mero hecho de estar allí ya representaba todo un logro para mí.

Como era de esperar, nuestra llegada atrajo la atención de parte de los presentes, aunque me dije que no se trataba de mi presencia: Aiden y Jamie, que también lucía impecable con un traje oscuro y camisa azul, llamaban lo bastante la atención como para que nadie se fijara en mí. De hecho, solo había que ver las miradas que les lanzaban la mayoría de las chicas con las que nos cruzábamos; incluso las que habían acudido con pareja los observaban sin reparos.

—No sé si tu ego superará lo de esta noche —le susurré a Aiden, riendo.

Él se inclinó sobre mi oído y su aliento revoloteó contra mi piel de una forma deliciosa. Hasta hacía poco, ese gesto me hubiera provocado náuseas, y no pude evitar sentir que estaba empezando a controlar las reacciones de mi cuerpo. De todos modos, tratándose de Aiden, no era demasiado objetiva en ese aspecto.

—¿Qué esperabas? —murmuró, y yo resoplé, pero a continuación añadió—: Me acompaña la chica más bonita de todo Roadhill, es lógico que miren.

No sé en qué estaba pensando exactamente ni por qué hice lo que hice, pero me puse de puntillas y le di un beso en la mejilla, casi rozando la comisura de su boca. Fue algo instintivo y, por si eso fuera poco, incluso titubeé varios segundos con los labios sobre su piel y el beso duró algo más de lo necesario.

Sus ojos se oscurecieron de inmediato y no tardó en esbozar una sonrisa canalla que me hizo reír. Un montón de mariposas se agitaron en mi estómago.

Fue... diferente; me sentía diferente con él.

—¿Y eso?

Agité la cabeza, negando, poco dispuesta a decirle lo encantador que podía llegar a ser cuando dejaba aflorar su dulzura. En ese momento, Zyra se acercó a nosotros y me salvó de su mirada interrogativa.

—¿Me acompañas a buscar a Mara?

—Iré a por algo de beber —terció Aiden, y entonces fue él el que me dio un beso rápido en la sien. Luego me guiñó un ojo—. Recuerda que el primer baile es para mí.

Jamie se fue con él. Los observé un momento mientras se internaban entre la gente para dirigirse al fondo del gimnasio. El comité organizador, del que por supuesto Drinna formaba parte, se había esmerado con la decoración: habían colgado farolillos y un montón de tiras de lucecitas por las paredes, y también una gran pancarta que rezaba: «Bienvenidos a un nuevo curso». Para los de primer año, ese baile era su iniciación en la complicada vida social del instituto; los compadecía, pues cualquier desaire que padecieran o error que los vieran cometer sería recordado durante todo el año en los pasillos.

Zyra y yo nos pusimos en marcha para buscar a Mara y caminamos de la mano entre la gente, sin importarnos los cuchicheos ni los murmullos que despertábamos a nuestro paso. ¿No se cansarían nunca de aquello? Siempre había creído que los que sentían esa necesidad de criticar o ridiculizar a los demás debían tener una existencia muy aburrida para vivir tan pendientes del resto; eso sin contar con que, de no haber nada que comentar, se lo inventaban.

—¿Es cosa mía o Aiden te estaba poniendo ojitos? —dijo Zyra mientras observaba los rostros de las personas que nos salían al paso—. Esta noche está impresionante —añadió—, y tú no te quedas atrás. Sabía que ese vestido te sentaría genial.

—¿No crees que me he pasado un poco?

Negó con un entusiasmo que me hizo reír.

—Es perfecto.

—Nos besamos —solté sin más, aunque al menos me aseguré de bajar la voz antes de dejar caer la bomba. No le había hablado a Zyra de mi encuentro con Aiden en su habitación—. Y dormimos juntos.

La expresión de sorpresa de mi amiga resultó cómica. Sus cejas salieron disparadas hacia arriba y sus dedos se apretaron en torno a mi mano.

—¿Cuándo? ¡¿Cómo es que no me lo habías contado?! ¡Madre mía, Madison, eso es genial!

Me eché a reír, nerviosa por su desmedida reacción. Aunque teniendo en cuenta mi escaso interés por los chicos durante todo el año anterior, no era de extrañar que aquello la sorprendiera.

—¡Ay, Dios! ¿Estáis saliendo?

Fue mi turno para negar con vehemencia.

—¡No! No... no hemos hablado de eso. Solo fue un beso, una prueba —agregué, y el desconcierto se apropió de sus rasgos con una rapidez asombrosa.

—¿Una prueba? ¿Qué clase de prueba? Oh... vale... —se respondió a sí misma. Supuse que había comprendido el porqué de esa elección de palabras—. ¿Cómo te sentiste? ¿Fue todo bien?

Ahora que Zyra estaba al tanto de lo que había pasado con Brad, resultaba mucho más fácil hablar con ella; ya no tenía que esconder ni justificar mis rarezas. Ojalá tuviera valor para contárselo también a Aiden.

—Bien. Muy bien. —Sonreí sin siquiera proponérmelo.

Zyra dejó de andar y me envolvió con sus brazos. No pude hacer otra cosa que dar gracias por tener una amiga como ella, alguien que celebraba mis éxitos como si fueran los suyos; mi felicidad o mi dolor, como propios.

—Me alegro, Madison. Me alegro mucho por ti.

La estreché con fuerza, ignorando la curiosidad que el gesto había despertado en los que nos rodeaban. Alguien susurró «bolleras» en voz baja, aunque de todas formas tanto Zyra como yo lo escuchamos; seguramente, eso era lo que se proponían. Pero el problema lo tenían ellos, no nosotras, y no pensaba dejar que se salieran con la suya. Esa noche no iban a ganar.

Sin soltarme del todo, Zyra se volvió y les brindó una de sus mejores sonrisas. Yo hice lo mismo y creo que eso les molestó aún más.

—Vamos —le dije, y tiré de ella para continuar buscando a Mara—, no merece la pena.

Había tanta gente en el gimnasio que era difícil dar con alguien, pero la localizamos poco después. Estaba acompañada de un grupo de chicas y chicos bastante numeroso; sin embargo, aunque no parecía estar aburriéndose, su rostro se iluminó en cuanto descubrió a Zyra junto a ella.

—¿Te vienes un rato con nosotras?

Dos de las chicas protestaron, le pidieron que se quedara, y no se mostraron demasiado conformes cuando ella aseguró que las vería más tarde. Estaba segura de que aquello daría que hablar, pero agradecí que nos acompañara y me alegré por Zyra. Saltaba a la vista que ambas se gustaban mucho y Mara me caía bien, en realidad; solo esperaba que no le hiciera daño a mi amiga y que la gente las dejara en paz.

Jamie y Aiden regresaron cargados de vasos de ponche para todos. No tardamos demasiado en bebérnoslos y decidir que había llegado el momento de bailar. Aiden me tomó de la mano y realizó una reverencia frente a mí con una formalidad que dio miedo. Sin embargo, su sonrisa y el chispeante azul de su mirada me convencieron de que todo iba a salir bien.

—¿Me concedes este baile, Harper?

—Por supuesto, Keller —repliqué, tomando la tela de mi falda entre los dedos e inclinándome para responder a su reverencia.

El gesto le arrancó una deliciosa carcajada que hizo eco en mi pecho.

Era consciente de que estábamos llamando la atención, pero me dio igual. Lo único que quería en ese momento era sentirlo más cerca, que me abrazara, y la intensidad de ese deseo me sorprendió incluso a mí misma.

Enlazó nuestros dedos y me llevó hasta la zona central del gimnasio. Buscó mi mirada; en la suya encontré una petición silenciosa. Asentí y su otra mano se deslizó por mi cintura hasta anclarse en la zona baja de mi espalda, donde su pulgar alcanzaba la piel desnuda de esta. Cuando quise darme cuenta, estábamos tan cerca el uno del otro que nuestros alientos se entremezclaban y, de cintura para abajo, no había espacio alguno entre nuestros cuerpos.

Sonaba *Dusk till dawn*, de Zyan, y Aiden tarareaba la canción entre dientes. Mis ojos se clavaron en sus labios entreabiertos y no pude evitar evocar la huella que habían dejado en los míos. Alcé la vista hasta sus ojos al comprender que, si continuaba mirándolo así, iba a cometer alguna estupidez.

—Hola —murmuró cuando nuestras miradas se encontraron, haciéndome reír.

Fue una risa nerviosa, cargada de inquietud pero también de deseo. Anhelaba que volviera a besarme y ser tan consciente de ello desbocó el latido de mi corazón.

—Hola.

Nos movíamos al ritmo de la música aunque la melodía apenas si conseguía llegar a mis oídos. En ese instante, por lo que a mí concernía, era como si estuviésemos en mitad de la nada, solos y aislados del mundo exterior. El azul tumultuoso de sus iris parecía capaz de tragarme entera y estaba segura de que tenía la piel del cuerpo erizada por completo.

—Explícame por qué nunca habíamos venido a un baile juntos —susurró en mi oído.

Sus labios rozaron el lóbulo de mi oreja y me estremecí. Supe que sonreía a pesar de no poder contemplar su expresión. Acto seguido, su boca se trasladó hasta mi hombro y depositó un suave beso sobre él. Empecé a perder el control de mi respiración, aunque en esa ocasión no tenía nada que ver con la ansiedad.

—No... no lo sé —balbuceé, sobrepasada por el cúmulo de emociones que se habían disparado en mi interior.

—No puedo creer que haya estado perdiéndome esto durante tanto tiempo.

El pulgar de la mano que mantenía sobre mi espalda trazaba círculos perezosos; la piel de la zona me ardía y el calor se fue extendiendo y ganando terreno con cada caricia, hasta alcanzar partes de mí a las que yo no solía prestar atención antes del regreso de Aiden.

—¿Deberíamos hablar de... —titubeó un instante— la prueba de la otra noche?

Girábamos abrazados. Era muy consciente de todos los puntos en los que nuestros cuerpos estaban en contacto, demasiado consciente, y me costó concentrarme en lo que me había preguntado. Tardé unos segundos en comprender que se refería a nuestro beso.

—Siento habértelo pedido. No debí... —farfullé, con la cara escondida en su pecho. Continuaba avergonzada por lo egoísta que había sido, por desear que me tocara y no preocuparme por él como debía de haber hecho. Me odiaba por ello—. Yo... lo siento, Aiden.

Sin separarse de mí, soltó mi mano y pasó los dedos bajo mi barbilla para obligarme a mirarlo.

—No te disculpes, pequeña. Me gustó y deseaba que lo hicieras. —Estaba segura de que mi corazón había dejado de latir durante unos cuantos segundos, para luego aumentar aún más el ritmo al que se contraía—. Te hubiera besado yo antes de no ser por...

Su voz se fue apagando, aunque de igual forma sabía lo que quería decir.

«De no ser por tu extraño comportamiento», terminé yo mentalmente.

—Fui muy egoísta, Aiden. Mucho —insistí. Cuanto más pensaba en ello, peor me sentía.

Él ignoró mis disculpas y tan solo sonrió.

—¿Quieres probar de nuevo?

Sus dedos empujaron con suavidad mi barbilla un poco más arriba. Aiden me sacaba una cabeza de altura, por lo que no alcanzaría su boca a no ser que me pusiera de puntillas o él se inclinase, pero me dio la sensación de que esperaba que fuera yo la que tomara la iniciativa. La certeza de que me estaba dando la oportunidad de negarme y rechazarlo consiguió que la humedad aflorara en mis ojos sin que pudiera hacer nada por evitarlo.

—Ey, Madi, ¿qué pasa? Lo siento, no quería...

—¿Quieres besarme de verdad? ¿*Tú* quieres hacerlo? —lo interrumpí. Necesitaba saberlo.

Cuando comenzó a asentir, ni siquiera me permití vacilar. Me lancé sobre sus labios y lo besé. Aiden se recuperó muy pronto de mi repentino ataque. Me empujó más contra él con suavidad y su otra mano se deslizó por mi cuello hasta alcanzar mi nuca; sus dedos no tardaron en hundirse en mi pelo y la sensación que despertó en mi interior se apropió por completo de mi voluntad. Sabía que aquello que sentía era deseo, un deseo feroz que mantenía mis nervios en tensión y suplicaba más; más caricias, más besos, más de él.

Mis miedos quedaron arrinconados. Su lengua se apropió de mi boca y, no solo eso, la mía reaccionó a sus caricias, convirtiendo el beso en una pequeña batalla que ninguno de los dos quería perder. Aiden me provocaba y yo respondía a sus provocaciones sin pensar, sin temor, solo con deseo. Estaba excitada; Aiden me excitaba.

Nos separamos jadeando y nos miramos sin ser capaces de decir nada. Sus ojos se habían oscurecido de tal manera que apenas pude distinguir sus pupilas del resto. Yo respiraba con dificultad y no podía dejar de preguntarme si iba a tener uno de mis ataques de pánico justo en ese momento.

«Ay, Dios. Madre mía». Esos fueron todos los pensamientos que pude conjurar.

Aquel beso había sido muy diferente del que nos habíamos dado en su habitación. Comprendí que besar a Aiden no había sido una prueba en modo alguno, y él no tenía ni idea de lo que eso significaba en realidad para mí.

Tendría que hablar con él, pero no sabía por dónde empezar y, desde luego, no sería esa noche.

ZYRA

Sonreía. No podía evitarlo. Desde el lateral en el que nos habíamos colocado para dar cuenta de nuestras bebidas, veía a Madison bailando con Aiden y también metiéndole la lengua hasta la garganta. Era muy consciente de lo que suponía aquello para ella; no solamente el beso, sino estar en una fiesta en el instituto con toda esa gente a su alrededor.

Me giré hacia Mara y entonces ella pasó a ser la destinataria de mi sonrisa.

—¿Están saliendo? —me preguntó, y percibí el interés de Jamie en mi respuesta por la forma en la que se situó un poco más cerca de ella.

Creo que llevan saliendo mucho tiempo y ni siquiera lo saben.

Tan solo había que oír cómo Madison hablaba de Aiden para darse cuenta de que sentía algo muy intenso por él, y bastaba mirar a Aiden para saber que era recíproco. Ojalá encontraran la manera de que lo suyo funcionase.

Mara sonrió, aunque no creo que supiera a lo que me refería. Esperaba que ella también encontrara la manera de sentirse bien conmigo.

Jamie dejó escapar un suspiro. Estaba claro que le gustaba Madison, y me sentí mal por él, porque dudaba mucho que tuviera alguna oportunidad de llamar la atención de mi amiga.

—¿Vamos a bailar? —les dije a ambos, pero él alzó las manos y negó.

—A mí no me miréis, tengo dos pies izquierdos. Id vosotras.

Le lancé una mirada a Mara. No estaba segura de si querría que bailásemos las dos solas.

—Vamos —me dijo, y su mano rodeó la mía.

Enarqué las cejas. El ritmo de la canción que sonaba era mucho más rápido que el de la anterior, pero aun así me sorprendió. No tuve tiempo de pensar demasiado en ello porque Mara me arrastró y me llevó hasta la pista. Cuando empezó a moverse con soltura y descaro, me eché a reír y mis dudas dieron a paso a algo totalmente diferente.

Quise decirle lo mucho que me gustaba, aunque ella ya lo sabía. Tal vez la que necesitaba escucharlo fuera yo, pero no podía obligarla a admitirlo de una forma pública si no estaba preparada para ello. Procuré que ese pensamiento no ensombreciera mi ánimo. Estaba allí, bailando conmigo, y llevaba varios días sentándose con nosotros durante el almuerzo; tal vez solo necesitaba tiempo.

Tiró de mi mano otra vez, animándome para que bailara también. Me dejé llevar y comencé a moverme. Ella sonrió, encantada, y tuve que hacer un esfuerzo para no acercarme y besarla. Era preciosa.

«Tiempo, Zyra, dale tiempo», me repetí.

Continuamos bailando durante varias canciones. Mara se reía todo el rato y yo disfrutaba viéndola tan feliz, ajena a todo, incluso a algunas miradas malintencionadas que nos dedicaron mientras lo único que hacíamos era divertirnos. Era triste, pero yo ya estaba acostumbrada a esa clase de atención.

Entre canción y canción, Mara se acercó un poco más a mí y se inclinó sobre mi oído.

—Madison... ¿está bien? —Retrocedí para buscar a mi amiga entre la gente, preocupada por si había pasado algo malo, pero Mara volvió a acercarse y añadió—: La semana pasada... El ataque que tuvo...

Negué. No me gustaba hablar con nadie de Madison.

—Ella está bien —respondí. Era todo lo que necesitaba saber o, al menos, lo que yo podía decirle.

—Me alegro.

Tal vez mi respuesta hubiera sonado demasiado brusca, pero Mara no pareció ofenderse. El resto del grupo se nos unió poco después y, durante parte de la noche, bailamos y charlamos todos juntos. Nos lo estábamos pasando realmente bien, y me alegraba ver a Madison tan relajada y feliz. Además, compartí más bailes a solas con Mara, lo que contribuyó a que mi propio estado de ánimo no hiciera más que mejorar a pesar de que me había inquietado que me preguntase por Madison.

Alguien me tocó en el hombro en medio de uno de esos bailes en pareja, mientras le susurraba tonterías a Mara al oído. Al volverme, me encontré a Madison.

—¿Me acompañas al baño? —Esbozó una mueca de disculpa.

—Ve. Yo voy a por algo de beber —dijo Mara, y me dedicó un pícaro guiño antes de encaminarse hacia la zona donde estaban las bebidas.

—¿Todo bien? —preguntó Madison con expresión culpable—. Os he interrumpido, ¿no?

—No, tranquila —repliqué—, solo bailábamos.

No quise hablarle del temor que me había provocado el repentino interés de Mara por su estado. No sería la primera vez que Drinna enviaba a alguien a escarbar en las miserias de alguien para usar luego la información en su contra. El año anterior, por ejemplo, había empleado esa técnica para ridiculizar a una chica de primero que, según ella, había estado tonteando descaradamente con Dixon delante de sus narices; aunque, en realidad, su actual exnovio siempre había tonteado con cualquier chica que se le pusiera a tiro.

En todo caso, esperaba que Mara no se hubiera prestado a los juegos de Drinna.

El gimnasio contaba con dos vestuarios, uno para las chicas y otro para los chicos, pero los habían cerrado para evitar el acceso a las taquillas o que, como también había sucedido ya, alguien acabara metido bajo las duchas; así que tuvimos que dirigirnos al pasillo lateral que unía ese edificio con el principal y en el que se ubicaban los baños más cercanos. El corredor se fue iluminando a medida que avanzamos por él; era consciente de que el sistema, diseñado para ahorrar electricidad, ponía de los nervios a mi mejor amiga.

—¿Qué tal con Aiden? —pregunté para distraerla. Su expresión se iluminó al mencionarlo y yo me eché a reír. Estaba pilladísima por él—. Sois monísimos —bromeé, y ella me dio un pequeño empujón como protesta—. Te gusta mucho, ¿verdad?

Madison asintió.

—Estoy aterrada, Zyra. Yo… no sé si puedo… ya sabes.

La detuve antes de entrar en el baño para dejar paso a dos chicas que venían tras nosotras y asegurarme así de que nadie escuchaba nuestra conversación.

—Él no sabe nada, ¿no? —Negó, aunque era algo que yo ya suponía—. No creo que Aiden sea de los que presionan a las tías, pero, si no quieres contárselo por ahora, dile que quieres ir despacio. Lo entenderá.

Suspiró y se tapó la cara con las manos durante un segundo.

—Ni siquiera sé lo que somos. Igual me estoy montando yo sola una película…

Tuve que reírme. Desde fuera la cosa estaba bastante clara.

—Te mira como si fueras la única persona que hay en el baile, Madison, y siempre es así. En clase, en los pasillos. Ojalá Mara me mirara a mí de este modo.

Me cogió de la mano y me dio un apretón de ánimo.

—¡Dios, soy la peor amiga que existe! Olvídate de Aiden, cuéntame qué tal con Mara.

Me encogí de hombros. Si ella estaba perdida con Aiden, yo no tenía ni idea de qué esperar de Mara.

—Creo que necesita tiempo —le dije, porque era lo que no dejaba de repetirme.

Madison me agarró de los hombros y fijó su mirada en mi rostro para atraer toda mi atención. Se puso muy seria, como si quisiera transmitirme la importancia de lo que iba a decirme.

—Zyra, eres una tía increíble. Era guapa y divertida, y muy inteligente —aseguró, con tanta vehemencia que una sonrisa se apoderó de mis labios—. Estoy segura de que Mara es consciente de eso, pero piensa que probablemente está confusa y aterrada. Tiene miedo de que la gente que la quiere no la acepte tal y como es, incluso puede que ella misma no haya comprendido aún que no hay nada de malo en que le gustes. Este —continuó, señalando las paredes que nos rodeaban— es un mundo cruel para la gente como nosotras, las dos lo sabemos.

Apreté los labios para apartar las lágrimas. Madison hablaba a la vez de Mara, de mí y de sí misma; quizás tenía razón y, cada a una a su manera, sabíamos lo que suponía tener un secreto y temer que los demás lo descubrieran y lo emplearan para hacernos daño.

—No entiendo por qué la gente a veces es tan mala —le dije.

Tampoco era que yo fuera perfecta ni mucho menos, pero en aquel instituto había personas realmente crueles; y el mundo exterior, el que llegaría cuando por fin nos graduásemos, no sería muy distinto. Agradecía contar con Madison y con mi familia, pues con ellos a mi lado las cosas resultaban siempre un poco más fáciles.

—Yo tampoco —suspiró. Por la tristeza que reveló su expresión, supe que estaba recordando a Brad.

—Vamos, nada de agobios esta noche —le dije, y la empujé hacia la puerta. No quería que pensara en aquel capullo—. Seguro que Aiden está deseando que vuelvas para agarrarte y no soltarte en lo que queda de baile.

MADISON

Dejé a Zyra encerrada en el baño. Se acababa de dar cuenta de que le había bajado la regla y yo insistí en ir a su coche, donde guardaba un kit de emergencia con tampones y ropa interior de repuesto para esos casos. No podía moverse del servicio si no quería mancharse el vestido, y le aseguré que regresaría enseguida. Ella, a su vez, me hizo prometer que le pediría a Aiden que me acompañara. Aunque estaba convencida de que habría gente en el exterior del gimnasio, a mí tampoco me hacía gracia atravesar sola el aparcamiento.

Las chicas que habían ocupado la zona de los lavabos habían regresado ya a la fiesta y, cuando salí al pasillo, me lo encontré a oscuras. Los sensores de movimiento que activaban las luces no tardaron más que unos pocos segundos en activarse; sin embargo, en ese corto lapso de tiempo, me pareció escuchar un sonido a mitad de camino entre un jadeo y un quejido.

Me quedé inmóvil en la entrada del baño. A pesar de que la puerta abatible que daba acceso al gimnasio estaba cerrada, se escuchaba el retumbar de la música. Era posible que me lo hubiera imaginado. Eché un vistazo en dirección opuesta. El corredor se alargaba varios metros más hasta otra puerta doble que conducía al edificio principal, el de las aulas y la zona de administración. Normalmente estaría abierta de par en par para que los alumnos pudieran ir de un lado a otro sin tener que salir al exterior, pero en días como ese se cerraba con llave, por lo que no podía haber nadie allí. Sin embargo, un poco antes de esa puerta, el pasillo formaba un recodo. Había pasado mil veces por la zona y sabía que la oficina del entrenador estaba a la vuelta de esa esquina, aunque me era imposible verla desde donde me encontraba.

A mis oídos llegó un segundo sonido y me puse tan nerviosa que mi mente no fue capaz de identificar de qué podía tratarse. Quizás solo fuera mi imaginación jugándome una mala pasada o dos alumnos que hubieran elegido esa esquina oscura para darse el lote; esa, seguramente, era la explicación más probable. La luz del techo se apagó y tuve que agitar los brazos para que se encendiera de nuevo.

En el instante en el que el fluorescente del techo parpadeó y se puso en marcha de nuevo, escuché un susurro y no me quedó duda de que había alguien allí.

Titubeé. La parte racional de mi mente me decía que no era más que una pareja en busca de intimidad y que quedaría como una imbécil si se me ocurría asomarme para ver lo que sucedía. Me estaba poniendo paranoica, solo eso. Las palmas de las manos me sudaban y el pulso comenzó a latirme en los oídos. Inspiré hondo para tranquilizarme, consciente de que me estaba dejando llevar por un miedo absurdo.

—No... te he... no... apetece. —No escuché más que unas pocas palabras sueltas, pero el pánico se apoderó de mí.

Por un momento permanecí inmóvil, pero un nuevo «no» llegó hasta mí y mis piernas se pusieron en marcha por voluntad propia. Ni siquiera tomé la decisión consciente de dirigirme hacia aquella esquina en penumbra. Mi mente puso el piloto automático y, cuando quise darme cuenta, estaba allí. Tardé varios segundos en comprender la escena y otros pocos más en reaccionar. Había un chico de espaldas a mí, al que no reconocí de inmediato, y contra la pared, encerrada entre sus brazos, estaba Drinna Johnson. Todo lo que se me ocurrió fue aclararme la garganta de una manera forzada pero eficaz.

Dixon echó un vistazo por encima de su hombro y me sonrió, y ella aprovechó para deslizarse por la pared y salir de entre sus brazos. Sin embargo, antes de que pudiera alejarse, él la sujetó por la muñeca.

—¿Por qué no te largas por donde has venido, Harper? —escupió Dixon, evidentemente molesto por mi presencia.

Ignoré su petición a pesar de los temblores que se habían apropiado de mi cuerpo. Durante un segundo, el rostro del exnovio de Drinna se convirtió en el de Brad y las rodillas se me aflojaron. Tuve que estirar la mano y apoyarme en la pared para no derrumbarme.

—¿O quieres quedarte ahí y mirar? —Se rio y el sonido me provocó náuseas.

De alguna manera, encontré el valor para avanzar un par de pasos hacia ellos. Drinna no había abierto la boca y eso era de todo menos normal.

—¿Drinna? ¿Estás bien?

Ella asintió, pero no parecía convencida.

Inspiré de nuevo lentamente. De repente el aire parecía haberse vuelto más denso y el ambiente resultaba sofocante.

—¿Qué tal si vuelves conmigo al baile? —le ofrecí. No éramos amigas y Dixon lo sabía, pero me importaba muy poco lo que pensase.

A él, mi ofrecimiento no le gustó en absoluto. Cuando quise darme cuenta me había puesto a su alcance. Noté un tirón y lo siguiente que supe fue que tenía la espalda contra la pared y a Dixon sobre mí.

—¿Estás celosa, Harper? Tengo suficiente también para ti. —Volvió a reírse. El aire dejó de llegarme a los pulmones y, una vez más, Dixon se convirtió en Brad. Los ojos se me llenaron de lágrimas—. Vamos, lárgate de aquí —le dijo a Drinna—. Creo que Madison y yo nos entenderemos.

El aliento de Dixon apestaba a alcohol y mis náuseas se redoblaron. Miré a Drinna, aterrada por la idea de que se marchase y me dejara allí a solas con él.

—Déjala en paz, Dixon —le dijo ella al tiempo que yo lo empujaba para quitármelo de encima.

Pero Dixon era corpulento y yo demasiado menuda para moverlo.

—Te he dicho que te largues.

Creí desfallecer al ver que ella simplemente daba media vuelta y echaba a andar en dirección al gimnasio. Cuando dobló la esquina y desapareció de mi vista, los brazos se me aflojaron y dejé de revolverme. Ni siquiera atiné a gritar.

«No, no, no», me repetía mentalmente. Aquello no podía estar ocurriéndome.

—¿Por qué no nos divertimos un poco, Harper? Vamos, lo pasarás bien...

Me asfixiaba. No podía seguir respirando y las lágrimas me inundaban los ojos de tal manera que tampoco podía ver ya el rostro de Dixon ni nada de lo que me rodeaba. No podía estar en esa situación. No. No...

¡No!

Desconozco lo que me hizo reaccionar: los recuerdos que se apoderaron de mi voluntad, que Dixon intentara besarme sujetándome por los brazos con demasiada fuerza o la imagen de Brad que se formó en mi mente... El caso es que, con las escasas fuerzas que pude reunir, golpeé su entrepierna con la rodilla y la presión que ejercía su cuerpo se aflojó de inmediato, aunque ni siquiera eso consiguió que me soltara del todo. Sin embargo, mientras él maldecía, desapareció de mi campo de visión como por arte de magia.

El aire entró de nuevo por mis labios entreabiertos.

—¡¿Qué cojones haces?! —Aiden, era la voz de Aiden; la hubiera reconocido en cualquier lugar y situación.

Aquel recodo oscuro y solitario se llenó de repente de gente. Alcé la vista y vi a Jamie sujetando a Aiden para apartarlo de Dixon de un tirón y empujarlo hacia mí. Mientras, Drinna observaba la escena con una expresión inquieta que jamás había atisbado en su rostro. Nunca me había alegrado tanto de verla como en ese momento.

Traté de decir algo, pero las palabras no llegaron a salir. Aiden, que había regresado a la esquina en la que permanecía Dixon, apretaba los puños con fuerza y parecía a punto de lanzarse sobre él. En el último momento se dio la vuelta y se apresuró a arrodillarse frente a mí, que había terminado resbalando por la pared y sentándome en el suelo.

—Pequeña, ¿estás bien?

Estaba demasiado concentrada en controlar el ritmo de mi respiración y en no dejarme arrastrar por la ansiedad para contestarle. Sus ojos, completamente oscuros y atormentados, se paseaban por mi rostro en busca de una señal de mi estado.

—Estoy… bien —me forcé a decir, aunque no lo estaba en absoluto—. Estoy bien.

Jamie maldecía mientras mantenía a Dixon alejado de mí, y me sorprendió lo explícito del vocabulario de mi nuevo amigo teniendo en cuenta que nunca le había escuchado soltar un solo taco. Lo que fuera que estaba diciéndole, no era agradable. Eché un vistazo al pasillo y descubrí a Mara también allí.

—Estáis todos aquí —conseguí decir, pero acto seguido me acordé de que Zyra debía seguir en el baño—. Mara, Zyra está en el baño, ve a por ella, por favor.

Asintió y se marchó corriendo hacia los servicios.

—Claro que estamos aquí, Madi —dijo entonces Aiden. Tomó mi cara entre las manos y me obligó a mirarlo. Para mi sorpresa, su contacto me reconfortó—. Siempre voy a estar aquí —añadió, aunque ambos sabíamos que eso no era verdad.

Aparté el pensamiento y me lancé a sus brazos. Luché para que las lágrimas no volvieran a resbalar por mis mejillas, pero poco después me rendí. Necesitaba llorar, sacarme de dentro la tensión, o acabaría enquistándose del mismo modo en el que ya había sucedido en el pasado. Aiden no dijo nada, se limitó a acariciarme el pelo con suavidad y depositar pequeños besos sobre mi cabeza cada pocos segundos. No sé cuánto tiempo pasé refugiada contra su pecho, pero cuando me separé de él los demás ya no estaban.

—¿Seguro que estás bien? ¿Te ha… Te ha tocado?

Me estremecí a pesar de que, gracias a que Drinna había ido a buscarlo, Dixon no había tenido tiempo de hacer nada. No quise pensar en lo que podía haber sucedido de no ser así. ¿Me habría forzado? Las náuseas regresaron y amenazaron con volverme el estómago del revés.

Aiden masculló y volvió a abrazarme.

—No… No me ha tocado —farfullé para tranquilizarlo.

—Lo mataré, te juro que voy a matarlo. —Yo negué, sollozando—. Puede estar agradecido de que Jamie estuviera aquí…

—No, Aiden. No quiero que te metas en líos.

—Jamie ha ido a hablar con el director. Vas a tener que contarle lo que ha pasado —me dijo, mientras me mantenía acurrucada entre sus brazos. Le estaba empapando la chaqueta y parte de la camisa, pero a él no parecía importarle.

—¿Drinna está bien?

Aiden bajó la barbilla para buscar mis ojos, sin ocultar el desconcierto que mi pregunta le había provocado.

—Gracias a ti, sí. Vino corriendo a buscarme.

Asentí, aliviada, y Aiden esbozó algo similar a una sonrisa al percibir que mis músculos se relajaban de forma considerable.

—Me defendí —le dije.

Por absurdo que pareciese, me pareció importante que lo supiera. Yo también necesitaba oírlo, necesitaba reafirmarme en el hecho de que una parte de mí no había sucumbido. A pesar de todo, no había dejado que el pánico me dominara por completo y había sido capaz de oponer resistencia. Le había hecho frente a la ansiedad y esta no había ganado la batalla, no del todo al menos.

Aiden me dio un beso en la sien y tiró de mí con delicadeza para ayudarme a ponerme en pie.

—Me lo he imaginado al ver a ese gilipollas agarrándose los huevos. —Hizo una mueca—. Lo siento, no creo que quieras oír hablar de eso precisamente ahora.

Me reí. Fue una risa más desquiciada que alegre, pero aun así no pude evitar soltar una carcajada.

Aiden me pasó un brazo por la cintura para que me apoyara en él.

—Puedo caminar, Aiden. Estoy bien —insistí.

Me temblaban un poco las piernas y el subidón de adrenalina comenzaba a disiparse, pero podía andar perfectamente.

—Lo sé, pequeña, pero hazlo por mí. Soy yo el que necesita apoyarse en ti en este momento —confesó con una sinceridad brutal—. Si te molesta que te toque...

—No, no me molesta —lo interrumpí, y me apreté contra su costado.

Comenzamos a andar por el pasillo en dirección a la puerta del gimnasio.

—¿Te llevo a casa?

—Tal vez sea yo la que tenga que llevarte a ti —bromeé, envalentonada.

Sabía que una vez que estuviera en mi habitación y cerrara los ojos sería el momento en el que lo sucedido empezaría a pasarme factura. No era tan valiente como le estaba haciendo creer a Aiden ni estaba tan bien como parecía; los recuerdos regresarían y mis miedos crecerían bajo las sábanas, a solas conmigo misma. Pero, por una vez, quería ser yo la fuerte.

—No quiero quedarme más aquí.

—Pues te llevo a casa ahora mismo —afirmó esta vez.

—No... ¿Te apetece... no sé... ir a comer algo? ¿Tomar un batido, quizás? A lo mejor los demás quieren apuntarse...

Las comisuras de sus labios se curvaron levemente.

—Estoy seguro de que irían a cualquier parte por ti.

No sabía si eso era una declaración de sus propias intenciones, pero el comentario me hizo sentir querida, necesaria, aunque sonase ridículo.

Empujó la puerta del gimnasio y la música golpeó cada parte de mi cuerpo, las conversaciones, las risas, el ambiente típico de una fiesta de la que, aunque ahora me sentía ajena, había formado parte durante algunas horas.

No pude evitar preguntarme si Drinna se habría ido a casa o estaría aún allí, y si lo que fuera que había interrumpido le había pasado más veces antes.

AIDEN

Al final no pudimos marcharnos del baile enseguida. Como le había comentado a Madi, Jamie había hablado con el director y este nos interceptó antes de que abandonáramos el gimnasio. Al parecer, Dixon ya estaba de camino a su casa y sus padres habían sido informados de lo sucedido. El lunes se reuniría con ellos.

Salimos al exterior e interrogó a Madison durante un buen rato. No les quité la vista de encima mientras hablaban, pendiente de las reacciones de ella y de la actitud de él.

Estaba demasiado cabreado para estarme quieto. Me paseaba de un lado a otro de la parte alta de la escalinata, imaginando mil y una maneras de partirle la cara a aquel desgraciado. Mientras, los demás esperaban sentados en los escalones y observaban la escena con semblante inquieto. Zyra se había abalanzado sobre Madison nada más verla, lamentándose una y otra vez por no haberla acompañado de vuelta al baile; ella, claro está, le había asegurado que lo ocurrido no era culpa suya. No era culpa de nadie salvo del pervertido de Dixon, pero creo que todos sentíamos que podíamos haber hecho algo. Yo, por mi parte, apenas si había logrado controlarme para no destrozarlo; solo la presencia de Jamie, que se había interpuesto entre los dos, y la necesidad de saber que Madison estaba bien había evitado que le hiciera saber lo que era que te tocaran sin permiso y de la forma más desagradable posible.

En ese momento, Madi parecía muy incómoda, con la barbilla inclinada hacia el suelo y rodeándose el cuerpo con los brazos, mientras Hopkins, el director del centro, continuaba gesticulando con vehemencia frente a ella. Lo conocía de sobra a pesar del tiempo que había pasado fuera (había estado en su despacho unas cuantas veces durante mi paso por el instituto) y sabía que era un hombre serio y autoritario pero justo. Estaba seguro de que, aunque Dixon no hubiera pasado a mayores, aquello no quedaría solo en una reprimenda.

Titubeé un instante, pero finalmente decidí acercarme.

—Señor Hopkins, siento interrumpir —dije, mostrándome lo más educado que mi enfado me permitió—, pero creo que Madison necesita un respiro.

Ella me miró y me regaló una pequeña sonrisa de agradecimiento; lucía exhausta, y no solo a nivel físico.

Hopkins asintió, dándome la razón.

—Hablaremos el lunes, señorita Harper. No he avisado a su madre porque supuse que preferiría ser usted la que le contara lo sucedido. Procure descansar. —El director nos dedicó una última mirada y regresó al interior del gimnasio.

Pasé un brazo en torno a la cintura de Madison y la atraje hacia mí; mentiría si dijera que era ella la que más necesitaba aquel contacto. Se arrebujó en la chaqueta de mi traje, que yo había colocado sobre sus hombros nada más salir del edificio, y echó un vistazo en dirección al grupo que la esperaba. Zyra estaba sentada junto a Mara, ligeramente apoyada en ella, y eso la hizo sonreír. Además, también estaban Jamie y Pixie, una chica muy delgada y bastante callada que solía esconderse detrás del objetivo de su cámara de fotos con la que excusa de que participaba en la preparación del anuario. Jamie y ella habían estado bailando juntos un buen rato esa noche.

Ninguno de ellos había dudado en abandonar el baile cuando les dijimos que nos largábamos.

—No tenéis que marcharos todos por mi culpa —insistió Madison, aun así.

Hubo protestas varias. Zyra comentó que se moría de hambre y Jamie la secundó, incluso Pixie aseguró que estaba cansada de la música y la algarabía del baile.

—Vamos a comer algo, venga —le dije yo, y deposité un beso fugaz sobre su sien.

Books & Coffee no estaba abierto a esas horas, por lo que, tras repartirnos entre mi camioneta y el coche de Zyra, que finalmente había sido la que había ejercido de conductora, nos dirigimos al Mad Grill con la idea de darnos un homenaje a base de hamburguesas, alitas a la barbacoa y patatas fritas. Ya estábamos sentados en una de las mesas cuando Pixie confesó que era vegetariana; por suerte, le encantaban las ensaladas de aquel sitio.

De alguna manera, terminé sentado frente a Madison en vez de a su lado. Me preocupaba que en cualquier momento fuera a desmoronarse, pero, además, no soportaba la idea de tenerla lejos de mí, lo cual resultaba toda una ironía teniendo en cuenta los estúpidos planes que había trazado a mi llegada al pueblo. En todo caso, me dije que mejor así, que lo menos que necesitaba ella en ese momento era tener a un tío prestándole atenciones. Por eso me sorprendió cuando extendió la mano sobre la mesa en mi dirección; lo interpreté como una invitación y coloqué la mía encima.

—¿Sigue habiendo estrellas en el cielo? —le pregunté en voz baja.

Estaba seguro de que Jamie lo había escuchado, pero se giró hacia Pixie y comenzó a preguntarle acerca de sus hábitos alimenticios. Aunque me había caído mal desde el principio, porque era obvio que estaba interesado en Madison, tuve que reconocer ante mí mismo que parecía un buen tío.

—Se ha nublado un poco —bromeó ella, sonriendo, aunque la alegría no se reflejó en sus ojos castaños.

Me dieron ganas de levantarme e ir en busca de Dixon. ¡Joder! Ese tío estaba enfermo. ¿Qué demonios había pretendido? Ni siquiera quería pensarlo...

Me concentré en Madison.

—Bueno, aún nos quedan las de tu vestido —le dije, y apreté sus dedos entre los míos—. Y la noche todavía no ha terminado, tal vez se despeje y podamos ver alguna más.

A mí me bastaba con ella; Madison era la estrella más brillante de mi cielo. El pensamiento me hizo sonreír.

«¿Qué me estás haciendo, pequeña?».

Conocía la respuesta a esa pregunta. En el fondo, a pesar de no haber estado nunca enamorado, era muy consciente de los sentimientos que albergaba por mi mejor amiga, tan consciente que dolía mirarla y no saber cómo llegar hasta ella.

Mientras comíamos, todos se encargaron de que Madison se mantuviera entretenida con la conversación y ella pareció agradecer que así fuera; aunque de vez en cuando la pillaba lanzándole miradas desconcertadas a los presentes, como si no terminara de creerse que estuvieran allí con ella, como si pensase que no merecía esa atención. La verdad era que resultaba extraño verla rodeada de gente, ya que ninguno de los dos habíamos sido demasiado sociables en el pasado. Era cierto que yo tenía a mis compañeros del equipo de fútbol, pero mi amistad con ellos no llegaba al nivel de la que mantenía con Madison; en realidad, nadie podía alcanzar ese nivel...

Por mucho que la quisiera solo para mí y que, en ese instante, me hubiera gustado encerrarla entre mis brazos y no dejarla marchar jamás, sabía que contar con más gente que la apoyara era bueno para ella y me alegré —aunque las miradas que le dedicaba Jamie de vez en cuando me hacían apretar los dientes.

Madison casi no tocó su plato, solo picoteó las patatas fritas que acompañaban su hamburguesa y apenas si le dio un par de bocados a esta. Supuse que no debía tener mucha hambre. El resto, por el contrario, devoró la comida en cuestión de minutos. Yo tampoco comí demasiado. Tenía el estómago revuelto y me hervía la sangre cada vez que la imagen de Dixon sobre Madison aparecía ante mis ojos; lo que, por desgracia, ocurría cada pocos segundos.

—Ey, Aiden, ¿piensas volver a jugar en el equipo? —me interrogó Jamie, que tras dos semanas en el instituto ya había sido captado por el entrenador para jugar de defensa—. Nos vendría bien un *running back* y tú tienes pinta de ser rápido.

Ese era el puesto que había ocupado años atrás y, aunque me habían sustituido al irme, por lo que sabía, el tipo que habían elegido no era tan rápido ni ágil como yo.

—Tal vez vaya a hablar con el entrenador —respondí, sin comprometerme a nada.

Si a Dixon no lo expulsaban y yo me incorporaba a los entrenamientos, tendría que producirse un milagro para que no lo placara por accidente... Me metería en un lío, pero no sería la primera vez.

Sonreí, y creo que Madison captó el rumbo de mis pensamientos, porque, aunque no dijo nada, me dedicó una mirada reprobatoria. La inquietud de su expresión había sido una constante desde que habíamos salido del instituto y estaba convencido de que eso no mejoraría cuando se encontrara a solas en su habitación.

Al abandonar el restaurante nos detuvimos en mitad de la acera. Iba a preguntarle a Madison si quería que la llevara ya a casa cuando Zyra pegó un gritito y se lanzó a la carrera hacia el otro lado de la calle. Justo enfrente del *grill* había un parque infantil y todos nos quedamos mirando como Zyra se apropiaba de uno de los columpios y comenzaba a impulsarse en él con el entusiasmo de un crío de cinco años. Para nuestra sorpresa, Pixie salió corriendo tras ella.

Le eché un vistazo a Madison, que las observaba con una sonrisa en los labios mientras movía la cabeza de un lado a otro. Jamie y yo nos miramos; él arqueó las cejas y yo me encogí de hombros, y ambos echamos a correr agitando los brazos en el aire y gritando como dos locos. Las carcajadas de Madison y Mara resonaron por toda la calle.

Ocupé el columpio junto a Zyra, que se estaba dando tanto impulso que en cualquier momento terminaría por salir volando. Pixie había alcanzado la parte superior de uno de los toboganes y Jamie subía ya tras ella.

Madison no tardó en llegar hasta nosotros y amagó un puchero al situarse frente a mí. Cuando éramos unos críos, siempre me convencía para que pasara horas empujándola. Le encantaban los columpios como aquel y yo lo sabía.

—¿Quieres subirte? —Eché un vistazo al cielo. Había un buen puñado de estrellas sobre nuestras cabezas, esperaba que fueran suficientes para ella.

Compuso una mueca inocente antes de asentir y yo me reí, pero planté los pies en el suelo y detuve el balanceo. Sin embargo, no me bajé para cederle el sitio.

—¿Quieres... compartirlo? —aventuré, vacilante. No sabía cómo se lo tomaría.

Era consciente de las miradas que Zyra nos dedicaba y también de que se estaba esforzando para reprimir una sonrisa.

Suspiré aliviado cuando Madison se acomodó sobre mi regazo. Rodeé su cintura con un brazo y, con la otra mano, me sujeté a la cadena del columpio para evitar que acabásemos en el suelo. Me sentí un poco egoísta por pedirle aquello, pero necesitaba sentirla cerca de mí, protegerla, acunarla y estrecharla muy fuerte hasta que la convenciera de que nadie podría hacerle daño.

La cuestión era que sabía que eso era algo imposible; aun así, nada me impediría intentarlo.

—¿Te acuerdas...? —No completé la frase, pero estaba seguro de que sabía lo que le preguntaba.

—Te torturaba obligándote a empujar el columpio tardes completas —me dijo, y su menudo cuerpo se agitó por las carcajadas—. También te obligaba a leerme. Ahora que lo pienso... Era un poco mandona, ¿no?

La apreté un poco más contra mi pecho.

—Siempre has hecho lo que has querido conmigo, pequeña.

De repente, la afirmación adquirió para mí un significado mucho más complejo del que tenía en un principio. Madison no solo había hecho de mí una persona distinta de la que hubiera sido de no haber contado con su amistad; aun ahora, continuaba haciéndome desear ser más, alguien mejor, suficiente para ella. Sabía que debía empezar a plantearme qué iba a hacer cuando me graduara. No había tenido una idea clara a mi salida del centro de menores, aunque no había perdido ningún curso gracias a que había recibido clases en él y había superado los exámenes oportunos.

¿Quería ir a la universidad? Ese había sido nuestro plan —el de Madison y mío— años atrás: irnos juntos a una universidad, una cerca del mar, que ella adoraba, con un buen programa de Literatura para ella y... de Psicología para mí. Esos habían sido nuestros sueños antes de que todo se fuera a la mierda. ¿Continuaba ella deseando ese futuro? ¿Deseándome a mí en su vida? ¿Como amigo o...?

—Baja de las estrellas —me dijo, porque me había quedado muy callado.

—Se está muy bien ahí arriba —respondí, susurrando las palabras en su oído con deliberada lentitud.

Se estremeció y por un momento me dio por pensar que tal vez me hubiera excedido. Pero entonces ella apoyó la cabeza en mi hombro y soltó un pequeño suspiro. Apenas si nos balanceábamos en el columpio y, en algún momento, Zyra había dejado libre el suyo para acudir junto a Mara; ambas estaban sentadas ahora en la parte baja de un tobogán. Nadie nos prestaba atención.

—¿En qué piensas, pequeña? —inquirí, y ladeó el rostro para mirarme.

Sus labios estaban a apenas unos pocos centímetros de los míos. Me moría de ganas de eliminar la distancia entre nuestras bocas y darle un beso largo y profundo, uno que borrara cualquier mal recuerdo de esa noche, pero no me atreví.

—Supongo que la noche no ha ido como planeábamos... —tercié, cuando ella simplemente se quedó observándome sin decir nada.

Nuestras miradas se enredaron, diciéndose cosas que creo que ninguno de los dos comprendía siquiera. Entreabrió los labios como si fuera a hablar, pero ninguna palabra salió de ellos, y me pregunté si alguna vez me confiaría el porqué de sus miedos. Aunque no fuera así, seguiría estando ahí. Si algo tenía claro, era que Madison siempre sería mi mejor amiga, mi ancla en este mundo de mierda.

—Hay algo que tengo que contarte —dijo entonces, muy bajito, tan solo un susurro que a punto estuvo de llevarse el viento—. Pero... es complicado.

Le acaricié la mejilla con la punta de los dedos. El columpio se había parado y aproveché para envolverla con ambos brazos y apretarla contra mi pecho, mi rostro hundido en el hueco de su cuello y mis labios rozando suavemente la piel de este; su aroma me llenó los pulmones.

—Estaré aquí cuando estés preparada.

—¿Lo prometes? —inquirió, y detecté cierto pánico en su voz.

—Siempre, pequeña. Estaré siempre para ti.

Fuera como fuese, cumpliría esa promesa.

MADISON

Estaba exhausta, tanto física como emocionalmente, y aún quedaba por delante la ardua tarea de relatarle a mi madre lo sucedido esa noche. Esperaría al día siguiente para ello; con toda probabilidad, estaría durmiendo cuando llegase y no había necesidad de despertarla y angustiarla antes de tiempo. Supongo que ese pensamiento me hizo desear retrasar mi regreso, además del hecho de que estar allí con mis amigos resultaba muy agradable.

A primera vista, cualquiera que hubiera pasado por la calle y echado un vistazo en dirección al parque probablemente hubiera pensado que estábamos bebiendo y corriéndonos una buena juerga, que el baile del instituto se nos había quedado pequeño y habíamos escapado del control de los profesores. Resultaba difícil creer que no estuviéramos haciendo nada más allá de disfrutar de unos columpios pensados para niños con unos cuantos años menos que nosotros. Sin embargo, nuestra noche terminó en ese parque, sentados todos juntos y apretados en uno de los bancos, charlando sobre las mejores fotos que saldrían en el anuario a final de curso, las posibles universidades en las que pediríamos plaza, nuestras ganas de ver mundo fuera de las asfixiantes calles de Roadhill, lo mucho que el equipo necesitaba a Aiden —según Jamie— o el interés de algunos por participar en la representación de *Romeo y Julieta*. Cosas sencillas, sueños complicados; diversión y responsabilidad; presente y futuro.

La conversación me vino bien y, sobre todo, me hizo sentir arropada. No creo que ninguno de nosotros hubiese olvidado del todo lo ocurrido con Dixon, pero, con suerte, aquello mejoraría mucho el recuerdo que tendríamos de esa noche.

Un par de horas más tarde, Zyra se llevó a Mara en su coche para dejarla en casa; Aiden y yo hicimos lo mismo con Jamie y Pixie. Al llegar a casa de esta última, Jamie se bajó de la camioneta y la acompañó hasta la puerta. No quise quedarme mirando mientras se despedían, pero me pareció bonito que se preocupase y ella no tuviera que recorrer sola los metros que separaban la casa de la carretera. De no ser por Aiden y mis sentimientos hacia él, era posible que la dulzura de ese detalle hubiera hecho que me enamorara un poco de Jamie.

Pero era Aiden, siempre había sido Aiden.

Cuando paramos frente a la casa de Jamie, los dos chicos se estrecharon las manos y yo me incliné entre los asientos para darle a Jamie un beso rápido en la mejilla que creo que los sorprendió a ambos por igual. Nuestro compañero bajó de la camioneta y ya se dirigía hacia el porche cuando Aiden lo llamó:

—¡Logan! —gritó, y este se volvió con las manos en los bolsillos—. Gracias, colega.

No supe qué le estaba agradeciendo, y tampoco pregunté, pero Jamie asintió, alzó la mano y se despidió de nosotros agitándola con cansancio. La noche había sido tan *emocionante* que, a esas alturas, ninguno lucía demasiado entero.

—¿A casa? —inquirió Aiden cuando nos quedamos a solas.

—A casa —suspiré yo en respuesta, pero él no arrancó de inmediato.

Extendió una mano para colocarme un mechón de pelo detrás de la oreja y luego dejó el brazo apoyado en el respaldo del asiento. Me dedicó una sonrisa vacilante, como si no supiera cómo actuar ahora que solo quedábamos nosotros.

Me deslicé por el asiento delantero y me acurruqué contra su costado. Me pareció entrever cierto alivio en el suspiro que exhaló a continuación. Condujo en silencio, con su pulgar trazando líneas sobre mi hombro que me provocaban un escalofrío tras otro. Aquella era la clase de intimidad que llevaba mucho tiempo evitando, más aún al estar en el interior de un vehículo, de noche y a solas con un chico. Pero, contra toda lógica, era diferente con Aiden, muy diferente.

Una vez en nuestra calle, aparcó la camioneta delante de su garaje.

Anhelaba y temía el momento de encontrarme metida en mi cama y me entretuve más tiempo del necesario. Él se bajó enseguida, rodeó el vehículo y me abrió la puerta. Extendió la mano hacia mí, ofreciéndome su ayuda, pero, cuando fui a cogerla, me sorprendió tomándome en brazos y depositándome en el suelo con la misma delicada actitud que había mostrado días antes en el aparcamiento del instituto. Nos quedamos plantados en la acera, mirándonos en silencio. Creo que ninguno de los dos tenía ganas de dar por terminada la velada por muy horrible que hubiera resultado parte de ella.

—Madi, yo... —comenzó a hablar—. Siento lo que ha...

—No —me apresuré a interrumpirlo. Di un paso en su dirección y le agarré ambas manos—. No te disculpes, tú no has hecho nada malo.

Aiden era así. Incluso entonces, continuaba creyendo que era el culpable de todo lo malo que sucedía a su alrededor; culpable de la dejadez de su madre, de la violenta actitud de su hermano, del abandono de su padre... Supongo que esa era, en parte, una de las causas por las que no había podido contarle lo que me había pasado con Brad. No quería que se culpara también de eso.

Asintió, aunque supe que no lo había convencido. Soltó una de sus manos para llevarla hasta mi mentón y luego sus dedos recorrieron mi mejilla con suavidad. Yo ladeé la cabeza un poco, ansiosa por sentir el contacto cálido y reconfortante de su piel contra la mía. Resultaba extraño que necesitara sentir que me tocaba, pero así era.

—Descansa —me dijo entonces—, y llámame si me necesitas, ¿vale? No importa la hora que sea.

Traté de devolverle la americana que él me había puesto sobre los hombros, pero lo descartó enseguida y me aseguró que podría hacerlo al día siguiente. Aunque yo no quería entrar en casa, le regalé una sonrisa tranquilizadora y enfilé el camino que conducía hasta el porche. La luz que lo iluminaba estaba encendida, como siempre que salía por la noche —aunque no era algo que ocurriera mucho en los últimos tiempos—. Avancé apenas unos pocos metros antes de echar un vistazo por encima de mi hombro y darme cuenta de que Aiden no se había movido del sitio. Continuaba en mitad de la acera, con las manos en los bolsillos del pantalón y sus ojos fijos en mí.

No sé quién de los dos echó a correr primero hacia el otro, seguramente lo hicimos al mismo tiempo. Nos encontramos a mitad de camino; Aiden me rodeó la espalda con los brazos y yo me aferré a su cintura. Sus labios buscaron mi oído mientras me sostenía contra su pecho.

—¿Está mal que quiera besarte? —inquirió, y su voz estaba cargada de desesperación, de una necesidad que nunca había visto en él—. Porque quiero hacerlo, me muero por hacerlo a todas horas, Madi. No dejo de pensar en ello. Y eso me hace sentir como un auténtico capullo.

Las palabras salieron en tromba, con tono atormentado y, de nuevo, culpable. Alcé la barbilla y lo miré a los ojos; me encantaban aquellos ojos azules, profundos y arrolladores.

Fui a hablar, pero colocó un dedo sobre mis labios para impedírmelo.

—Me gustas, creo que eso ya lo sabes. Me gustas mucho, Madison —continuó, sin apartar la vista ni un momento de mi rostro—. Más que eso... Eres lo único bueno que ha habido siempre en mi vida, eres... eres... ¡Dios! —Aflojó el brazo que mantenía en torno a mi cintura y giró sobre sí mismo, frustrado. No encontraba las palabras. Un instante más tarde, se plantó delante de mí y tironeó de uno de sus mechones negros—. Hoy no es la mejor noche para hacer esto, ¿verdad?

Sonreí. No sabía qué más hacer. Mi mente continuaba asumiendo su confesión. Mis emociones habían alcanzado un límite peligroso esa noche, pero escuchar aquello salir de sus labios...

Volvió a tirarse del pelo y un gruñido brotó de su garganta.

—Di algo, pequeña —rogó.

Parecía tan vulnerable, tan *él* y a la vez tan diferente de todo lo que me había mostrado de sí mismo en el pasado.

—Aiden —susurré. Decir su nombre parecía lo único adecuado en ese momento.

Su nombre había resonado en mi cabeza durante meses, mientras él no estaba, y su recuerdo lo había hecho en mi pecho. Ahora sabía que no era solo porque fuera mi mejor amigo; ahora seguía resonando y su sonido hacía eco en mi cuerpo de una forma extraña pero deliciosa.

Me sostuvo un instante; nuestras miradas deseándose, queriéndose, reconociéndose de maneras en las que las palabras no podrían explicar. Sus comisuras empezaron a curvarse y todo su rostro se iluminó.

—Terminemos esta noche como es debido —murmuró muy bajito.

No tenía ni idea de a qué se refería y, durante unos pocos segundos, creí que hablaba de algo para lo que yo no sabía si estaba preparada. Pero me sorprendió soltándome y separándose de mí. Lo seguí con la mirada mientras se acercaba a la camioneta. Encendió la radio y subió el volumen. Sonaba *This town*, de Niall Horan, y eso pareció complacerlo. Se tomó su tiempo para regresar junto a mí, observándome con atención a cada paso; una sonrisa se dibujaba en sus labios y la diversión —y algo más— afloraba a sus ojos. Realizó una reverencia elegante y estiró la mano en mi dirección.

—El primer y el último baile son míos esta noche —me dijo, haciendo gala de su habitual desparpajo.

La corbata hacía rato que había desaparecido y los primeros botones de la camisa negra que llevaba estaban desabrochados y mostraban un triángulo de piel morena. Al inclinarse, varios mechones resbalaron y acabaron sobre su frente, ocultando en parte sus ojos; era la viva imagen del Aiden rebelde y arrogante que yo había conocido y también alguien nuevo, uno al que no le avergonzaba mostrarse dulce o comprensivo.

En ese momento, cuando sus dedos se enlazaron con los míos y aferró con la otra mano mi cintura, comprendí que me estaba enamorando sin remedio de mi mejor amigo (si no lo estaba ya completamente) y que lo que sentía por él no se parecía en nada a lo que había sentido con Brad, ni de lejos; lo que provocaba en mí, lo que le hacía a mi cuerpo y a mi mente, a mi alma, era mucho más.

Cuando me atrajo hacia él, su chaqueta resbaló de mis hombros y cayó al suelo, pero no pareció importarle. De repente era como si no existiera nada más allá de nosotros en aquella calle, en todo el mundo. Nos mecimos al ritmo de la música, de los potentes latidos de nuestros corazones y de nuestras respiraciones agitadas.

Y entonces, Aiden empezó a tararear:

If the whole world was watching
I'd still dance with you.
Drive highways and byways to be there with you.
Over and over the only truth
Everything comes back to you[1]

Cantaba muy bajito, solo para mí, y me fue imposible no derretirme entre sus brazos, observar la forma en la que sus labios se movían y su voz atravesaba mi piel y se clavaba en mi pecho. Cada palabra me conmovía un poco más, me dejaba sin fuerzas y a la vez llenaba rincones de mi interior que habían permanecido oscuros y vacíos durante demasiado tiempo.

Fue lo más bonito que hubiera hecho nadie por mí jamás, como tener un sol en miniatura iluminándome.

—Aiden —murmuré una vez más.

Apenas si lograba controlar mi voz, mucho menos mi cuerpo. Temblaba y mi respiración parecía haberse quedado atrapada en algún lugar de mi garganta. Sin embargo, nada tenía que ver con la ansiedad. Sentía temor, sí, porque no sabía a dónde terminaría llevándonos todo aquello; miedo a que no lograra salvar el muro de mis propias emociones, de mis heridas; miedo de mí misma y de lo que él me hacía sentir. Pero todo ello estaba envuelto en una emoción mucho más intensa, más real...

Giramos y giramos sobre el cemento de la acera como si estuviésemos en una pista de baile, pero nuestras luces eran las estrellas, esas en

---

1. Si el mundo entero estuviera observando, / yo aún bailaría contigo. / Recorrería caminos y carreteras para estar ahí contigo. / Una y otra vez la única verdad, / todo se reduce a ti.

las que yo solía perderme. Dimos tantas vueltas que empecé a marearme y a reír al mismo tiempo. Y como si me hubiera leído el pensamiento, se detuvo y me dijo muy serio:

—Todo se reduce a ti, Madison. —El mundo continuó girando a nuestro alrededor, pero sus manos me mantuvieron ancladas a él—. Eres tú.

Luego, me besó.

AIDEN

Los labios de Madison se abrieron para mí en cuanto puse mi boca contra la suya, y el roce de su lengua amenazó con arrebatarme los restos de mi cordura. Me volvía loco de una manera en la que nunca había pensado que pudiera hacerlo una chica. Y me obligué a mantener mis manos en la parte baja de su espalda por miedo a que, si empezaba a acariciarla, no pudiera detenerme. No quería asustarla ni que volviera a alejarse de mí. Si necesitaba tiempo, si un beso era todo lo que podía darme por ahora, lo aceptaría sin protestar. De igual forma, besar a Madison no se parecía en nada a besar a cualquier otra chica; ni se le acercaba. Su sabor, los pequeños jadeos que escapaban de su garganta, la calidez que desprendía su cuerpo y ese jodido aroma que emanaba de ella... incluso el tacto de su piel era completamente diferente. Todo en ella lo era.

Me descubrí formulando en mi mente dos palabras que nunca le había dicho a nadie y me pregunté cómo reaccionaría Madison si las pronunciaba en voz alta. ¡Oh, joder! ¡Qué diferente y complicado parecía ahora todo!

Aquella había sido una mierda de noche, pero, al mismo tiempo, no quería que terminase nunca. No quería separarme de ella.

—Madi, pequeña —farfullé sin aliento, trasladando mis labios a su barbilla. Le di un pequeño mordisco y luego continué besando la línea de su mandíbula hasta alcanzar la piel sensible de su cuello—. Eres preciosa. Tan jodidamente bonita que duele mirarte —proseguí murmurando entre beso y beso, sin ser demasiado consciente de nada salvo de ella—. Eres... Tú... Yo...

«Te quiero, Madison Harper», gritó mi mente, pero fui incapaz de decirlo. Me aterraba confesárselo.

Su menudo cuerpo se agitó al escuchar mis balbuceos incoherentes, presa de las carcajadas que trataba de contener.

—¿Estás nervioso, Keller?

Deslicé mi mano hasta su nuca y mantuve mi boca a solo unos centímetros de la suya. ¡Dios! La sonrisa que se había dibujado en su rostro iluminaba su expresión de tal forma que sentí que me encogía hasta volverme diminuto frente a ella.

—Aterrado —solté antes de pensarlo demasiado.

Ella volvió a reír.

—¿Te asusta una chica?

—Me asustas *tú*, Harper. Eres demasiado buena para mí. —Frunció el ceño al escuchar mi afirmación—. Pero no soy tan tonto como para dejarte ir. Eso es lo que haces conmigo: hacerme desear más, hacerme desear ser mejor para ti.

Sus dedos trazaron el contorno de mis labios, rozaron mi mejilla y luego se deslizaron hasta mi cuello. La caricia me puso la piel de gallina.

—No necesitas ser mejor de lo que eres, Aiden. Ya eres *más*. Eres tú, y eso es lo único que cuenta.

La besé de nuevo con una ternura que incluso a mí me sorprendió. Mi cuerpo, no obstante, no era inmune en modo alguno a la cercanía del suyo. La tela de su vestido era demasiado fina para evitar que percibiera sus caderas apretadas contra las mías y sus deliciosas curvas amoldándose a la dureza de mis músculos tensos.

Me separé un poco, abochornado. Mis pantalones habían empezado a encoger de repente, por el intenso deseo que me provocaba Madison y que se acumulaba en mi entrepierna. Aun así, se dio cuenta de lo que sucedía; sus cejas salieron disparadas hacia arriba y empezó a reírse. El alivio que su risa me produjo escapó de mi boca en forma de suspiro.

Me encogí de hombros. Al menos no parecía horrorizada.

—Es complicado no sucumbir a tus encantos, Harper.

—Pensaba que eran los tuyos a los que ninguna chica podía resistirse.

Resoplé. Me lo merecía, pero le seguí el juego.

—Y lo son. Me ha parecido escuchar sonidos bastante reveladores saliendo de tu boca —la piqué, y sus mejillas enrojecieron—. No sabes lo que disfruto viendo la forma en la que te sonrojas.

Disimuló inclinándose para recoger mi americana, que continuaba tirada en el suelo, y me la estampó contra el pecho.

Me reí.

—Estás roja como un tomate —insistí, solo para hacerla rabiar—. Pero sigues siendo preciosa.

—Y tú un idiota que disfruta sacándome de quicio —masculló, aunque no fue capaz de ocultar del todo la sonrisa—. Vamos, será mejor que te vayas a casa.

Me desinflé un poco. Era absurdo, nuestras casas estaban una junto a la otra y la vería a la mañana siguiente, pero me costaba dejarla ir. Sin embargo, asentí.

—Sí, y tú deberías descansar.

Ella, a su vez, también asintió. Se puso de puntillas y me regaló un último beso. Giró sobre sí misma mientras yo sacudía mi chaqueta, luego se volvió hacia mí, abrió la boca, la cerró...

—Escúpelo ya, Harper —me reí, porque era obvio que quería decirme algo.

—Yo... Yo... —Esperé, paciente—. No quiero dormir sola. ¿Podrías...? Ya sabes... —Señaló mi ventana y la mano le tembló un poco—. ¿Venir a mi habitación en quince minutos?

—¿Quieres que durmamos juntos? —pregunté con un entusiasmo vergonzoso.

Sabía que Madison no me estaba pidiendo nada más allá de tumbarnos uno al lado del otro y descansar, pero la idea de pasar la noche con ella entre mis brazos me emocionó. Mucho.

—¿Te importa?

—Estás loca si piensas que dejaría pasar la oportunidad de despertarme a tu lado.

—No... no vamos a...

La atraje hacia mí y le di un abrazo, solo eso; ni siquiera la besé.

—No voy a tocarte si no quieres, Madison. Nunca haría nada que te hiciera sentir mal. —Que tuviera que decirle eso no me molestó en absoluto, pero hizo regresar a mi mente muchas preguntas.

Quince minutos después, había cambiado mi traje por un pantalón de deporte y una camiseta sin mangas y saltaba de mi tejado al suyo con mi móvil en una mano y una tableta de chocolate en la otra. Madison no había comido casi nada en el *grill*, pero dudaba que se resistiera a uno de sus vicios confesados.

Titubeé un momento al llegar a su ventana. Continuaba viendo su dormitorio como un territorio vedado, un lugar solo suyo y en el que no sabía si yo tenía cabida. Madison dirigió su mirada hacia mí y debió de percibir mi indecisión. Hizo un gesto a modo de invitación.

—Vamos, Keller, no te hagas de rogar. Estoy agotada.

Salté al interior y agité la tableta frente a su rostro. Juro que la escuché gemir de satisfacción en cuanto le puso los ojos encima.

Reí complacido.

—Eso pensaba —le dije, muy pagado de mí mismo, y ella me la arrebató de entre las manos. Me encantaba pensar que la conocía tan bien como para aventurar sus reacciones—. ¿Qué tal un «gracias, Aiden, por ser tan maravilloso, encantador y atento, además de guapo»? —A punto estuvo de atragantarse—. Me he venido un poco arriba, ¿no?

—Un poco —rio, mientras yo me dejaba caer sobre su cama—, pero gracias, Aiden, eres adorable.

Enarqué las cejas.

—¿Adorable? Puedes hacerlo mucho mejor.

—No te hagas muchas ilusiones —dijo tras masticar y tragar las onzas que se había metido en la boca.

Dejó el resto sobre el escritorio y, de repente, pareció reparar en el hecho de que estaba tumbado sobre su cama. Sus nervios afloraron, aunque fue difícil tomármelos en serio teniendo en cuenta el rastro de chocolate que lucía en una de las comisuras de sus labios.

—Eres como el monstruo de las galletas, pero con menos pelo —me burlé—, y también algo menos azul. Tienes chocolate por toda la cara —añadí, a sabiendas de que exageraba.

Los músculos de sus hombros se relajaron de forma considerable. Aun así, me obligué a darle opción para que se echara atrás.

—¿Estás segura de que quieres que me quede? —pregunté mientras ella se miraba en el espejo que había sobre la cómoda.

Sin pensarlo, me levanté rápidamente y me acerqué a ella hasta que su espalda reposó en mi pecho. La rodeé con los brazos y apoyé la barbilla sobre su hombro. Observé nuestro reflejo y me gustó lo que vi, encajábamos; en realidad, siempre lo habíamos hecho.

Sin darle tiempo a reaccionar, deslicé el dedo sobre el chocolate de su comisura y luego me lo llevé a los labios. Sus ojos siguieron cada uno de mis movimientos con atención.

—Sí, quiero que te quedes —contestó por fin con una seguridad que desterró mis propias dudas.

—Entonces vamos a dormir, pequeña —murmuré, y la tomé de la mano para llevarla junto a la cama.

—¿Te importa si...? —Tiré del dobladillo de mi camiseta. Acostumbraba a dormir en ropa interior, pero suponía que eso sería demasiado incluso para mí.

—¿Intentas lucirte delante de mí? —se burló, y la diversión iluminó sus ojos.

—Puede —alardeé, solo para verla reír—. Ya sabes, no puedo desaprovechar una oportunidad así para impresionarte.

—Ese ego tuyo un día te va a tragar entero, Keller.

—Cuento contigo para salvarme de mí mismo.

Puso los ojos en blanco e hizo un gesto con la mano para indicarme que me daba por perdido. Lo interpreté como una señal de que no le molestaba y me deshice de la camiseta. Dijera lo que dijese al respecto, su mirada se entretuvo en mi pecho unos segundos más de la cuenta.

Madison también se había cambiado de ropa. Una funda colgaba de la puerta del armario y supuse que ya había guardado el vestido en su interior; siempre había sido más ordenada que yo, que me había sacado el traje a toda prisa y lo había dejado en un rincón. Su pijama lo conformaban mi vieja camiseta de fútbol y unos pantalones cortos que apenas alcanzaban la mitad de su muslo; me alegró ver que no escondía su piel de mí, aunque aquello haría la noche todavía más difícil.

Aparté la colcha y me deslicé entre las sábanas hasta pegarme a la pared tal y como había hecho la vez que habíamos dormido en mi habitación. Me daba la sensación de que eso la haría sentirse menos agobiada. Ella apagó la luz y se acomodó en el espacio que quedaba libre, que no era mucho. Su cama era algo más estrecha que la mía y no había manera de que no nos tocásemos. Sin embargo, me sorprendió que fuera ella la que enredara sus piernas con las mías. En los pocos segundos que le llevó meterse en la cama, no dejé de escrutar su expresión. No dio muestras más que de un leve nerviosismo que achaqué al mismo que se había adueñado de mí. Evité preguntarle si estaba bien y, en vez de eso, le dediqué una media sonrisa.

—Me siento como si volviese a tener quince años. —El comentario trajo a mi memoria la última conversación que habíamos tenido fuera, en el tejado, la noche previa a que mi hermano se volviera loco y yo acabara encerrado—. La noche antes de que... me fuera, ¿recuerdas nuestra charla?

Paseó la mirada por mi rostro, tal vez tratando de descubrir a dónde quería ir a parar, y durante un momento no respondió.

—Sí, la recuerdo, y no, no soy virgen, Aiden —dijo poco después—. Ya no.

MADISON

Aiden mantuvo los ojos sobre mi rostro y su mirada adquirió tal intensidad que a punto estuve de ser yo la que apartase la vista. Valoré añadir algo más, pero no se me ocurrió nada. Conservaba un recuerdo detallado de esa conversación, la había repasado cientos de veces en mi mente, junto con la que habíamos mantenido de camino al instituto a la mañana siguiente.

—¿Cómo fue? —preguntó, y sus dedos apartaron un mechón de mi flequillo—. Quiero decir... ¿te dolió? ¿Estuvo bien? Dios, eso ha sonado fatal...

Sus preguntas me sorprendieron, no porque se atreviera a realizarlas (en el pasado habíamos tenido confianza para hablar de ese tipo de cosas y yo no quería que eso cambiara), sino porque su primera pregunta fuera *cómo* y no *con quién.*

Reprimí la tentación de confesarle lo mucho que me conmovía que fuera así. Por encima de cualquier otra cuestión, a Aiden le preocupaba lo que *yo* había sentido. Me tembló un poco el labio inferior, pero hice todo lo posible para que no se percatara de ello.

—No fue nada especial —le dije a pesar del nudo que se me había formado en la garganta—. Pasó, solo eso.

—Lo siento —repuso, y la tristeza se apoderó de su expresión. Yo negué, sabiendo que ese detalle era trivial en comparación con lo que había venido después—. Ojalá hubiera estado aquí... —Frunció el ceño—. Vaya... eso ha sonado aún peor que lo de antes.

Reí sin ganas.

—No pasa nada —traté de tranquilizarlo.

También yo deseaba que hubiera estado conmigo, estaba segura de que las cosas hubieran sido muy diferentes, pero no le culpaba por ello; él, en cambio, sí que lo haría.

Se mordió el labio inferior, titubeando, y supuse que tenía muchas más preguntas que hacerme. Aiden era inteligente, y también observador, y no tardaría en atar cabos si no lo había hecho ya.

—¿Dormimos? —le pedí. Estaba exhausta.

—¿Quieres que te abrace? —terció él en un tono bajo y repleto de ternura.

—Sí, por favor.

Lo necesitaba, lo necesitaba de verdad. Resultaba extraño que mi cuerpo reaccionara tan bien a su presencia, a su contacto, pero así era. Y esa noche, más que nunca, yo anhelaba que me rodeara con sus brazos con fuerza, como si con ello pudiera borrar las marcas invisibles de mi piel.

Aiden deslizó un brazo bajo mi cabeza, que pasó a reposar sobre su hombro, y su otro brazo envolvió mi cintura. Respiré su aroma, sutil pero embriagador. Él nunca había usado perfume y no lo necesitaba. Aiden olía a risas, a cariño, a peleas absurdas y, sobre todo, olía a estrellas.

—Descansa, pequeña —susurró en mi oído—. Estaré aquí contigo.

Durante un rato ni siquiera pensé en Dixon o en Brad. Mi mente había desconectado y mi cuerpo solo era consciente de la cercanía de Aiden, de cada centímetro de su piel apretada contra la mía, de los círculos que las yemas de sus dedos dibujaban en mi espalda y de la leve presión de sus labios sobre mi pelo. Era tan consciente de cada una de sus inspiraciones y de los latidos de su corazón que dolía, aunque era la clase de dolor que resultaba maravilloso porque me hacía sentir viva; viva y plena.

La mano que había mantenido sobre su hombro se movió hasta su pecho por iniciativa propia y me apreté un poco más contra él. Un escalofrío reptó por mi espalda hasta alcanzar la parte baja de esta. Podía percibir la tensión de sus músculos y, aunque él tenía los ojos cerrados, sabía que no estaba dormido. La curiosidad —o tal vez otra emoción mucho menos noble— me impulsó a trazar una línea descendente hasta llegar a su vientre, firme y totalmente plano. Él no se movió, pero sus labios se curvaron con timidez.

—Si sigues acariciándome así, vamos a tener un problema —farfulló, con la respiración ligeramente acelerada.

—¿Te gusta?

—Cualquier cosa que me hagas me gusta, Madison.

Coloqué la palma de la mano sobre su abdomen y la deslicé hacia el costado para luego retomar el camino ascendente hasta su pecho.

—A mí también me gusta tocarte —confesé, y estaba segura de que me estaba sonrojando.

—Pues no dejes de hacerlo.

Su petición me dio alas a pesar de la vergüenza y mis miedos. Las mariposas de mi estómago se habían convertido, como poco, en pterodáctilos. Lo deseaba, deseaba tocarlo y que él me tocara a mí, y esa certeza me hizo sonreír.

Me incorporé un poco y él me recibió con los labios entreabiertos. Nuestras lenguas se acariciaron muy despacio primero y con un ansia desconocida para mí después. Aiden me agarró de la nuca mientras mis uñas se hundían en su hombro y un pequeño gemido escapaba de mi garganta para perderse en el interior de su boca. De alguna forma terminé encima de él y, cuando nuestras caderas se alinearon, la excitación de Aiden resultó evidente; no había manera de que pudiera esconderse de mí en aquella postura. Esperé unos segundos, aunque no dejé de besarlo, por si la ansiedad reaparecía o mi cuerpo rechazaba su contacto, pero no ocurrió nada de eso. Al contrario, me di cuenta de que mi deseo no hacía más que aumentar.

—¿Sabes la de veces que me he imaginado besándote así? —dijo entonces, y sus labios se trasladaron hasta mi cuello. Me dedicó besos y suaves mordiscos—. ¿Lo sientes, pequeña? Dime que sientes todo esto con la misma intensidad que yo.

Durante la noche que habíamos pasado en su dormitorio le había dicho que quería *sentir*, así que sabía a lo que se refería. Lo sentía, más de lo que él fuera capaz de comprender.

—Cada beso —murmuré, y sus labios se curvaron contra mi piel.

—¿Y las estrellas? ¿Siguen ahí? —preguntó a continuación.

Su mirada regresó a mi rostro. Quería asegurarse de que todo iba bien.

Asentí y me incliné para darle un beso, incluso me atreví a atrapar su labio inferior entre los míos y tirar con suavidad. Aquello lo hizo gemir.

—Hoy la única estrella que necesito está aquí conmigo —contesté en un susurro.

Sus manos bajaron por mi espalda y alcanzaron mi trasero. Me apretó más contra él y un nuevo jadeo abandonó sus labios.

—Si necesitas que pare, dilo. No importa hasta dónde hayamos llegado, en cualquier momento. Tú decides, pequeña —afirmó, y la voz le salió más ronca de lo normal—. Tú decides —repitió, y me besó de nuevo.

Asentí, pero no lo detuve.

Esa noche dejé que sus manos y sus labios recorrieran mis curvas. Besó mi piel y creo que más allá de esta. También yo lo acaricié y disfruté haciéndolo, y hubo un momento en el que casi me eché a llorar al ser consciente de lo diferente que era todo con Aiden. No fuimos demasiado lejos, aún quedaban líneas que no sabía si estaba preparada para cruzar, pero él no protestó en ningún momento ni hizo nada para forzar la situación.

Nos dormimos el uno en brazos del otro, felices y tranquilos.

—¡Madison Evelyn Harper!

El grito de mi madre logró lo que no hubiera conseguido una cafetera entera. Me incorporé de golpe, más lúcida de lo que hubiera estado nunca a esas horas de la mañana.

«Mierda, mierda, doble mierda…».

Aiden no reaccionó de forma muy diferente, aunque sus reflejos fueron un poco más lentos. En un primer momento se desperezó tumbado sobre el colchón. Para mi vergüenza, me quedé observando cómo los músculos de su pecho se tensaban y relajaban a pesar de la presencia de mi madre en la habitación; furiosa presencia, he de aclarar. Cuando por fin fue consciente de que no estábamos solos trató de retroceder, pero la pared a su espalda se lo impidió. Fue entonces cuando decidió que era buena idea lanzarse fuera de la cama pasando por encima de mí. La sábana se le enredó en las piernas y terminó dando con los huesos en el suelo.

De no haber estado tan cabreada, creo que incluso mi madre se hubiera reído. Como ese no era el caso, disimulé mis carcajadas con una tos forzada mientras Aiden buscaba de forma frenética su camiseta. La encontró colgando de la silla de mi escritorio y se vistió con tanta rapidez que se la puso del revés. ¡Incluso había enrojecido!

—Aiden —lo saludó mi madre en un tono poco amigable. Su mirada regresó a mí más pronto de lo que hubiera deseado—. Cinco minutos. Abajo. El desayuno —me ordenó, y no me quedó más remedio que asentir—. Y asegúrate de que sale por la puerta.

El breve vistazo que le lanzó a la ventana abierta puso de relevancia que era muy consciente de nuestras idas y venidas.

—¡Joder! —exclamó Aiden cuando se hubo ido.

Se pasó la mano por el pelo, completamente revuelto, y se acercó hasta la cama, no sin antes asegurarse de que mi madre no estaba esperándonos en el pasillo.

—No sabía que eras capaz de moverte tan rápido —bromeé a pesar de la situación.

Esa mañana no empezaba demasiado bien. Que mi madre nos hubiera pillado casi era lo de menos. De repente, ya no hubo donde esconderse de lo sucedido la noche anterior. A la luz del día los recuerdos regresaron y un peso de sobra conocido se instaló en mi pecho, robándome el aliento.

—Soy *running back*, ¿recuerdas? —Su sonrisa desapareció en cuanto se arrodilló junto a la cama y su rostro quedó a la misma altura que el mío—. Ey, pequeña, ¿qué pasa?

Cerré los ojos y me concentré en mi respiración. Eso debió de asustarlo.

—¿Madison? —inquirió, y el pánico se apropió de su voz—. ¿Pequeña? Háblame, por favor, no sé cómo ayudar si no me dices qué va mal. ¿Es por lo de Dixon?

—No pasa nada, tranquilo. Es solo que... tengo que hablar con mi madre.

—¿Quieres que me quede contigo?

—¿Lo harías? —pregunté. Mi madre no se había mostrado especialmente receptiva con él.

—Claro que sí. Si es lo que necesitas, me quedo a tu lado.

Agradecí el ofrecimiento, pero las cosas serían más fáciles si hablaba con ella a solas. Además, iba a tener que dar muchas explicaciones por la presencia de Aiden en mi dormitorio y debía de afrontar todo aquello por mí misma; no podía esconderme tras él.

—No hace falta. Irá bien.

—¿Seguro?

Asentí.

—Te la has puesto al revés —le dije, tirando de la etiqueta de su camiseta que había quedado a la vista.

—Tu madre me impone —admitió—. A la mía nunca le ha importado demasiado dónde o con quién estoy. En cambio, Davinia... Bueno, supongo que actúa como debe hacerlo una madre. Se preocupa por ti.

Tomé su rostro entre las manos y le di un beso rápido en los labios. Parecía mentira lo fácil que me resultaba ahora hacer algo así con él.

—Aunque no me gustaría estar en tu pellejo cuando bajes ahí y tengas que explicarle qué hacía tu atractivo vecino durmiendo en tu cama —agregó, y comprendí que se estaba esforzando para restarle importancia a su tristeza—. ¿Crees que va a castigarte?

—No lo sé. Supongo que tendré que bajar y descubrirlo.

—Espero que no ponga un candado en tu ventana —comentó, guiñándome un ojo. Se puso de pie y me tendió la mano—. Pienso seguir colándome en tu dormitorio, Madison Harper. No vas a librarte de mí.

Bajamos juntos a la planta inferior. Aiden me deseó suerte y se marchó, y yo me dirigí a la cocina. El desayuno ya estaba servido en la isla central. Había olvidado que mi madre libraba ese domingo y, cuando eso sucedía, siempre nos despertábamos pronto para desayunar y aprovechar al máximo el día juntas. Yo nunca trabajaba los fines de semana, así que todo dependía de sus turnos en el hospital.

Me senté en uno de los taburetes en silencio. Supuse que el primer punto en el orden del día iba a ser Aiden. Odiaba tener que preocupar a mi madre con lo de Dixon, incluso me planteé ocultárselo, pero no creía que fuera una buena idea.

—Pensaba que habíais ido al baile en grupo, Madison —me dijo muy seria, aunque ahora lucía más preocupada que enfadada—. ¿Estáis saliendo?

¿Lo estábamos? ¿Qué pensaría mi madre si le decía que no tenía ni idea? Aparté ese pensamiento de mi mente; mi madre no iba a juzgarme, ya habíamos cruzado ese puente tiempo atrás.

—Vamos poco a poco. —No era una gran explicación, pero no tenía mucho más.

Arqueó las cejas, suspicaz.

—No me ha parecido eso cuando he entrado en tu dormitorio. —Vaciló, y no me costó imaginar lo que vendría a continuación—. ¿Estás bien?

—No nos hemos acostado, mamá. Pero sí, estoy bien. Es distinto con Aiden —me aventuré a comentar.

—Ya, eso me ha parecido. —Nos miramos unos segundos y luego ambas estallamos en carcajadas—. No sé si castigarte o alegrarme por ti.

—Si se me permite elegir, prefiero lo segundo.

—No tientes tu suerte. Vamos, desayuna. Ya te haré saber si te castigo por esto.

Protesté, pero no sirvió de nada. Bastante comprensiva estaba siendo ya. Yo era muy consciente de por qué se comportaba así, lo que me llevaba al segundo punto del día.

—Mamá, pasó algo anoche… en el baile…

Su mirada voló hacia mí y la preocupación ensombreció de nuevo su rostro. Tomé aire, al tiempo que me armaba de valor, y procedí a relatarle lo ocurrido. Terminamos abrazadas, brindándonos consuelo la una a la otra. No había sido la única que lo había pasado mal el año anterior y a mi madre, como era obvio, le preocupaba lo que el abuso de Dixon podía suponer para mi recuperación. Me obligó a prometerle que no faltaría a mi próxima sesión con la doctora Williams, aunque sabía que me había comprometido a continuar viéndola, y me hizo saber que pensaba reunirse con el director para informarse sobre las medidas que se tomarían con respecto a Dixon.

Comprendía lo impotente que se sentía como madre por no poder protegerme del mundo exterior, pero le aseguré que estaría bien y que pensaba seguir luchando. No permitiría que lo sucedido me arrastrara de nuevo.

Sobre Aiden, me pidió que me lo tomara con calma, aunque conseguí que admitiera que le caía bien. Lo de colarse en mi dormitorio era un tema aparte. Mi madre pasaba algunas noches en el hospital y no le quedaba más remedio que confiar en mí en ese aspecto, pero no obvió un bochornoso recordatorio sobre los métodos de protección que debíamos emplear si nuestra relación avanzaba hacia ese punto.

En el fondo, creo que le alegraba saber que podía mantener una relación normal con un chico y que todo por lo que había pasado no me había roto de por vida.

AIDEN

No me quedó más remedio que llamar a la puerta para entrar en casa. Mi madre debía estar ya despierta, porque no tardó en abrir. Su mirada me recorrió de arriba abajo. Iba descalzo y con la camiseta del revés, pero no esperaba que me pidiera explicaciones.

Me equivoqué.

—¿Vienes de casa de Madison? —inquirió, interponiéndose en mi camino hacia las escaleras.

—¿Qué más te da?

—Aiden —me advirtió, y casi lucía preocupada. *Casi.*

—Pensaba que ya habíamos hablado de… esto —le dije, señalándonos.

Ella tomó aire y se cruzó de brazos, pero no se movió de delante de las escaleras. Si quería largarme a mi habitación, tendría que apartarla, y eso no iba a pasar. Jamás le pondría una mano encima.

—No, no hemos hablado lo suficiente —replicó ella, e hizo un gesto en dirección al salón—. Quiero que escuches lo que tengo que decirte. Por favor, Aiden —me pidió, suplicó más bien.

Vacilé unos segundos, pero me dije que era mejor acabar con aquello cuanto antes. Me encaminé hacia el sofá y me derrumbé sobre él. Mi madre no tardó en tomar asiento en la butaca que quedaba frente a mí. El silencio que se instauró a continuación no auguraba nada bueno. Pero si quería charlar, tendría que ser ella la que empezara; yo no tenía demasiado que decir.

Tras un largo minuto en el que, nerviosa, no dejó de frotarse las manos, comenzó por fin a hablar:

—Nunca te he dado las gracias.

—¿De qué hablas? —No era lo que había esperado que dijera.

—Aquel día, el día en que Derek me atacó... —Asentí por pura inercia. Supuse que a ella le gustaba tanto como a mí recordar lo que su hijo favorito había estado a punto de hacer—. Te metiste en medio sin dudar. Él podía haberte hecho mucho daño.

—Dilo, mamá —le espeté; la rabia ganaba terreno a la tranquilidad con la que había decidido tomarme aquella conversación—. Derek podía haberte matado o matarme a mí.

La afirmación retumbó en las paredes como un trueno que escapa de una poderosa tormenta. Sin embargo, era la verdad, una que ambos conocíamos y que no había manera de negar.

—Aun así, estoy seguro de que lo visitaste cada día en el hospital y le suplicaste que regresara a casa.

—Lo hice —admitió. A pesar de saberlo, no pude evitar encogerme de dolor—. Sí, lo visité y me aseguré de que se recuperara. Es mi hijo, Aiden, no podía simplemente desentenderme de él. Pero le prohibí pisar esta casa —aseguró a continuación, pillándome desprevenido—. Quise que buscara ayuda profesional y él se negó, así que le dije que no podía vivir aquí.

—Yo también soy tu hijo —atiné a responder, aún desconcertado por la revelación.

Durante todo aquel tiempo había creído que Derek no había vuelto a vivir con mi madre porque así lo había querido él. No era la primera vez que reunía algo de dinero y se largaba una temporada para regresar luego cuando este se le agotaba.

Mi madre entrelazó las manos sobre el regazo y las apretó con fuerza.

—También a ti te visité siempre que las normas del centro me lo permitieron. Tú nunca quisiste verme.

—¿Y qué esperabas?

Apretó los labios.

—Lo he hecho todo mal contigo, Aiden —afirmó. Las lágrimas asomando a sus ojos no alcanzaron a conmoverme—. No tengo una excusa válida para ello. Te he culpado de la marcha de tu padre durante años, porque todo terminó de torcerse entre nosotros cuando tú naciste. Aunque, en realidad, las cosas antes tampoco iban demasiado bien.

Mi madre jamás había sido tan clara conmigo. Y, a pesar de que me dolía cada palabra que salía de su boca, me alivió que fuera capaz de admitir la verdad: ni mi padre ni ella me habían querido en sus vidas.

—Es bueno saberlo.

—Pero, de todos los miembros de esta familia —continuó, ignorando mi sarcasmo—, tú eres el único que nunca tuviste la culpa de nada. Lo siento, lo siento mucho. Solo... Solo quiero una oportunidad para compensarte.

No quería sentir nada, no quería que sus palabras me afectasen. Sin embargo, era mi madre. Lo único que yo había anhelado siempre era un poco de cariño, una muestra de afecto que nunca había llegado, y ahora que lo hacía me estaba rompiendo por dentro.

—No he probado una gota de alcohol desde que te fuiste. Busqué un trabajo y lo he mantenido... Quería que las cosas fueran mejor cuando regresases.

Mi madre no había llegado nunca a ser una alcohólica, o tal vez sí, no sabía muy bien dónde estaba el límite. Demasiadas veces la había visto pasarse de la raya con el vino o desayunar con una cerveza... Quizás sí lo era y yo no había sido consciente de ello.

—No pretendo que nos convirtamos de repente en una familia feliz y que tú olvides todo por lo que te he hecho pasar. Solo quiero que... trates de darme una oportunidad.

—No sé si puedo. —Fue todo lo que pude contestar.

Ahora entendía un poco mejor a Madison. Me dolía el pecho y tenía la sensación de que el aire entraba en mis pulmones a trompicones. Fui consciente de que la situación me sobrepasaba cuando descubrí que en algún momento había empezado a llorar y ni siquiera me había dado cuenta.

Me puse en pie de un salto y mi madre también se levantó.

—Piénsalo, por favor —rogó, y fue más de lo que pude resistir.

Me marché a mi dormitorio prácticamente a la carrera y sin contestar a sus súplicas. Aquello era demasiado para mí. Al llegar arriba, me puse a dar vueltas por la habitación sin saber muy bien qué hacer o cómo reaccionar a aquella conversación. Hubiera dado lo que fuera por tener allí a Madison y poder abrazarla, pero ella posiblemente estaría lidiando con sus propios demonios.

Quedarme encerrado no era una opción. Me cambié el pantalón de deporte por uno limpio y me puse otra camiseta, además de las zapatillas. Antes de salir, llamé a Jamie. Creo que él se sorprendió de que lo llamase tanto como yo, pero se mostró encantado con la idea de ir a correr un rato juntos al campo de fútbol del instituto. Quedé en pasar a recogerlo con el coche en diez minutos y le envié un mensaje a Madison diciéndole que me avisara en cuanto tuviera tiempo para pasar un rato juntos.

Jamie parecía un buen tipo; no hizo preguntas acerca de mi necesidad de matarme a hacer ejercicio un domingo por la mañana después de la fiesta del día anterior. Yo me di cuenta de que necesitaba un amigo casi tanto como necesitaba tener a Madison en mi vida y que no todo el mundo en Roadhill estaba dispuesto a alimentar los rumores que corrían sobre mí. Tal vez fuera porque él era nuevo en el pueblo y aún no estaba al tanto o simplemente porque no prestaba atención a ese tipo de cosas. No me importó. La noche anterior se había indignado tanto como yo por lo sucedido con Dixon y ya solo por eso se había ganado mi gratitud.

—¿Madison y tú estáis saliendo? —me preguntó mientras nos entreteníamos lanzándonos el balón en mitad del campo.

El lugar estaba tranquilo, al fin y al cabo era la mañana después del baile, pero siempre dejaban las canchas abiertas para los alumnos que desearan utilizarlas.

—No hemos hablado de eso —admití, y le lancé una mirada de advertencia—. ¿Por qué? ¿Piensas pedirle salir?

Él se echó a reír y alzó las manos para calmarme.

—Es bastante obvio que está coladita por ti. Pero ¿dejarías que lo hiciera?

—No soy su dueño —repuse, aunque tuve que apretar los dientes al imaginar a Madison quedando con otro tío. Mi nobleza no alcanzaba a tanto como para no desear que eso no ocurriera nunca.

Lancé el balón con más fuerza de la necesaria y Jamie apenas si pudo frenarlo un poco antes de que le golpease en el estómago. Aun así, volvió a reírse.

—Cuida de ella, ¿vale? —me pidió entonces, y tuve que admitir que sí que era un buen tipo después de todo—. A veces parece a punto de derrumbarse.

Me sorprendió que se hubiera dado cuenta. A Madison no le alegraría saberlo. Aunque, pensándolo bien, era bueno que tuviera gente a su alrededor que se preocupaba por ella. Después de las últimas semanas que había pasado en Roadhill, y de la conversación de esa mañana con mi madre, había terminado por aceptar que todos necesitamos tener a alguien a nuestro lado. Pero, sobre todo, me había dado cuenta de que el lugar al que llamábamos hogar no tenía tanta importancia como las personas que residían en él. Madison era el hogar al que yo quería poder regresar siempre, ahora lo sabía. Y tal vez, solo tal vez, pudiera darle una oportunidad a mi madre...

—Lo haré —aseguré, convencido de lo que decía.

Las cosas con mi madre nunca serían como hubieran debido ser entre una madre y un hijo, y Roadhill probablemente no era el mejor lugar para mí, pero estaba dispuesto a luchar por cambiar eso con la misma fuerza con la que Madison peleaba para continuar sonriendo cada día.

Jamie echó un vistazo a su reloj.

—Tengo que volver a casa, mis padres me esperan para almorzar.

El sol había alcanzado ya el punto más alto en el cielo y ambos estábamos bañados en sudor después de pasar varias horas allí, así que recogimos todo y nos dirigimos hacia el aparcamiento. Antes de llegar, consulté mi móvil y me encontré con un mensaje de Madison: había salido de compras con Davinia e iban a almorzar en un pueblo cercano. No decía nada sobre qué le había dicho o si estaba castigada; yo tampoco le había contado nada sobre la charla con mi madre.

—Ey, Aiden. Luego he quedado con Pixie para ir al lago. ¿Por qué no os venís? —propuso Jamie mientras nos subíamos a mi camioneta—. Seguro que Zyra y Mara también se apuntan.

—¿Estáis saliendo? —inquirí, sonriendo, como pequeña venganza a sus preguntas sobre Madison y yo.

—Solo somos amigos, al menos por ahora.

—También Madison y yo.

«Amigos», pensé para mí. Nunca me había preocupado demasiado ponerle un nombre a mi relación con una chica, quizás porque ninguna me había importado tanto como lo hacía Madi... Había llegado la hora de tener una conversación con ella. Pasara lo que pasase, siempre seríamos amigos, pero yo quería ser mucho más.

Madison regresó tarde de la salida con su madre y no fuimos al lago. Pocas veces coincidía que Davinia tuviera un domingo libre, así que no era extraño que aprovecharan para estar juntas. Habíamos intercambiado algunos mensajes durante la tarde y, por ahora, no la habían castigado, pero esa noche quedaba descartado ningún tipo de excursión por los tejados.

Nos deseamos buenas noches de una ventana a otra y yo me dormí cavilando sobre qué pasaría el día siguiente cuando nos viéramos de nuevo.

Esa mañana la esperé delante de mi casa, apoyado en la camioneta.

—Buenos días, pequeña.

La observé mientras se acercaba. Llevaba unos vaqueros con varios rotos y una camiseta blanca de manga corta, y se había recogido el pelo en una coleta alta que oscilaba de un lado a otro al mismo ritmo que sus caderas. Tenía buen aspecto. Preciosa, estaba preciosa.

—Buenos días.

Esperé unos segundos, temiendo que Davinia se asomara a la puerta, y ella echó un vistazo por encima de su hombro siguiendo la dirección de mi mirada.

—Ya se ha ido a trabajar. Aunque pasará luego por el instituto para hablar con el director.

Asentí.

No tenía muy claro si prefería que hubieran expulsado a Dixon o encontrármelo por los pasillos. Por su bien, y por el de Madison, esperaba que no estuviera allí. No creía que ella tuviera ganas de verlo y yo puede que no fuera capaz de controlarme del todo.

—¿Estás preparada?

Aunque éramos pocos los que conocíamos lo sucedido en el baile, no resultaría descabellado pensar que alguien hubiera visto algo y los rumores hubieran empezado a extenderse ya por los pasillos.

Madison asintió sin mucha convicción; a pesar de que trataba de sonreír, era obvio que estaba inquieta. Me acerqué hasta ella y rodeé su cintura con los brazos para atraerla hacia mí. Me incliné despacio, dándole tiempo para retirarse si así lo deseaba. Aún me costaba decidir cómo tratarla en cada momento. Ella había dicho que no quería que las cosas fuesen diferentes entre nosotros y, aunque lo eran en cierto modo, lo mínimo que podía hacer era brindarle la oportunidad de rechazarme si así lo quería.

No se movió y yo le di un beso largo y profundo, mucho más de lo que había pretendido en un principio; era difícil resistirse a sus labios.

—Buenos días —repetí al separarme, buscando en su mirada cualquier señal de pánico.

Su sonrisa se ensanchó.

—Eso ya lo has dicho —rio, y sus brazos me rodearon el cuello.

—Es que te he echado de menos. ¿Qué tal las cosas con tu madre?

Se encogió levemente de hombros y yo aproveché para robarle otro beso. No iba a cansarme nunca de aquello. Eso me hizo pensar en la conversación con Jamie sobre lo que éramos Madison y yo, y entonces fui yo el que empezó a ponerse nervioso.

Le abrí la puerta de la camioneta y ella lanzó la mochila dentro y se acomodó en el asiento. Rodeé el vehículo y me situé tras el volante; unos segundos después, íbamos de camino al instituto.

—¿Trabajas esta tarde?

—No, esta semana solo martes y jueves.

—Podríamos acercarnos al lago después de clase, ya que ayer no pudimos ir.

—¿Solos?

Arqueé las cejas y le lancé una mirada cautelosa.

—¿Quieres que se lo digamos a los demás? —Se lo pensó un momento y luego negó—. Bien, porque me apetece mucho pasar un rato a solas con mi chica.

MADISON

Agradecí estar sentada, porque se me aflojaron las rodillas al escuchar el comentario de Aiden. No sabía qué parte era la que me aterraba, si la de estar a solas o la de ser su chica. Tras saltarse uno o dos latidos, mi corazón hizo un doble tirabuzón y luego redobló el ritmo al que palpitaba. Las manos empezaron a sudarme.

Me recordé que era Aiden, mi mejor amigo y el chico del que me estaba enamorando (o quizás del que ya estaba enamorada).

—¿Qué pasa, Harper? ¿Tienes miedo al compromiso? —se burló, dividiendo su atención entre mi rostro y la carretera.

La broma me relajó, aunque no eliminó del todo la tensión de mis músculos. Me esforcé para buscar una réplica ingeniosa. Nada... no había nada en mi mente.

Al ver que no contestaba, se aclaró la garganta y prosiguió hablando en tono divertido.

—Nunca he sido especialmente celoso, ¿sabes? Pero, dado que ambos sabemos que *esto* ha sobrepasado los límites de la amistad, creo que deberíamos aclarar lo que hay entre nosotros.

Su tono era burlón, pero yo conocía a Aiden más que cualquier otra persona. Estaba nervioso. ¡Aiden Keller estaba nervioso por una chica! Y esa chica era yo.

Me giré en el asiento todo lo que me permitió el cinturón de seguridad. Aiden apretaba el volante más de la cuenta a pesar de que la sonrisa no había desaparecido de sus labios.

Tragué saliva.

—Aiden...

—¿Sí? —me animó a continuar.

Le hubiera dicho lo adorable que estaba en ese momento, pero supuse que no ayudaría a aplacar sus nervios.

—Aparca.

Durante un momento no debió de comprender lo que le estaba pidiendo, hasta que fue consciente de que habíamos llegado al aparcamiento del instituto.

—Sí, sí... Claro.

Reprimí la risa. No era que me divirtiera haciéndolo sufrir; sin embargo, resultaba tan extraño verlo despojado de su acostumbrada seguridad por una vez que no pude evitar mantenerme en silencio.

Cuando detuvo el motor, su mano quedó un instante sobre el contacto. Luego soltó la llave y se giró hacia mí. Me miró en silencio, sus ojos asomándose a mi interior en busca de una respuesta.

—Di algo, pequeña, por favor.

Al escuchar su súplica no fui capaz de continuar manteniéndome al margen. Me deslicé sobre el asiento hasta colocarme a su lado de rodillas y tomé su cara entre las manos. Reaccionó a mi sonrisa con otra muy similar. Le di un beso en la comisura del labio.

—Tu chica —repetí sus palabras, y él asintió—. Me encantaría ser tu amiga y tu chica, Aiden.

—Dilo otra vez.

—Tu chica —repetí, pero él negó.

—Di mi nombre.

Apenas si me permitió pronunciarlo antes de besarme. Terminé haciéndolo en forma de un suspiro que se perdió en el interior de su boca. Lo que había comenzado como un beso lento y dulce se convirtió muy pronto en algo totalmente distinto. Y me pareció bien, muy bien en realidad. No dudé, me sentía cómoda con él.

Tiró de mí hasta que terminé sentada en su regazo y no solo lo dejé hacer, sino que me coloqué a horcajadas sobre él entusiasmada. Me olvidé de que estábamos en el interior de su camioneta y de los alumnos que podían pasar junto al vehículo y vernos desde el exterior; también de mis miedos, de todo, me olvidé de todo por él y por lo que provocaba en mí.

Nos besamos durante un rato, el suficiente para luego tener que atravesar el aparcamiento a la carrera y evitar así llegar tarde a clase. Entramos en el edificio de la mano, riendo, y por primera vez en mucho tiempo me sentí normal. Era consciente de que ese día podía torcerse en cualquier momento, pero iba a disfrutar de Aiden y de mi nuevo grupo de amigos hasta que eso sucediera.

Nadie nos prestó demasiada atención. Supuse que no se sabía nada del incidente con Dixon, no todavía. Aiden me llevó hasta su taquilla y nos encontramos a Zyra en la suya sacando algunos libros y dejando otros.

—¡Hola, chicos! —nos saludó, exhibiendo su característica sonrisa.

Fui hasta ella y le di un abrazo. No creo que fuera consciente de lo que hacía por mí a diario, de lo mucho que significaba su apoyo o el mero hecho de que siempre tuviera una sonrisa para dedicarme.

Me devolvió el abrazo con cariño, sin hacer preguntas, sin condiciones.

—¿Es cosa mía o habéis entrado de la mano? —comentó poco después.

Aiden soltó una risita, pero no dijo nada. Me dejó a mí la opción de informar a mi amiga o no de nuestro nuevo... estatus.

—Aiden ha decidido sentar la cabeza —me reí, solo para fastidiarlo.

—¿A quién se le va la cabeza? —terció Jamie, incorporándose a nuestra pequeña reunión.

Aiden se acercó a mí por detrás y me abrazó, y puede que el gesto hiciera que me derritiera un poco.

—¿Recuerdas nuestra conversación de ayer? —inquirió, dirigiéndose a Jamie, y Zyra y yo los observamos de forma alternativa, sin saber de qué hablaban. ¿Se habían visto ellos el día anterior?—. Pues sí, Madison es mi chica.

Con toda probabilidad, enrojecí. Las mejillas me ardían. ¿Habían hablado de mí? Zyra y Jamie se quedaron mirándonos. Aiden rio, complacido, y me apretó un poco más contra él.

—¡Ya era hora! —soltó Zyra—. Pensaba que nunca lo haríais oficial.

Jamie asintió y me regaló una sonrisa sincera que dejaba claro lo mucho que se alegraba por nosotros.

—Tío, no va a haber quien te aguante —se burló de Aiden. Este me dio un beso en la mejilla y luego me soltó.

Se pusieron a hablar sobre la prueba que Aiden había decidido pedirle al entrenador. Iba a tratar de regresar al equipo de fútbol y, aunque ese hecho por sí mismo no significaba nada, era consciente de que por fin Aiden empezaba a hacer algo más que simplemente *esperar* a tener los dieciocho para largarse de Roadhill; se estaba implicando, estaba viviendo más allá de cumplir con lo necesario para marcharse.

Los dejamos discutiendo estrategias y Zyra me acompañó hasta mi taquilla. Aiden nos siguió con la mirada mientras avanzábamos por el pasillo las dos solas. Supuse que habría querido estar a mi lado previendo un posible encontronazo con Dixon, pero aquello también era algo que yo tenía que hacer. No quería separarme de Aiden ni que volviera a marcharse; no obstante, ambos debíamos aprender a afrontar nuestros propios miedos. No podíamos estar las veinticuatro horas del día juntos, ni sería sano que así fuera.

—Así que Aiden y tú... —comenzó a decir Zyra, y se la veía realmente feliz.

Moví la cabeza de un lado a otro.

—Ah, no. Hoy toca hablar de ti. ¿Qué tal con Mara?

Su expresión alegre se mantuvo. Quise pensar que eso era buena señal.

—Somos amigas.

—Ese es el primer paso para cualquier relación —tercié yo mientras abría mi taquilla. Dejé dentro el libro de Español, pero decidí cargar con el ejemplar de *Romeo y Julieta*. Esperaba que la señora Pepper nos dijera hoy cuándo serían las audiciones—. Aiden y yo también lo somos.

Compuse una mueca inocente y ella se echó a reír.

—Creo que estamos... avanzando —admitió por fin—. Mara quiere hablar con sus padres.

Eso me sorprendió. Al parecer, los padres de Mara eran bastante estrictos y poco comprensivos, pero ella era su hija, y una chica increíble, seguro que terminarían por aceptarlo.

—No quiere seguir escondiéndose —agregó, echando un vistazo a los alumnos que iban y venían por el pasillo.

Sonreí y yo también miré a mi alrededor. Drinna estaba a varios metros de nosotras, rebuscando en su propia taquilla, y no parecía tener muy buen aspecto. Estuve tentada de acercarme a ella, pero, antes de que tomara una decisión al respecto, cerró el casillero de un golpe seco y se marchó en dirección contraria.

—No he visto a Dixon con su grupito —comentó Zyra mientras la observábamos marcharse.

Los amigos de Dixon eran casi todos miembros del equipo de fútbol del instituto, todos atletas y de los más populares del centro; los mismos con los que iba a tratar Aiden si se reincorporaba. Me preguntaba qué dirían ellos si se enteraban de lo que había hecho su amigo. Estaba segura de que algunos arremeterían contra Drinna y contra mí; solo esperaba que no fueran todos. No quería creer que fueran tan capullos como él o como Brad, otro de sus antiguos compañeros.

—Espero que lo hayan expulsado.

No lo habían hecho con Brad, pero claro... yo no había querido que lo sucedido se supiera y el director, o la policía, no tenían ni idea. Mi madre había hablado directamente con sus padres y estos habían decidido mudarse repentinamente a pesar de que lo habían defendido. Sus palabras habían sido: «Él no tiene la culpa de que tu hija se abra de piernas con tanta facilidad». Ahora me arrepentía de no haber tenido el valor para hacerlo público. ¿Y si Brad le hacía lo mismo a otra chica en su nuevo instituto?

—Madison, ¿estás bien? —Zyra reclamó mi atención y yo regresé al presente algo más inquieta de lo que había estado a mi llegada al instituto. Asentí por pura inercia, pero mi expresión debió revelar el rumbo que habían adoptado mis pensamientos—. ¿Has hablado con Aiden de Brad?

—No, aún no.

Caminamos hasta el aula de Literatura y nos detuvimos junto a la puerta. No estábamos juntas en esa clase.

—Deberías contárselo. Te adora, Madison, ya lo viste el sábado en el baile. Eso no va a cambiar nada.

En el fondo sabía que Zyra tenía razón. Sin embargo, me aterraba la idea de que el comportamiento de Aiden cambiara al enterarse de todo, que él considerase que la culpa era mía por *abrirme de piernas.*

«Ni lo pienses. Aiden no es así», me dije, y asentí para que Zyra comprendiera que lo haría muy pronto.

Pixie pasó junto a nosotras y nos saludó. Ella sí que estaba en esa clase conmigo, al igual que Aiden, que nos alcanzó en ese momento. La sonrisa de medio lado que me dedicó aplacó parte de mis temores.

—Vamos, Harper —me dijo, y me tomó de la mano para entrar en clase—. Enseñémosles a todos quiénes son en realidad Romeo y Julieta.

Me despedí de Zyra y entramos juntos. Esperaba que el destino no nos reservara a Aiden y a mí el mismo final trágico que a los amantes de Verona.

ZYRA

Estaba a punto de meterme en clase cuando alguien me agarró de la mano y me detuvo.

—Hola —me saludó Mara, ligeramente sonrojada y más tímida que de costumbre.

Sus dedos se enroscaron en torno a los míos. Tiró de mí para apartarme de la puerta y me llevó hacia la pared. El timbre había sonado por segunda vez, por lo que era posible que el profesor estuviera ya en el interior. Pero el hecho de que no me soltara de inmediato, sino que mantuviera nuestras manos entrelazadas, me impidió realizar ninguna objeción.

—¡Hola! —repliqué, desconcertada y más alto de lo que pretendía.

Los pocos alumnos que quedaban en el pasillo comenzaron a prestarnos una atención que yo estaba segura que Mara no quería obtener, pero sus dedos continuaron en torno a los míos.

—Llevo todo el fin de semana pensando en algo —me dijo con una inmensa sonrisa en los labios.

—¿En qué?

No sabía por qué estaba tan contenta y eso me desconcertó aún más. Yo solía ser la reina de la felicidad y de las sonrisas sin motivo, pero aun así...

—En esto —repuso, y acto seguido se inclinó sobre mí y me dio un beso.

No fue un pico o un simple roce que pudiera interpretarse como algo accidental. ¡Incluso hubo lengua!

«Madre. Mía».

Nos separamos con la respiración agitada y tengo que admitir que, al menos yo, estaba temblando. Fui a hablar, pero no me salieron las palabras. No era la primera vez que nos besábamos, pero sí la primera que lo hacíamos en público. Escuché alguna que otra risita y comentarios susurrados. Aquello iba a ser la comidilla del instituto durante semanas. A mí me daba igual, pero Mara...

—Esta mañana me ha traído mi madre al instituto —comenzó a hablar de forma apresurada, y yo no pude más que asentir—. Aiden y Madison han cruzado por delante de nuestro coche de la mano y mi madre me ha preguntado si no era ese Aiden Keller. Ella lo conoce y está al tanto de todo lo que se ha dicho de él. Ya sabes... —Asentí. Se había hablado mucho de Aiden y su familia en Roadhill; Madison me lo había contado hacía unos días. Pero no sabía por qué Mara me estaba explicando aquello—. Pues bien, ha comentado algo así como «pobre chica», refiriéndose a Madison. Y entonces yo le he dicho que Aiden no era como la gente creía y que si había alguien que pudiera tratar bien a Madison, ese era él. Que no debía fiarse de las habladurías del pueblo... Le he dicho muchas más cosas, claro. —Cada vez hablaba más rápido y su otra mano se había trasladado ahora a mi cintura. Los murmullos no cesaban, y eso que a esas alturas todos debíamos haber estado ya en clase—. Se lo he contado a mi madre, Zyra.

—¿Lo de la fiesta? —inquirí alarmada.

Aunque el director fuera conocedor de lo sucedido, contárselo a más gente solo haría que los cotilleos se extendieran por el pueblo con mayor rapidez. Según Madison, en su momento ya se había hablado mucho sobre Brad y ella y la marcha repentina de la familia de él; aquello no iba a hacerle la vida más fácil a mi amiga.

—¡No! Lo mío... Lo... lo nuestro. Se lo he dicho.

Estaba segura de que tenía la boca abierta, y los ojos... Los ojos estaban a punto de salírseme de las órbitas. ¡¿Mara había hablado por fin de su homosexualidad con su madre?!

—Me da igual lo que piense o diga la gente. Me niego a ser infeliz o a ocultarme por algo que no tiene nada de malo ni tiene por qué importarle a nadie.

—Ma... ra... —balbuceé sin poder creérmelo.

Lo único que se me ocurrió fue abrazarla y lo mejor fue que ella me lo permitió. En el pasado eso no hubiera sucedido, no bajo las interesadas miradas de nuestros compañeros.

—Señorita Jackson, entre en clase.

Mara y yo nos separamos en el acto. Sin embargo, sonreí. Nuestra reacción no tenía nada que ver con que —según Mara había dicho alguna vez— estuviéramos haciendo algo inapropiado, solo se debía al hecho de que el profesor de Cálculo parecía bastante enfadado por mi retraso. De pronto éramos como cualquier otra pareja a la que pillaban haciendo manitas en el pasillo.

—Luego te lo cuento todo —me dijo, ignorando la mirada reprobatoria de Adams y su evidente impaciencia.

Asentí y me escabullí en el interior del aula a toda prisa. A pesar del discurso sobre la importancia de la puntualidad que el profesor aprovechó para darme, no dejé de sonreír en ningún momento en toda la hora.

AIDEN

Dixon fue expulsado y se le abrió un expediente. De forma sorprendente, nos enteramos de que Drinna había apoyado la versión de Madison. Además, cuando la gente comenzó a preguntar, lo único que nuestra compañera contó fue que él se había propasado con ella y que Madison la había defendido. Nadie la cuestionó, ni tampoco se supo que también había intentado forzar a Madi. Gracias a eso, mis compañeros de equipo —la prueba había ido bien y el entrenador me había devuelto mi puesto como *running back* esa mañana antes del almuerzo— no se dedicaron a acosarla, que era lo que probablemente hubieran hecho de haberlo sabido; eran así de capullos.

Con Drinna de por medio las cosas eran muy diferentes; nadie ponía en duda a la reina del instituto y, por una vez, eso jugó a nuestro favor. Supuse que era la manera de agradecerle a Madison lo que había hecho por ella. Así que, si Dixon no abría la boca y se iba de la lengua, la dejarían en paz.

—No voy a permitir que se acerquen a ti de todas formas —le aseguré a Madison durante el almuerzo.

Nuestro pequeño grupo ocupaba la mesa habitual en la cafetería. Zyra y Mara hablaban en voz baja entre ellas, y Pixie, que también se había unido a nosotros, charlaba con Jamie. Madison estaba junto a mí y yo me había sentado de costado; una pierna a cada lado del banco.

Le hice un gesto con la barbilla en dirección a su mejor amiga y ella sonrió.

—Están juntas —susurró muy bajito—. Zyra me lo ha contado en uno de los cambios de clase.

—Me alegro por ellas —repliqué con sinceridad.

No le dije que ya lo sabía. El cotilleo acerca de la nueva pareja del instituto había corrido por los pasillos en cuestión de horas. También había rumores acerca de Madison y de mí, y varios compañeros de equipo me habían preguntado incluso si estábamos saliendo. No veía el momento de que nos graduáramos y nos marchásemos de aquel lugar.

Sonreí al darme cuenta de que mis planes incluían a Madison, y también me acojoné un poco. No habíamos hablado de ello, pero yo tenía claro que el final del instituto no iba a ser en modo alguno nuestro final; un principio tal vez, un prometedor principio.

—¿De qué te ríes?

Agité la cabeza, negando.

—¿Ya sabes en qué universidades vas a solicitar plaza? —le pregunté, interesado.

—Tengo unas cuantas en la lista… —Hizo una pausa y me observó con una expresión que no supe interpretar—. Y tú, ¿piensas ir a la universidad?

La envolví con los brazos y tiré de ella, arrastrándola sobre el asiento hasta que quedó entre mis piernas. Apoyé la barbilla en su hombro.

—¿Piensas que voy a dejar que te largues sin mí? —Ella abrió mucho los ojos y no dijo nada, y yo empecé a ponerme nervioso—. Bueno… siempre que tú quieras que vaya contigo… Era así como lo habíamos planeado… ¿No?

—¿Vas a pedir plaza en las mismas universidades que yo?

—¿Sí? —repuse, y sonó como una pregunta en vez de la afirmación que había tratado de articular—. No quiero estar lejos de ti, pequeña —añadí, bajando la voz y apretándola más contra mí.

Sus comisuras se curvaron y una sonrisa espectacular iluminó su rostro y la jodida cafetería al completo. Si seguía sonriendo así, era muy probable que tuviera que besarla. Me contuve a duras penas; no estaba seguro de que ella quisiera ser partícipe de ese tipo de espectáculo mientras estuviéramos rodeados de nuestros compañeros.

—El plan sigue igual —confesó—. Mis opciones son las mismas de las que habíamos hablado. Nada ha cambiado para mí, Aiden.

El aire entró de golpe en mis pulmones y me di cuenta de que había estado conteniendo el aliento. De una forma ridícula, me sentí orgulloso al comprender que Madison no había dejado de pensar en nosotros durante todo este tiempo, incluso conmigo lejos.

—Estoy esforzándome mucho para no besarte, Madi —solté, incapaz de contenerme—, y tú me lo estás poniendo muy difícil.

Su sonrisa se hizo aún más amplia, si eso era posible. Entrecerró los ojos y bajó un poco la barbilla. Sus mejillas adquirieron un precioso tono sonrosado. En algún momento mis dedos se habían colado entre el bajo de su camiseta y la cinturilla de los vaqueros y había empezado a trazar pequeños círculos sobre su piel.

—Ah, ¿sí? —rio—. Puedo ponértelo aún más difícil.

¿Madison estaba tonteando? Creo que era la primera vez que coqueteaba conmigo.

—Mmm... —Hundí el rostro en el hueco de su cuello e inhalé el aroma cítrico que desprendía su pelo. Me volvía loco—. Me encantaría verlo.

Se estremeció al sentir mis labios contra su piel. Pero no se limitó a permanecer inmóvil como en otras ocasiones. Su mano se posó en mi nuca y hundió los dedos en mi pelo; el roce de sus uñas estuvo a punto de arrancarme un gemido de satisfacción.

Algo voló hacia nosotros y me golpeó en el lateral de la cabeza.

—¡Buscaos un hotel! —se burló Jamie, y yo solté un gruñido.

Igual ya no me caía tan bien.

—Eres un capullo, Logan —le espeté sin soltar a Madison.

Tenerla entre mis brazos era demasiado agradable como para dejarla ir.

Nuestro pique provocó las risas de todos los presentes, incluida Madison. Puse los ojos en blanco, pero no me quedó más remedio que unirme a ellos.

—Esta tarde. El lago —murmuré en su oído, y luego le di un pequeño mordisco en el lóbulo de la oreja.

—Parece una amenaza —dijo ella, aunque sus ojos continuaban brillando.

Mi mirada se perdió en sus labios.

—Una promesa más bien.

Le guiñé un ojo y, acto seguido, le robé un beso, apenas un suave roce que me dejó con ganas de más. La mantuve entre mis brazos el resto de la comida, mientras charlábamos con los demás. Cody, un defensa del equipo, daba su tradicional fiesta de cumpleaños en dos semanas y, junto con la expulsión de Dixon, era el principal tema de conversación de los alumnos de último curso. Con una casa como la suya —una mansión más bien— y unos padres que se marchaban durante todo el fin de semana para dejársela libre, sus fiestas eran siempre una auténtica locura. Jamie estaba intentando convencernos para que fuésemos. A Zyra y Mara la idea no parecía disgustarles; Pixie iba a ir de todas formas. Madison, en cambio, no parecía muy convencida.

En el pasado habíamos ido a alguna que otra fiesta juntos, no demasiadas, y ella nunca se quedaba mucho tiempo porque decía que se aburría. Yo, como el estúpido que era en ese tiempo, me había enrollado más de una vez con alguna chica y la había dejado sola. ¡Joder! Había sido un amigo de mierda y, lo que era peor, un imbécil por no darme cuenta de que todo lo que realmente necesitaba lo tenía justo delante de mí.

—¿No quieres ir? —le pregunté poco antes de que diéramos la comida por terminada.

—Demasiada gente. —Vaciló unos segundos—. Todo el mundo bebe mucho y las cosas acaban... Y yo...

Entrelacé nuestras manos y me las llevé a los labios para depositar un beso en el dorso de la suya.

—No pienso separarme de ti en toda la noche. No te dejaré sola.

Quería que fuera aunque mis motivos tal vez eran egoístas. Deseaba hacer todo lo que habíamos hecho juntos hasta ahora, pero ya no como amigos. Quería llevarla de la mano, bailar con ella y besarla en un rincón... Quería mostrarle que ambos éramos diferentes, pero que eso no tenía por qué ser malo.

—Venga, Madison —la animó Jamie—. Tienes que venir.

—¡Sí! ¡Nos emborracharemos y bailaremos hasta que nos duelan los pies! —rio Pixie.

Madison sonrió, pero me pregunté si no estaría metiendo la pata al insistir. La tomé de la barbilla para que me mirase y los demás debieron comprender que aquello era privado porque perdieron repentinamente el interés en la conversación.

—No tenemos por qué ir si no quieres.

—Pero tú quieres ir…

—Si es contigo, Madi. Quiero ir *contigo*. Y no me importa si quieres bailar y terminar con los zapatos en la mano. Es más, si te duelen los pies, prometo llevarte sobre mi espalda de vuelta a casa —aseguré, arrancándole una preciosa sonrisa—. No pasa nada si te emborrachas, no voy a apartarme de tu lado. Incluso te agarraré el pelo si acabas vomitando —bromeé, avergonzado por mi propia vehemencia—. Y si no vas, no voy a perderme nada porque igualmente estaré contigo. Todos quieren que vayas, pero la última palabra la tienes tú.

—¿Dónde estás? —me preguntó, sacándome de golpe del fondo de mi mente.

Giré la cabeza para mirarla. Tras la última clase nos habíamos ido directos al lago. Estábamos en una pequeña cala arenosa, alejados de la zona normalmente más transitada, aunque esa tarde no había nadie. Cualquier sábado o domingo aquel lugar estaría repleto de familias y otros adolescentes; ese día, en cambio, éramos solo Madison y yo.

—Lo siento. Solo estaba pensando, pero estoy aquí contigo.

Nos habíamos tumbado directamente sobre la arena uno al lado del otro, y nuestros brazos se rozaban con cada movimiento. Le acaricié el dorso de la mano y me forcé a sonreír. Madison se incorporó hasta quedar apoyada sobre el codo. Me observó con tal intensidad que temí que pudiera ver cada herida de mi interior; era muy probable que así fuera.

—¿Qué tal las cosas con tu madre? —inquirió, justo como había creído que haría.

—Bien.

Mi escueta respuesta, más que desanimarla, la alentó.

—Aiden, ya sabes que puedes contármelo. Quiero que me lo cuentes, no puedes guardártelo todo para ti.

Esa era Madison. No importaba si yo me dedicaba a bromear y reír en el instituto, si me mostraba seguro de mí mismo y parecía el tío más despreocupado del mundo; ella lo sabía, siempre lo sabía.

Me encogí de hombros en un intento de restarle importancia, aunque eso no funcionaría con ella. Tuve que rendirme.

—Ayer, cuando quedé con Jamie —le dije mientras ella repasaba el contorno de mi rostro con la punta de los dedos—, huía de mi madre. —No me cuestionó, no dijo nada; solo asintió y esperó—. Me acorraló cuando regresé de tu casa. Dijo que quiere *compensarme.* —Solté una carcajada sin rastro de humor—. Compensarme, ¡joder! Como si pudiera hacer que olvidara todo lo que ha hecho durante diecisiete años, o más bien lo que no ha hecho.

Pasé un brazo por su espalda y la empujé hasta que se recostó contra mi pecho. Necesitaba ese contacto; me reconfortaba de un modo en el que no podía hacerlo nada más. Estiró el cuello y alcanzó mis labios, dándome un beso por propia iniciativa, y no pude evitar sonreír, ahora de forma sincera.

—¿Quieres saber lo que pienso? —preguntó, su mano sobre mi pecho y la barbilla apoyada a su vez sobre el dorso de esta.

—Siempre.

Sus largas pestañas cayeron un momento y sentí deseos de besar sus párpados… su nariz, sus mejillas, cada parte de ella.

—Creo que no te perdonarás si la apartas de tu vida por completo. No digo que tengas que olvidarlo todo y hacer como si fuera la mejor madre del mundo —se apresuró a explicar al descubrir mi expresión desconcertada—, y nadie te juzgaría si decidieras marcharte y no mirar nunca atrás. Pero, Aiden, tú… eres una buena persona, siempre lo has sido, y ella es tu madre. En realidad, *quieres* perdonarla. Te conozco y sé que lo pasarás mal si no lo intentas al menos. Tal vez puedas darle tiempo y ver cómo se comporta a partir de ahora…

Sabía que tenía razón. Si arrancaba a mi madre de mi vida, eso me perseguiría para siempre; no dejaría de pensar en lo que podría haber pasado de darle una segunda oportunidad, si ella hubiera llegado a demostrar que de verdad se preocupaba por mí...

—¿Desde cuándo eres tan sabia y madura, Harper?

Dejó escapar una carcajada y entonces ya sí que no fui capaz de reprimirme. Deslicé una mano hasta su nuca y ella cedió al contacto y me besó. Su sabor se derramó en el interior de mi boca y la suavidad de sus labios me hizo gemir. Me sorprendía lo que un simple beso de Madison podía hacerle a mi cuerpo, a mi mente, a mi corazón. Aquello era el jodido paraíso.

—Gracias, pequeña —dije cuando se separó para recuperar el aliento.

Pero ella negó. Fue a responder, pero no se lo permití. Atrapé sus labios entre los míos y le demostré, de una manera mucho más placentera, lo agradecido que me sentía de poder contar con ella.

MADISON

De alguna manera había terminado encima de Aiden, olvidando que, aunque no parecía haber nadie por los alrededores, aquello era un lugar público; olvidándolo todo, incluso que poco más de un mes atrás estar así con un chico hubiera resultado imposible para mí. Se había apropiado de mis labios con una voracidad que rayaba en la desesperación, su lengua acariciaba la mía, jugando con ella, provocándome sin descanso, y el pánico que solía acecharme se mantenía dormido, totalmente rendido ante Aiden. Incluso cuando sus manos se deslizaron hasta mis caderas y sus dedos se enredaron en el dobladillo de mi camiseta. Solo que entonces él se separó un poco y me miró.

—¿Y las estrellas? —preguntó con el aliento entrecortado.

Era consciente de lo que preguntaba.

Asentí y sus manos se colaron bajo la tela y ascendieron por mi espalda. La sensación de su piel contra la mía envió cientos de agradables descargas por todo mi cuerpo. Acto seguido, se incorporó conmigo encima y terminé sentada sobre su regazo; nuestras caderas alineadas y apretándose en las zonas exactas.

—Me vuelves loco, pequeña —farfulló excitado.

Yo también lo estaba, y era maravilloso y aterrador al mismo tiempo.

Se apartó de mis labios y comenzó a besar mi barbilla y la curva de mi cuello; una de sus manos avanzó hasta mi costado y sus dedos rozaron la parte baja de mi sujetador. En ese momento, un escalofrío agitó mi cuerpo y el temblor debió despertar sus alertas.

—Tal vez deberíamos parar —señaló, y sacó las manos de debajo de mi camiseta. No pude evitar sentirme decepcionada. Tiré de la tela hacia abajo, avergonzada—. Ey, ¿qué pasa, pequeña? —preguntó a continuación.

—Nada. Tú no... —Suspiré—. Lo siento, no quería hacerte sentir mal.

—Bromeas, ¿no? —Acunó mi rostro entre las manos. Sus palmas emanaban calidez—. Si he parado es porque este no es un sitio adecuado para hacer... Bueno, para hacer nada; no todo lo que me gustaría que hiciéramos. —Me guiñó un ojo y esbozó una de sus sonrisas provocadoras—. No creerás que no me gusta tocarte, ¿verdad? Porque la verdad es que me gusta demasiado. No me haces sentir mal, todo lo contrario. Podría pasarme el resto de mis días acariciándote. Por todas partes —añadió con un tono socarrón que dejaba claro a qué se refería.

Pensé que iba a besarme de nuevo, pero, en vez de eso, escondió la cara en el hueco de mi cuello y me abrazó con fuerza. Alzó las caderas con suavidad y pude sentir lo mucho que me deseaba. Las llamas se extendieron por mi piel con tanta rapidez que estuve a punto de marearme, pero lo mejor fue que no me sentí incómoda en absoluto.

—¿Te das cuenta de lo mucho que te deseo ahora? —susurró en mi oído, poniéndome el vello de punta—. Haré lo que quieras, lo que me pidas, cuando estés preparada, Madison. No tengo prisa —siguió murmurando muy bajito—. Quiero asegurarme de que deseas esto tanto como yo.

¿Podía hacerlo? ¿Podía avanzar con Aiden y llegar hasta el final? Sabía que tenía que hablar con él antes de que nada de eso sucediera. Había querido contárselo esa tarde, allí mismo, pero luego lo había descubierto ausente, perdido como hacía días que no estaba. Aiden tenía sus propios problemas y no quería que cargara también con los míos. Además, una parte de mí se preguntaba qué demonios estaba haciendo conmigo en vez de estar con cualquiera de las chicas que le sonreían por los pasillos del instituto, chicas normales que no lo detendrían, que no temían ir más allá y acabar volviéndose locas o teniendo un ataque de ansiedad mientras su novio les metía mano.

Me prometí hablar del tema con la doctora Williams al día siguiente. Tal vez solo necesitaba que alguien me dijera que todo saldría bien, y

Vega siempre sabía hacer las preguntas adecuadas para guiarme y sacar de mí lo que en realidad pensaba y no lo que creía que debía pensar.

—No soy un capullo como Dixon y no voy a... —Se detuvo de forma abrupta y su expresión se transformó, el brillo de la comprensión iluminando sus ojos—. Oh, Dios, Madison. ¿Es eso? ¿Eso fue lo que te pasó? ¡Joder! —explotó sin darme tiempo a contestar—. Dime que algún hijo de puta no te obligó contra tu voluntad...

Maldijo entre dientes mientras la presión crecía en mi pecho. El aire comenzó a abandonar mis pulmones, vaciándome, y mi pulso se disparó. Lo que me rodeaba se difuminó.

«No, no, no. No puedes descubrirlo, Aiden. Todavía no».

—No —atiné a decir—. No, eso no fue lo que ocurrió...

Pero él no me escuchaba. Estaba furioso, cegado por el descubrimiento que creía haber hecho, pero las cosas eran mucho más complicadas y yo no me sentía tan valiente como para explicárselas en ese momento.

Cerré los ojos y la oscuridad se llenó de pequeños puntos luminosos que destellaban en el fondo de mis párpados. Me obligué a respirar despacio, incluso cuando percibí a Aiden moviéndose para salir de debajo de mí. Me colocó sobre la arena y me dijo algo, no supe muy bien qué. Necesitaba concentrarme para no dejarme llevar por el pánico y perder del todo el control. Lo conseguí a duras penas.

—Por favor, por favor, por favor —le escuché repetir con desesperación—. Quédate conmigo.

Eso era fácil; quedarme con él, con mi mejor amigo, siempre lo había sido. Aiden era hogar, era risa, felicidad; era lo que había perdido y recuperado. Era Él.

—Vamos, pequeña, mírame. Mírame, por favor —suplicó, y su tono torturado consiguió que abriera los ojos.

Mantuvo mi rostro entre sus manos y su mirada, frustrada y repleta de preocupación, fija en mí. No sé cuánto tiempo pasamos así, mirándonos en silencio; algunas lágrimas descendían por mis mejillas y él se apresuraba a secarlas con las yemas de los dedos. No me interrogó ni me presionó para que le contase nada, y lo agradecí. Me hubiera sido imposible hablar aunque quisiera.

Mi pulso se fue suavizando, así como el ritmo de mi respiración, y mis sollozos también disminuyeron. Aiden besó mi frente con una ternura infinita y a mí se me rompió un poco más el corazón. ¡Dios, tenía que contárselo! Debía de encontrar la fuerza para hacerlo.

—¿Quieres que te lleve a casa? —me dijo, rato después, al comprobar que estaba algo más calmada.

Mostré mi acuerdo con un pequeño movimiento de cabeza y él se arrodilló frente a mí. Pensaba que se levantaría y, en todo caso, me tendería una mano para ayudarme a ponerme de pie. Sin embargo, pasó un brazo por debajo de mis rodillas y otro por mi espalda y se incorporó cargando conmigo sin dificultad alguna.

—Aiden, puedo... puedo caminar —comenté, y las palabras rasparon mi garganta seca al salir.

—Lo sé, pero deja que haga esto por ti —replicó mientras echaba a andar hacia el lugar en el que había aparcado la camioneta.

Me dio la sensación de que se sentía impotente y de que aquella era su manera de lidiar con esa frustración. Decidí tragarme el orgullo y le permití llevarme en brazos. Se las ingenió para abrir la puerta del acompañante sin soltarme, y poco después ya estaba sentada en el interior del vehículo y con el cinturón abrochado. Una vez que él estuvo dentro, me observó un instante. Quería preguntar, lo veía en sus ojos, y esperé que los míos le transmitieran que yo quería hablarle de ello, pero no abrió la boca y se limitó a arrancar. Yo tampoco dije nada.

El trayecto discurrió en un silencio cargado de tensión que me fue devorando poco a poco por dentro. Aiden y yo siempre habíamos podido hablar de todo, pero aquello era distinto. Supongo que era del tipo de cosas que es más fácil contar a un extraño porque te da igual lo que pueda pensar de ti. No creía que Aiden fuera a juzgarme, pero me horrorizaba la posibilidad de que se sintiera diferente al tocarme, que, una vez que lo supiera, advirtiera unas marcas en mi piel de las que nunca había sido consciente.

Cuando llegamos a casa, el coche de mi madre estaba aparcado en el camino de acceso, y el de la suya, junto al bordillo. Aiden paseó la vista de uno a otro, solo Dios sabría lo que estaba pensando.

—¿Crees que tu madre me lanzará por la ventana si vuelve a encontrarme en tu habitación? —bromeó, aunque era obvio que le costaba sonreír.

¿Era esa su forma de preguntarme si podía ir a verme más tarde? Ni siquiera sabía qué contestarle.

—Creo que voy a irme a dormir pronto —le dije, y su decepción fue evidente, pero igualmente asintió.

—Claro, descansa, pequeña. —Bajó de la camioneta y la rodeó para abrirme la puerta—. Y llámame si necesitas hablar. A cualquier hora —recalcó, y yo asentí una vez más.

Me acompañó hasta la entrada y se apoyó junto a la puerta. Se veía derrotado y me maldije por estar haciéndole aquello; no quería ser la causa de una tristeza mayor para él. Había querido evitar precisamente eso después de que me hablara de la conversación con su madre y, al final, había sucedido justo lo contrario.

Cuando abrí, y tras dedicarme una última mirada, se dio la vuelta para irse.

—Aiden —lo llamé—. Gracias. Gracias por todo.

No era suficiente para ninguno de los dos, pero tendría que valer por ahora.

—Estoy aquí para ti, Madison. —Me pareció que quería decir algo más, pero se dirigió hacia su casa y yo lo dejé marchar.

No le hablé a mi madre de mi pequeña crisis, no quería preocuparla más. Si le extrañó mi humor sombrío, debió achacarlo a lo sucedido con Dixon. Cualquiera habría pensado que eso podía traer de regreso recuerdos dolorosos de mi historia con Brad, pero lo cierto era que para mí lo sucedido con este último era muy diferente.

Según Vega, a la que visité la tarde siguiente después de un día aparentemente normal en el instituto, en el fondo, mi principal temor era que fuera Aiden el que los trajera de vuelta, que nuestra intimidad actuara de detonante.

—¿Piensas en eso cuando Aiden te besa, Madison? —me interrogó con calma, como era habitual en ella.

—No, en realidad no. Pero no hemos... avanzado lo suficiente.

—Y no tienes por qué hacerlo.

Lo sabía. Aiden no iba a presionarme para ir más allá. Estaba convencida respecto a ello; al menos por ahora. Era yo la que estaba levantando muros innecesarios para protegerme de algo que no iba a suceder.

—¿Tienes miedo a que su opinión sobre ti cambie? Porque, no sé si eres consciente de ello, pero es importante que él sepa quién eres y te quiera de igual forma. Si fuera así, si eso cambiara las cosas para él, ¿no crees que en realidad dejaría de ser la persona que tú crees que es?

Las preguntas continuaron y Vega fue extrayendo de mí todos mis miedos. Hablamos de Dixon y del baile, de mis amigos, incluso de la fiesta a la que estos se habían empeñado en que asistiera. Ella, como hacía siempre, me animó a ir si de verdad quería hacerlo. Y si no era así, «no pasa nada, Madison. Tú decides».

Los días fueron pasando sin nuevos incidentes, algo que era de agradecer porque había cubierto el cupo para una buena temporada. Aiden no sacó a relucir lo sucedido en el lago y yo sabía perfectamente lo que estaba haciendo: me daba el tiempo y el espacio que creía que necesitaba, sin forzar nada. No dejó de llevarme al instituto por las mañanas y traerme después de clase, incluso me visitó mientras trabajaba en el Books & Coffee. Todos los días, de camino al instituto, paraba para conseguirme un café y a veces también aparecía con un par de chocolatinas que nos comíamos mientras charlábamos y reíamos. Almorzábamos con los demás y me robaba besos siempre que podía, aunque percibía una cautela a la hora de acercarse a mí que no había estado ahí antes. Tampoco hubo excursiones por el tejado, y eso quizás fue lo peor de todo.

Comencé a pensar que tal vez Aiden estaba cansándose de mí y de una situación que, de todos modos, ni siquiera entendía.

—Sí, claro que voy —afirmé el viernes durante el almuerzo después de que Jamie me preguntara por enésima vez si iba a ir a la fiesta de Cody.

No era el plan que más me apetecía, pues me ponía nerviosa la idea de estar con tanta gente, bebiendo y perdiendo el control, pero me dije que me acompañarían Aiden y mis amigos; lo pasaríamos bien y yo me reiría de mí misma por haber tardado tanto en decidirme.

Zyra y Mara aplaudieron con entusiasmo y se empeñaron en venir a mi casa esa noche para prepararnos juntas. Invitamos también a Pixie, que aceptó encantada. Al final, concluimos que lo mejor sería que Jamie se acercara más tarde a mi casa y desde allí nos iríamos todos juntos en un par de coches.

AIDEN

—Tío, ¿va todo bien entre Madison y tú? —me interrogó Jamie.

—Sí, ¿por qué? —inquirí de forma automática.

Estábamos sentados en los escalones del porche de mi casa, esperando a que las chicas terminaran de arreglarse para ir a la fiesta. Madison y yo llevábamos dos semanas un poco raras, por decirlo de algún modo. Pensaba que nadie se había dado cuenta, ni siquiera ella, pero parecía que no era así. Yo no dejaba de pensar que, aunque lo de Dixon no había pasado a mayores, había ocurrido algo similar antes y yo no había estado ahí para protegerla; todo porque había protegido a mi madre y eso me había alejado de Madison. Resultaba irónico que hubiera *salvado* a una persona que jamás se había preocupado por mí y, a cambio, hubiera condenado a la única que siempre había estado a mi lado. Le había fallado a Madison y eso me estaba matando. ¿Podía ser esa la razón por la que no hablaba conmigo? ¿Me culpaba ella y temía sacarlo a relucir?

—¿Está ella bien? ¿Tú estás bien? —siguió insistiendo Jamie.

La puerta de la casa de Madison se abrió y me salvó de contestar; no tenía una respuesta para él.

Zyra y Mara salieron primero, luego lo hizo Pixie y, por último, Madison apareció en el porche. Jamie les silbó de forma insinuante, pero yo solo tenía ojos para mi chica. Me puse en pie sin apartar la vista de ella. No había repetido con un vestido, aun así, estaba realmente preciosa.

—Me mataré con estos tacones —se quejó mientras trataba de bajar los escalones.

Las demás rieron. Ellas sí que llevaban vestido y también unos tacones nada despreciables. Acudí junto a Madison y le tendí la mano. Unos pitillos negros le cubrían las piernas y, para la parte superior, había elegido una blusa con transparencias en la parte del escote y las mangas. Su melena castaña le caía sobre los hombros y se ondulaba hasta formar pequeños bucles. Llevaba los labios pintados de rojo.

—Se os ha ido la mano —protestó, dirigiéndose a sus amigas.

Pero en cuanto mis dedos atraparon los suyos, su mirada recayó sobre mí y esbozó una sonrisa nerviosa mientras también ella me daba un exhaustivo repaso.

—Vaya, resulta que Aiden Keller no solo tiene camisetas en su armario.

La tomé por la cintura y alcé su menudo cuerpo en el aire para evitarle los escalones. La deposité sobre la acera, pero no la solté. Ella pasó la mano por mi pecho.

—Me gusta este jersey. Estás muy guapo, Keller.

—No tanto como tú, Harper.

Se rio y, durante un momento, olvidé lo que me había atormentado durante los últimos días y solo quedó su sonrisa.

—¿Estás siendo modesto? Porque no te pega nada.

Me animé al ser consciente de su buen humor. Si Madison era capaz de meterse conmigo, el caos adquiría orden para mí.

—He oído que eso gusta a las chicas.

Enrollé mis brazos en torno a su cintura y la pegué a mí.

—Pensaba que tenías novia.

—Así es, y estoy completamente colgado de ella, así que las demás no tienen nada que hacer. —Volvió a reír y apenas si pude contener las ganas de besarla—. Pero haré una excepción contigo. Necesito besarte, pequeña —solté sin pensarlo.

—¿Y a qué esperas? La pintura de labios es permanente, no acabarás...

No esperé a que concluyera la frase. Me daba igual si terminaba con la cara roja, eso no iba a impedirme besarla durante toda la noche. La apreté contra mí y ella se colgó de mi cuello mientras sus dedos se hundían en mi pelo. Nuestros amigos silbaron y se rieron. Extendí la mano y les enseñé el dedo corazón.

—¡Vamos, tortolitos! —gritó una de las chicas.

Madison se separó con la pintura de labios intacta, pese a mis esfuerzos, pero el rostro enrojecido por la vergüenza.

—Tu novia tiene mucha suerte —me dijo, y supe que no se refería solo a aquel beso.

Rocé una última vez mi boca con la suya y, tras cogerla de la mano, nos encaminamos hacia los coches y le dije:

—No, yo soy el afortunado.

Me reí cuando descubrí uno de sus pares de zapatillas tirados en el suelo de la camioneta. Al parecer, sospechando que la reunión con las chicas terminaría con ella subida a unos tacones, se había escabullido hasta la calle y las había lanzado dentro esa misma tarde.

—Ya les he dado el gusto —comentó, encogiéndose de hombros.

Los demás estaban ya en el coche de Zyra. Me puse en marcha y conduje sin prisa en dirección a la casa de Cody, que estaba situada en una finca a las afueras del pueblo; tardaríamos apenas diez minutos en llegar. Madison puso música y apoyó la mejilla contra el cristal; si evitaba mirarme por algún motivo en concreto, no tenía ni idea. Lo que sí sabía era que acudir a la fiesta la ponía nerviosa, así que, aunque no quería agobiarla, no pensaba perderla de vista en toda la noche.

Muchos de nuestros compañeros de instituto ya estaban allí cuando llegamos. Yo conocía la casa, la había visitado en alguna ocasión e incluso habíamos realizado en ella alguna barbacoa con el equipo de fútbol al completo. Era enorme, de paredes blancas y con grandes ventanales en la fachada. El jardín delantero ya era inmenso, pero resultaba ridículo en comparación con la extensión de césped de la parte trasera, en donde, entre otras cosas, estaba la piscina.

Tuvimos que aparcar a una distancia considerable debido a la gran cantidad de coches que había en los alrededores.

—No voy a beber esta noche, ¿vale? —le dije tras detener el motor—. Así que puedes emborracharte si quieres y dejar que tu impresionante novio cuide de ti.

Ella enarcó las cejas y me lanzó una de sus miradas desafiantes; le mostré una sonrisa descarada como respuesta. Disfrutaba fastidiándola y disfrutaba cuando ella me ponía en mi sitio y no cedía a las tonterías que salían de mi boca, lo cual ocurría a menudo, porque Madison me hacía decir muchas tonterías.

—Me alegra saber que eres lo suficientemente responsable como para no beber y conducir —replicó con un tono burlón que yo conocía muy bien—, pero ni siquiera sobrio estoy segura de que puedas cuidar de ti mismo, Keller. Hagamos un trato —añadió, girándose hacia mí en el asiento aunque tenía ya la mano en el tirador de la puerta.

—Me encantan los tratos.

Puso los ojos en blanco.

—No *esa* clase de trato. —Fingí estar decepcionado—. Yo cuidaré de ti, creo que eso es más lógico, desde luego. No soy yo la que tiene tendencia a meterse en líos.

—No soy fácil de cuidar. Tengo necesidades muy especiales. —Sus mejillas comenzaron a enrojecer y mi sonrisa se amplió—. Soy muy delicado, ya sabes...

Alzó las manos mientras agitaba la cabeza y abrió la puerta para escabullirse fuera, pero no pudo evitar que vislumbrase la sonrisa que se formaba en sus labios; me conformaba con eso, con esa jodida sonrisa.

—Me rindo —murmuró desde el exterior—. Eres incorregible.

Me apresuré a bajar y reunirme con ella al otro lado de la camioneta. Se había calzado las zapatillas durante el trayecto, por lo que de nuevo le sacaba algo más de una cabeza. Echó un vistazo hacia la casa, aún a unos cientos de metros de nosotros, pero ya no parecía tan inquieta como momentos antes.

Probablemente me acerqué más de lo necesario a ella, tenía que reconocer que me resultaba difícil no rondar a su alrededor todo el tiempo, pero Madison no se estremeció ni se apartó, y *pulular* en torno a ella era algo que yo siempre había hecho; nada nuevo entre nosotros.

—Te gusta que sea incorregible, Harper.

No hubo tiempo para una réplica. Nuestros amigos se reunieron con nosotros y echamos a andar hacia la casa de Cody. Zyra se colgó del brazo de Madison y le dedicó una breve reprimenda —que en realidad no llegó a ser tal— por la variación en su vestuario.

Les hice un breve recorrido a mis amigos por la planta baja. Ya había un montón de chicos y chicas en bañador alrededor de la piscina; la cocina también estaba atestada de gente con vasos rojos en la mano, y en uno de los enormes salones muchos de nuestros compañeros de instituto bailaban mientras otros hablaban a gritos. Pixie y Jamie decidieron ir a por algo de beber, y Zyra y Mara se unieron a ellos. Le propuse a Madison bajar al sótano, que hacía las veces de sala de juegos y en el que estaba seguro que encontraríamos a Cody.

Efectivamente, en la sala de recreo se estaba desarrollando una partida de *beer pong* y gran parte del equipo de fútbol estaba allí, incluido Cody, que debía ir perdiendo porque ya parecía bastante ebrio.

Me acerqué hasta la mesa con Madison de la mano y, mientras esperaba a que terminaran para poder felicitar a Cody, la rodeé con mis brazos y mantuve su espalda contra mi pecho. Varios amigos de Dixon, también del equipo, se percataron de nuestra presencia y comenzaron a lanzarnos miradas poco amistosas. Los ignoré.

Eché un vistazo a la sala. Hasta ese momento ni siquiera había pensado en que Dixon podría estar allí y lamenté no haberlo tenido en cuenta; si nos lo tropezábamos, no estaba seguro de poder resistirme a decirle lo que pensaba de él, y estaba seguro de que Madison no iba a alegrarse de verlo.

Por suerte, no parecía haber ni rastro de ese idiota.

—¡Ey, Keller! ¡Has venido! —exclamó Cody a voz en grito.

Abandonó la partida para acercarse a nosotros y yo solté a Madison y le estreché la mano.

—Feliz cumpleaños, tío.

Él asintió e hizo un gesto con la mano para restarle importancia. Sus ojos se apartaron de mí y recayeron sobre Madison, que se mantenía a mi lado.

—¡Has venido! —le dijo, repitiendo las palabras que me había dedicado también a mí—. Creo que no te había visto nunca en una de mis fiestas.

Arrastraba las palabras. Por un momento temí que fuera a hacer algún comentario desafortunado. Cody no era íntimo de Dixon, pero no sabía con exactitud qué se decía por ahí de Madison y lo sucedido en el baile.

—No, nunca había estado en tu casa —le dijo ella.

—Pues bienvenida a mi humilde morada.

Amagó una reverencia que casi lo hizo caer de bruces. Lo agarré del brazo y lo sostuve. Madison enarcó las cejas y yo resoplé mientras lo ayudaba a recuperar el equilibrio.

—Creo que se te ha ido la mano con la competición. —Señalé la mesa de *ping-pong* en la que la partida había continuado sin él.

Cody también le echó una mirada por encima de su hombro. Los amigos de Dixon, en especial Thomas, no dejaban de mirarnos.

—¿Puedo... puedo hablar un momento contigo... a solas? —balbuceó Cody—. Es importante.

Se había puesto serio de repente e incluso parecía más sobrio que segundos antes. Miré a Madison y ella asintió. De igual forma, no pensaba alejarme demasiado de ella, menos aún con esos imbéciles merodeando por allí. Me llevé a Cody hasta un rincón de la sala.

—¿Qué pasa? —La pregunta salió en un tono más brusco de lo que pretendía, pero podía imaginar de qué quería hablarme Cody y no me hacía la más mínima gracia.

Se aclaró la garganta antes de responder.

—Dixon...

—¿Qué pasa con ese capullo? —inquirí, cruzándome de brazos. Cody miró a Madison brevemente—. ¿Está por aquí?

—¿Qué? ¡No, joder! Claro que no —replicó de forma apresurada—. En realidad, sus padres le han prohibido salir de casa por ahora y, por lo que sé, están pensando en cambiarlo de instituto. Según ellos, el de Roadhill no tiene un nivel aceptable.

Eso era una excusa. Cambiarse de centro durante el último curso, más cuando ya había dado comienzo, no era lo más inteligente, pero los padres de Dixon tenían suficiente dinero como para que eso no resultara un problema y no afectara a su ingreso en la universidad.

—De todas formas —continuó Cody con las manos en los bolsillos y la vista baja—, no lo he invitado.

Eso sí que era una sorpresa. Dudaba mucho de que Dixon alguna vez se hubiera perdido una de las fiestas de Cody.

—¿Por qué?

Se encogió de hombros, pero me pareció un gesto forzado.

—Mi hermana Sarah está en primero, ha entrado este año en el instituto, ¿sabes? Si a algún gilipollas se le ocurriera...

No terminó la frase, pero no me costó entender a dónde quería ir a parar.

—¿Solo lo has hecho por Sarah?

—No. Drinna puede ser una arpía la mayor parte del tiempo, pero ni ella ni ninguna otra chica se merece algo así.

Contemplé a Madison. Ella seguía plantada allí, algo más alejada del lugar en el que habíamos estado hasta hace un momento. Thomas dividía su atención entre ella y la partida de *beer pong*, también nos lanzaba miradas a Cody y a mí de vez en cuando; estaba seguro de que le echaba la culpa a Madison y a Drinna de que Dixon no estuviera allí con él.

—¿Por qué me cuentas todo esto, Cody? —le pregunté, ansioso por finalizar la conversación y regresar con Madison.

—Yo que tú no la perdería de vista —dijo él, señalándola—. En esta sala hay mucho capullo por metro cuadrado. —Pensé en decirle que eran sus invitados, pero él continuó hablando—: Después de lo de Brad, no me extrañaría que intentaran alguna estupidez.

¿De qué estaba hablando? ¿Y qué tenía que ver Brad con todo esto? Ahora que lo mencionaba, no recordaba haberlo visto por el instituto ni por el pueblo desde mi regreso.

—¿Brad Colleman?

—Madison y él tuvieron algo, y no acabó bien.

—¿Madison estuvo saliendo con Brad? —lo interrogué, luchando por no levantar la voz.

La inquietud de Cody se reflejó con claridad en su rostro.

—Sí... Bueno, no. No sé. Durante un tiempo ella se sentaba con nosotros a la hora del almuerzo y también fue a varias fiestas con él. Supuse que lo sabías.

Cada vez entendía menos.

—Pero ¿estuvieron saliendo o no?

Cody se encogió de hombros.

—Yo pensaba que sí, pero luego hubo un montón de rumores acerca de ellos y los Colleman se mudaron. Él...

—¿Qué? ¿Qué hizo, Cody? —Tenía un mal presentimiento respecto a aquello, uno muy muy malo.

—No sé, tío. Brad nunca dijo que fuera su novia, pero solía hablar de ella en los vestuarios, con el resto del equipo, y presumía de que... de que se la estaba tirando.

Cerré los ojos unos segundos y apreté los labios; la rabia se apropiaba de mí segundo a segundo. Conocía a Brad, habíamos coincidido en los primeros años de instituto y en el equipo de fútbol. No me había parecido nunca tan capullo como Dixon o alguno de sus amigos, pero, al parecer, estaba equivocado.

—Solo quería que estuvieses prevenido.

Se lo agradecí con un gesto y regresé junto a Madison. Mis pensamientos iban a mil por hora. ¿Era Brad el tío con el que Madison había perdido la virginidad? ¿La había obligado? Eso no podía ser, ¿no? Si Madison se había estado viendo con él en varias ocasiones... Aunque quizás... ¡Oh, maldita sea! ¿Qué mierda le había hecho ese capullo?

—¿Todo bien? —preguntó ella cuando me coloqué a su lado.

Asentí por pura inercia. No tenía ni idea de qué decir. Ni siquiera sabía si se tomaría bien que le contase lo que Cody me había comentado;

no allí, desde luego, no era lugar para tener esa clase de conversación. Forcé una sonrisa y pasé un brazo en torno a sus hombros.

—¿Buscamos a los demás? —propuse, y ella aceptó.

Me veía incapaz de mantener una pose despreocupada y que Madison no notara lo que sucedía estando a solas con ella. Mientras nos dirigíamos a la planta superior en busca de nuestros amigos, no podía dejar de preguntarme qué era lo que en realidad había ocurrido entre Brad y Madison y por qué demonios ella no me había contado nada.

MADISON

No sabía de qué habían hablado Cody y Aiden en el sótano y no había querido preguntar. Si se trataba de algo relacionado con Dixon, casi prefería no enterarme, no al menos esa noche. Había venido a pasármelo bien con mis amigos y mi novio, y eso era lo que haría. Aún me resultaba raro referirme a Aiden como mi novio, pero me di cuenta de que estaba sonriendo como una estúpida.

Zyra se abalanzó sobre mí en cuanto nos encontramos con Mara y con ella y me arrastró hacia uno de los salones. Jamie y Pixie también estaban allí, ambos con vasos en la mano y una sonrisa de oreja a oreja.

—¿Has estado bebiendo? —le pregunté a mi amiga, aunque ella no solía necesitar alcohol para mostrarse tan eufórica.

—Soy una chófer responsable —replicó, enseñándome la lengua—. Baila conmigo.

Por suerte, no se internó entre la gran cantidad gente que había en el salón, sino que se colocó en uno de los laterales y comenzó a mover las caderas al ritmo de la música. Mara y Pixie se unieron a nosotras de inmediato, y yo me relajé lo suficiente para comenzar también a bailar con ellas.

—Ah, no, no os vais a escapar —gritó Pixie al ver que Jamie y Aiden se habían apoyado en la pared—. Aquí baila todo el mundo.

Los cogió de la mano y tiró de ellos. Al final, tuvimos que ir a ayudarla. Pixie y Mara agarraron a Jamie y Zyra y yo arrastramos a Aiden, hasta que, entre carcajadas, conseguimos que se dignaran a acompañarnos.

Durante algo más de una hora bailamos todos juntos y también por parejas. Aiden estaba más callado que de costumbre, pero poco a poco se fue contagiando de nuestro entusiasmo y terminó por sacar a relucir su humor ácido e irreverente. Ni él ni Zyra bebieron alcohol durante ese tiempo; los demás, en cambio, iban y venían del salón a la cocina para rellenar sus vasos. Incluso yo me animé a beberme algunas cervezas.

—Igual no ha sido tan buena idea —le dije a Aiden, mareada y muerta de risa.

No estaba acostumbrada a beber y, con solo un par de vasos, comenzaba a notar los efectos del alcohol. Él me sujetó por la cintura y la calidez de sus manos traspasó la fina tela de mi blusa, la caricia me provocó una inesperada oleada de calor. Me puse de puntillas y le di un beso rápido en los labios.

—¿Ya estás así, pequeña? —rio él—. ¿Te lo estás pasando bien?

—*Sip*.

Volvió a reírse. Sus manos se deslizaron hasta mi espalda y, cuando quise darme cuenta, su pecho estaba contra el mío.

—Eso está bien —susurró.

Comenzamos a balancearnos con suavidad, apenas un leve movimiento que no casaba en modo alguno con el ritmo acelerado de la canción que sonaba, pero estaba encantada. No me importaba la gente que teníamos alrededor, me sentía bien conmigo misma y con la situación, y no tenía nada que ver con que estuviera ligeramente achispada.

Alcé la cabeza, sonriendo, y que Aiden correspondiera mi gesto con una de sus sonrisas repletas de hoyuelos no hizo más que mejorar mi humor. Nuestras miradas se enredaron durante unos segundos; sus ojos turbulentos me observaban con esa dulzura que tan recientemente había descubierto en él. Le rodeé el cuello con los brazos y, de nuevo, me puse de puntillas, sintiéndome más valiente que nunca. Creo que comprendió exactamente lo que quería, porque se inclinó un poco y me besó. En esa ocasión no fue rápido ni suave, sino feroz y ansioso, casi desesperado. Su lengua acarició la mía con avidez mientras que con sus manos me apretaba más contra él.

Cuando por fin nos separamos, respirábamos de forma agitada. Ambos sonreímos; yo, con timidez, y Aiden, de esa manera entre impertinente y dulce en la que solo él sabía hacerlo. Continuamos divirtiéndonos todos juntos, sin incidentes ni sobresaltos, y agradecí poder disfrutar de una noche normal de fiesta y risas. Cuando decidimos marcharnos, varias horas después, estaba cansada pero feliz. Mientras caminábamos en dirección a los coches, eché una ojeada a mis amigos; a las manos entrelazadas de Mara y Zyra, que cuchicheaban andando muy juntas; a Pixie, que había enganchado su brazo al de Jamie y se apoyaba ligeramente en él; y, cómo no, a Aiden, que me llevaba de la cintura y acariciaba mi piel de forma distraída por encima de la tela de mi blusa.

Los observé a todos, fijándome en esos y otros detalles, en lo que veía y en lo que me hacían sentir, y comprendí que ellos eran los que realmente importaban. La única familia con la que había contado siempre era mi madre, pero ahora tenía otro tipo de familia, una que yo había elegido y que me había elegido a mí. La fiesta no había sido nada del otro mundo, aunque la casa de Cody fuera una pasada, era estar con ellos lo que la había hecho especial.

Aiden y yo nos despedimos de los demás junto a la camioneta. Zyra se encargaría de dejarlos en sus casas; estaba claro que le iban a dar el viajecito, porque encendieron la radio y se pusieron a cantar a voz en grito mientras se partían de risa.

—Ve con cuidado —le dije a mi amiga, y ella puso los ojos en blanco al escuchar lo mucho que desafinaba Jamie.

Me reí y los despedí con la mano. Aiden me esperaba apoyado en el chasis de su camioneta, con las manos en los bolsillos y el gesto algo más serio de lo normal, pensativo.

—¿Nos vamos? —le pregunté, porque parecía ausente.

Por toda respuesta, abrió mi puerta y me tendió la mano para ayudarme a subir. Rodeó el vehículo y enseguida estuvo tras el volante.

—¿Damos una vuelta o estás cansada?

Lo estaba, pero de una forma que me hacía sentir bien. Supuse que el subidón por la cerveza y lo bien que lo habíamos pasado aún me duraría un buen rato. Me incliné en su dirección y le robé un beso, toda una osadía para mí que me hizo sentir más valiente que nunca.

Aiden alzó las cejas y las comisuras de sus labios se arquearon; la expresión reflexiva que había adoptado desapareció casi por completo.

—¿Eso es un sí a dar una vuelta, Harper?

—Claramente.

Me eché a reír; sí, la cerveza definitivamente me había afectado.

La casa de Cody se encontraba en las afueras del pueblo, pero Aiden giró en la salida de la finca y continuó alejándose de Roadhill. Cuando por fin comprendí a dónde se dirigía, un leve pánico se asentó en mi estómago; fue instintivo, algo que no pude controlar aunque sí logré dominar para que no fuera a más.

Existía una zona cercana llamada Drayson Peek, con un mirador en el borde sur de su ladera, que ofrecía unas vistas inmejorables de todo Roadhill y de los pueblos colindantes; también se veía parte del lago. El lugar era frecuentado por senderistas durante el día, pero las noches de los fines de semana aquello se convertía en un refugio para parejas en busca de intimidad. Había una zona muy amplia para aparcar con el coche y, tras ella, un pequeño bosque de olmos.

Conocía Drayson Peek. Había estado allí antes con Brad.

Alejé los pensamientos sombríos que amenazaban con desatar un nuevo ataque, disimulé mi repentina inquietud y me obligué a respirar despacio. No quería que Aiden se percatara de nada; esa noche deseaba ser normal, solo eso. Para cuando aparcó y detuvo el motor, prácticamente lo tenía todo bajo control.

«Bien, Madison, lo estás haciendo bien», me dije.

—Siempre me gustó subir aquí —señaló Aiden, con la mirada al frente, fija en las luces de Roadhill.

Apoyó los antebrazos en el volante y se inclinó hasta que su barbilla reposó sobre sus manos. Un pequeño suspiro abandonó sus labios entreabiertos.

—Ya me imagino —bromeé, echando un vistazo para comprobar si había otros coches cerca. No era el caso. Probablemente, todos estarían en la fiesta de Cody—. Seguro que has venido un buen montón de veces.

Solo trataba de fastidiarlo un poco, pero el comentario sonó algo más sarcástico de lo que pretendía. Aiden no lo pasó por alto y se giró hacia mí con las cejas enarcadas. Me miró unos pocos segundos antes de replicar:

—¿Celosa?

¿Lo estaba? Aiden y yo nos conocíamos desde mucho antes de que ninguno de los dos tuviera el más mínimo interés por los líos amorosos. Sin embargo, con el paso de los años, yo había sido testigo de primera fila de lo fácil que le había resultado despertar la atención de cualquiera que se acercara a él. No tenía todos los detalles, ni los necesitaba, pero sabía que había tonteado con un número considerable de chicas y que algunas de ellas habían pasado también por su cama; Aiden había sido muy precoz en lo que al sexo se refería.

Comprendí que en cierta forma estaba celosa de todas esas chicas. No creía que, ahora que estaba conmigo, Aiden fuera a traicionar mi confianza o a seguir tonteando con otras, no se trataba de eso. Mis celos hacia ellas se basaban en algo totalmente diferente: fáciles, las cosas entre ellos seguramente habrían sido mucho más fáciles que conmigo.

—Puede —admití, volviendo mi mirada hacia el parabrisas, dejando que mi vista se perdiera más allá de las casas de Roadhill. Más allá de todo.

Lo escuché suspirar de nuevo.

No quise mirarlo. Luché contra mis miedos, contra esa necesidad de continuar ocultándole todo lo que dolía. Tras un prolongado silencio, roto tan solo por el sonido de las ramas de los árboles meciéndose bajo una leve brisa otoñal y el de nuestras respiraciones, yo continuaba lidiando con mis sentimientos, buscando palabras adecuadas para contarle mi historia.

Fue Aiden el que retomó la conversación.

—No hemos hablado del tiempo que pasamos separados —comentó, y supe que empezaba a sospechar.

Cómo no hacerlo, me conocía bien. Pensé que me interrogaría, que sería él el que comenzaría a realizar esas preguntas para las que yo me había estado esforzando por encontrar respuestas. Sin embargo, no fue así. Tampoco yo sabía muy bien qué le había sucedido a él, qué era lo que había ocurrido en el centro de menores ni cómo había pasado todo el tiempo que había estado recluido allí. Cuando comenzó a hablar, comprendí que me contaba aquello para mostrarme que confiaba plenamente en mí, que no tenía miedo de abrirse a mí y que yo tampoco debía temer hacerlo.

—Mientras estuve fuera —empezó, sin mencionar el reformatorio, pero yo sabía a lo que se refería—, nada fue bien. No hubo nada bueno allí para mí. No tenía nada que ver con el instituto, ¿sabes? Como en él, había grupos, bandas en realidad, y si no te unías a alguna, tenías muchas probabilidades de que las cosas no acabasen bien para ti. Incluso haciéndolo tuve... problemas.

Se detuvo para inspirar. No dije nada, no lo presioné. Observé el perfil de su rostro, la expresión que endurecía sus rasgos y eliminaba la dulzura y el brillo de sus ojos, turbulentos y desolados.

—Dudo mucho que esos sitios ayuden a nadie, a mí al menos no me ayudó. Al principio pensaba en ti —confesó, bajando la voz, y el tono triste que empleó me rompió un poco más el corazón—. Luego me di cuenta de que eso me hacía... daño. Pensé en que, si mi madre había sido capaz de venderme como lo había hecho, ¿qué no harías tú?

—Aiden, yo nunca...

Su mano buscó la mía y sus ojos se apartaron por fin del paisaje para posarse en mí; la humedad se acumulaba en ellos. Incluso teniendo en cuenta por lo que había pasado, no creo que alguna vez me hubiera sentido tan rota como en ese instante, viéndolo destrozado y tan frágil que parecía que fuera a derrumbarse en cualquier instante.

—Lo sé, pequeña. Ya lo sé —aseguró, y sus dedos apretaron mi mano con más fuerza—. Pero en ese momento creía que, si me aferraba a ti y luego tú me decepcionabas, no encontraría la manera de recuperarme. Eso sería más doloroso que el hecho de tener que pasar más de un año encerrado allí. Sin embargo, estar de nuevo aquí contigo, con Zyra, Jamie y los demás... —Hizo una pausa, tal vez buscando el modo de hacerme comprender o de comprenderlo él. Negó con la cabeza—. No sé si alguna vez podré tener una relación normal con mi madre, pero, sea como sea, no me voy a rendir. Ni contigo, ni con lo que sea que venga ahora.

Su otra mano acunó mi rostro con suavidad, muy despacio, como si de nuevo temiera mi reacción a ese contacto. Había preguntas bailando en sus ojos, y estos rebuscaron en el interior de los míos tratando de descubrir todo lo que yo no le había contado.

—Estoy aquí. Contigo —añadió, y yo no pude evitar esbozar una sonrisa triste al darme cuenta de que me estaba consolando, él a mí, sin importar lo que acabase de contarme, sin tener en cuenta que se había desnudado frente a mí—. Siempre estaré aquí para ti, pequeña.

Sus palabras se clavaron en mi pecho, desgarrándome más allá de la piel. Su mirada estaba sobre mí, su boca entreabierta, ansiosa; el flequillo oscuro le caía sobre la frente y el azul de sus iris parecía capaz de tragarme entera. En la radio, muy bajito, comenzó a sonar *Girl Crush*, de Harry Styles, y Aiden sonrió al escucharla.

Tiró de mí, avergonzado, como si la letra estuviera revelando más de lo que había pretendido acerca de sí mismo. Aiden no era de los que decía «te quiero», no había tenido ocasión de expresarse de una manera cariñosa con su familia y, aunque alguna vez puede que me lo hubiera dicho bromeando, como a una amiga, sabía que era complicado que esas dos palabras salieran de sus labios con todas las consecuencias.

Quizás por eso me sorprendió tanto lo que dijo a continuación:

—Estoy enamorado de ti, Madison Harper.

AIDEN

Lo había dicho y no había manera de volver atrás. Unos pocos segundos, solo eso, y sentía que mi afirmación lo había cambiado todo. Estaba completamente enamorado de Madison y quería que ella lo supiera; aunque me aterrara, aunque me diera más miedo que cualquier otra cosa a la que me hubiera enfrentado hasta ese momento.

Puede que ese miedo fuera el que me empujó a tirar de su mano y arrastrarla hacia mí. Mis labios, repletos de necesidad, buscaron una respuesta en los suyos. La besé porque no había otra cosa que pudiera hacer y, durante un instante, ni siquiera me planteé pensar en que ese beso la incomodara. La necesitaba y esperaba que ella me necesitase también a mí.

No encontré resistencia alguna y nuestras bocas encajaron con la misma facilidad con la que lo hacían siempre. Sus labios le dieron paso a mi lengua, dinamitando cualquier duda que hubiera podido albergar sobre su reacción. No fue suave ni delicado; nos devoramos, hambrientos el uno del otro, y en algún momento empecé a murmurar su nombre tras cada asalto. Madison terminó sentada en mi regazo, su cuerpo aplastando de una forma deliciosa el mío, sus manos empujándome contra el respaldo del asiento, su piel reclamándome con el mismo apetito ardiente que consumía mi interior.

Los sonidos que escapaban de su garganta me encendían más y más. Me arranqué el jersey y la camisa, todo de una sola vez, y los lancé a un lado. Los dedos de Madison recorrieron entonces las letras que adornaban mis costillas y sus ojos viajaron hasta la zona para luego regresar a mi rostro.

—No me has dicho qué significa —comentó, con el aliento entrecortado y su pecho subiendo y bajando a un ritmo endemoniado.

Atrapé su barbilla y le dediqué besos y pequeños mordiscos a lo largo de la mandíbula.

—Habla de ti. De nosotros, en realidad —susurré, escondiendo el rostro en el hueco de su cuello y llenándome los pulmones con su aroma.

Tras abandonar el centro de menores había decidido tatuarme para no olvidar nunca lo que me había convertido en quien era. Ya le había explicado a Madison lo que significaba el fénix que cubría mi espalda, pero había evitado hablar del de mis costillas, temeroso de que eso la asustara.

—Está en élfico —me reí contra su piel. Ella sabía lo mucho que me gustaba *El señor de los anillos.* Dejé que mis labios reposaran en su piel y tomé aire—. Significa «Cada estrella de mi cielo». Y...

—¿Y?

La expectación con la que pronunció esa única palabra me provocó un estremecimiento.

—Y... tu nombre —confesé al final. Llevaba su nombre en la piel porque Madison era parte de mí, tal vez la parte más importante—. Tú eres cada estrella de mi cielo, Madison Harper. Todas y cada una de ellas. Si tú estás ahí, nada puede ir mal.

Me mantuve inmóvil unos segundos. Ella tampoco se movió, aunque tomó aire de forma brusca y repentina. Me preocupó tanto haberla alterado que me obligué a separarme un poco para mirarla a la cara y comprobar que estaba bien.

¡Dios! Sus ojos lucían empañados, cargados de una humedad a la que ella intentaba no abandonarse; lágrimas en sus ojos, una cauta y tímida sonrisa en sus labios.

—Aiden, yo...

—No digas nada, pequeña. No hace falta —aseguré, y coloqué el índice sobre su boca para evitar que hablara.

Madison era lista, muy lista, sabía que mis tatuajes habían sido realizados mucho antes de mi regreso, cuando yo mismo me había negado a volver, cuando creía que lo mejor era no verla más. Pero incluso entonces yo ya sabía que no podría vivir lejos de ella, y eso era lo que acababa de confesarle.

Aparté el dedo y coloqué mis labios en su lugar, tragándome así los murmullos nerviosos que escapaban de su boca. En esa ocasión, la besé con tranquilidad, tan lenta y suavemente como pude. Me controlé porque quería que lo entendiera todo, que comprendiera lo sincero que estaba siendo y que aquello era toda una declaración respecto a ella y nuestro futuro, el que esperaba que tuviéramos juntos. Saboreé cada rincón de su boca y me perdí en esa sensación. Mis manos descendieron por sus costados y fueron a parar a sus caderas; ella hundió las suyas en mi pelo y me atrapó como si deseara que ese beso no acabara nunca. A pesar de mi intención inicial, el deseo volvió a apropiarse de mi cuerpo y de mis actos.

La apreté contra mí y el roce le arrancó un gemido que me volvió loco; que ella comenzara a balancear sus caderas contra las mías no ayudó en nada.

—Joder —murmuré entre dientes.

Ladeé la cabeza y profundicé aún más en el beso. Sus manos resbalaron por mi cuello hasta alcanzar mi pecho desnudo. La caricia me hizo temblar; una descarga recorrió mi columna vertebral, directa a mi entrepierna. Era muy consciente de que teníamos que parar. La conversación con Cody continuaba repitiéndose en mi mente y mis sospechas acerca de que Brad le había hecho algo a Madison no hacían más que crecer. Necesitaba saber qué...

Sin embargo, para cuando sus dedos llegaron hasta mi abdomen y rozaron la cinturilla de mis vaqueros, yo apenas si podía pensar. Nunca, con ninguna otra chica, me había sentido tan perdido como con Madison. Cada roce, cada beso, cada movimiento de su cuerpo me arrebataba un poco más la cordura. La deseaba y no podía dejar de imaginar cómo sería estar dentro de ella, sentirla parte de mí de ese modo.

No supe muy bien quién de los dos dio el primer paso, pero su blusa no tardó en desaparecer y el pecho de Madison quedó frente a mí, cubierto tan solo por un sencillo sujetador de algodón blanco que abrazaba sus curvas de la forma perfecta en la que me hubiera gustado ser capaz de hacerlo yo.

Maldije una vez más. Apenas un segundo después mi lengua se deslizaba ya por el borde de la tela, probando su piel. Luchaba conmigo mismo; mi hambre de ella frente a la preocupación que se acumulaba en la boca de mi estómago.

Me obligué a detenerme y alcé la mirada.

—Madison... ¿Estás segura?

Busqué en su rostro una señal inequívoca de que deseaba aquello tanto como yo; sin dudas, sin miedos. Aunque no vi rastro de incertidumbre, esperé una respuesta.

Asintió con lentitud.

—Madison...

—Estoy segura, Aiden —dijo entonces sin aliento.

Aun así, algo me impulsó a negar.

Miré a mi alrededor. Fuera, a través del parabrisas, las luces de Roadhill continuaban titilando entre las sombras, de la misma forma en que debían hacerlo las estrellas en el cielo despejado.

—No. —Sus cejas se arquearon y la confusión se reflejó con claridad en su rostro—. No podemos hacer esto. No aquí. No así.

Busqué su camisa, que había quedado olvidada en el asiento, y le cubrí el pecho con ella.

—Aiden. No... no me voy a romper —farfulló de la misma manera en que lo había asegurado poco después de mi llegada.

—Lo sé.

Pero la cuestión era que en realidad no lo sabía, no podía saberlo porque no conocía toda la historia, y eso me mataba. ¿Confiaba de verdad Madison en mí? La había visto derrumbarse ante mis ojos en el instituto, había visto su expresión vacía. Si *eso* se lo había hecho Brad... Me aterrorizó pensar en lo que yo podría hacerle.

Su desconcierto no desapareció, pero debió decidir no discutir, o al menos no hacerlo medio desnuda, y se puso la blusa con rapidez. La alcé de mi regazo, la coloqué con cuidado a un lado, sobre el asiento, y recogí mi propia ropa del suelo.

Me llevó un momento formular la siguiente pregunta.

—¿Qué pasó con Brad? —Ignoré el modo en el que sus pulmones se vaciaron de golpe al escuchar el nombre de nuestro antiguo compañero de instituto—. Hablé con Cody en la fiesta y me dijo...

—¿Qué te dijo? —inquirió, alarmada, y se apresuró a añadir—: ¿Te habló de los rumores? ¿Por eso no quieres estar conmigo?

Me giré hacia ella, perplejo y trastornado. Traté por todos los medios de calmarme.

—No hablamos de mí, Madi, sino de ti. De lo que él te hizo.

Me había prometido a mí mismo que esperaría, que le daría tiempo a Madison para sincerarse y contarme lo sucedido cuando estuviera preparada, pero algo me decía que necesitábamos hablar de eso antes de... avanzar más.

—Cody me comentó que no sabía si habíais estado saliendo o no, pero que él había dicho que... —Busqué las palabras adecuadas para suavizarlo—. Había dicho que os habíais acostado.

Ella torció el gesto y permaneció en silencio un instante, sus ojos clavados en mí.

—Ya te lo dije. No soy virgen.

No tenía ningún problema con eso, no era eso lo que me preocupaba.

—¡Joder, Madison! Eso me importa una mierda...

—Tengo que salir de aquí —farfulló entre dientes.

Abrió la puerta y se lanzó al exterior como si la camioneta estuviera en llamas. Tardé apenas unos pocos segundos en reaccionar e ir tras ella. Fuera, el aire corría frío por la ladera de la colina en la que se encontraba el mirador.

Madison se detuvo a pocos metros del borde, donde una tosca valla de madera había sido colocada para evitar posibles caídas, pues la pendiente era considerable. Me quedé inmóvil a pocos pasos, sin saber qué decir o qué hacer para llegar hasta ella.

Elevó la barbilla y observó las estrellas sobre nuestras cabezas. Poco después, escuché cómo trataba de controlar su respiración agitada.

—Madison... —la llamé en voz muy baja.

—Estuve saliendo con Brad —intervino ella entonces, impidiéndome decir nada más—. O eso creía entonces. Pensaba que a él... Bueno, creía que yo le gustaba de verdad.

No me atreví a moverme. Me quedé allí plantado escuchando lo que tenía que decirme.

ZYRA

—¿Crees que Jamie y Pixie están enrollándose? —me preguntó Mara con un gesto sugerente que me hizo reír.

La había traído a su casa después de dejar a los demás y estábamos sentadas en el porche, cada una en un escalón, con las piernas estiradas y la espalda reposando contra las barandillas de ambos lados, mirándonos. Hablábamos en voz baja para evitar que sus padres salieran y nos encontraran allí a esas horas de la madrugada.

—Creía que él estaba loco por Madison, pero parece que empieza a rendirse al encanto de Pixie —repuse—. Es simpática y muy guapa.

Mara enarcó las cejas ante mi comentario.

—Así que te parece guapa...

—¿Estás celosa? —bromeé, y ella estiró el brazo, reclamando mi mano. Se la di y entrelazó los dedos con los míos. El gesto me hizo sentir inmensamente bien. Lo había repetido en innumerables ocasiones en el transcurso de la fiesta de Cody, sin importarle quién estuviera mirando o lo que pensaran. Había escuchado varios comentarios hirientes al respecto, pero en general nuestros compañeros nos ignoraron; también nosotras a ellos. Si a alguien no le gustaba que estuviésemos juntas, era problema suyo, no nuestro.

—Sí que es guapa —dijo a continuación, con nuestras manos aún unidas—, pero, como tu novia que soy, espero que solo sea un comentario apreciativo —rio, aunque me dio la sensación de que, de repente, estaba nerviosa.

Le brindé la sonrisa más amplia que fui capaz de conjurar, y eso, en mi caso, resultó ser una sonrisa enorme.

—Mi novia... —repetí, y ella asintió.

La puerta de entrada de la casa se abrió, interrumpiendo la conversación y mi amago de acercarme a ella para demostrarle con un beso lo mucho que me gustaba que fuera mi novia. La señora Owens se asomó al porche en pijama y con una bata abierta sobre este; la expresión somnolienta que mostraba evidenciaba que acababa de salir de la cama. Su mirada fue de una a otra, y Mara se apresuró a ponerse en pie, aunque no me soltó la mano y tuve que imitarla.

—¿Se puede saber qué hacéis aquí fuera? —nos preguntó la mujer.

Tiró de los bordes de la bata y se la cerró sobre el pecho. La temperatura había descendido varios grados desde la puesta de sol, pero Mara y yo habíamos aceptado pasar un poco de frío para poder continuar un rato más juntas.

—Mamá, esta es Zyra —me presentó Mara, y sus nervios se hicieron tan evidentes que no pude evitar sonreír—. Zyra, mi madre.

—Un placer conocerla, señora Owens.

La mujer me observó durante unos segundos y luego me devolvió la sonrisa. El suspiro de alivio de Mara debió escucharse en todas las calles aledañas.

—Mi hija me ha hablado mucho de ti. Llámame Lindsey, por favor.

Asentí.

Sus ojos saltaron otra vez de mi rostro a su hija y de vuelta a mí. Parecía estar intentando abarcar la imagen de nosotras dos juntas —juntas como pareja—, así que no dije nada, incluso cuando su mirada descendió hasta el punto en el que la mano de Mara envolvía la mía y la mantenía fuertemente apretada. Pensé en qué podría decir si ella se mostraba superada por la situación, aunque Mara me había contado que habían hablado durante esos días en varias ocasiones y que su madre lo había aceptado bastante mejor de lo que ella esperaba.

—Mara, hace frío y es muy tarde. Deberías entrar ya —le dijo a su hija, y yo temí que las cosas empezaran a torcerse ahora que nuestra relación se había vuelto real para ella, pero acto seguido añadió—: Zyra, ¿qué tal si vienes a casa a cenar un día de la semana que viene? ¿Qué te parece el viernes? Así mi marido y yo podremos conocerte mejor. ¿Te parece bien, Mara?

No había palabras para describir la expresión que apareció en el rostro de Mara mientras asentía en respuesta a la pregunta de su madre: una mezcla de desconcierto, felicidad y cariño por la aceptación que esta le estaba brindando. Solo por eso, por ver la dicha y el brillo en sus ojos, supe que aceptaría cualquier cosa que me propusiera aquella mujer.

—Me encantaría —repuse yo.

Lindsey me regaló una sonrisa, idéntica a la de su hija, y se dirigió a Mara:

—Te espero dentro. No tardes —le dijo antes de regresar al interior de la casa y dejarnos a solas.

—Vaya. —Fue todo lo que dijo Mara.

Y entonces tuve mi oportunidad para besarla y demostrarle lo mucho que me alegraba por ella.

MADISON

Tomé aire muy despacio y me llené los pulmones para luego aguantar la respiración unos segundos en un intento de controlarme. Odiaba pensar en Brad y odiaba recordar cómo me había sentido. Hablarle a Aiden de él no tendría que haber sido muy diferente de hacerlo con Zyra; ambos eran mis amigos, personas que se preocupaban por mí, que me entendían, y yo siempre había confiado en él. Sin embargo, me aterraba pensar en cómo reaccionaría mi mejor amigo —mi novio—, si le restaría importancia o si podía llegar a sentir... asco. ¿Y si cambiaba la forma en la que me miraba? Ningún chico me había mirado antes como él lo hacía y yo no quería perder eso.

Me obligué a recordar las palabras de Vega. Si eso pasaba, entonces él no era la clase de persona que quería a mi lado. Pero la idea de que pudiera ser así... me destrozaba.

Aiden continuaba inmóvil en algún lugar detrás de mí. No pude girarme.

—Nos acostamos —afirmé, armándome de valor. Había empezado a temblar a pesar de que en ese momento no sentía frío; no sentía nada—. Fue... normal, supongo. Mi primera vez —reí sin ganas—. Comencé a sentarme con él y sus amigos en la cafetería, a verle a veces en los pasillos del instituto e incluso fuimos a alguna fiesta juntos. Pero eso fue al principio. Luego... Después de acostarnos la primera vez, él siempre quería estar a solas conmigo. Solía traerme aquí... —comenté, y Aiden maldijo.

—Lo siento. No debí...

—No importa —lo interrumpí. No tenía manera de saberlo. Yo no se lo había dicho, como tampoco le había hablado de los recuerdos que traía a mi memoria estar en el interior de un coche con un chico—. Lo único que quería era acostarse conmigo, y supongo que las primeras veces yo también quería. —Me dolió decir aquello, pero sabía que era verdad. Había querido estar con Brad, aunque luego me diera cuenta de que lo único que me empujaba a ello era que me sentía sola; estaba desesperada por un poco de cariño—. No puedo echarle la culpa por eso, yo también quería —repetí.

—Pero luego... dejaste de querer.

La voz atormentada de Aiden sonó entonces mucho más cerca. Estaba justo detrás de mí. Me estremecí al pensar en que él pudiera tocarme en ese instante; no sabía si soportaría que lo hiciese, no mientras le hablaba de Brad. Sin embargo, y a pesar de que percibía incluso el calor que emanaba de su cuerpo, no llegó a rozarme siquiera.

—Brad podía resultar muy persuasivo y yo... me dejaba convencer —le dije, porque era difícil explicar cómo había sucedido todo. Brad insistía hasta que se salía con la suya, empleando las más variadas pero sutiles amenazas para ello—. Dejó de importar si a mí me apetecía o no, si yo de verdad quería... —Se me quebró la voz, pero me obligué a continuar—. Él... ¡Dios, ni siquiera sé cómo lo hacía! Decía que era su novia, que eso era lo que tenía que hacer porque si no se buscaría a otra que le diera lo que yo no le daba. Decía que, si lo quería, era lo normal. También... también hizo...

—¡Joder! ¿Hay más, Madison?

Asentí. En realidad, había mucho más; decenas de momentos, comentarios, un montón de pullas lanzadas en el instante preciso para hacerme sentir mal, para que me *apiadara* de él. Yo era la mala y él solo el pobre chico que quería estar con su novia.

—Al final... las últimas veces... —Las palabras se negaban a salir, pero me obligué a soltarlas—: Dijo que tenía unas fotos mías... —Otra maldición escapó de los labios de Aiden. Supuse que no era necesario explicar qué clase de fotos—. Me amenazó con enseñárselas a todo el instituto si no lo... complacía.

Cada frase que brotaba de mi garganta me arañaba por dentro y las lágrimas ya habían inundado mis ojos. Me dije que podía con aquello; ya había hablado de ello muchas veces con Vega, con mi madre y se lo había contado a Zyra. Aun así, no dolía menos que la primera vez. Lo peor era que me sentía tonta por haber cedido, por no haber tenido valor para enfrentarme a Brad antes. ¿Qué clase de chica permite algo así? Sin embargo, en aquel momento creía que no tenía alternativa, que mi madre se enfadaría y me odiaría si se lo contaba, y que no me comprendería, que la gente se burlaría de mí... Creía no tener a quién acudir, pero ahora sabía que no era así.

—Ni siquiera sé si le pedí que se detuviera alguna vez.

—Mierda, Madison, eso no importa. Él lo sabía, claro que lo sabía.

Cerré los ojos al escucharle decir eso. Aiden no podía imaginar lo importante que era para mí que lo entendiera. A mí me había llevado muchas horas de terapia con la doctora Williams comprender que lo que Brad me había hecho estaba mal. Él me había forzado y no importaba que no hubiera empleado violencia para ello, porque se había valido de mi miedo, me había coaccionado y chantajeado para que tuviera relaciones sexuales con él.

Mis dedos se resintieron. Mientras hablaba, me había aferrado a la valla de madera y clavado mis uñas en ella. Fui incapaz de retirarlas. Ese dolor no era nada comparado con el que habitaba en mi interior; lo prefería.

—Madison... —Mantuve los ojos cerrados, apretados con fuerza—. ¿Puedo...? ¿Puedo tocarte?

No sé por qué, pero las lágrimas se desbordaron con su pregunta y comenzaron a correr por mis mejillas. Me era imposible diferenciar entre las distintas emociones que sentía, aunque me enorgullecía saber que me estaba controlando y no había cedido al pánico que se enroscaba en torno a mi pecho. Brad me había dejado rota por dentro; me había usado y había abandonado los pedazos de mí que habían sobrevivido, y yo era consciente de que a él ni siquiera le había importado. Brad no creía que hubiera hecho nada malo, tampoco sus padres. Lo habían defendido frente a mi madre cuando esta había acudido a su casa para hacerles saber la clase de hombre que estaban criando y exigirles explicaciones.

«Son críos», «los adolescentes tienen sexo continuamente», «no culpes a mi hijo de que la tuya se haya arrepentido», «fue ella la que se abrió de piernas». Esas habían sido sus palabras, y también otras muchas aún menos agradables. A su padre solo le había faltado palmearle la espalda a su hijo para demostrar lo orgulloso que estaba de él.

Las náuseas se apoderaron de mí al recordarlo y volví a sentirme sucia. Estuve a punto de apartarme cuando Aiden me abrazó y apretó su pecho contra mi espalda, pero no lo hice. Mis rodillas se aflojaron mientras mi cuerpo se agitaba presa de sollozos incontrolables y solo el agarre de Aiden consiguió que no me derrumbara sobre el suelo. Mi interior, sin embargo, sí que estaba en ruinas.

—Dios, pequeña, ni siquiera sé qué decir...

—Poco después —continué, porque a esas alturas ya no podía parar—, su familia y él decidieron mudarse. Incluso sabiendo que ya no lo vería más, comencé a tener ataques de ansiedad. No quería salir de casa, pasé medio verano recluida, saliendo solo para ir a terapia. Me daba miedo que la gente se hubiera enterado, lo que dirían... O que alguien me tocara siquiera...

Abrí los ojos y contemplé el modo en que los brazos de Aiden me rodeaban. Me sorprendió que mi cuerpo no reaccionara a esa visión y tratara de apartarse de él, y me di cuenta de que, en realidad, me reconfortaba. Aiden solo me estaba sosteniendo; no había nada sexual ni malintencionado en aquel contacto, me brindaba su cariño y el consuelo que tanto necesitaba en ese momento.

Nos quedamos así un buen rato, con las estrellas brillando, Roadhill extendiéndose a nuestros pies, el resto del mundo silenciado y solo nosotros dos y el terror que se había apoderado de mí al recordar lo sucedido.

En algún momento, Aiden me metió en la camioneta, me puso el cinturón de seguridad y se colocó tras el volante. Me llevó a casa, callado y abstraído, y yo tampoco dije nada más; estaba demasiado aturdida para hablar. Había vuelto mi interior del revés para mostrárselo todo y eso me había dejado vacía. Al llegar a nuestra calle, aparcó y ambos bajamos del vehículo sin mirarnos. Sabía que debería preocuparme lo que él estaría pensando, pero al relatar de nuevo mi historia me había perdido y aún no había encontrado el camino de vuelta hacia mí misma.

Caminamos hasta la puerta de mi casa. Yo con la barbilla baja, contando cada paso que daba para mantenerme serena; él, con las manos en los bolsillos y expresión indescifrable. Quise preguntarle acerca de sus sentimientos, pero no me atreví. No en ese momento, no cuando el dolor había alcanzado la superficie y me arañaba la piel. Lo único de lo que sí estaba segura era de que no quería estar sola esa noche. Mi madre tenía turno en el hospital y no regresaría hasta por la mañana, y yo sabía lo que pasaría en cuanto me metiera en la cama y cerrara los ojos: volvería a ver el rostro de Brad, lo vería sobre mí, tocándome, persuadiéndome una vez más...

No quería verlo.

—¿Puedes quedarte conmigo? —le pedí con apenas un hilo de voz.

Aiden apretó los labios y no supe si mi petición le disgustaba, pero asintió de todas formas.

Esa noche me dormí refugiada entre sus brazos, sin hablar; sus ojos azules, más turbulentos que nunca; su expresión, sombría y perturbadora; y sus pensamientos, solo suyos.

No tuve pesadillas y la imagen de Brad no me atormentó en sueños más de lo que lo hizo mi mente en los momentos en los que me desperté durante la madrugada. Al amanecer, Aiden se había ido y cada segundo compartido con él, cada instante en el que le había hablado de los abusos sufridos, regresó a mí.

Sentada en la cama revuelta, y con su aroma aún envolviéndome, me pregunté si acababa de perder a mi mejor amigo.

MADISON

Mi madre llegó a media mañana. Supongo que mi aspecto delataba el pésimo estado en el que me encontraba, así que, en vez de ir a acostarse después de toda una noche en vela, se sentó junto a mí en el sofá, me miró a los ojos y me dio un abrazo antes siquiera de preguntarme qué había sucedido. Tampoco tuvo oportunidad de hacerlo, lo solté todo casi sin pararme a respirar.

—Aiden te adora, Madison. No lo vas a perder por decirle la verdad —me aseguró cuando terminé de contárselo—. Es más, me extraña que no esté aquí ya, o arriba en el tejado, esperándote.

Pero Aiden no estaba fuera, tampoco en el tejado, y el lunes por la mañana no me esperaba en su camioneta para llevarme a clase. Empecé a temer que la historia se repitiera y que, de nuevo, desapareciera sin más.

Debería haber hablado con él la noche anterior, debería haberle preguntado cómo se sentía...

Su camioneta estaba aparcada frente a la casa al salir, así que no la busqué en el aparcamiento cuando mi madre me dejó en el instituto. Me encontré a Zyra con Mara al entrar, junto a la taquilla de mi amiga, charlando de forma animada y dedicándose sonrisas que las convertían en un faro en medio del caos que reinaba en los pasillos a esas horas de la mañana.

Me esforcé para sonreír yo también cuando me acerqué a saludarlas. Era obvio que les iba bien juntas y no quería ser yo la que ensombreciera esa felicidad. Pero Zyra era observadora y me conocía; detectó enseguida que algo no iba bien. Probablemente, mis ojeras también ayudasen a ello.

—Te veo en el descanso —le dijo a Mara después de darle un breve beso en los labios.

El gesto, a plena vista del resto de los alumnos que abarrotaban el pasillo, consiguió animarme un poco.

—Mara lo está llevando bien —comenté cuando esta se hubo marchado—. Me alegro mucho por ti, Zyra.

—Su madre me ha invitado a cenar el viernes.

—¿Has conocido a su madre?

Zyra asintió sin poder disimular lo feliz que eso la hacía.

—No es que se pusiera a aplaudirnos ni a dar saltos de alegría, parece una mujer un poco autoritaria y seria, pero quiere que conozca al padre de Mara y al menos no le ha prohibido verme ni nada por el estilo.

Su alegría era tan evidente que me conmovió. La abracé para hacerle saber lo mucho que me alegraba por ella. Pero, aunque mi humor había mejorado de forma considerable, Zyra no era de las que soltaban el hueso una vez que le habían hincado el diente.

—Y ahora, dime, ¿qué ha pasado? —inquirió, bajando la voz.

—He hablado con Aiden.

No tuve que dar más explicaciones, Zyra comprendió de inmediato lo que eso significaba. Echó un vistazo al pasillo y supuse que se estaría preguntando por qué no estaba Aiden allí conmigo.

—¿Qué te ha dicho?

Callé un instante.

—Nada. No hablamos apenas. Yo estaba...

Fue el turno de Zyra para abrazarme. No necesitó saber más, lo comprendía. Había sido testigo de lo que me hacía hablar de aquello. En el coche, cuando había ido a recogernos a Aiden y a mí y yo le había hablado de lo sucedido con Brad, ambas habíamos terminado llorando.

—Debería de estar aquí contigo —afirmó, dejando patente su indignación mientras me mantenía entre sus brazos.

—No sé cómo se lo ha tomado, ni siquiera pregunté. Puede incluso que se esté culpando por ello —señalé.

—Aun así. Si se le ocurre hacerte daño, seré yo quien se lo haga a él.

Su determinación me arrancó una pequeña sonrisa. Por cosas así era por lo que Zyra se había ganado un lugar privilegiado en mi corazón. Puede que tuviera pocos amigos, pero los que tenía valían por mil y no quería más.

Salvo a Aiden, a él lo quería a mi lado. Por y para siempre.

Cuando Zyra se separó de mí, descubrí que Drinna acababa de entrar por la puerta principal. No había vuelto a hablar con ella desde el incidente con Dixon, pero imaginaba que este no tardaría en regresar a clase. Había escuchado comentarios acerca de un posible traslado de instituto, aunque que eso ocurriera sería tener demasiada suerte y no quería hacerme ilusiones al respecto.

—Espérame un momento —le dije a Zyra, y fui al encuentro de Drinna.

Esta se detuvo en mitad del pasillo cuando me vio acercarme. Iba sola; la había visto muchas veces sola en los últimos días. Me pregunté si su grupito la culparía de la expulsión de Dixon, tal y como hacían los amigos de él, o bien era ella la que no deseaba estar con nadie.

—Hola, Drinna… —Durante unos segundos aprecié cierta sorpresa en su expresión, pero la emoción desapareció de su rostro tan rápido como había asomado a él—. ¿Qué tal estás?

Fue un intento algo torpe de acercamiento, pero no se me ocurrió nada mejor.

—Bien.

—¿Te presentaste a la audición para el papel de Julieta? —continué preguntando. De algún modo sentía que ella tal vez necesitara un poco de normalidad, una conversación banal.

Las pruebas habían tenido lugar durante varias tardes de la semana anterior. El día en el que yo había acudido no la había visto.

—Estás deseando que te den el papel, ¿no es así? —terció. Aunque se adivinaba el sarcasmo que había tratado de imprimirle al comentario, me percaté de que sus ojos mostraban un atisbo de amabilidad.

—Cuento con ello —bromeé.

No pensaba que fuésemos a convertirnos en amigas, pero quizás pudiéramos enarbolar la bandera blanca y firmar un pacto de no agresión.

—No te hagas demasiadas ilusiones, Harper —soltó antes de echar a andar.

En el último momento, antes de que volviera la cara al frente, me dedicó una pequeña sonrisa. Me gustó darme cuenta de que no había rastro de maldad en el gesto.

Zyra se acercó de forma apresurada a mí.

—¿Qué ha sido eso?

Me encogí de hombros.

—Una tregua, espero.

Cuando la clase de Literatura ya había dado comienzo, la puerta se abrió de un tirón y Aiden se precipitó en el interior, sin aliento y con el pelo revuelto. Llevaba la mochila colgando de un hombro y una gorra de béisbol en la mano. Parecía que acabara de saltar de la cama y hubiera corrido todo el camino desde su casa hasta el instituto.

Sentí un alivio inmenso al verlo y el nudo de mi estómago se aflojó.

—Señor Keller, llega tarde —le hizo saber la señora Pepper—. Debería ser consciente de que, como nuestro recién elegido Romeo Montesco, si se retrasa los días de ensayo, no dudaré en sustituirlo.

Momentos antes, la profesora había asignado a cada alumno el papel que interpretaría o la tarea a cumplir en la obra de teatro. Unos la llevarían a cabo sobre el escenario, y otros, tras él. Aiden sería Romeo.

Sus ojos se posaron en mí mientras avanzaba para tomar asiento a mi lado, en el lugar que solía ocupar Dixon.

—El papel de Julieta… Bueno, sabrán quién es a su debido tiempo.

Aquello causó un pequeño revuelo en la clase. Todos los papeles habían sido asignados menos el de Julieta, y yo sabía exactamente por qué. Aiden aprovechó la algarabía para inclinarse en mi dirección.

—Siento haberte dejado tirada esta mañana. Yo… me dormí.

Quise preguntarle si también había estado durmiendo todo el domingo, pero me reprendí por ello. No sabía lo que pensaba ni qué había motivado su silencio; tampoco podía exigirle que pasara cada hora de cada día conmigo. Lo que en realidad me había aterrado era que hubiera desaparecido, y allí estaba.

—No pasa nada —repuse, murmurando—. Yo... te eché de menos ayer.

Se pasó la mano por la cara y no supe si era un gesto de desesperación o, simplemente, trataba de despertarse del todo.

—¿Podemos hablar luego?

Asentí con pequeños movimientos de cabeza; no era el momento ni el lugar.

No tuvimos oportunidad de encontrarlo hasta la hora del almuerzo. Para entonces, la inquietud había empezado a apropiarse de mí y ya había imaginado unas dos mil versiones de lo que tendría que decirme, a cada cual peor que la anterior.

Ambos nos hicimos con unos sándwiches y un refresco y salimos al exterior sin intercambiar una palabra. Nos sentamos en la zona de césped que había junto al gimnasio y, en un primer momento, ninguno de los dos hizo amago de comenzar la conversación.

—Así que Romeo, ¿eh? —señalé rato después, mientras picoteaba mi comida, buscando una manera de romper el hielo.

Aiden me había estado lanzando miradas durante toda la mañana, miradas que no habían conseguido otra cosa que ponerme más nerviosa aún, pero había logrado no ceder a la ansiedad que mis pensamientos pesimistas no dejaban de provocarme.

—Creía que tú serías Julieta. Bordaste la audición —terció él mientras le echaba un vistazo a su sándwich. No soportaba que rehuyera mi mirada—. ¿De qué iba eso de no decirnos quién va a ser?

Me había encontrado a la señora Pepper justo en la puerta del aula y, en un impulso, le había pedido no ser la elegida para el papel. El caso era que sí que lo había sido y ella había exigido explicaciones ante mi negativa. La idea de tener que interpretar el rol de una muchacha perdidamente enamorada, con Aiden como compañero, no debería haberme inquietado demasiado; sin embargo, tal y como estaban las cosas, me había dado por pensar que sería él el que no se sentiría cómodo al respecto. No sabía muy bien en qué punto estábamos...

—Yo se lo pedí —admití finalmente.

Aiden levantó la cabeza de su comida y me miró con el ceño fruncido.

—¿De qué estás hablando? ¿Por qué? Pensaba que era lo que querías.

Tardé unos segundos en contestar. Estaba preocupada, aunque eso no era una novedad, pero llevaba casi dos días dándole vueltas a todo lo sucedido, a Brad, a Dixon, a Drinna, los rumores, el instituto... Mi cabeza era un auténtico hervidero de ideas que me atormentaban sin descanso. Cuanto más lo pensaba, peor se volvía todo. Sabía que era el típico círculo vicioso en el que no debía caer y, sin embargo, parecía que no tenía mi trastorno tan controlado como había creído.

—Yo creí... creí que tal vez tú...

Sus ojos recorrieron mi rostro y, de repente, su expresión reflejó incredulidad.

—¿Es por mí? ¿Le has dicho que no quieres el papel porque yo soy Romeo? —Su sorpresa se tornó en enfado y yo negué, aunque sí que era por él.

—Desapareciste —le dije entonces, como si eso lo explicase todo, y tal vez así fuera, al menos para mí.

Aiden apretó los labios, disgustado, pero luego escapó de ellos un largo suspiro.

—Estaba enfadado.

—¿Conmigo?

Ladeó la cabeza, observándome fijamente. Extendió la mano hacia mí y me colocó un mechón de pelo tras la oreja con suavidad. Me estremecí.

—¿De verdad crees que podría enfadarme contigo, Madi?

Respondí encogiéndome de hombros; el hilo de mis pensamientos no seguía el camino más lógico últimamente.

—El sábado por la noche no fui capaz de pegar ojo. Ni siquiera me acosté —confesó, y sus hombros se hundieron, derrotado—. Sabía que no podría dormir después de todo lo que me habías contado. Lo único que quería era ir a buscar a Brad y... destrozarlo —admitió, y su voz adquirió la misma dureza que reflejaba su rostro—. O a Dixon, ya que no tengo ni idea de a dónde demonios se mudó Brad. Quería hacerles daño, eso es lo que quería; a cualquiera de los dos. Y lo último que deseaba era que tú me vieras en ese estado. No quiero que pienses que soy así.

Culpa; culpa y vergüenza fue lo que me transmitió su mirada aturdida. No podía creerme que se sintiera así, que fuera él el que se avergonzara. Era *yo* la que había estado avergonzada, era *yo* la que me había llegado a culpar por lo que Brad me había hecho.

—¡Dios, Aiden! —Sin pensarlo, me eché en sus brazos—. No puedes culparte por todo. Y, definitivamente, no tienes que esconderte de mí. —Él agitó la cabeza de un lado a otro, negando. Lo tomé de la barbilla para obligarlo a mirarme—. Escúchame. No tienes que protegerme ni pegarte con nadie. Tú...

Busqué las palabras adecuadas. Agradecía su preocupación, es más, me reconfortaba que deseara protegerme, pero Aiden no era responsable de lo que me ocurriera y yo no podía permitir que él librara todas mis batallas.

En ese momento comprendí que, de algún modo, aunque creía que había superado lo sucedido con Brad, no lo había asumido, no del todo. No había logrado encajar el hecho de que eso siempre formaría parte de mí, ese recuerdo siempre estaría ahí y elegiría los momentos menos adecuados para resurgir. Sin embargo, no podía dejar que eso continuara guiando mis pasos, que alejara a personas como Aiden, que de verdad me querían, porque eso supondría brindarles la victoria a tipos como Brad o Dixon.

Y la culpa...

Ni Aiden —que ni siquiera estaba cuando había sucedido— ni yo habíamos tenido culpa alguna de lo que había pasado. Ninguna chica era responsable de esa clase de abusos; los únicos culpables eran los que creían que una falda era demasiado corta o una palabra demasiado amable, los que aseguraban que una sonrisa era una invitación, y un *no,* tan solo otra forma de decir que sí.

AIDEN

—Escúchame. No tienes que protegerme ni pegarte con nadie. Tú...

Sus siguientes palabras se perdieron en alguna parte de su garganta y me sentí aún más atormentado por la culpa. Yo no había estado ahí para protegerla.

Tardó unos segundos en rescatar de su mente lo que fuera a decir y tomó aire muy despacio antes de continuar:

—Llevas desde que eras un niño culpándote de todo, de la marcha de tu padre, de la actitud de tu hermano y de tu madre... —Torcí el gesto al escucharla, aunque sabía que era verdad—. No puedes culparte también de esto, Aiden, porque la realidad es que tú no tienes la culpa de nada. No hiciste que tu padre se comportara como un capullo y os dejara tirados, ni que Derek se convirtiera en un delincuente y que tu madre no supiera verlo. En realidad, eres la mejor persona que conozco. —Esbozó una pequeña sonrisa y yo deseé hundir el rostro en su cuello para poder llenarme los pulmones con su aroma, pero ella mantuvo los dedos en mi barbilla—. Y sí, hubiera deseado que estuvieras aquí, que no te hubieras marchado nunca. Pero no te fuiste voluntariamente y, aunque hubiera sido así, seguirías sin ser culpable de nada... —Titubeó una vez más y supe que había algo que no se atrevía a decir.

—¿Qué más? —reclamé, alzando mi mano para sujetar también su rostro ahora que su valor parecía haberse desvanecido—. Dime lo que estás pensando, pequeña.

Intentó desviar la mirada, así que me incliné sobre ella y rocé mis labios con los suyos con delicadeza; la única forma que encontré de decirle que siguiera adelante.

—Pensaba que... que... —Enarqué las cejas y me esforcé para sonreír; mi pulgar acariciaba su pómulo en un intento de tranquilizarla—. Pensaba que no volverías a tocarme.

Los ojos se le llenaron de lágrimas y a mí se me partió el corazón al comprender a qué se refería. Lo que le había pasado, lo que Brad le había hecho, la había dejado marcada de una forma que yo no podía llegar a imaginar; probablemente, nadie que no hubiera pasado por algo así podría hacerse una idea de lo que suponía. Podía entender sus recelos iniciales conmigo, la inquietud ante cualquier roce o acercamiento inesperado, sus miedos, su dolor... Pero, de algún modo, Madison había llegado a creer que todos la despreciarían por ser víctima de un abuso, incluso yo.

Tiré de ella y la arrastré hacia mí para rodearla con mis brazos.

—Joder, Madison —farfullé, estrechándola quizás con demasiada fuerza, como si así pudiera borrar las heridas de su interior.

No tenía muy claro quién de los dos necesitaba más ese abrazo, quién ansiaba con mayor intensidad poder recomponer las partes rotas del otro. Y, aunque la humedad rebosaba en mis ojos y cubría sus mejillas, resultó reconfortante que ella también se apretara contra mí. Era yo el que debía sentirse agradecido porque me permitiera tocarla después de todo por lo que había pasado, no solo su piel, sino más allá de ella, en su interior, y esa idea me hizo entender lo mucho que yo significaba para Madison mejor que cualquier palabra que pudiera salir de sus labios.

Comprendí entonces que estaba enamorada de mí tanto como yo lo estaba de ella, y el pensamiento me hizo sonreír a pesar de todo.

—Eres divertida, preciosa, inteligente y una luchadora —le susurré al oído, manteniéndola entre mis brazos, envuelto en ese olor cítrico que me hacía perder la cabeza—. Eres la única persona que siempre ha estado ahí para mí. Eres mi mejor amiga. Y, si me lo permites, voy a estar aquí siempre para ti. Te quiero, Madison Harper.

Se envaró en cuanto pronuncié las últimas palabras, todos sus músculos en tensión, y me pregunté si me había precipitado. Durante un instante, los desaires de mi madre, el abandono de mi padre y la malicia de mi hermano regresaron a mi mente para hacerme sentir que nunca sería suficientemente bueno para nadie, ni siquiera para mí mismo.

Me separé de ella con temor a lo que pudiera descubrir en su rostro. Sin embargo, Madison se refugió en mi pecho y se negó a dejarme ir.

—No me sueltes —me dijo, y no pude hacer otra cosa que obedecer—. Yo también te quiero, Aiden Keller.

Dejé a Madison en el Books & Coffee, ya que esa tarde tenía turno. Su madre la llevaría luego a una sesión con su terapeuta y yo tenía entrenamiento con el equipo de fútbol. Tras despedirme de ella, y asegurarme de que esa noche nos encontraríamos en el tejado de su casa, regresé al instituto.

Me encontré a Jamie en el aparcamiento. Nos estrechamos la mano a modo de saludo y nos encaminamos hacia el gimnasio, donde estaban los vestuarios.

—He oído a Thomas y a los otros comentar que Dixon se reincorporaría hoy a los entrenamientos.

Me detuve en mitad de la escalinata y eché un vistazo a mi espalda, tratando de descubrir si el coche de Dixon estaba allí aparcado. Aunque no lo vi, la sangre me hervía en las venas y, sin ser consciente de ello, ya estaba apretando los puños. ¿De verdad iban a permitirle regresar sin más?

—No puedo creer que el entrenador vaya a dejarlo jugar.

—Lo único que le importa es ganar —repuso Jamie, que parecía tan furioso como yo.

El día anterior había estado a punto de llamarlo de nuevo, pero había estado tan inquieto que sabía que lanzar unos cuantos pases o echar una carrera no iba a hacerme sentir mejor. Al final había cogido la camioneta y me había tirado la mitad del día conduciendo sin rumbo. Incluso había pasado un par de veces por delante de la casa de Dixon, consumido por las ganas de enfrentarme a él.

Tomé aire despacio y cerré los ojos un momento antes de continuar ascendiendo hacia el gimnasio. Iba a ser muy complicado, teniendo a Dixon dentro del campo, no ceder al impulso de hacerle un placaje desafortunado, llevármelo por delante y quizás partirle un hueso o dos.

—¡Joder! —mascullé al atravesar la entrada y encontrar a mis compañeros formando un corrillo en el pasillo que conducía a los vestuarios.

Allí estaban todos, dándole palmaditas en la espalda y mostrando su alegría por el regreso de un jodido violador en potencia. ¿Lo sabrían? ¿Sabían sus amigos o los miembros del equipo lo que había intentado hacerle a Drinna y a Madison? ¿Conocían lo que de verdad había sucedido con Brad? Quería pensar que no, que, de saberlo, mostrarían el mismo desprecio que Jamie y yo. Quizá estuviera siendo muy optimista.

Pasé junto a ellos mientras me preguntaba por qué demonios Madison no habría denunciado a Brad. Traté de no mirarlo, consciente de que no iba a poder controlarme ante una provocación, y fui directo a los vestuarios para cambiarme.

Jamie entró detrás de mí.

—Me dan ganas de vomitar —aseguró, escuchando las risas que llegaban desde el pasillo.

Yo no me sentía mucho mejor. Se me revolvía el estómago cada vez que la imagen de Dixon cerniéndose sobre Madison regresaba a mi mente y, si evocaba lo que Brad le había hecho, la cosa era aún peor. ¿Qué clase de tío necesitaba obligar a alguien a mantener relaciones sexuales y disfrutaba con ello? El sexo, incluso sin estar enamorado de alguien, era algo íntimo, algo que requería una aceptación del otro a un nivel profundo; a mí jamás se me ocurriría forzar a otra persona a hacer algo que no quisiera.

—No creo que vaya a ser capaz de controlarme —le dije a Jamie.

Apreté tanto los dientes que los músculos de mi mandíbula se resintieron.

—Tío, estás en la línea ofensiva igual que Dixon. Si vas a por él, no va a colar. El entrenador se pondrá como loco.

—No me importa. Ese capullo se lo merece.

No sería la primera vez que tuviera desavenencias con Jones, el entrenador. El único propósito de pertenecer al equipo había sido obtener puntos extra que me ayudaran a ingresar en la universidad, ya que mi expediente no era lo que se decía brillante. Pero el nivel de exigencia de Jones resultaba, como poco, perturbador. Hubiera preferido formar parte del equipo de baloncesto, sin embargo, no se me daba tan bien como el fútbol y ellos no se habían clasificado jamás para el campeonato estatal, algo que sí habían hecho los lobos de Roadhill.

«Lobos», pensé para mí mientras el vestuario iba llenándose de gente. Eso eran algunos de aquellos chicos, eso era Dixon.

Me puse las protecciones, todas y cada una de ellas, y las ajusté con diligencia y rapidez. Cogí el casco y fui el primero en saltar al campo. Jones se había mostrado entusiasmado con mi regreso al equipo a pesar de haber sido él el que me había expulsado casi dos años atrás. Era una buena baza y me necesitaba, al igual que necesitaba a Dixon. Como había dicho Jamie, lo único que le importaba era ganar.

Los demás se reunieron conmigo y Jones no tardó en comenzar a ladrar órdenes. Jamie mantenía un ojo sobre mí todo el tiempo. Probablemente, esperaba el momento en el que me lanzara contra Dixon; no tenía muy claro si para detenerme o para sumarse a la pelea.

Con cada sonrisa de aquel capullo, con cada comentario —por muy inocente que fuera—, con su sola presencia… la ira fue ganando terreno en mi interior. No lograba comprender por qué él estaba allí, riendo con sus colegas, después de lo que había intentado hacer. No parecía justo, aunque bien sabía yo que este mundo no lo era.

Las cosas se descontrolaron cuando, tras colocarnos en posición para practicar una jugada de ataque, Dixon se giró en mi dirección. Yo estaba inclinado, con la hierba rozándome los dedos y la vista clavada en Cody, que actuaba como defensa del equipo rival. Sin embargo, advertí el momento en el que los ojos de Dixon se posaron sobre mí, y también su sonrisa maliciosa cuando giré la cabeza hacia él. Supe que iba a decir algo desagradable incluso antes de que abriera la boca.

—¿Cómo está la zorrita de tu novia, Keller?

Apenas si esperé a que terminara la frase. Me lancé sobre él con tanta rapidez que nadie fue consciente de lo que sucedía hasta que estuvimos revolcándonos por el suelo. Me hubiera gustado arrancarle el casco y estamparle el puño en plena boca, a ver si así aprendía a mantenerla cerrada, pero no hubo tiempo para eso. Por el contrario, tras derribarlo, descargué mi rabia sobre la parte baja de su estómago, allí donde la protección no lo cubría.

—Jodido enfermo —escupí mientras forcejeábamos.

Me alegró darme cuenta de que ya no sonreía.

Escuché a Jones dar un grito por encima de la algarabía de voces de mis compañeros, aunque apenas si llegué a comprender lo que decía. Segundos después me vi arrastrado e inmovilizado sobre la hierba. Dixon, boqueando, hizo amago de sentarse. Tuvieron que ayudarlo; mi único golpe había resultado bastante certero, al menos me llevaba eso.

—¿Qué cojones haces, Keller? —me gritó el entrenador.

No me molesté en contestarle. Me sacudí a los que me agarraban, pero no insistí en continuar con la pelea, porque sabía que no me daría tiempo a saltar sobre él de nuevo.

Me daba igual si me echaban del equipo; lo único que me preocupaba, y en lo que no había pensado, era en que una denuncia de Dixon me hiciera regresar al centro de menores. Los murmullos cesaron casi en el acto cuando Hopkins, el director del instituto, apareció en el borde del campo. Jones continuó increpándome hasta que el hombre se internó en el césped y llegó a su lado.

—¿Qué está pasando aquí, Oliver? —le preguntó a Jones.

El entrenador resumió lo sucedido. No había mucho que contar, no desde su punto de vista. Yo podría haberle dicho una o dos cosas más, aunque estaba seguro de que Hopkins tenía una ligera idea del porqué de la agresión.

—Me refería al señor Baker —repuso el director, señalando a Dixon, ya de pie—. ¿Qué hace entrenando con el resto del equipo?

Aquello dejó al entrenador sin palabras. Todos lo miramos sin comprender y Dixon frunció el ceño y se adelantó un paso hacia él.

—Tenemos la temporada casi encima. Necesito a mi equipo completo —explicó el entrenador con desdén.

Hopkins miró a Dixon y luego a mí. No parecía contento.

—Señor Keller, márchese a casa ahora mismo. Se acabó el entrenamiento para usted por hoy —sentenció. Al menos no parecía tener intención de sancionarme. De todos modos, no me moví, quería ver de qué iba todo aquello—. Señor Baker, no tiene permiso para regresar al instituto y tampoco al equipo. Su caso aún se está evaluando.

Los murmullos se reavivaron y, como era de esperar, el entrenador se encaró con el director y no tardó en mostrar su oposición a dicha decisión.

—No me importa —concluyó Hopkins, sin dejarlo siquiera acabar—. Y puede ir haciéndose a la idea de que tal vez no pueda contar más con él.

No esperó respuesta. Giró sobre sí mismo y se encaminó de vuelta al edificio central. Dixon estaba furioso, tanto o más que el entrenador, y ambos fueron tras el hombre exigiéndole que recapacitase. Varios de los amigos más cercanos de Dixon los siguieron, pero me agradó ver que bastantes otros compañeros de equipo permanecieron en el campo; si eran o no *partidarios* de Dixon, esa ya era otra historia.

—Te has librado de una buena —apuntó Jamie, a mi lado.

—No sé si me he librado del todo —repliqué, desabrochándome el casco y sacándomelo—, pero ha merecido la pena.

Jamie asintió. Mi amigo no había sido de los que se habían interpuesto entre Dixon y yo para detenerme; creo que incluso le hubiera gustado ponerse en mi lugar.

MADISON

—¿Y cómo te hace sentir que Aiden desapareciera después de contárselo?

Vega estaba sentada frente a mí, con expresión neutra aunque cortés, y esperaba una respuesta. Le había explicado todo lo sucedido desde nuestra última sesión, que era bastante dado que por fin me había sincerado con Aiden y no solo eso, sino que la conversación había tenido lugar en Drayson Peek, un sitio que, de forma inevitable, había asociado hasta entonces con Brad.

La cuestión era que había conseguido mantener a raya mi ansiedad, algo que Vega había alabado al enterarse.

—¿Madison? —insistió al ver que me había quedado ensimismada.

—Sí, lo siento... —reaccioné, devolviéndole toda mi atención—. Supongo que en un primer momento me hizo sentir aterrorizada que volviera a desaparecer. —Vega realizó un leve asentimiento para animarme a continuar—. Pero... lo entiendo. Aiden tiene su propia historia y tampoco es agradable. Además, tiende a culparse de todo lo que sucede a su alrededor, sobre todo si implica a personas a las que quiere.

Conociéndolo, incluso recordaría lo suficiente de la charla que habíamos mantenido años atrás en el tejado, en la que yo había bromeado sobre acostarnos juntos, y se torturaría con la idea de que, tal vez, si él se lo hubiera tomado en serio, las cosas habrían sido diferentes.

—Y él te quiere —señaló, más que preguntó.

Asentí.

No fui capaz de controlar la sonrisa que se me dibujó en el rostro y me ardieron las mejillas bajo la atenta mirada de la doctora Williams. Ella fingió no darse cuenta o decidió no abochornarme más de lo necesario. A pesar de la relación de confianza que habíamos establecido durante el tiempo que llevaba tratándome, todavía a veces afloraba en mí una vergüenza difícil de ocultar.

—¿Te está suponiendo un problema el contacto íntimo con él?

«Allá vamos», pensé para mí.

No era que no hubiéramos hablado de relaciones sexuales antes (por desgracia, ese era el principal motivo de mi presencia allí), pero hablarle de Aiden y de nuestra intimidad parecía muy diferente. Tal vez porque con él todo era distinto, como debía ser, íntimo y convenido. Bonito, quizás esa fuese la palabra; algo hermoso y natural que se iba desarrollando poco a poco. Incendiario también, en otras ocasiones. Aiden lograba con tan solo un beso algo que Brad… Ni siquiera recordaba haber sentido algo tan intenso con él al principio, antes de que la relación se convirtiera en un infierno de abusos.

La respiración se me aceleró ligeramente y Vega se dio cuenta enseguida.

—Si te sientes incómoda, Madison, podemos dejarlo para otro momento —comentó con la dulzura tan característica que solía emplear en los momentos más delicados.

—No, puedo hacerlo. —Me tomé unos segundos para recuperar el control y darme ánimos—. En realidad, las cosas con él resultan… fáciles.

Vega sonrió.

—Eso está bien.

—Sé que Aiden no va a presionarme en ese aspecto, más bien todo lo contrario —resoplé, y me sorprendió descubrir que estaba bromeando al respecto.

Pero no me reprimí. Había momentos más duros que otros, algunos en los que los recuerdos aparecían en mi mente sin que pudiera hacer nada al respecto; las noches, por ejemplo, solían ser a veces trampas mortales en las que caía sin remedio. Así que tener un instante en el que pudiera tratar con algo de banalidad el tema era como si los pulmones de repente se me llenasen por completo de aire fresco y mi pecho se ensanchara más allá de su propio límite.

Aiden me hacía sentir así, con él respiraba de nuevo.

Continuamos hablando hasta que la sesión llegó a su fin y me despedí de ella sintiéndome un poco más ligera. Mi madre me esperaba fuera y me sonrió en cuanto atravesé la puerta. La doctora Williams y ella hablaron un instante y luego me llevó de vuelta a Roadhill. Tenía turno esa noche, y yo, una cita para contemplar las estrellas, unas estrellas que parecían brillar más que nunca; ojalá no volvieran a apagarse.

—¿Qué tal van las cosas con tu madre?

Aiden y yo nos habíamos tumbado en el tejado poco después de que anocheciera, en silencio y casi sin mirarnos, pero sintiendo cada movimiento del otro, en una extraña sincronía que nos hizo reír. Luego habíamos permanecido un buen rato callados, contemplando el cielo que se extendía sobre nuestras cabezas.

—¿No te parece que hoy brillan con más fuerza? —terció él, desviando la conversación de forma bastante evidente.

Me incorporé un poco y me apoyé sobre el codo para mirarlo. Odiaba que hiciera eso. Había empleado ese mismo recurso en multitud de ocasiones en el pasado, sobre todo si el tema a tratar era su familia o lo que ocurría en su casa, pero ahora no iba a dejarlo estar, no cuando era consciente de cuál había sido la situación en realidad.

—Aiden... —lo amonesté.

—Madi...

—No hagas eso. —Compuso una expresión despreocupada que en otra ocasión puede que me hubiera tragado, pero ya no. Su mirada oscura transmitía a la perfección lo que sus labios se negaban a aceptar: le dolía—. No finjas conmigo, Aiden. No necesitas hacerlo, creía que lo sabías.

Cerró los ojos, llevándose consigo el brillo de las estrellas que se reflejaba en ellos.

—No estoy fingiendo, es solo que... No quiero agobiarte, pequeña —murmuró sin abrir los ojos—. Ya tienes suficiente con...

—No —lo interrumpí, y eso le hizo alzar los párpados y mirarme—. Ni se te ocurra. Olvídate de mí, estamos hablando de ti. No vas a agobiarme.

Deslicé los dedos por su mandíbula. El músculo se aflojó bajo mis dedos y sus labios se entreabrieron.

—¿Cómo va todo en casa? —insistí, regalándole a su vez una sonrisa.

Él cedió por fin.

—Mi madre sigue empeñada en que hagamos vida familiar. Incluso... —Titubeó.

—¿Qué?

—Quiere que vayas un día a comer a casa.

Enarqué las cejas. La sorpresa se hizo evidente en mi expresión.

—Vaya... Eso no me lo esperaba.

—Yo tampoco, la verdad. Nunca le ha interesado conocer a mis amigos, pero parece dispuesta a todo.

Aiden no mostraba mucho entusiasmo ante la idea de perdonarla; nadie podría echárselo en cara.

—Iré si tú quieres que lo haga —le dije, y él esbozó una pequeña sonrisa de agradecimiento, sin rastro de burla o prepotencia.

Su estómago protestó con un sonoro rugido que me hizo reír.

—¿Has cenado? —inquirí, dándole un suave empujón en el hombro.

—He picado algo al salir del entrenamiento. —Lo que se traducía en un no. Arrugó el ceño un instante, como si hubiera recordado algo desagradable—. ¿Por qué? ¿Vas a invitarme a cenar?

Sin pensarlo siquiera, me incorporé hasta quedar sentada y luego me puse en pie sobre el tejado.

—Vamos, anda —le dije, y me aferré al marco de la ventana de mi habitación—. Yo también tengo hambre.

Mostró un momento de duda antes de deslizarse a través de la ventana, pero enseguida siguió mis pasos por el interior de la casa.

Asaltamos juntos el frigorífico y, gracias a la diligencia de mi madre, incluso pudimos elegir entre varias posibilidades. Finalmente nos decantamos por algo de pasta que yo calenté en el microondas mientras Aiden sacaba los cubiertos y platos y los disponía sobre la isla de la cocina.

—Tengo algo que contarte —comentó con tono cauteloso.

Se había sentado en uno de los taburetes y, por su forma de mirarme, no creí que fuera a gustarme lo que iba a decir. Traté de no ponerme en lo peor.

—Dispara.

—Dixon ha venido hoy a entrenar.

El microondas comenzó a pitar, pero no le hice caso. Si Dixon ya estaba de vuelta en el equipo, no había motivo para que no asistiera a clase al día siguiente.

Inspiré hondo. Podía enfrentarme a él, podía hacerlo.

—Vale.

—El director lo echó —continuó, poco después, y mentiría si dijera que no me sorprendió y me alivió a partes iguales—. Pero eso fue después de que... nos peleásemos —concluyó, bajando la voz.

El pitido del microondas me estaba volviendo loca. Lo abrí y saqué la comida. Con la fuente de pasta en la mano, acudí junto a él, la coloqué entre los dos y me senté.

—Aiden, pensaba que habíamos hablado de eso.

Cabeceó, no del todo avergonzado, y se apresuró a replicar:

—Se lo merecía.

—¿Te han expulsado?

Mi pregunta pareció sorprenderlo. Se echó a reír.

—¿Te preocupa más eso que el hecho de que ese capullo esté rondando por el instituto?

—Sí, claro que sí. —Suspiré—. Voy a tener que enfrentarme con él más tarde o más temprano, Aiden, y no puedes pegarte con él cada vez que nos crucemos. Tienes que graduarte para que podamos ir juntos a la universidad, ¿recuerdas?

El comentario le hizo sonreír. Extendió la mano y me acarició la mejilla; tenía los ojos fijos en mi rostro, tragándome entera.

—Tienes razón —admitió—. Pero por ahora no vas a cruzártelo. El director dijo que tal vez no lo dejen volver al equipo y, con suerte, espero que tampoco le permitan regresar a clase. Lo quiero lejos de ti.

Yo también lo deseaba. Por mucho valor que quisiera echarle, la presencia de Dixon solo conseguía que recordara los abusos a los que me había sometido Brad.

—Claro que tengo razón. Como siempre —bromeé solo para fastidiarlo y eliminar la preocupación que empañaba sus ojos.

Mientras cenábamos, dejamos a un lado el tema y nos entretuvimos hablando de cosas mucho más agradables. Aunque también conseguí que Aiden se abriera un poco más y admitiera lo confuso que la actitud de su madre lo hacía sentir. De repente, él, que nunca había podido contar con el cariño de la mujer que lo había traído al mundo y que habría tenido que cuidarlo, se veía abrumado por las muestras de interés que ella tenía con él. Yo sabía que, por mucho que lo negara, una parte de él ansiaba ceder y permitir ese acercamiento, pero lo aterraba la idea de permitirse creer en ella y que aquello tan solo fuera un espejismo temporal.

Sus planes seguían pasando por irse de Roadhill, aunque conmigo en esta ocasión; sin embargo, Aiden, como cualquier otra persona, deseaba tener un sitio al que volver, un hogar de verdad, y eso era algo con lo que nunca había soñado llegar a contar.

Tras la cena, nos derrumbamos en el sofá. Me había llevado un bol rebosante de helado de *brownie* y me dediqué a hundir la cucharilla una y otra vez en él mientras decidíamos qué película podíamos ver. No habían sido escasas las ocasiones en las que ese ritual se había repetido en el pasado y la elección a menudo conllevaba una airada discusión.

—¿*Los Vengadores*? —propuse, consciente de que no pondría pegas—. No hemos visto la última juntos.

Ambos éramos unos fanáticos de las películas de superhéroes, sobre todo de los de Marvel.

Él aceptó de inmediato, aunque me dio la sensación de que hubiera cedido incluso si le hubiera propuesto una de terror, y Aiden odiaba esa clase de películas.

—¿Palomitas? —sugirió, pero yo le mostré una segunda cucharilla para él y negué.

Se hizo con el mando a distancia y se recostó contra el respaldo. Había una tensión soterrada en su forma de actuar, en cada movimiento y cada mirada, y comprendí que eso era justo lo que había temido que sucediera. No quería que las cosas cambiaran entre nosotros ni que Aiden anduviese de puntillas a mi alrededor, titubeando cada vez que se acercara a mí o me tocase. Eso solo conseguía que me sintiera aún más inquieta.

Los créditos iniciales de la película aparecieron en la pantalla y su atención se centró en ellos. Había dejado el mando a distancia en la mesita de centro y tomado la cuchara. Observé como la agitaba entre sus dedos sin darse cuenta y no pude evitar soltar un suspiro.

—¿Qué? —inquirió, volviendo sus profundos ojos azules en mi dirección.

Tardé un instante en contestar, perdida en la familiaridad de su rostro, en sus líneas duras pero amables y en la sombra de la sonrisa que asomaba a sus labios.

—Nada.

Enarcó las cejas, pero no preguntó. Hundió su cuchara en el helado y se la llevó a la boca.

—Hoy la doctora Williams me ha preguntado si estábamos... *intimando* —solté sin más a continuación.

Aiden estuvo a punto de ahogarse con el helado. Fue obvio que le costó trabajo tragar y, con toda probabilidad, lo hizo tan bruscamente que se le debió congelar el cerebro. Me hubiera reído de no haber estado muriéndome de vergüenza.

Tosió para aclararse la garganta, abrió la boca y luego la volvió a cerrar. Estaba desconcertado, totalmente perdido, y me descubrí pensando en lo mucho que me gustaba verlo así. Aiden solía ser todo seguridad, o eso intentaba aparentar frente a los demás, pero, con el tiempo, yo había llegado a conocerlo tan bien como para saber que no siempre era así como se sentía. A pesar de que él hiciera todo lo posible por ocultar sus miedos y la inseguridad que le había provocado crecer en un hogar sin cariño, yo sabía que había una parte de él a la que le costaba creer en sí mismo; y que me la mostrase, aunque fuera sin querer, me hacía quererlo un poco más.

—¿Recuerdas lo que te dije? No me romperé, Aiden —balbuceé con timidez, mucha más de la que solía emplear con él. Bajé la vista hasta mis manos, entrelazadas ahora sobre mi regazo—. No quiero que me trates de forma diferente.

Aiden no tardó ni un segundo en tirar de mi barbilla para obligarme a mirarlo.

—Siempre voy a tratarte de forma diferente, Madi. Pero no de la manera en que crees —se apresuró a añadir—. Voy a tratarte como si fueras lo más valioso que tengo, porque eso es justo lo que significas para mí. Siempre voy a asegurarme de que deseas que te toque o te bese, que eso es lo que quieres y te hace sentir bien. —Sus iris se oscurecieron y su pulgar se deslizó por mi mentón—. Al margen de todo por lo que has pasado, voy a preocuparme por ti y me aseguraré siempre de que estés bien. Lo haría aunque nada hubiera sucedido. Lo haré porque te quiero.

Se inclinó muy despacio, sus labios estaban cada vez más cerca, y fui yo la que acorté los últimos centímetros que separaban nuestras bocas. La suavidad con la que me besó, la dulzura con la que su lengua me acarició, como si quisiera reafirmar con ello sus palabras, volvió loco a mi cuerpo, que reaccionó por sí solo. Mis manos se aferraron a su nuca y mis dedos se hundieron con cierta desesperación en su pelo; me deslicé a un lado y terminé subida a su regazo. Aiden, el chico de sonrisas fanfarronas y miradas provocadoras, rebosaba ternura, y eso solo aumentaba mi anhelo de él, de sus caricias y sus besos.

Por regla general, mi ansiedad era como un ruido de fondo en mi cabeza y en mi pecho, algo que estaba ahí aunque no siempre se manifestara exteriormente. Había situaciones que casi conseguían eliminarla: reír con Zyra, los desayunos con mi madre las mañanas de domingo, leer… Al parecer, Aiden también formaba parte de la «lista de cosas calmantes», aunque, en honor a la verdad, no estaba precisamente serena en ese momento, solo que no tenía que ver con mi ansiedad.

Las manos de Aiden sujetaron mis caderas y luego ascendieron desde la parte baja de mi espalda. La piel se me erizó a pesar de la ropa que se interponía entre nosotros. Cada beso era más y más hambriento, más desesperado, como si la necesidad nos estuviera consumiendo con cada roce de nuestras lenguas...

Cuando Aiden se retiró, ambos respirábamos con dificultad.

—¿Y las estrellas? —preguntó, mirándome a los ojos.

—Siguen ahí. Siempre están ahí contigo, Aiden.

Fui yo la que tiré del bajo de su camiseta hacia arriba para sacársela por la cabeza. Su piel se descubrió ante mí como el territorio que siempre había querido explorar. Deslicé los dedos por el tatuaje de su costado y él soltó un siseo. Me reí.

—¿Tienes cosquillas?

—No son precisamente cosquillas lo que provocas cada vez que me tocas.

—Ah, ¿no?

Negó con una lentitud premeditada y sus comisuras comenzaron a curvarse para mostrarme un par de pícaros hoyuelos. Besé primero uno y luego el otro, y él me correspondió depositando un beso en la punta de mi nariz.

—Iremos despacio, todo lo despacio que haga falta —aseguró, acercándome para apretarme contra su pecho. Su boca buscó mi oído para susurrar—: No tengo prisa contigo, Madison Harper. Tenemos todo el tiempo del mundo.

Fue la mejor promesa que hubiera podido hacerme, más que un «te quiero», más que un «siempre te amaré».

Quería ese tiempo con él, todo el tiempo.

AIDEN

Deseaba a Madison más de lo que hubiera deseado nunca a otra chica, pero no le había mentido al decirle que no tenía prisa. Iba a disfrutar cada pequeño paso que diéramos porque sabría que lo estábamos dando juntos y que ambos lo deseábamos.

Fue ella la que tiró de su camiseta y la lanzó a un lado. Aunque la escena resultaba similar a la que se había desarrollado en Drayson Peek, me quedé sin aliento al contemplarla semidesnuda.

Mis labios se posaron sobre su cuello y fui descendiendo poco a poco hasta llegar a la parte alta de su pecho. Exhaló un pequeño gemido que me hizo retirarme para comprobar su expresión; no había dudas ni inquietud en su rostro.

—Eres jodidamente preciosa, pequeña —le dije con una extraña devoción quebrándome la voz.

Lo era, por dentro y por fuera.

Sus mejillas se tornaron de un revelador tono escarlata.

Nos besamos durante largo rato y nos acariciamos sin descanso; sus manos paseándose por mi espalda, sus uñas clavándose en mi carne, y nuestros pechos, unidos. Cuando Madison comenzó a mecerse contra mí, fui yo el que gemí. Era muy consciente de que su entrega iba más allá de los besos que me daba o el rastro cálido que sus dedos dejaban sobre mi piel y, durante un momento, sentí que era imposible que estuviera enamorada de mí, que me quisiera de una forma en la que nadie me había querido antes. Me aterrorizó la idea de volver a sentirme tan solo y tan desesperado como durante mi reclusión en el centro de menores, pero entonces recordé los años que hacía que nos conocíamos, recordé las mañanas medio dormidos en clase, las tardes en su jardín, las noches observando el cielo y las estrellas. Recordé cada segundo que habíamos pasado juntos, nuestra amistad, y supe que había estado enamorado de ella desde mucho antes de ser consciente de que así era. Pasara lo que pasase, lo que sentía por Madison estaría ahí, muy dentro de mí, y me acompañaría siempre.

—Te quiero, pequeña —murmuré, porque necesitaba que lo supiera, que comprendiera—. Y está bien, todo está bien —añadí más para mí que para ella.

Creo que fue en ese instante cuando entendí que no iba a temer más querer o necesitar a alguien, y también que le daría una oportunidad a mi madre para formar parte de mi vida. Si algo me había enseñado Madison, era a no rendirme, a seguir luchando. Ella era la fuerte de los dos, aunque pensara lo contrario; ella, a pesar de haber sido humillada y forzada, se había levantado y continuaba haciéndole frente al mundo. Yo también podía.

—Te quiero —repetí, y a Madison se le escapó una carcajada risueña.

Deseé poder escuchar ese sonido para siempre.

Mientras los besos del otro nos cubrían la piel, con las manos dibujamos las constelaciones que habían guiado nuestros pasos; yo le repetí mil veces que la quería y ella brilló.

Brilló como cada maldita estrella de mi cielo.

Las semanas siguientes avanzaron de forma perezosa y, a la vez, con un ritmo endemoniado. Pasaba mucho tiempo con Madison, pero también con Jamie, Zyra, Mara y Pixie, y además comencé a compartir algunos momentos con mi madre. Me contó que meses después de que me detuvieran había conseguido un trabajo como secretaria en una inmobiliaria y que, esforzarse por mantenerlo y llevar una vida mucho más ordenada, a la espera de que yo regresara, la había ayudado a centrarse. No podía evitar pensar que, mientras ella reorganizaba su vida, yo había estado encerrado por su culpa. Sin embargo, aunque no la había perdonado, traté de no dejarme llevar por el rencor. Le daría una oportunidad, solo una más, y ella tendría que decidir si la aprovechaba.

La relación entre Madison y yo también cambió. Era mi amiga y mi chica; éramos lo que habíamos sido en el pasado y... algo más, algo mucho mejor. De repente, las cosas habían empezado a encajar para mí y a veces eso me aterraba. Una voz me decía que no lo merecía, que no duraría, que era solo una ilusión que desaparecería en cualquier momento. Pero entonces escuchaba a Madison reír por alguna de mis tonterías y olvidaba mis miedos. Reía, ella reía como si el mundo fuera nuestro y nunca nadie la hubiera herido, ¿cómo demonios iba yo a permitir que mis temores estropearan eso?

Zyra y Mara también habían hecho oficial su relación, mientras que Jamie y Pixie, aunque parecían llevarse muy bien, no fueron más allá de la amistad. La pequeña familia que habíamos formado se mantenía unida y yo llegué a olvidar que una vez me había planteado no regresar jamás a Roadhill.

No todo fue bueno, pues, aunque nos enteramos de que, finalmente, Dixon se había trasladado a otro instituto, algunas de las amigas de Mara renegaron de ella y eso enfureció a Zyra, sabedora del motivo de su repentino desapego. Mara, sin embargo, no dudó en plantarse una mañana frente a ellas de la mano de su novia, sonreírles y darle un largo beso a Zyra a la vista de medio instituto; fue la comidilla de los pasillos.

Así era Roadhill, los rumores y cotilleos sobre la vida de los demás estaban a la orden del día. Por eso justamente, el hecho de que mis amigos no hubieran tenido en cuenta lo que se había dicho de mí y que nunca hubieran preguntado al respecto, me hacía sentir que por fin tenía ese hogar que tanto había deseado. Me juzgaban por lo que era, por lo que ellos veían en mí, y no por lo que los demás creían saber sobre mis actos o mis decisiones.

Madison aceptó ser Julieta y en esos días comenzamos con los ensayos. El entusiasmo con el que nos dirigía la señora Pepper consiguió algo que hubiera creído imposible: todo el mundo se implicó en la preparación de la obra. A Madison se le daba realmente bien, mucho mejor que a mí, que, a veces, en mitad de una escena, me podía la risa, haciendo que tuviésemos que empezar de nuevo desde el principio.

Una mañana particularmente fría de ese otoño, de camino al instituto, Madison me preguntó si ya había tomado una decisión respecto a la comida a la que mi madre la había invitado. Yo había estado dejándolo pasar, sin llegar a comprometerme a nada con mi madre. Madison me había dicho que no suponía un problema para ella, pero yo no estaba seguro de que no lo fuera para mí. En realidad, un almuerzo no era gran cosa; sin embargo, aún sentía un recelo del que no me era fácil desprenderme. Reunirlas en una habitación era como fusionar dos partes de mi vida que había conservado separadas. Madison había sido mi refugio, un puerto seguro al que acudir durante años cuando, precisamente, quería escapar de mi casa y mi familia; y, de alguna forma, me daba la sensación de que nuestra historia se *contaminaría*.

—Está bien —le dije incluso así—, lo haremos.

Madison no comentó nada acerca de la solemnidad con la que pronuncié esas simples palabras, ya que era consciente de lo que aquello significaba para mí.

Unos días más tarde, mi madre se encerró en la cocina desde muy temprano. Parecía más alegre de lo que se había mostrado en semanas, como si la presencia de Madison en una comida familiar supusiera una especie de victoria para ella. Y en realidad, lo era, pues le estaba dando acceso a la persona más importante de mi vida.

—Señora Keller —la saludó Madison en el umbral, a mi lado.

Había preferido llamar en vez de hacer uso de mi propia llave para entrar.

—Llámame Vivian, por favor —le respondió ella, sonriéndole; sonriéndonos a ambos.

Se hizo a un lado y no tardamos demasiado en estar sentados en la mesa del comedor, esa que apenas si habíamos usado desde hacía años. Mi madre se había esforzado al máximo, tenía que reconocerlo; una parte de mí había creído que encargaría comida a domicilio, como tantas veces en el pasado, o que nos serviría cualquier cosa para salir del paso.

Su implicación en ese momento no cambiaba los diecisiete años anteriores (no había manera de eliminar los desprecios acumulados durante tanto tiempo), pero era un comienzo, y me alegraba ver que, por ahora, seguía manteniéndose fiel a la promesa que me había hecho.

—Y bien, Madison, no es que Aiden me cuente muchas cosas —intervino una vez que comenzamos a comer. Lo dijo más con tristeza que como un reproche—, pero sé que vuestra intención es pedir plaza en las mismas universidades.

Madison asintió, mientras que yo permanecí en silencio. No tenía muy claro a dónde quería llegar. Tal vez solo estuviera iniciando una conversación cortés; fuera como fuese, no me fiaba del todo de ella aún.

—Esa es la idea. Llevamos años planeándolo —repuso Madi, y me lanzó una breve mirada acompañada de una sonrisa.

Mi madre bajó la vista hasta su plato durante unos segundos, meditando tal vez su respuesta.

—Bien —dijo por fin, y levantó la barbilla para mirarme directamente a mí—. Estoy segura de que Aiden estará bien contigo.

«Mejor que conmigo», pareció decir, y me entristeció reconocer que, probablemente, así sería. Ella lo sabía y creo que... lo comprendía. Que fuera consciente de todo por lo que me había hecho pasar me hizo pensar que tal vez si tuviésemos una oportunidad de llegar a entendernos. No había manera de cambiar el pasado, pero tal vez hubiera un futuro que pudiéramos construir juntos, poco a poco, paso a paso.

—Lo estaré —señalé yo.

Ella miró entonces a Madison y luego continuó comiendo. Creo que quería decirle algo así como «cuida de él», pero sabía que Madison lo haría de cualquier forma.

Continuamos con el almuerzo, que se desarrolló de una manera bastante aceptable dadas las circunstancias, y, al finalizar, mi madre le hizo prometer a Madison que nos acompañaría en otras ocasiones y aseguró que podía sentirse allí como en su propia casa.

—Esta es *vuestra* casa —insistió a continuación, fijando sus ojos en mí.

Todo parecía ir bien. Después de lo sucedido, el destino —o tal vez las estrellas— parecía estar encontrando la manera de compensar los malos momentos.

Ojalá fuera así; ojalá nada enturbiara ese dulce instante.

MADISON

—Dime una cosa, mamá. ¿Desde cuándo sabes que Aiden y yo pasamos el rato en el tejado?

Mi madre alzó la cabeza y me miró. Había una sonrisa brillando en sus ojos y otra aún más pronunciada en sus labios.

Estábamos desayunando en la cocina. Ella no tenía que ir a trabajar hasta el día siguiente; muy temprano, eso sí, por lo que no disfrutaría demasiado de la noche de Halloween. Yo, en cambio, pasaría la tarde en el Books & Coffee. Mis amigos acudirían antes de la hora del cierre y luego iríamos a celebrar la noche más terrorífica del año.

Durante mucho tiempo, Aiden y yo habíamos salido juntos a pedir caramelos; el último año antes de que desapareciese, en cambio, habíamos sido nosotros los que nos habíamos encargado de repartir chucherías a los niños que llamaban a la puerta de mi casa y nos habíamos quedado tirados en el sofá hasta la madrugada, levantándonos por turnos cada vez que sonaba el timbre.

En esta ocasión, la decoración era tan llamativa como entonces. Entre mi madre y yo habíamos vaciado al menos un par de docenas de calabazas, dispuesto telarañas que colgaban del porche y un montón de arañas y murciélagos habitaban las esquinas o se balanceaban ancladas a la madera.

—¿De verdad quieres saberlo? —rio mi madre, y yo asentí—. Desde la primera vez que él se atrevió a deslizarse a través de su ventana y saltar a nuestro tejado. También sé que, más de una vez, se colaba en tu dormitorio. Las paredes son finas y os escuchaba susurrar y reír.

—¡No! —exclamé, desconcertada, y mi madre rio aún más fuerte—. ¡Nunca dijiste nada!

La curva de sus labios se suavizó y su rostro adquirió una expresión comprensiva.

—Por aquel entonces, tú no tenías muchos amigos. Os habíais criado juntos y saltaba a la vista lo mucho que Aiden se preocupaba por ti —explicó tras dar un sorbo a su zumo de naranja. Su tono no dejaba traslucir enfado alguno—. Además, se te veía feliz estando con él. Nunca te dijo que no podías hacer algo. Recuerdo como te animaba siempre. Cuando te enseñé a montar en bici, él estuvo ahí, asegurándote que no ibas a caerte y que podías hacerlo. Aiden te hacía bien y él también necesitaba a alguien que lo hiciera sentir parte de algo.

—Así que todo este tiempo... tú has sabido lo del tejado.

Asintió. Se inclinó un poco hacia mí y me rozó la mejilla con la punta de los dedos.

—Aiden es un buen chico, Madison. Incluso después de las cosas malas que le han pasado, es una buena persona. Tienes suerte de poder contar con él y él tiene suerte de poder contar contigo —sentenció, y no había duda de que lo creía de verdad—. Siento haber arremetido contra él cuando tuviste el ataque en el instituto. Me puse muy nerviosa.

—No pasa nada, mamá. Creo que Aiden lo entendió. —Hice una pequeña pausa—. Así que... ¿tiene permiso para cruzar hasta nuestro tejado de nuevo?

Esbocé una mueca esperanzada y ella volvió a reír.

—¿Acaso crees que no sé que ha seguido haciéndolo de todas formas?

También yo reí. Acto seguido, la abracé. Ojalá Brad no hubiera entrado nunca en mi vida, pero lo ocurrido al menos había hecho que la relación con mi madre se volviera mucho más cercana.

Me agarré a esa idea.

El Books & Coffee estaba atestado de gente. Durante toda la tarde se había ido concentrando allí gran parte del alumnado del instituto, y la tarta de calabaza especial que solo servíamos esa semana era una de las causas de ello. También había zumo de calabaza dulce y un montón de pastas y pastelitos horneados precisamente para ese día. La decoración no se quedaba atrás: tumbas, cruces, telarañas por doquier... En Roadhill se respiraba Halloween y todos parecían deseosos de que la noche llegara al fin.

Los empleados íbamos ataviados con disfraces. Aiden y yo habíamos estado dándole muchas vueltas hasta decidir que seríamos Romeo y Julieta en una versión un poco *gore* que representase su trágico final. Así que allí estaba, sirviendo cafés con un aspecto a medio camino entre Julieta y un zombi de *The Walking Dead* mientras moría de ganas de ver lo que había hecho Aiden con su disfraz. Del resto, sabía que Pixie y Jamie irían de momia, y que Zyra y Mara habían elegido ser dos preciosas pero aterradoras hadas.

Muchos de mis compañeros lucían ya sus propios disfraces, por lo que el local estaba saturado de color, colmillos y rostros desfigurados por las pústulas, mordiscos, u ocultos bajo máscaras —unas más elaboradas que otras.

—¿Qué te pongo? —le pregunté a un Thor de aspecto algo lamentable.

Las comparaciones resultaban odiosas y Chris Hemsworth salía ganando, no importaba con quién lo comparases.

El tipo alzó el martillo y me pidió un capuchino con extra azúcar. Le cobré tras pasarle el pedido a Drake y servirle al chico también un trozo de tarta de calabaza. Continué con el siguiente cliente: Drinna.

—Hola, Harper.

—Johnson —la saludé.

La había visto entrar con solo una parte de su séquito habitual, que parecía haber menguado en las últimas semanas. No lograba comprenderlo. Drinna nunca me había caído demasiado bien, pero algo andaba mal con la gente si sus amigos la daban de lado tras lo sucedido con Dixon y no porque a veces se comportara como una verdadera arpía. ¿De verdad podían pensar que ella tenía la culpa de que Dixon fuera un acosador?

—Enhorabuena por lo del papel —me dijo, y puede que ese gesto cortés me sorprendiera más que cualquier otra cosa. No recordaba haber recibido ninguno de ella antes—. Lo harás bien.

—Gracias —atiné a responder, aún más perpleja.

Le dediqué una escueta sonrisa que ella me devolvió.

«El mundo se está yendo al infierno si Drinna es capaz de ser amable conmigo», pensé mientras tomaba nota de su pedido.

La tarde transcurrió sin pausa alguna en el volumen de trabajo. El escándalo en el interior del local era considerable y en el exterior las cosas resultaban aún peores. Todo el mundo parecía realmente ansioso. Cuando los niños comenzaron a inundar las calles, supe que mis amigos estarían a punto de aparecer.

No me equivoqué. Llegaron todos juntos, intercambiando bromas y riéndose de sus disfraces. Aiden estaba increíblemente atractivo a pesar de parecerse más a un muerto viviente que a Romeo Montesco, claro que era difícil que algo le sentara mal. Se adelantó hasta la barra y, tras un breve titubeo y un rápido vistazo a su alrededor para cerciorarse de la poca atención que nos prestaban los presentes, se inclinó sobre la madera del mostrador y me dio un beso en la sien.

Me conmovió que continuara esforzándose para no incomodarme, sobre todo si había gente delante.

—Estás horrorosamente preciosa —me dijo, arrancándome una carcajada.

Aunque no llevábamos demasiado tiempo saliendo como pareja, me sorprendía la naturalidad con la que nos habíamos acostumbrado a ello. Las cosas eran sencillas con Aiden incluso en eso; nuestras manos se buscaban por instinto y encajaban tan bien como lo hacíamos nosotros. Fácil, todo era fácil y agradable, incluso el cosquilleo que agitaba mi estómago cuando me miraba y me sonreía de la forma en que lo estaba haciendo en ese momento.

Le aparté un mechón rebelde de pelo negro de la frente y le devolví la sonrisa.

—Usted también, señor Montesco.

Zyra se acercó dando saltitos y riendo de forma inquietante, muy metida en su papel de hada oscura.

—Hay una fiesta —canturreó con varios movimientos insinuantes de cejas—. ¿Te apetece?

Asentí.

Había hecho un trato conmigo misma. Dado que mis amigos se mostraban en todo momento reacios a hacer cosas que pudieran aumentar mi ansiedad, yo había decidido hacer un esfuerzo y no rechazar ese tipo de planes. Se lo merecían; además, cada vez me sentía un poco más segura de mí misma.

—¿Dónde es?

—En la casa de Collins. Sus padres asisten a no sé qué fiesta en la ciudad y no regresarán hasta mañana —explicó Zyra.

Tommy Collins estaba en mi clase de Literatura. Era un chico algo tímido y callado y no excesivamente popular. Me extrañó que se hubiera animado a dar una fiesta en su casa, aunque supuse que, en ese último año de instituto, todos comenzábamos a ser más nosotros mismos. La certeza de que en unos meses nos separaríamos y nuestras vidas cambiarían para siempre hacía que nos volviésemos más valientes.

—Vale. ¿Os pongo lo de siempre? En un rato estaré fuera —les dije mientras los dedos de Aiden jugueteaban con los míos sobre el mostrador.

Un asentimiento general.

Pedí a Drake las bebidas para mis amigos y les serví un surtido de pastelitos de los que estaba segura que darían buena cuenta entre todos. Pixie, a pesar de su menudo tamaño, era capaz por sí sola de zamparse una bandeja entera, y Aiden tampoco hacía ascos a nada.

El grupo fue en busca de un lugar libre en el que acomodarse para esperarme; todos salvo Aiden, que permaneció un instante más frente a mí. Llevó mi mano hasta su boca y rozó el dorso suavemente con los labios.

—Si profano con mi indigna mano este sagrado sacramento, pecado de amor será —me susurró, citando una parte de *Romeo y Julieta* con una declamación mucho más conseguida que la que solía emplear en los ensayos.

—Eres idiota —me quejé, y él rio encantado ante el sonrojo que cubrió mis mejillas.

—Hay para mí más peligro en tus ojos que en afrontar veinte espadas desnudas —continuó citando fragmentos al azar.

Los clientes que esperaban tras él lo persuadieron de dar por terminada la representación y se marchó muy pagado de sí mismo, sonriendo y con su particular andar resuelto, hacia donde estaban nuestros amigos. Al final, por mucho que me resistiera, iba a terminar por convertir la trágica obra de Shakespeare en una de mis favoritas.

Desde ese momento, el local se fue vaciando poco a poco, pues todo el mundo iba a asistir a la fiesta de Tommy.

El sol ya se había ocultado tras el horizonte y una brisa fría y húmeda nos recibió cuando acabé mi turno y también nosotros salimos del Books & Coffee casi una hora después.

—No voy a preguntaros cómo pensáis hacer si tenéis que ir al baño —bromeé con Jamie y Pixie una vez en la acera.

Ella llevaba colgada su cámara, que resultaba un poco incongruente con la interminable venda que la recubría de pies a cabeza. Dudaba mucho que las fotos que sacara esa noche pudieran publicarse en el anuario, aunque su talento para la fotografía era tal que quizás se obrara el milagro.

—No, mejor no preguntes —gruñó Jamie, que tal vez no hubiera caído en ese detalle de su disfraz hasta ese instante.

Pixie nos colocó a todos juntos para inmortalizar el momento y, tras mucho insistirle, conseguimos que esperara a que saliera Drake y fuera él el que tomara la foto para que ella también pudiera posar junto a nosotros. Me aseguré de que más tarde me mandara una copia; sería una de las imágenes que me llevaría conmigo a la universidad.

—Voy a echaros mucho de menos cuando acabe el curso —admití en apenas un hilo de voz.

A pesar de mis miedos, no me costó sincerarme con ellos.

—Aún quedan unos cuantos meses, Harper —señaló Jamie.

Zyra se lanzó sobre mí y me dio un abrazo que casi me disloca el cuello, y los demás no tardaron en seguir su ejemplo. Terminamos todos fundidos en un abrazo en grupo que amenazó con atraer mis lágrimas, pero que también me dejó el corazón un poco más lleno.

ZYRA

La fiesta de Tommy Collins resultó ser terrorífica, en el buen sentido. La decoración de la casa de dos plantas ubicada al norte de Roadhill hubiera podido ganar un premio a la más llamativa del pueblo. El jardín, repleto de los típicos detalles de esa festividad, era una auténtica pasada: el suelo estaba cubierto de hojas secas que crujían con cada paso y había calabazas encendidas distribuidas por todos lados, un enorme ataúd flanqueado por otros dos de menor tamaño que resultaban escalofriantes, lápidas, arañas que colgaban de sus telas, murciélagos que se sacudían con la brisa nocturna... Los niños que se acercaban a la puerta salían con las manos llenas de chucherías y una sonrisa de oreja a oreja, la misma que bailaba en mi rostro al contemplar la escena.

—Vaya —exclamó Mara, apretando mi mano con la suya.

—¿Asustada? —repliqué risueña.

Sabía que no le gustaban demasiado las películas de miedo, aunque, dada mi debilidad por ellas, había accedido a ver varias conmigo. De todos modos, lo más inquietante de aquella fiesta probablemente eran los invitados. Ya había una buena cantidad de vasos de plástico, tirados por el jardín delantero y el porche, que los niños debían sortear para llegar hasta la puerta, y el alboroto que llegaba desde el interior, así como el elevado volumen de la música, indicaba que la fiesta estaba ya en pleno auge.

Mara tiró de mí y entramos junto con el resto de nuestros amigos. El breve episodio nostálgico que habíamos vivido al salir del Books & Coffee me había hecho pensar en lo rápido que estaba pasando el tiempo. Aunque aún quedaran meses para graduarnos, muchos ya estábamos preparando nuestras cartas de presentación para solicitar plaza en la universidad. Era el fin de una etapa y, a pesar de que había pensado que no iba a echarla de menos, en aquel momento, de la mano de Mara y rodeada de mis amigos, me di cuenta de que resultaría duro separarme de todos ellos.

Detuve mis pasos y frené así el avance de Mara; los demás continuaron andando, directos hacia la cocina en busca de algo que beber.

—Quiero que me prometas una cosa —le dije a mi novia—. Cuando el curso acabe... lo nuestro no acabará.

Mara esbozó una sonrisa, aunque la alegría evitó sus ojos. Con toda probabilidad, iríamos a universidades diferentes y eso significaba pasar mucho tiempo separadas.

—Podemos con ello —aseguré, tratando de devolverle la sonrisa.

Nunca me había costado tanto sonreír.

Mara llevó su mano hasta mi mejilla y acunó mi rostro con dulzura, y el gesto, aunque reconfortante, hizo que se me llenaran los ojos de lágrimas. Yo no solía llorar, nunca había sido una persona de lágrima fácil; más bien, de sonrisa fácil.

—Nos veremos en vacaciones —me dijo, apoyando su frente en la mía y hablándome muy bajito. Durante un instante, el sonido de la fiesta se diluyó y solo fui capaz de escuchar su voz—. Hablaremos todos los días.

—Sin faltar uno.

Mara asintió y me dio un beso suave en los labios.

Había gente rodeándonos, los mismos compañeros que se habían reído de nosotras en innumerables ocasiones y otros que apenas si nos prestaban atención; sin embargo, no me importaba y a ella tampoco, y eso resultaba esperanzador.

En las últimas semanas, algunas cosas habían ido cambiando en el instituto. No habían sido grandes cambios, pero había más caras amables o, mejor dicho, más indiferencia ante la pareja que Mara y yo formábamos. Era triste que la indiferencia fuera motivo de celebración, pero esperaba que, una vez que nos graduásemos, en la universidad, la gente fuera más respetuosa que en aquel pueblo.

Fuera como fuese, no permitiría que eso me afectara ni que condicionara mis últimos meses allí. Tenía a Mara, Madison estaba mejorando y era feliz con Aiden y, por primera vez, contaba con un grupo de amigos, pequeño pero increíble.

Besé a Mara de nuevo y, esta vez, sonreí con ganas.

—Vamos —le dije, y tiré de su mano para ir tras los demás—, disfrutemos de la noche.

MADISON

Con toda probabilidad, aquella fiesta era demasiado para mí. La gente estaba como loca: los que se habían disfrazado de monstruos o de algún psicópata cinematográfico se habían metido en su papel y se esforzaban en asustar a cualquiera que se les pusiera a tiro; y, si añadíamos el alcohol a la escena, aquello tenía todas las papeletas para degenerar en algo sórdido.

—Ey, pequeña, ¿qué tal se ven esas estrellas desde aquí? —preguntó Aiden, leyendo en mi expresión la incomodidad que sentía.

En la cocina, el ambiente era algo más tranquilo, aunque abundaban las botellas de bebidas alcohólicas e incluso habían traído un barril de cerveza. Me pregunté de dónde demonios las habrían sacado teniendo en cuenta que todos allí éramos menores de edad. Eso no parecía importarle a nadie, así que desistí de mi preocupación al respecto.

—Siguen brillando —le dije para tranquilizarlo, y él respondió depositando un beso en mi sien.

Mis amigos se sirvieron cerveza y, a pesar de que yo también acepté el vaso que me tendió Jamie, no tenía muy claro que fuera a bebérmelo. La ansiedad se estaba cebando con mi estómago.

Nos dirigimos de vuelta al salón principal. La casa de Tommy no era tan espectacular como la de Cody, pero tampoco era pequeña. Aun así, si todos se hubieran puesto de acuerdo para concentrarse en el interior, no habríamos cabido. A través de los amplios ventanales podía ver a una parte de los invitados dispersos por el jardín trasero.

Traté de relajarme y no prestar atención a la gente que me rodeaba. Me centré en la conversación que mantenían Jamie y Aiden sobre las dificultades que estaba teniendo el equipo para reorganizarse tras la expulsión de Dixon y lo complicado que sería llegar a las estatales; ninguno de los dos parecía triste por su ausencia. Yo tampoco lo estaba, la verdad.

Charlamos durante un buen rato. Zyra y Mara bailaban a pocos pasos de nosotros, ajenas a todo, y no pude evitar sonreír al ver lo feliz que parecía mi amiga. Cuando busqué a Pixie con la mirada, la encontré algo alejada, casi en un rincón, con un vaso en la mano al que daba pequeños sorbos de forma compulsiva. Dejé a los chicos que continuaran con la conversación y fui hasta ella.

—Esto es una locura —comenté, y ella realizó un leve asentimiento.

No quise preguntarle si le pasaba algo; yo solía odiar que me hicieran esa pregunta aunque normalmente el que la realizaba no tenía mala intención. Pero, por un momento, me pareció ver en ella algunos de los síntomas que yo misma había padecido durante mucho tiempo y que aún sufría. Pixie nunca había sido demasiado habladora a pesar de que, como encargada del anuario, se relacionaba bastante con todo el mundo (era casi lo opuesto a mí, que podía contar con los dedos de las manos la gente con la que hablaba). Sin embargo, lo sucedido con Drinna me había hecho pensar en lo mucho que engañaban a veces las apariencias. La popularidad no te aseguraba nada; sentirse solo no era patrimonio exclusivo de los *marginados.*

—Sí que lo es —señaló ella—. La gente va ya muy pasada.

—¿Te apetece que salgamos un poco a tomar el aire? Yo también estoy un poco agobiada.

Se le iluminó el rostro al escuchar mi propuesta.

Le hice señas a Aiden para que supiera que nos íbamos fuera y él hizo amago de venir con nosotras. Con un gesto le di a entender que no era necesario; tal vez Pixie necesitaba un rato a solas o quizás fuera yo la que me estaba poniendo un poco paranoica.

En el porche había dos bancos de madera, ambos ocupados, por lo que tuvimos que avanzar más allá del jardín y sentarnos en el bordillo de la acera. Ya no había tantos niños en la calle y los que se resistían a regresar a casa estaban más concentrados en devorar sus dulces que en el descontrol que tenía lugar en aquella parcela, en la que se escuchaban algunos gritos, provenientes de la parte trasera de la casa, y también risas.

—Esto ya es otra cosa —dije. Incluso con el alboroto de fondo, el aire fresco resultaba reconfortante. Pixie volvió a asentir de forma distraída—. Pensaba que no te perdías ninguna fiesta —comenté a continuación.

Ella solía estar siempre invitada y, que yo supiera, solía asistir con regularidad a aquel tipo de celebraciones.

—A veces me agobio un poco si hay mucha gente —dijo mientras se encogía de hombros, restándole importancia.

—Yo sé mucho de eso —bromeé. No quería que se sintiese mal.

Del grupo, solo Zyra y Aiden estaban al tanto de todo lo que me había sucedido; Jamie y Pixie conocían mi ansiedad, pero no lo que la había provocado.

Ladeó la cabeza para mirarme.

—Viene bien hablar con alguien de ello —aventuré, sin saber muy bien si estaba metiendo la pata.

Ella negó con vehemencia, quizás más de la necesaria.

—No... No es mi caso. Solo es que no me gusta mucho estar entre tanta gente.

Dejé a un lado el tema. No quería incomodarla ni obligarla a hablar de nada que no deseara. Al fin y al cabo, quizás yo estuviera equivocada.

Para distraerla, le pregunté acerca del proceso que seguía para seleccionar las fotos del anuario. Eso la volvió mucho más habladora; se fue relajando mientras me contaba la cantidad desproporcionada de instantáneas que tomaba a lo largo de todo el curso escolar, y el color fue regresando paulatinamente a sus mejillas.

Un buen rato después, no había rastro de su inquietud y yo también me sentía mejor.

—Siento lo que te pasó con Dixon —dijo tras una pausa, y me sorprendió que sacara el tema.

Iba a decirle que, gracias a la intervención de Drinna, no había habido nada que lamentar; sin embargo, alguien se sentó a mi lado antes de que pudiera abrir la boca. Giré la cabeza esperando descubrir a mi Romeo particular, pero me encontré con una máscara de Frankenstein que ocultaba el rostro de su portador. En una reacción instintiva, aparté mi brazo, que había quedado en contacto con el suyo, y durante una fracción de segundo me entró el pánico al pensar que, bajo el látex de la careta, se escondía Dixon.

Tras una rápida mirada me di cuenta de que no podía ser él; su espalda no era tan ancha y, aunque estaba sentado, estaba claro que Dixon le sacaba media cabeza a aquel tipo.

—¿Quién se supone que eres? —inquirí, parcialmente aliviada.

—Frankenstein. ¿Es que no lo ves? —farfulló con evidente sorna una voz masculina.

El comentario mordaz que asomaba a mis labios murió antes de transformarse en palabras. Fue Pixie la que intervino:

—Eso ya lo vemos, idiota —lo reprendió.

Cogió mi mano y tiró de mí con la intención de que regresáramos dentro y nos alejáramos del desconocido, pero yo fui incapaz de moverme. Conocía esa voz; aun sonando amortiguada por la máscara, sabía a quién pertenecía.

Mi cuerpo reaccionó por sí solo antes de ser del todo consciente de la situación: las manos me sudaban, el corazón golpeaba con fuerza mis costillas y el aire apenas si conseguía entrar en mis pulmones.

«No. No. No», repetía una vocecita histérica en mi mente.

—¿Ahora sales con Dixon? —inquirió, susurrando, y supuse que había escuchado el último comentario de Pixie—. ¿También vas a soltar mierda de lo que haces con él cuando te canses de que te folle en el asiento trasero de su coche?

La bilis inundó mi garganta. Las náuseas que había sentido un rato antes en el interior de la casa no eran nada comparadas con los saltos que mi estómago estaba dando en ese momento.

—Brad —murmuré, y decir su nombre en alto rompió algo en mi interior.

No creo que Pixie llegara a escucharme ni tampoco que comprendiera del todo lo que Brad había dicho, pero volvió a tirar de mí. No consiguió nada.

La mano de Brad se cerró en torno a mi muñeca y me mantuvo junto a él. Todo el vello del cuerpo se me erizó en cuanto sentí su piel contra la mía y un escalofrío me recorrió de arriba abajo.

—Suéltame, Brad —atiné a decir.

—¿Por qué? ¿No te apetece? —rio él.

Su tono malicioso me hizo reaccionar por fin. No iba a quedarme sentada sin hacer nada esta vez; no me importaba lo que quisiera o lo que intentara, no se lo permitiría. No, otra vez no.

Traté de ponerme en pie, pero volvió a impedírmelo.

—Te ha dicho que la sueltes —intervino Pixie, pálida de preocupación.

—¡Que me sueltes! —grité yo, tirando de mi brazo—. ¡Suéltame, joder!

Sus uñas se hundieron en mi antebrazo y me arañaron la piel. Ignoré el dolor y el pánico que amenazaba con despojarme de mi voluntad. Tiré una vez más, con renovadas fuerzas esta vez. Su agarre era tan fuerte que solo conseguí que cayera sobre mí. El peso de su cuerpo sobre el mío estuvo a punto de hacerme vomitar.

—¡Déjame, Brad! —le grité una vez más.

Incluso a través de la máscara, su aliento apestaba a alcohol, aunque su propio olor corporal hubiera bastado para avivar el terror que sentía. Lo empujé como pude y, con la ayuda de Pixie, logré salir de debajo de él. Mi alivio fue tal que los ojos se me llenaron de lágrimas al notar por fin el aire llenándome los pulmones.

—Eres un enfermo —le espeté mientras también él se ponía en pie.

Sentí el impulso de echar a correr calle abajo y alejarme de allí, de huir y no mirar atrás. Sin embargo, atajé el pánico y me prometí que no iba a dejarme intimidar nunca más, ni por Brad ni por ningún tipo como él.

—Y tú, una zorra —replicó, alzando la voz para que todos pudieran oírlo.

Los que momentos antes habían estado dispersos por el jardín de la casa de Tommy empezaron a congregarse a nuestro alrededor.

—Todos saben que eres una guarra, Madison, y que te dejas hacer lo que sea. Por eso, cuando mis padres me dijeron que volveríamos a Roadhill por Halloween para visitar a mis abuelos, no podía dejar de imaginarme lo bien que me lo iba a pasar contigo.

Cada palabra se clavó en mi pecho con tal precisión que el daño se convirtió en algo físico y tuve que apretar los dientes para contener tanto la rabia como el miedo.

—Lo que yo haga o deje de hacer no es asunto de nadie salvo mío. Pero lo que tú me hiciste...

—¿Qué? Dinos qué te hice, Harper —me incitó con la prepotencia y la valentía que, probablemente, le brindaba el alcohol que había tomado; aunque yo sabía que su forma de ser no era muy distinta cuando estaba sobrio.

Todos me miraban. Aquello era justo lo que había tratado de evitar: quedar expuesta a los ojos de mis compañeros. Los cotilleos que ya habían circulado sobre lo mío con él serían una simple anécdota en comparación con los que se difundirían si se sabía la verdad.

«No», me repetí; pero, en esa ocasión, a lo que me negaba era a avergonzarme de nada. Era Brad el que debía temer que todos supieran lo que había hecho, no yo. Yo era la víctima y ya le había permitido ganar al no denunciarlo. Sus padres nos habían dicho que nadie iba a creerme, que nadie se tragaría que él me hubiera forzado a nada. Salíamos juntos y yo había estado encantada de entregarle mi virginidad; la policía contaría con los testimonios de los amigos de Brad, quienes afirmarían que estábamos juntos y nos acostábamos desde hacía semanas, incluso meses atrás. Se me juzgaría a mí en vez de a él. Pero lo que mi silencio podía provocar... Él podía hacérselo a otra chica en su nuevo instituto, podría habérselo hecho ya.

—Me... forzaste —murmuré titubeante. Reuní los restos de la dignidad que él me había arrebatado y me encaré con mis compañeros de instituto—. Me violó —les dije, mi voz algo más firme.

Escuché varias risitas, como si mi confesión se tratara de alguna broma retorcida, pero me giré de nuevo hacia Brad, que lucía sonriente y sin rastro de preocupación en su rostro. Avancé un paso hacia él y obligué a mi cuerpo a resistir, sin apartar la mirada, sin hundirme o retroceder.

Todos me observaban sin intervenir. No sentí odio ni ira, solo pena; pena por ellos, por aquellos que no podían alcanzar a comprender lo mucho que importaba que se mantuvieran al margen. Si eran testigos de algo así, si lo defendían, eran tan partícipes como el propio Brad. Sus burlas, las risitas que tan alegremente dejaban escapar, provocaban heridas en los demás, en mí.

Yo lo había hecho, había permanecido en silencio, y no lo volvería a hacer. No me haría daño a mí misma de esa forma otra vez. Eran ellos los que estaban rotos, no yo.

—Estás loca —soltó Brad, quitándose por fin la máscara. Ver su cara de nuevo fue como recibir un puñetazo en la boca del estómago—. Tú estabas encantada de acostarte conmigo.

Más risas, más dolor.

—Sí, puede que lo estuviera al principio —repuse, ya sin nada que esconder, decidida a que se supiera todo—. Pero luego... La mitad de las veces yo no quería y a ti no te importó. —Hubo algunos murmullos y una o dos exclamaciones de sorpresa. No me detuve—. Yo no quería y tú lo sabías, Brad, a eso se le llama violación.

Los susurros aumentaron y se lanzaron varios comentarios al aire, unos en mi favor y otros en contra. «¿Qué estás diciendo?», «¿Hiciste eso?» y «Se lo está inventando» fueron varios de ellos.

Brad perdió parte de su seguridad.

—Estás loca —repitió entonces, volviéndose hacia los demás. Cada vez había más gente, todos rostros conocidos; también habían sido compañeros suyos, lo conocían—. ¿Vais a creerla? Estuvimos saliendo y luego se arrepintió. A lo mejor te asustaste por lo mucho que te gustaba lo que te hacía —añadió, centrando su atención de nuevo en mí.

—¿Por qué iba a asustarme de algo que me gusta? ¿Sería peor persona que cualquiera de ellos si disfrutara del sexo? —Agité la cabeza, las manos temblándome—. A lo que me hiciste no se le puede llamar sexo, ni acostarse, ni mucho menos hacer el amor. Para eso necesitas el consentimiento de la otra persona.

Brad soltó una carcajada cínica. Sin embargo, su aparente tranquilidad no era tal; se estaba poniendo cada vez más nervioso. Abrió la boca para decir algo, pero otra persona lo interrumpió.

—Madison dice la verdad.

Mis ojos buscaron a Pixie entre la gente, había sido ella la que había hablado. Estaba aún más pálida que minutos antes, el rostro desencajado y la mirada perdida.

—Él... —agregó, señalando a Brad—. Él me hizo algo parecido. Solo una vez —añadió, y bajó la cabeza, avergonzada.

Quise asegurarle que no tenía nada de lo que avergonzarse, pero no fui capaz de decir nada. Ni siquiera sabía que Brad y Pixie hubieran estado alguna vez juntos ni había imaginado que yo no hubiera sido su única víctima.

Pero lo peor llegó cuando otra voz femenina se elevó por encima de las demás:

—Lo intentó conmigo.

Mis compañeros se apartaron y Drinna avanzó llevando de la mano a otra chica. No recordaba su nombre, aunque me sonaba que estaba varios cursos por debajo de mí, lo que sí sabía era que pertenecía al equipo de animadoras. ¡No era más que una cría!

—Se os va la cabeza. Solo sois unas histéricas. —Fue la única defensa de Brad.

Alguien más se abrió paso a través de la gente y mis ojos tropezaron con la mirada azul de Aiden.

—¿Qué cojones pasa aquí?

Sus ojos se posaron entonces en Brad. Me di cuenta del instante justo en que su mente evocó cada detalle de lo que le había contado sobre él. Yo apenas si podía pensar después de descubrir que había otras chicas en mi situación y que Pixie, la dulce Pixie, estaba entre ellas, pero me abalancé en su dirección para detenerlo. No quería que perdiera los papeles y comenzara una pelea. Se metería en un lío si le daba una paliza a Brad y podía salirle muy caro teniendo en cuenta que ya lo habían condenado por agresión. No merecía la pena. Lo que Brad merecía en realidad era que lo denunciáramos para que no pudiera hacerle más daño a otras chicas.

—No lo hagas —le rogué—. Sigo viendo las estrellas, están ahí, Aiden —le susurré desesperada, muy bajito, solo para él—. Tú estás aquí. Dijiste que yo soy cada estrella de tu cielo, ¿recuerdas? Pues tú eres la mía.

Aiden inspiró profundamente y su mirada recorrió mi rostro con evidente ansiedad. Sabía lo que buscaba, algún indicio de que estuviera a punto de quebrarme.

No me rompería esta vez.

—Lo eres —repetí—, y él no es nadie.

No me importaba si los demás me oían o si Brad lo hacía. Ya tenían la verdad expuesta, arrancada de mi pecho a pesar de mis temores; que hicieran lo que quisieran con ella.

Aiden deslizó la punta de los dedos desde mi sien hasta alcanzar mi barbilla.

—Tú eres tu propia estrella, pequeña. Nunca lo olvides.

De alguna forma, sus palabras reavivaron mi fuerza y mi determinación.

AIDEN

La rabia me consumía. Me estaba costando toda mi fuerza de voluntad no lanzarme sobre Brad y hacerle pagar por lo que le había hecho a Madison. Sin embargo, ella me había pedido que no interviniera. Estaba allí de pie, junto a mí, y a pesar de su evidente nerviosismo parecía más entera que nunca. Sabía lo mucho que había temido encontrarse con Dixon, así que no podía imaginar lo que estaría sintiendo al ver a Brad de nuevo; pero le estaba haciendo frente y eso la convertía, al menos para mí, en la persona más valiente que hubiera conocido jamás.

—Eres un cerdo —escupió Drinna Johnson, dirigiéndose a nuestro antiguo compañero de clase.

Había otra chica a su lado, una a la que yo no recordaba y que debía ser algo más joven que nosotros. Temblaba recostada contra ella y tenía la vista clavada en el suelo; Drinna la agarraba del brazo, como si necesitara su apoyo para mantenerse en pie.

Tras el insulto, se hizo un silencio antinatural. Todos callaban y observaban a Brad. Pero este ni siquiera miró a Drinna, me miraba a mí.

—Así que ahora Harper está contigo —me dijo, y el brazo con el que Madison me sujetaba se apretó aún más en torno a mi cintura para retenerme.

—Nadie te quiere aquí, Brad. ¿Por qué no nos haces un favor a todos y te largas de una vez? —repliqué, luchando para no perder el control.

Lo único que me detenía era Madison y no solo se trataba de que me hubiera rogado que me mantuviera al margen: si me metía en una pelea con Brad, podría acabar de nuevo en el centro de menores, y no estaba dispuesto a volver a separarme de ella; no iba a dejarla sola otra vez.

—¿De verdad te crees que voy a hacer algo de lo que tú me digas? —Arrastraba levemente las palabras al hablar y supuse que había estado bebiendo.

En ese estado no era rival para mí y, tal vez por eso, conseguí controlarme. Hasta que abrió la boca de nuevo:

—No eres más que un mierda al que su padre abandonó y que intentó acuchillar...

No llegó a terminar la frase, pero no fui yo quien lo detuvo. Jamie había aparecido en mitad del círculo formado por los asistentes a la fiesta y le asestó un gancho de derecha que lo tumbó de espaldas.

—¡Joder! —masculló mi amigo, agitando la mano, dolorido. Caminó hasta colocarse junto a mí y me susurró—: Dime que le he pegado al tipo adecuado.

Jamie no conocía la historia completa de Madison ni había visto nunca a Brad antes. De hecho, era probable que ni siquiera le hubiera pegado por ese motivo; era a mí al que estaba defendiendo y eso me hizo sentir realmente agradecido por poder contar con unos amigos dispuestos a todo por mí.

Le hice un gesto de asentimiento mientras contemplaba los esfuerzos de Brad por ponerse de nuevo en pie. Nadie lo ayudó y me complació darme cuenta de que ni siquiera Thomas, quien había sido uno de sus mejores amigos, ni Troy, otro de los chicos del equipo, movían un músculo por aquel capullo. Fue a ellos a los que Brad se dirigió a continuación.

—¿No creeréis a esa zorra? ¡Está mintiendo, joder! ¡Todas mienten! ¡Todas querían!

Sentí asco de aquel tío y lo mismo debió pasarle a Thomas.

—Lo de Dixon también es verdad, ¿no? —le preguntó a Drinna, y ella asintió.

Sus ojos se posaron entonces en Madison y, aunque no dijo nada más, parecía avergonzado. Todos lo parecían; avergonzados y horrorizados.

Brad comprendió entonces que nadie iba a creer nada de lo que dijera y nos miró a todos con odio, como si fuéramos nosotros los monstruos y no él. La gente se fue apartando para dejarle pasar. Estuve a punto de detenerlo, pero Madison me dio un apretón en el brazo.

—Déjalo —me pidió—, ahora todo el mundo lo sabe. Voy a denunciarlo. Y espero que ellas también lo hagan —añadió, y señaló en dirección a Pixie y la chica que estaba con Drinna.

—¿Ellas?

Madison asintió y su expresión bastó para que entendiera a qué se refería: Madison no había sido la única a la que Brad había forzado.

Momentos antes no me había parado a pensar que él estaba hablando en plural al tratar de dejarlas por locas. Me costó tragar saliva.

—Quiero hablar con ellas —dijo Madison a continuación.

La dejé marchar, tratando de no ir tras los pasos de Brad. El resto de mis compañeros de instituto ni siquiera se había movido; nadie parecía saber muy bien qué hacer. La fiesta había llegado a su fin, incluso habían apagado la música, y, de no haber sido así, creo que ninguno teníamos ganas de celebrar nada.

Observé a Madison y Pixie fundirse en un abrazo.

Mara y Zyra también estaban ya allí, y esta última no las perdía de vista; la preocupación era evidente en su rostro.

—¿Qué acaba de pasar? —me interrogó Jamie.

Supuse que ya no había problema alguno en que se lo contara todo.

—Brad abusó de Madison hace tiempo —confesé a duras penas, y comprendí lo mucho que tenía que haberle costado a ella aceptarlo delante de todo el mundo. Incluso a mí me dolía decirlo—. Y parece que también de otras. Pixie...

Jamie palideció y sus ojos volaron hasta ella. Luego volvió la vista hacia el lugar por el que Brad se había ido calle abajo y sus intenciones resultaron tan obvias que Zyra lo agarró.

—No —le dijo—, es Pixie la que te necesita ahora. —Estaba tan aturdido que le llevó unos segundos entender lo que le había dicho—. A todos. Ellas nos necesitan a todos.

La gente comenzó a marcharse. Murmuraban entre ellos mientras iban alejándose en distintas direcciones y quise creer que aquella noche supondría un cambio para todos. De lo que sí estaba seguro era de que así sería para Madison. Aunque ella no lo admitía abiertamente, yo sabía que su ansiedad a veces le ganaba el pulso y la hacía considerarse una persona débil, alguien raro, distinto a los demás, menos válido... Lo cual no podía ser menos cierto, porque era fuerte y capaz; de hecho, se necesitaba mucho valor para lo que acababa de hacer, para levantarse cada día y sonreír, para ayudar a sus amigos... Para brillar de la forma en que lo hacía.

—Gracias —le dije a Jamie, que aún continuaba tratando de asimilar lo que acababa de descubrir—. Por defenderme. Muchas gracias, tío.

Le di un abrazo. Creo que ambos lo necesitábamos.

—Le hubiera pegado más fuerte de saber todo lo que había hecho —trató de bromear a pesar de lo sobrepasado que lucía.

Mientras el jardín se vaciaba, Zyra, Mara, Jamie y yo nos sentamos a esperar en el porche de la casa. También se unieron a nosotros Drinna y Tommy Collins, el anfitrión de la fiesta, que parecía bastante turbado y no abrió la boca en todo el tiempo que estuvimos allí. Madison, Pixie y Jesse —así me dijo Zyra que se llamaba la otra chica— pasaron largo rato sentadas a su vez en el césped.

No pude dejar de mirarlas mientras hablaban en voz baja entre ellas y más de una vez descubrí lágrimas en los ojos de las tres. Esperaba que encontraran la valentía para denunciar a Brad y que los alumnos del instituto no fueran tan imbéciles como para culparlas por ello como ya habían hecho con Drinna y Madison tras lo de Dixon. Si se les ocurría hacerlo, no serían mejor que él.

Rato después, Drinna se llevó a Jesse y nos dijo que la acompañaría a casa. Jamie hizo lo mismo con Pixie, y Zyra y Mara se empeñaron en venir con nosotros. Me daba la sensación de que Zyra se sentía culpable por no haber estado con Madison cuando todo había sucedido. A mitad de camino, Madison la apartó a un lado y le dijo algo que no pude oír. Luego se abrazaron y rompieron a reír a la vez que se echaban a llorar juntas. Todos estábamos igual, sin saber muy bien qué o cómo sentirnos.

Madison consiguió mandarla a su casa junto con Mara antes de que llegásemos a nuestra calle. A pesar de la gran cantidad de preguntas que me quemaban en los labios, no fui capaz de formular ninguna de ellas. No tenía ni idea de cómo estaba o lo que había supuesto para ella reencontrarse con Brad; estaba tan aturdido que no sabía cómo actuar.

Llegamos hasta la puerta de su casa en silencio. Aunque Madison no parecía incómoda por mi repentino mutismo, me hubiera gustado saber qué decirle para hacerla sentir mejor. Ni siquiera estaba seguro de que quisiera que la tocase. Así que, cuando se giró hacia mí y se lanzó en mis brazos, el alivio me inundó.

—No imaginas lo mucho que necesitaba esto —susurré, acunándola contra mi pecho. No me avergonzaba admitirlo—. Siento que hayas tenido que pasar por esta mierda.

Ella levantó la barbilla y la apoyó en mi pecho. Se quedó mirándome, sonriendo con tristeza.

—Va a ir bien —aseguró a pesar de todo.

No pude evitar echarme a reír.

—¿Eres tú la que me anima a mí? —Aferré su rostro con ambas manos y, tras un fugaz roce de labios, le dije—: Ahora mismo no importa una mierda como me sienta, pero quiero que sepas que estoy muy orgulloso de ti. Eres valiente, inteligente y divertida, y una luchadora, y preciosa... Y probablemente te mereces a alguien mejor que yo —coloqué un dedo sobre sus labios para acallar su inminente protesta—, pero eres perfecta para mí. Así que, como no quiero ser un jodido egoísta, debes saber que pienso esforzarme cada hora de cada día para ser también perfecto para ti.

Ahora sí, sonrió con verdadera alegría, y a mí se me encogió el corazón al contemplar su preciosa sonrisa.

—No quiero ser perfecta ni que tú lo seas. Me basta con iluminar tu cielo cuando lo necesites. —Yo también sonreí—. Tú solo preocúpate de seguir iluminando el mío.

Rodeé su espalda con los brazos, la apreté contra mí y la besé, y ella me recibió con idéntico entusiasmo. Fue un beso lento y profundo, cargado de una ternura de la que no me hubiera creído capaz.

Al separarme, la miré a los ojos.
—Te quiero, Madison Harper.
Apenas tardó un segundo en contestar:
—Yo también te quiero, Aiden Keller.
Acto seguido, fue ella la que me besó.

EPÍLOGO

—Julieta. —Aiden realizó una reverencia ante mí, tomó mi mano y la besó con dulzura.

Estábamos en una de las clases cercanas al salón de actos del instituto, donde tendría lugar la representación de *Romeo y Julieta*, y apenas nos quedaban unos minutos para salir a escena.

El curso prácticamente había acabado. Los meses habían volado uno tras otro: estudiar, realizar exámenes, enviar solicitudes a distintas universidades y esperar las respuestas... Había continuado visitando a Vega regularmente, y Pixie también acudía ahora a su consulta.

La mañana siguiente al incidente de Halloween, Pixie y Jesse habían hablado con sus respectivos padres y se lo habían contado todo. A su vez, yo le narré a mi madre lo sucedido en la fiesta. Luego hablaron entre ellos y, entre todos, decidimos seguir adelante con la denuncia. Sabíamos que había pocas probabilidades de que saliera adelante, pues, al tiempo que ya había transcurrido, se le sumaba el hecho de que era la palabra de Brad contra la nuestra; no había pruebas ni partes médicos, más allá de los informes que la doctora Williams redactaría sobre nuestro estado y las secuelas que acarreábamos. Sin embargo, las tres sentíamos que era algo que teníamos que hacer a sabiendas de que también se nos juzgaría a nosotras.

—¿Lista? —preguntó Aiden.

Desvié la mirada hacia la zona en la que se encontraba Drinna ayudando a otros de mis compañeros con el vestuario. Ella no iba a actuar, pero allí estaba; todos estaban allí.

Zyra y Mara habían sido admitidas en universidades diferentes, por lo que pasaban todo el tiempo que podían juntas, sin ocultarse de nadie ni avergonzarse de nada. De todos modos, dado que estarían a solo dos horas de viaje en coche, habían prometido visitarse y también verse en vacaciones cuando regresaran a Roadhill. Así que, a pesar de todo, estaban felices e ilusionadas.

Pixie y Jamie estaban ahora tan unidos como lo habíamos estado Aiden y yo antes de empezar a salir juntos, y estaba segura de que esa bonita amistad perduraría. Él no ingresaría el próximo semestre en la universidad. Sus padres le habían propuesto tomarse un año sabático y viajar con ellos por Europa. No eran la clase de personas que recalaban durante largas temporadas en ningún sitio y querían que Jamie tuviera la oportunidad de conocer otros países y culturas antes de emprender una carrera profesional. De igual forma, había prometido hablar a diario con Pixie; cuando regresara, lo primero que pensaba hacer era ir a verla. Quién sabe, quizás dentro de unos años terminaran dándose cuenta de que su amistad podía ser algo más, como nos había sucedido a Aiden y a mí; algunas historias necesitan cocerse a fuego lento, crecer muy poco a poco hasta convertirse en lo que están destinadas a ser.

Le brindé una sonrisa a Drinna y ella me la devolvió con total sinceridad, y luego mi atención regresó a Aiden.

—No podría haber llegado hasta aquí sin ti —le dije, pero él negó.

—Llegarás a cualquier lugar que te propongas por ti misma, Madi, pero me encantaría que lo hicieras conmigo. —Se inclinó sobre mí y me regaló un beso fugaz. Incluso así, pude escuchar a la señora Pepper carraspear para protestar por nuestra *efusividad.*

Me eché a reír mientras Aiden le dedicaba una mirada de disculpa a nuestra profesora.

—No tengo intención de separarme de usted, señor Montesco —le dije.

Íbamos a asistir a la misma universidad. A mí me lo habían comunicado un par de semanas atrás y a Aiden justo el día anterior. Además, estaríamos cerca de casa, lo cual había resultado una alegría inmensa para mi madre y también para la de Aiden. La relación entre ellos continuaba avanzando a pasos muy pequeños y la señora Keller seguía manteniendo su palabra, así que Aiden, aunque aún algo receloso, iba compartiendo algunos momentos importantes de su vida con ella. Esa noche estaría entre el público, junto a mi madre, para vernos actuar.

—Me alegra oír eso —murmuró Aiden, y me dio otro beso rápido después de comprobar que nuestra profesora no estaba mirando—, porque la única tragedia que vamos a vivir a partir de ahora será la que representemos esta noche. Y si el destino se atreve a probarnos de nuevo —agregó, enlazando nuestras manos—, voy a estar a tu lado.

Tiré de él sin miedo, sin un solo titubeo, y fui yo la que me puse de puntillas para robarle un tercer beso.

Las noches en el tejado, en cualquier tejado, siempre tendrían estrellas gracias a él.

—Te quiero, Aiden —repuse—, y eres mi mejor amigo. En mi cielo siempre habrá sitio para ti.

FIN